CASEI COM UM COMUNISTA

PHILIP ROTH

Casei com um comunista

Tradução
Rubens Figueiredo

3ª reimpressão

Copyright © 1998 by Philip Roth

Grafia atualizada segundo o Acordo Ortográfico da Língua Portuguesa de 1990, que entrou em vigor no Brasil em 2009.

Título original
I Married a Communist

Capa
João Baptista da Costa Aguiar

Revisão
Maysa Monção
Isabel Jorge Cury

Atualização ortográfica
Ana Luiza Couto

Dados Internacionais de Catalogação na Publicação (CIP)
(Câmara Brasileira do Livro, SP, Brasil)

Roth, Philip, 1933-2018
    Casei com um comunista / Philip Roth ; tradução Rubens Figueiredo. — São Paulo : Companhia das Letras, 2000.

    Título original: I Married a Communist.
    ISBN 978-85-359-0036-1

    1. Romance norte-americano I. Título.

00-2826   CDD-813.5

Índices para catálogo sistemático:
1. Romances : Século 20 : Literatura norte-americana   813.5
2. Século 20 : Romances : Literatura norte-americana   813.5

[2018]
Todos os direitos desta edição reservados à
EDITORA SCHWARCZ S.A.
Rua Bandeira Paulista, 702, cj. 32
04532-002 — São Paulo — SP
Telefone: (11) 3707-3500
www.companhiadasletras.com.br
www.blogdacompanhia.com.br
facebook.com/companhiadasletras
instagram.com/companhiadasletras
twitter.com/cialetras

Para minha amiga e editora Veronica Geng
1941-1997

Ouvi muitas canções em minha terra natal —
Canções de alegria e de tristeza.
Mas uma delas se gravou bem fundo na minha lembrança:
É a canção do trabalhador comum.
  Vamos, levante e lute,
  Eia! Avante!
  Força, todo mundo junto,
  Eia! Avante!

— "*Dubinuchka*", *canção popular russa.*
Na década de 1940, apresentada e gravada, em russo,
pela banda e coro das Forças Armadas Soviéticas.

1.

O irmão mais velho de Ira Ringold, Murray, foi meu primeiro professor de inglês na escola secundária e foi por intermédio dele que fiquei amigo de Ira. Em 1946, Murray acabara de voltar do exército, onde servira na décima sétima Divisão Aerotransportada, na batalha de Bulge; em março de 1945, dera o famoso pulo para o outro lado do rio Reno, que assinalou o começo do fim da guerra na Europa. Ele era, naquele tempo, um cara atrevido, desaforado, careca, não tão alto quanto Ira, mas esguio e atlético, que pairava acima de nossas cabeças num estado de vigilância perpétua. Era completamente natural em suas maneiras e atitudes, ao passo que na fala se mostrava verbalmente copioso e intelectualmente quase ameaçador. Sua paixão era explicar, esclarecer, fazer-nos compreender, e o resultado era que desmontava cada novo assunto de nossas conversas em seus componentes principais da mesma forma meticulosa como analisava frases no quadro-negro. Tinha um talento especial para dramatizar o interrogatório, lançar um poderoso feitiço narrativo mesmo quando era estritamente analítico e esmiuçar em voz alta, no seu jeito lúcido, aquilo que líamos e escrevíamos.

A par da musculatura e da inteligência ostensiva, o sr. Ringold trazia para a sala de aula uma carga de espontaneidade visceral que representava uma revelação para garotos submissos, domesticados, que ainda não haviam compreendido que obedecer às regras de decoro de um professor nada tinha a ver com o desenvolvimento mental. Havia uma importância talvez maior do que ele mesmo imaginava em seu gosto cativante de atirar o apagador em nossa direção quando a resposta que dávamos errava o alvo. Ou talvez não. Talvez o sr. Ringold soubesse muito bem que garotos feito eu precisavam aprender não só a se expressar com precisão e adquirir um discernimento mais agudo em relação às palavras, como também a ser bagunceiro sem ser burro, não ser reservado demais nem comportado demais, começar a desvencilhar os ímpetos masculinos da retidão institucional que intimidava sobretudo os garotos inteligentes.

Nós, alunos, sentíamos, no sentido sexual, a força de um professor de escola secundária como Murray Ringold — a autoridade masculina sem os embaraços da piedade — e, no sentido clerical, a vocação de um professor de escola secundária como Murray Ringold, que não estava perdido no meio da amorfa mania americana de grandeza e riqueza, um professor que — ao contrário das mulheres professoras — poderia ter escolhido ser quase qualquer outra coisa que quisesse e em vez disso escolhera, como sua profissão para o resto da vida, ser nosso. Tudo o que ele desejava, o dia inteiro, era lidar com jovens que pudesse influenciar, e o grande barato de sua vida era obter deles uma reação positiva.

Não que a impressão de liberdade deixada em mim por seu estilo arrojado de dar aula fosse aparente, na época; nenhum garoto pensava desse jeito sobre a escola ou sobre os professores ou sobre si mesmo. No entanto uma aspiração de independência social incipiente deve ter sido, até certo ponto, alimentada pelo exemplo de Murray, e eu lhe disse isso quando, em julho de 1997, pela primeira vez desde que me formei na escola secundária em 1950, o encontrei, já com noventa anos de idade, mas em todos os aspectos ainda o professor cuja missão é, realisticamente, sem autoparódia nem exageros dramáticos, personificar para seus alunos o lema do homem independente, "não estou ligando a mínima", ensinar-lhes que não é preciso ser o Al Capone para transgredir — basta *pensar*.

— Na sociedade humana — ensinava-nos o sr. Ringold — pensar é a maior transgressão que existe.

— Pen-sa-men-to crí-ti-co — dizia o sr. Ringold, usando o nó dos dedos para martelar cada sílaba na sua mesa —, eis a subversão suprema.

Contei a Murray que ouvir isso, bem cedo na vida, de um cara másculo como ele — ver isso *demonstrado* por ele — significara, para mim, o acesso a uma classe particularmente preciosa para o crescimento, embora eu não o compreendesse inteiramente, como aluno de escola secundária provinciano, mimado e escrupuloso, ávido para ser racional, importante e livre.

Murray, em compensação, me contou tudo o que eu, sendo garoto, não sabia e não podia ter sabido acerca da vida particular do seu irmão, uma grande infelicidade, repleta de farsa, sobre a qual Murray às vezes ficava meditando, apesar de Ira ter morrido, naquele momento, havia mais de trinta anos.

— Milhares e milhares de americanos destruídos naquele tempo, baixas políticas, baixas históricas, por causa de suas crenças — disse Murray. — Mas não me lembro de ninguém que tivesse sido destroçado como aconteceu com Ira. Não foi no grande campo de batalha americano, que ele mesmo teria escolhido para a sua destruição, que isso aconteceu. Talvez, a despeito da ideologia, da política e da história, uma catástrofe genuína seja sempre, em seu cerne, um anticlímax pessoal. A vida não pode ser acusada de nenhuma deficiência quando se trata de banalizar as pessoas. Temos de tirar o chapéu para a vida, em homenagem às técnicas de que ela dispõe para despojar um homem de toda a sua relevância e esvaziá-lo completamente de seu orgulho.

Murray também contou, quando lhe perguntei, como havia se despojado da *sua* relevância. Eu conhecia a história em linhas gerais, mas sabia poucos detalhes porque comecei meu serviço militar — e em seguida fiquei longe de Newark durante anos — depois que me formei na faculdade, em 1954, e os tormentos políticos de Murray só se desencadearam a partir de maio de 1955. Começamos com a história de Murray e foi só no fim da tarde, quando perguntei se gostaria de ficar para jantar, que ele pareceu sentir, em consonância comigo, que nossas relações haviam passado para um plano mais íntimo e que não seria impróprio ele ir em frente e falar abertamente do irmão.

Perto de onde moro, no oeste da Nova Inglaterra, uma pequena universidade chamada Athena promove uma série de programas de verão para idosos, com uma semana de duração, e Murray se matriculou como aluno, aos noventa anos, para um curso com o título pomposo de "Shakespeare no milênio". Foi assim que topei com ele no centro da cidade, no domingo em que chegou — não o tendo reconhecido, tive a sorte de ele me reconhecer —, e foi assim que passamos seis noites juntos. Foi assim que, dessa vez, o passado se manifestou, sob a forma de um homem muito velho cujo talento consistia em não ficar remoendo seus problemas mais do que eles mereciam, e que ainda não podia desperdiçar seu tempo conversando, a menos que se tratasse de coisa séria. Uma obstinação palpável conferia a sua pessoa uma plenitude indestrutível, e isso apesar da poda radical executada pelo tempo em seu velho físico atlético. Olhando para Murray enquanto falava naquele seu jeito meticuloso e desembaraçado tão meu conhecido, pensei: Aí está — a vida humana. Eis a capacidade de resistir.

Em 1955, quase quatro anos depois de Ira entrar na lista negra do rádio por ser comunista, Murray foi despedido do cargo de professor pelo Conselho de Educação por recusar-se a cooperar com o Comitê de Atividades Antiamericanas do Congresso quando ele esteve em Newark para quatro dias de interrogatórios. Foi reempossado, mas só depois de uma luta jurídica de seis anos, que terminou com uma votação de cinco a quatro no Supremo Tribunal do estado, reempossado com direito aos salários atrasados, subtraída a quantia que ganhara nesses seis anos como vendedor de aspirador de pó para sustentar a família.

— Quando não se sabe mais o que fazer — disse Murray, com um sorriso —, vende-se aspirador de pó. De porta em porta. Aspiradores de pó Kirby. Entorna-se um cinzeiro bem cheio em cima do tapete e depois limpa-se tudo com o aspirador. Passa-se o aspirador na casa inteira. Era assim que vendíamos o troço. Limpei com aspirador de pó metade das casas de Nova Jersey, na minha época. Olhe, eu tinha um monte de simpatizantes, Nathan. Tinha uma esposa cujas despesas médicas eram constantes e tivemos uma filha, mas fiz uma porção de bons negócios e vendi um monte de aspiradores de pó. E apesar dos problemas de escoliose de Doris, ela voltou a trabalhar. Voltou ao laboratório do hospital. Lidava com sangue. No fim, acabou diretora do laboratório. Naquele tempo não havia separação nenhuma entre o trabalho técnico e as artes médicas, e Doris fazia de tudo: retirava o sangue, lambuzava as lâminas do microscópio. Muito paciente, muito competente com um microscópio. Bem treinada. Observadora. Cuidadosa. Preparada. Costumava ir do hospital Beth

Israel para casa, logo ali do outro lado da rua, e preparar o jantar ainda com o jaleco do laboratório. Nunca ouvi falar de outra família além da nossa que servisse os temperos da salada em frascos de laboratório. O frasco erlenmeyer. Mexíamos o café com pipetas. Todos os nossos copos vinham do laboratório. Quando nosso dinheiro ficou mais curto, Doris deu um jeito de equilibrar o orçamento da casa. Juntos, conseguimos tocar o barco.

— E vieram atrás de você porque era irmão de Ira? — perguntei. — Foi isso o que sempre imaginei.

— Não posso dizer com certeza. Ira achava que sim. Talvez tenham caído em cima de mim porque nunca me comportei como supunham que um professor devesse se comportar. Talvez tivessem caído em cima de mim de qualquer jeito, mesmo sem Ira. Comecei como agitador, Nathan. Ardia de zelo para estabelecer a dignidade da minha profissão. Talvez tenha sido isso o que os irritou, mais do que qualquer outra coisa. A indignidade pessoal que tínhamos de suportar como professores quando comecei a dar aula, você nem ia acreditar. Ser tratado como criança. Tudo o que os superiores dissessem era lei. Incontestável. Você vai chegar aqui a tal hora, vai assinar o livro de ponto na hora certa. Vai passar tantas horas na escola. E será chamado para tarefas à tarde e à noite, mesmo sem estar no contrato. Todo tipo de aporrinhação. A gente se sentia denegrido.

"Eu me empenhei para organizar nosso sindicato. Rapidamente, subi para a liderança do Comitê, ocupei postos executivos no conselho diretor. Eu não tinha papas na língua, às vezes, admito, era bastante falastrão. Achava que sabia todas as respostas. Mas queria que os professores ganhassem respeito. Respeito e honorários dignos por seu trabalho, e tudo isso. Os professores tinham problemas com os salários, as condições de trabalho, os benefícios sociais...

"O superintendente das escolas não ia nem um pouco com a minha cara. Eu me destacara no movimento para rejeitar a promoção dele à superintendência. Apoiei outro cara, e ele perdeu. Por isso, porque não fiz nenhum segredo de minha oposição àquele filho da mãe, ele odiava a minha cara, e em 1955 a coisa ficou preta e fui convocado para ir ao centro da cidade, ao prédio do governo federal, para uma reunião do Comitê de Atividades Antiamericanas do Congresso. Para testemunhar. O presidente do Comitê era o deputado Walter. Dois outros membros do Comitê vieram com ele. Vieram três deles, lá de Washington, com o advogado. Investigavam a influência comunista em tudo, na cidade de Newark, mas investigavam principalmente o que denominavam 'a infiltração do partido' nos sindicatos e no ensino. Tinham feito uma varredura em todo o país com aqueles interrogatórios — Detroit, Chicago. Sabíamos que eles estavam vindo. Era inevitável. Liquidaram nosso assunto, o dos professores, num dia, o último, uma quinta-feira de maio.

"Prestei testemunho durante cinco minutos. 'Você é ou já foi algum dia...?' Recusei-me a responder. Ora, por que não responde?, perguntaram. Nada tem a esconder. Por que não põe tudo em pratos limpos? Só queremos informações. É só por isso que estamos aqui. Redigimos as leis. Não somos uma corporação feita para punir. E assim por diante. Mas, em meu modo de entender a Carta de Direitos, minhas crenças políticas não eram da conta deles, e foi o que eu lhes disse: 'Não é da conta de vocês'.

"Antes, naquela mesma semana, eles tinham ido atrás da União dos Eletricitários, o antigo sindicato de Ira, lá em Chicago. Na segunda-feira de manhã, mil membros do sindicato vieram de Nova York em ônibus fretados para fazer um piquete em frente ao hotel Robert Treat, onde os membros do Comitê estavam hospedados. O *Star-Ledger* descreveu a presença dos piqueteiros como 'uma invasão de forças hostis ao inquérito do Congresso'. Não uma demonstração legal, garantida pelos direitos assentados na Constituição, mas uma *invasão*, como Hitler fez na Polônia e na Tchecoslováquia. Um dos deputados do Comitê declarou à imprensa — e sem o menor sinal de constrangimento com o sorrateiro antiamericanismo da sua observação — que um monte de manifestantes cantavam em espanhol, prova, para ele, de que não sabiam o significado dos cartazes que portavam, que eram 'inocentes úteis', ignorantes manipulados pelo Partido Comunista. O sujeito tomou coragem com base no fato de que os manifestantes eram mantidos sob a vigilância do 'esquadrão antissubversivo' da polícia de Newark. Depois que a caravana de ônibus passou pelo condado de Hudson, no caminho de volta para Nova York, dizem que algum maioral da polícia de lá teria declarado: 'Se eu soubesse que eram comunas, teria enfiado todo mundo na cadeia'. Essa era a atmosfera local, e era isso o que aparecia na imprensa, na época em que fui interrogado, o primeiro a ser convocado na quinta-feira.

"Quase no fim dos meus cinco minutos, em face de minha recusa em cooperar, o presidente disse que estava decepcionado de ver que um homem de minha instrução e discernimento não se mostrasse disposto a colaborar com a segurança de seu país, revelando ao Comitê aquilo que eles desejavam saber. Ouvi aquilo em silêncio. O único comentário hostil que fiz foi quando um daqueles sacanas me saiu com esta: 'Senhor, ponho em dúvida a sua lealdade'. Eu lhe disse: 'E eu, a sua'. O presidente me disse que, se continuasse 'insultando' algum membro do Comitê, me poria para fora. 'Não temos de ficar aqui', disse ele, 'ouvindo suas evasivas e suas ofensas.' 'Nem eu', retruquei, 'tenho de ficar aqui ouvindo as *suas* ofensas, senhor Presidente.' Foi o pior ponto a que a coisa chegou. Meu advogado sussurrou para eu calar a boca e esse foi o fim de minha aparição. Fui perdoado.

"Mas quando me levantei para me afastar da cadeira, um dos congressistas me chamou, creio que para provocar algum desacato de minha parte: 'Como é que o senhor pode ser pago com o dinheiro dos contribuintes quando está obrigado, por seu maldito juramento comunista, a ensinar a doutrina soviética? Como, em nome de Deus, o senhor pode ser um homem livre e ensinar aquilo que os comunistas impõem? Por que não sai do partido e volta para o bom caminho? Faço-lhe um apelo, retome o jeito americano de viver!'.

"Mas não mordi a isca, não lhe disse que o que eu ensinava não tinha a ver com as imposições de coisa nenhuma que não fosse literatura e redação, porém, no final, parece não ter importado muito o que eu disse ou não disse: naquela noite, na última edição de esportes, lá estava minha fuça estampada na primeira página do *Newark News*, acima da legenda 'Testemunha se cala na devassa dos Vermelhos', e o comentário: '"Não vou engolir sua conversa-fiada", diz o membro do Comitê para o professor de Newark'.

"Ora, um dos membros do Comitê era deputado pelo estado de Nova York: Bryden Grant. Você se lembra dos Grant, Bryden e Katrina. Os americanos do país inteiro se lembram dos Grant. Pois bem, os Ringold eram os Rosemberg para os Grant. Aquele bonitão de sociedade, aquela nulidade perniciosa simplesmente destruiu nossa família. E você quer saber por quê? Porque, certa noite, Grant e a esposa estavam numa festa oferecida por Ira e Eve na rua Onze, oeste, e Ira pegou no pé de Grant do jeito que só ele sabia fazer. Grant era cupincha de Werner von Braun, ou pelo menos Ira imaginava que fosse, e ele resolveu pegar pesado com o sujeito. Grant era o exemplo acabado do cara da classe alta decadente, bem do tipo que dava nos nervos de Ira. A esposa escrevia aqueles romances populares que as senhoras devoravam e Grant ainda era colunista do *Journal-American*. Para Ira, Grant era a encarnação do rico mimado. Não conseguia suportá-lo. Cada gesto de Grant dava enjoo em Ira, e sua posição política era, para ele, abominável.

"Pois bem, aconteceu uma cena tremenda, escandalosa, Ira berrou e xingou Grant, e pelo resto da vida Ira alimentou a convicção de que uma vendeta de Grant contra nós tivera início aquela noite. Ira tinha um jeito de se expor sem disfarces. Mostrava logo a cara, não deixava nada por dizer, não precisava que ninguém lhe desse nenhum pretexto. Para vocês, esse era o magnetismo de Ira, mas era também o que o tornava repulsivo para seus inimigos. E Grant era um de seus inimigos. A briga toda demorou três minutos, mas, segundo Ira, três minutos que selaram seu destino, e o meu também. Ele tinha humilhado um descendente de Ulysses S. Grant, formado em Harvard, empregado de William Randolph Hearst, isso sem dizer que era marido da autora de *Heloisa e Abelardo*, o maior best-seller de 1938, e de *A paixão de Galileu*, o maior best-seller de 1942 — e para nós a coisa ficou preta. Estávamos acabados: ao insultar publicamente Bryden Grant, Ira desafiara não só as credenciais do marido impecável como também a inexaurível necessidade que a esposa tinha de estar com a razão.

"Só que não tenho certeza de que isso explique tudo — e não porque Grant fosse menos irresponsável na utilização do poder do que o resto da quadrilha do Nixon. Antes de entrar para o Congresso, ele assinou aquela coluna para o *Journal-American*, uma coluna de fofocas publicada três vezes por semana, sobre Broadway e Hollywood, com uma pitada de maledicência contra Eleanor Roosevelt. Foi assim que começou a carreira de Grant no serviço público. Foi isso que o qualificou tão elevadamente para uma cadeira no Comitê de Atividades Antiamericanas. Era um colunista de fofocas antes que isso se tornasse o grande negócio que é hoje. Estava lá desde o início, na crista da onda dos grandes pioneiros. Tinha o Cholly Knickerbocker, o Winchell, o Ed Sullivan e o Earl Wilson. Tinha o Damon Runyon, tinha o Bob Considine, tinha a Hedda Hopper —, e Bryden Grant era o esnobe da galera, não o brigão de rua, não o zé-ninguém, não o bicão conversa-mole que vivia o tempo todo no Sardi's, ou no Jóquei Clube Brown, ou na academia de ginástica Stillman, mas o sangue azul para a plebe, que circulava o tempo todo no Racquet Club.

"Grant começou com uma coluna intitulada 'Informe confidencial de Grant' e, se você está lembrado, acabou quase chefe da equipe da Casa Branca, de Nixon. O deputado Grant era o favorito de Nixon. Participou, como Nixon fizera, do Comitê de Atividades Antiamericanas. Executou boa parte das chantagens e intimidações de Nixon no Congresso. Lembro quando a nova administração Nixon fez circular o nome de Grant como candidato a chefe da equipe de governo, em 1968. É uma pena que tenham desistido. A pior decisão que Nixon tomou. Se Nixon tivesse percebido a vantagem política de nomear, em lugar de Haldeman, aquele barãozinho fofoqueiro de aluguel para comandar a operação de encobrir Watergate, a carreira de Grant poderia ter acabado atrás das grades. Bryden Grant na cadeia, numa cela entre Mitchell e Ehrlichman. O túmulo de Grant. Mas isso nunca aconteceu.

"Dá para ouvir o Nixon entoando loas para Grant nas fitas da Casa Branca. Está lá nas transcrições. 'O coração de Bryden está no lugar certo', diz o presidente para Haldeman. 'E ele é durão. Fará qualquer coisa. Qualquer coisa mesmo.' Diz a Haldeman qual o lema de Grant sobre como lidar com os inimigos do governo: 'Destruí-los na imprensa'. Depois, admiravelmente — um epicurista da difamação perfeita, da calúnia que arde com uma chama dura, feito uma pedra preciosa —, o presidente acrescenta: 'Bryden tem o instinto do matador. Ninguém faz um trabalho mais maravilhoso do que ele'.

"O deputado Grant morreu dormindo, um político velho, rico e poderoso, ainda muito estimado em Staatsburg, Nova York, onde deram seu nome ao campo de futebol americano da escola secundária.

"Durante o interrogatório observei Bryden Grant, tentando acreditar que havia nele algo mais do que um político movido por uma vendeta pessoal, que encontrara na obsessão nacional o meio de acertar as contas. Em nome da razão, vamos atrás de um motivo mais elevado, buscamos um sentido mais profundo — na época eu ainda tinha o hábito de tentar ser razoável em relação às coisas absurdas e de procurar a complexidade nas coisas simples. Eu exigia um grande empenho de minha inteligência quando na verdade não era preciso esforço nenhum. Pensava: ele *não pode* ser tão mesquinho e baixo quanto parece. Isso não pode ser mais do que um décimo da história completa. Tem de haver nele algo mais além disso.

"Mas por quê? A mesquinharia e a baixeza também podem vir em grande escala. O que poderia ser mais *inexorável* do que a mesquinharia e a baixeza? Por acaso a mesquinharia e a baixeza impedem a pessoa de ser astuta e cruel? Por acaso a mesquinharia e a baixeza prejudicam o objetivo de vir a ser um personagem importante? Você não precisa ter uma visão da vida muito elaborada para se apaixonar pelo poder. Não precisa ter uma visão da vida muito elaborada para *ascender* ao poder. Na verdade, uma visão muito elaborada da vida pode ser a pior barreira, ao passo que *não* ter uma visão muito elaborada pode ser uma vantagem magnífica. Não é preciso evocar infelicidades da infância aristocrática do deputado Grant para entendê-lo. Afinal de contas, esse é o cara que ocupou a cadeira de Hamilton Fish, o inimigo de Roosevelt, no Congresso. Um aristocrata do rio Hudson, como Franklin Delano Roosevelt. Fish foi para Harvard logo depois de FDR. Invejou-o, odiou-o e, como o distrito de Fish incluía o Hyde Park, acabou deputado durante o governo FDR. Um tremendo isolacionista, e burro como ele só. Fish, lá pelos anos 30, foi o primeiro ignorantão de classe alta a ocupar o cargo de presidente do comitê precursor daquele outro Comitê pernicioso. O protótipo do fariseu, do patrioteiro, do aristocrata filho da mãe preconceituoso: assim era Hamilton Fish. E quando redividiram o distrito eleitoral do velho babaca em 1952, Bryden Grant era o seu pupilo.

"Depois do interrogatório, Grant abandonou a tribuna onde os três membros do Comitê e seu advogado estavam sentados e veio depressa em minha direção. Ele é que me dissera: 'Ponho em dúvida a sua lealdade'. Mas agora sorria, muito simpático — como só Bryden Grant era capaz, como se tivesse inventado o sorriso simpático —, estendeu a mão para mim e assim, por mais repugnante que aquilo fosse, apertei-a. A mão da desrazão; e razoavelmente, civilizadamente, como os lutadores de boxe tocam as luvas um do outro antes de começar a luta, eu a apertei, e minha filha, Lorraine, ficou horrorizada comigo durante vários dias depois disso.

"Grant disse: 'Senhor Ringold, viajei até aqui hoje para ajudá-lo a limpar seu nome. Gostaria que tivesse cooperado mais. O senhor não facilita as coisas, mesmo para aqueles de nós que somos solidários com o senhor. Quero que saiba que eu não estava escalado para representar o Comitê em Newark. Mas soube que o senhor ia ser testemunha e pedi para vir, porque achei que não seria nada bom para o senhor se meu amigo e colega Donald Jackson viesse em meu lugar'.

"Jackson era o cara que tinha ocupado o lugar de Nixon no Comitê. Donald L. Jackson, da Califórnia. Um pensador deslumbrante, dado a declarações públicas como 'Parece-me que chegou a hora de ou ser americano ou não ser americano'. Foram Jackson e Velde que levaram a caçada humana a desentocar subversivos comunistas no clero protestante. Era uma questão nacional premente, para aqueles caras. Depois da saída de Nixon do Comitê, Grant era considerado o ponta-de-lança intelectual do Comitê, aquele que tirava as conclusões profundas para eles — e, é triste dizer, muito provavelmente era isso mesmo.

"Grant me disse: 'Achei que talvez pudesse ajudá-lo mais do que o honrado cavalheiro da Califórnia. Malgrado seu comportamento aqui hoje, ainda acho que posso ajudá-lo. Quero que saiba que se você, depois de uma boa noite de sono, resolver que quer limpar seu nome...'.

"Foi aí que Lorraine estourou. Tinha catorze anos. Ela e Doris estavam sentadas atrás de mim e, durante toda a sessão, Lorraine bufava de raiva mais audivelmente até do que a mãe. Bufava e se remexia na cadeira, quase incapaz de conter a agitação em seu corpo de catorze anos. 'Limpar o nome dele de *quê?*', exclamou Lorraine para o deputado Grant. 'O que foi que meu pai *fez?*' Grant sorriu para ela, benévolo. Era um sujeito de ótima aparência, com todos aqueles cabelos cor de prata, e estava em boa forma física, seus ternos eram os mais caros, feitos na Tripler, e suas maneiras não ofenderiam a mãe de ninguém. Tinha uma voz bonita, de belo timbre, era respeitável, ao mesmo tempo suave e viril, e disse para Lorraine: 'Você é uma filha leal'. Mas Lorraine não ia desistir. E nem Doris nem eu tentamos detê-la de imediato. 'Limpar o nome dele? *Ele* não precisa limpar o nome — não está nem um pouco sujo', disse ela para Grant. 'Você é que está sujando o nome dele.' 'Senhorita Ringold, a senhorita está um pouco nervosa. Seu pai tem um passado', disse Grant. 'Passado?', exclamou Lorraine. 'Que passado? Qual é o passado dele?' Novamente, ele sorriu. 'Senhorita Ringold', disse, 'a senhorita é uma moça muito bonita...' 'Se sou bonita, isso não tem nada a ver com o assunto. Qual é o passado dele? O que foi que ele fez? O que é, afinal, que ele tem de limpar? Me diga o que foi que meu pai fez.' 'Seu pai vai ter de nos contar o que fez.' 'Meu pai já falou', disse ela, 'e vocês estão torcendo tudo o que ele diz para que pareça um monte de mentiras, para que ele pareça ruim. O nome dele *está* limpo. Ele pode ir dormir tranquilo, à noite. Não sei como é que você faz. Meu pai serviu seu país melhor do que ninguém. Sabe muito bem o que é lutar, o que é lealdade, o que é ser americano. É assim que vocês tratam as pessoas que serviram o país? Foi por isso que ele lutou? Para que vocês fiquem aí sentados tentando sujar o nome dele? Tentando jogar lama em cima dele todo? É isso, a América? É isso que você chama lealdade? O que *você* fez pela América? Colunas de fofoca? Isso é muito americano? Meu pai tem princípios, princípios americanos decentes, e você não tem nada que vir tentar destruir meu pai. Ele vai para a escola, dá aula para crianças, trabalha o melhor que pode. Vocês deviam ter um *milhão* de professores feito ele. O problema é esse? Ele é bom demais? É por isso que vocês têm de contar mentiras sobre ele? *Deixem meu pai em paz!*'

"Ao ver Grant calado, sem responder, Lorraine gritou: 'Qual é o problema? Você tinha tanta coisa para falar quando estava ali em cima na tribuna e agora parece que um gato comeu sua língua? Sua boquinha ficou bem fechada...'. Nesse ponto segurei a mão dela e disse: 'Já chega'. Aí ela ficou zangada comigo. 'Não, *não* chega. Não vai chegar nunca, enquanto eles não pararem de tratar você desse jeito. Será que você não vai dizer *nada*, senhor Grant? É isso, a América? Ninguém diz nada na frente de quem tem catorze anos? Só porque não voto, é esse o problema? Pois bem, nunca vou votar em você nem em nenhum dos seus amigos nojentos!' Ela começou a chorar e foi nesse momento que Grant me disse: 'O senhor sabe onde me encontrar', sorriu para nós três e partiu para Washington.

"É assim que acontece. Eles fodem a vida do cara e depois dizem: 'Você teve sorte porque quem fodeu com a sua vida fui eu, não o honrado cavalheiro da Califórnia'.

"Nunca o procurei. O fato é que minhas crenças políticas eram muito localizadas. Nunca se inflaram como as de Ira. Nunca me interessei pelo destino do mundo, como ele. Eu estava mais interessado, do ponto de vista profissional, no destino da comunidade. Minha preocupação não era tanto política como econômica, eu até diria sociológica, em termos de condições de trabalho, em termos da posição social dos professores na cidade de Newark. No dia seguinte o prefeito Carlin disse à imprensa que gente como eu não devia estar dando aula para nossos filhos, e o Conselho de Educação abriu inquérito contra mim por conduta imprópria para um professor. O superintendente percebeu que aquilo era sua justificativa para se livrar de mim de uma vez por todas. Não respondi às perguntas de um órgão legítimo do governo, portanto, *ipso facto*, estava incapacitado de lecionar. Eu disse ao Conselho de Educação que minhas crenças políticas não eram relevantes no que dizia respeito a ser professor de inglês no sistema escolar de Newark. Só havia três motivos para minha exoneração: insubordinação, incompetência e indignidade moral. Aleguei que nada disso se aplicava ao meu caso. Ex-alunos se apresentaram ao inquérito do Conselho para testemunhar que eu nunca tentara doutrinar ninguém, nem em sala de aula nem em nenhum outro lugar. Ninguém no sistema escolar jamais me vira tentando doutrinar ninguém, a não ser quanto ao respeito pela língua inglesa: nenhum dos pais, nenhum dos alunos, nenhum de meus colegas. Meu ex-capitão no exército testemunhou a meu favor. Veio lá do forte Bragg. Uma coisa que impressionou.

"Gostei de vender aspiradores de pó. Havia pessoas que atravessavam para o outro lado da rua quando me viam vir pela calçada, até pessoas que talvez se sentissem envergonhadas de fazer isso, mas que não queriam ser contaminadas, porém eu não me incomodava. Tinha muito apoio do sindicato dos professores e muito apoio externo. Vinham contribuições, tínhamos o salário de Doris, e eu vendia meus aspiradores de pó. Encontrava pessoas de todas as áreas de atividade; travei contato com o mundo real, fora da esfera do ensino. Sabe, eu era um profissional, um professor secundário, lia livros, ensinava Shakespeare, fazia com que as crianças analisassem frases, memorizassem poemas e gostassem de literatura, e achava que nenhum outro tipo de vida valia a pena. Mas fui vender aspiradores de pó e adquiri grande admiração por um monte de gente que conheci, e até hoje sou grato por isso. Acho que tenho uma visão melhor da vida por causa disso."

— Mas imagine que a justiça não o reempossasse. Mesmo assim, teria uma visão melhor da vida?

— Se eu tivesse perdido? Acho que teria vivido direito. Acho que teria sobrevivido intacto. Talvez guardasse algumas mágoas. Mas não creio que meu temperamento fosse afetado. Numa sociedade aberta, por pior que ela seja, sempre existe saída. Perder o emprego e ver os jornais chamarem você de traidor são coisas muito desagradáveis. Mas não se trata, ainda, de uma situação que abranja tudo, como seria com o totalitarismo. Não fui posto na cadeia, não fui torturado. Nada foi negado a minha filha. Meu meio de vida me foi tirado e algumas pessoas pararam de falar comigo, mas outras me admiravam. Minha esposa me admirava. Minha filha me admirava. Muitos de meus ex-alunos me admiravam. Diziam isso abertamente. E pude abrir uma ação judicial. Tinha liberdade de movimentos, podia dar entrevistas, arrecadar dinheiro, contratar advogado, apresentar contestações na justiça. E fiz tudo isso. Claro que você pode ficar tão infeliz e deprimido que acabe tendo um enfarte. Mas pode procurar alternativas, o que também fiz.

"Agora, se o *sindicato* tivesse fracassado, isso sim, me afetaria. Mas não fracassamos. Lutamos e no fim vencemos. Equiparamos os salários de homens e mulheres. Equiparamos os salários dos professores da escola secundária e da escola primária. Conseguimos garantir que toda atividade após as aulas fosse, primeiro, voluntária e, segundo, remunerada. Lutamos para ter mais direito a dispensa por razões de saúde. Defendemos cinco dias de folga por qualquer motivo que a pessoa escolhesse. Conseguimos promoção por concurso — em oposição a apadrinhamento —, o que significava que todas as minorias teriam oportunidade. Atraímos os negros para o sindicato e, quando eles cresceram em número, assumiram cargos de liderança. Mas isso foi há anos. Agora o sindicato é uma grande decepção para mim. Virou uma organização que só se dedica a arrancar dinheiro. Pagamento, isso é tudo. O que fazer para educar as crianças — essa é a última coisa que passa pela cabeça de qualquer um. Uma grande decepção."

— Como foi o horror daqueles seis anos? — perguntei. — O que eles tiraram de você?

— Não creio que tenham tirado nada de mim. Não creio mesmo. Passei um monte de noites sem dormir, é verdade. Em muitas noites eu tinha uma tremenda dificuldade para pegar no sono. Aí o cara fica pensando em tudo quanto é coisa, como é que vou fazer isso e aquilo, o que fazer em seguida, a quem pedir ajuda, e assim por diante. Eu vivia relembrando o que acontecera e planejando o que iria acontecer. Mas aí amanhece e o cara se levanta e faz o que tem de fazer.

— Como Ira reagiu ao que aconteceu com você?

— Ah, ficou abatido. Eu diria até que a coisa o teria destruído, se ele já não tivesse sido destruído por tudo o mais. O tempo todo acreditei que ia vencer, e dizia isso para ele. Eles não tinham motivos legais para me despedir. Ira vivia dizendo: "Você está se enganando. Eles não precisam de motivos legais". Sabia de muita gente que tinha sido despedida e ponto final. Venci, no fim, mas ele se julgava responsável por meus sofrimentos. Carregou isso nas costas pelo resto da vida. Por você, também, você sabe. Pelo que aconteceu com você.

— Comigo? — perguntei. — Não aconteceu nada comigo. Eu era criança.

— Ah, aconteceu uma coisa com você.

Claro que não deveria ser muito surpreendente descobrir que nossa história de vida faz parte de um acontecimento, de algo importante, de que nada sabíamos — nossa história de vida é, em si e por si, algo que conhecemos muito pouco.

— Caso esteja lembrado — disse Murray —, quando você se formou na faculdade não conseguiu uma bolsa Fullbright. Foi por causa do meu irmão.

Em 1953 e 54, meu último ano em Chicago, pedi uma bolsa Fullbright para fazer pós-graduação em literatura em Oxford, e meu pedido foi recusado. Eu estava entre os melhores alunos de minha turma, tinha recomendações entusiásticas e, como lembrei na época — provavelmente pela primeira vez desde que aquilo aconteceu —, fiquei chocado não só ao ver meu pedido negado como também porque a bolsa Fullbright para estudar literatura na Inglaterra foi concedida a um colega muito abaixo de mim em matéria de desempenho acadêmico.

— Isso é verdade mesmo, Murray? Pensei que fosse só uma maluquice, uma injustiça. Um capricho do acaso. Não sabia o que pensar. Fui garfado, achei... E depois fui recrutado para o exército. Como você sabe disso?

— O agente contou para Ira. O cara do FBI. Estava no calcanhar de Ira fazia anos. Ia à casa dele. Tentava fazer Ira apontar nomes. Dizia que era assim que ele ia limpar sua reputação. Acharam que você era sobrinho de Ira.

— Sobrinho dele? Como assim, eu, sobrinho dele?

— Não me pergunte. O agente do FBI nunca deixava as coisas muito claras. Talvez não quisessem deixar as coisas muito claras o tempo todo. O sujeito contou para Ira: "Sabe aquele seu sobrinho que pediu uma bolsa Fullbright? Aquele rapaz de Chicago? Não conseguiu porque você é comunista".

— Você acha que é verdade?

— Não há dúvida nenhuma.

Enquanto isso, eu escutava Murray falar — e olhava para o fiapo de gente que ele se tornara e pensava naquele físico como a materialização de toda a sua coerência, a consequência de uma vida inteira de indiferença em relação a tudo o que não fosse a liberdade em seu significado mais rigoroso... pensava que Murray era um essencialista, que seu caráter não era contingente, que onde quer que ele estivesse, mesmo vendendo aspiradores de pó, conseguiria encontrar sua dignidade... pensava que Murray (a quem eu não amava nem precisava amar; com quem só existia uma relação contratual, professor e aluno) era Ira (a quem eu de fato amava) numa versão mais mental, razoável, terra a terra, Ira com um objetivo prático, social, claro e bem definido, Ira sem as ambições heroicamente exageradas, sem aquele relacionamento apaixonado, superaquecido com tudo, Ira sem o borrão do ímpeto e da briga contra tudo — eu tinha na mente um retrato do tronco nu de Murray, ainda dotado (quando já tinha quarenta e um anos) de todos os sinais da juventude e do vigor. O retrato que tinha na mente era o de Murray Ringold tal como eu o vira no final de uma tarde de terça-feira no outono de 1948, debruçado para fora da janela, retirando as persianas do apartamento de segundo andar onde morava com a esposa e a filha, na avenida Lehigh.

Retirar as persianas, repor as persianas, limpar a neve, espalhar sal no gelo, varrer a calçada, podar a sebe, lavar o carro, reunir e queimar as folhas, duas vezes por dia, de outubro a março, descer ao porão, regular a fornalha que esquentava o apartamento — alimentar o fogo, abafar o fogo, remover as cinzas com a pá, carregar as cinzas escada acima em baldes e depois levar para o lixo; um locatário, um inquilino tinha de ser competente para cumprir todas as suas tarefas antes e depois do trabalho, vigilante, zeloso e competente, assim como as esposas tinham de ser competentes para debruçar-se da janela dos fundos, os pés bem firmes no chão do apartamento e, fosse qual fosse a temperatura — lá em cima, feito marinheiros abrindo as velas do barco —, pendurar as roupas molhadas na corda do varal, fixá-las com prendedores de roupa, uma peça de cada vez, desenrolar a corda até que toda a roupa encharcada da família estivesse suspensa e o varal estivesse cheio e desfraldado ao ar da cidade industrial de Newark, depois recolher a corda novamente para retirar a roupa lavada, peça por peça, retirar e dobrar no cesto de roupa e levar para a cozinha, onde as roupas ficavam, secas e prontas para passar. Para tocar a vida de uma família era preciso, basicamente, ganhar dinheiro, fazer comida e impor uma disciplina, mas também havia as atividades pesadas e fatigantes de marujo: subir, içar, puxar, arrastar, girar manivelas para a frente e para trás — todas essas coisas que tiquetaqueavam a minha volta enquanto eu atravessava, de bicicleta, os mil e duzentos metros que separavam minha casa da biblioteca: tique, taque, tique, o metrônomo da vida cotidiana no bairro, o velho fluxo da existência de uma cidade americana.

Do outro lado da rua, em frente à casa do sr. Ringold, na avenida Lehigh, ficava o hospital Beth Israel, onde eu sabia que a sra. Ringold trabalhara como laboratorista assistente antes de a filha nascer e, logo depois da esquina, ficava a sucursal da biblioteca de Osborn Terrace, aonde eu costumava ir de bicicleta pegar meu suprimento semanal de livros. O hospital, a biblioteca e, representada por meu professor, a escola: o nexo institucional do bairro estava quase todo presente como uma garantia para mim naquele único quarteirão. Sim, a eficiência da vida cotidiana do bairro girava a pleno vapor naquela tarde de 1948, quando vi o sr. Ringold debruçado para fora, sobre o peitoril, desprendendo uma persiana da janela da frente.

Quando freei para descer a ladeira da avenida Lehigh, vi-o enfiar uma corda através de um dos ganchos de canto da persiana e em seguida, depois de gritar "lá vai ela", baixar a persiana ao longo da parede do prédio de dois andares e meio para um homem no jardim, que desamarrou a corda e pôs a persiana numa pilha amontoada junto ao alpendre de tijolos. Fiquei admirado com o jeito como o sr. Ringold executava uma ação ao mesmo tempo atlética e prática. Para executar aquilo com tanta elegância, a pessoa tinha de ser muito forte.

Ao chegar à casa, vi que o homem do jardim era um gigante de óculos. Era Ira. Era o irmão que fora ao "auditório" de nossa escola secundária para representar o papel de Abe Lincoln. Subira ao palco em trajes de época e, absolutamente sozinho, recitara o discurso de Gettysburg, de Lincoln, depois o segundo discurso de posse, concluindo com o que o sr. Ringold, irmão do orador, mais tarde nos disse ser a frase mais nobre e bela que um presidente americano, ou não importa que *escritor* americano, jamais escreveu (uma frase que era uma locomotiva bufante, sua conclusão, uma fileira de carregados vagões de correio, uma frase que ele depois nos fez analisar, desmontar e debater durante uma aula inteira): "Sem maldade para ninguém, com caridade para todos, com tenacidade na justiça, na medida em que Deus nos permite ver o que é justo, esforcemo-nos para concluir o trabalho que estamos fazendo, fechar as feridas da nação, cuidar daquele que suportou o peso da batalha, de sua viúva e de seu órfão, fazer tudo o que permita alcançar e assegurar uma paz justa e duradoura entre nós e entre todas as nações". Durante o resto do espetáculo, Abraham Lincoln tirou a cartola e respondeu ao senador escravocrata Stephen A. Douglas, cujas palavras (as mais perfidamente contrárias aos negros que possam existir, e que um grupo de alunos — nós, membros de um grupo de estudo extracurricular chamado Clube Contemporâneo — vaiou ruidosamente) foram lidas por Murray Ringold, organizador da visita de Iron Rinn à escola.

Como se já não fosse bastante desorientador ver o sr. Ringold apresentar-se em público sem gravata nem camisa — sem nem sequer uma camiseta —, Iron Rinn se vestia como um lutador de boxe. Calção, tênis, e só — quase nu, não só o maior homem que eu já vira de tão perto como também o mais famoso. Iron Rinn era ouvido no rádio toda quinta-feira à noite no programa *Livres e corajosos* — uma popular dramatização semanal de episódios edificantes da história americana —, encarnando pessoas como Nathan Hale, Orville Wright, Wild Bill Hickok e Jack London. Na vida real, era casado com Eve Frame, principal atriz de uma companhia com repertório de dramas semanais "sérios" chamada *O radioteatro americano*. Minha mãe sabia tudo sobre Ira Rinn e Eve Frame por meio das revistas que lia no salão de beleza. Ela nunca compraria aquelas revistas — desaprovava-as, assim como meu pai, que queria ter uma família exemplar —, mas lia-as sob o secador de cabelo e depois via todas as revistas de moda quando ia, nas tardes de sábado, ajudar sua amiga, a sra. Svirsky, que, com o marido, tinha uma loja de roupas na rua Bergen, ao lado da chapelaria da sra. Unterberg, onde minha mãe de vez em quando também prestava uma ajuda nos sábados e no período de compras que antecede a Páscoa.

Certa noite, depois de ouvirmos *O radioteatro americano*, coisa que fazíamos desde quando eu me conhecia por gente, minha mãe nos contou sobre o casamento de Eve Frame com Iron Rinn e todas as personalidades do teatro e do rádio que haviam sido convidadas. Eve Frame usara um vestido de lã de duas peças, cor-de-rosa desmaiado, mangas adornadas com anéis duplos de pelo de raposa de uma cor que combinava muito bem e, na cabeça, o tipo de chapéu que ninguém mais no mundo usava com mais charme do que ela. Minha mãe dissera que era "um chapéu com véu chegue-mais-perto", estilo que, ao que parece, Eve Frame tornara famoso ao contracenar com o ídolo das matinês de cinema mudo Carlton Pennington, em *Minha querida, chegue mais perto*, em que representara com perfeição uma moça mimada da alta sociedade. Eve era muito conhecida por usar chapéu com véu chegue-mais-perto quando se punha diante do microfone, texto na mão, e representava para *O radioteatro americano*, embora também tivesse sido fotografada diante de um microfone de rádio de chapéu de feltro de aba mole, de coque, de chapéu de palha, e, uma vez, ao ser convidada para o *Bob Hope Show*, minha mãe lembrava, com um chapéu preto de palha em forma de pires, sedutoramente coberto por um véu de gaze fina feita de fios de seda. Minha mãe nos contara que Eve Frame era seis anos mais velha do que Iron Rinn, que o cabelo dela crescia dois centímetros e meio por mês e que ela o clareava para subir ao palco na Broadway, que a filha dela, Sylphid, era harpista, formada na Julliard, e fruto do casamento de Frame com Carlton Pennington.

— E quem liga para isso? — dizia meu pai.

— Nathan liga — respondia minha mãe, em tom defensivo.

— Iron Rinn é o irmão do senhor Ringold. O senhor Ringold é o *ídolo* dele.

Meus pais tinham visto Eve Frame em filmes mudos quando ela era uma moça linda. E ainda era linda; eu sabia, porque, quatro anos antes, em meu décimo primeiro aniversário, levaram-me para ver minha primeira peça na Broadway — *O falecido George Apley*, de John P. Marquand —, e Eve Frame participava do elenco, e depois meu pai, cujas recordações de Eve Frame como jovem atriz do cinema mudo ainda estavam aparentemente tingidas de afeição, dissera:

— Aquela mulher fala a língua inglesa clássica como ninguém no mundo! — e minha mãe, que pode ou não ter entendido o que inflamava aquele elogio, comentara:

— É, mas ela se empolga demais. Fala esplendidamente, representou seu papel muito bem, e estava muito bonita com aquele corte de cabelo pajem, mas aqueles quilos a mais não convêm a uma baixotinha feito Eve Frame, muito menos com aquele vestido de piquê branco, de verão, e pouco importa que a saia fosse larga ou não.

Uma discussão sobre se Eve Frame era judia ou não invariavelmente ocorria entre as mulheres no clube de *mahjongg* de minha mãe, quando chegava a vez de minha mãe recebê-las em casa para o jogo semanal, sobretudo depois da noite, ocorrida alguns meses mais tarde, em que fui convidado por Ira para jantar com ele e Eve Frame. O mundo fascinado pelos astros ao redor do menino fascinado pelos astros não conseguia parar de falar sobre o fato de certas pessoas comentarem que o nome verdadeiro dela era Fromkin. Chava Fromkin. Havia uns Fromkin no Brooklyn que, diziam, era a família repudiada por Eve Frame quando ela partira para Hollywood e mudara de nome.

— E quem liga para isso? — dizia meu pai, sério, toda vez que o assunto vinha à tona e ele por acaso estava passando pela sala, onde o jogo de *mahjongg* estava em curso. — Todo mundo troca de nome em Hollywood. Aquela mulher dá uma aula de dicção toda vez que abre a boca. Quando ela sobe naquele palco e representa uma dama, a gente *sabe* que é uma dama.

— Dizem que ela é de Flatbush — rotineiramente fofocava a sra. Unterberg, dona da chapelaria. — Dizem que o pai dela é um açougueiro *kosher*.

— Dizem que Cary Grant é judeu — recordou meu pai às senhoras. — Os fascistas diziam que *Roosevelt* era judeu. As pessoas dizem qualquer coisa. Não é com isso que estou preocupado. Estou preocupado é com a *representação* dela, que, a meu ver, é insuperável.

— Bem — disse a sra. Svirsky, que, junto com o marido, era dona da loja de roupas —, o cunhado de Ruth Tunick é casado com uma Fromkin, uma Fromkin de Newark. E ela tem parentes no Brooklyn, e eles juram que Eve Frame é prima deles.

— O que diz o Nathan? — perguntou a sra. Kaufman, dona de casa e amiga de infância de minha mãe.

— Não diz nada — respondeu minha mãe. Eu a treinara a dizer aquilo. Como? Fácil. Quando ela me perguntou, a pedido das senhoras, se eu sabia se Eve Frame do *Radioteatro americano* era na verdade Chava Fromkin, do Brooklyn, respondi:

— A religião é o ópio do povo! Essas coisas não têm importância, não ligo para nada disso. Não sei, e tenho raiva de quem sabe!

— Como é a casa deles? O que ela vestia? — a sra. Unterberg perguntou a minha mãe.

— O que eles serviram? — perguntou a sra. Kaufman.

— Como era o penteado dela? — perguntou a sra. Unterberg.

— Ele tem mesmo um metro e noventa e cinco? O que diz o Nathan? Calça mesmo quarenta e cinco? Tem gente que diz que é só publicidade.

— E a pele dele tem marcas de varíola, como aparece nas fotografias?

— O que o Nathan diz sobre a filha? Que raio de nome é esse, Sylphid? — perguntou a sra. Schessel, cujo marido era calista, como meu pai.

— Esse é o nome verdadeiro dela? — perguntou a sra. Svirsky.

— Não é judeu — disse a sra. Kaufman. — Sylvia é judeu. Acho que é francês.

— Mas o pai não é francês — disse a sra. Schessel. — O pai é Carlton Pennington. Ela representou com ele em todos aqueles filmes. Fugiu com ele naquele filme. Em que ele fazia o papel do ricaço mais velho.

— É o filme em que ela usava aquele chapéu?

— Ninguém no mundo — disse a sra. Unterberg — se equipara a essa mulher de chapéu. Ponham Eve Frame com uma boinazinha confortável, com um chapeuzinho de noite florido, com uma touca de palha trançada, com um chapelão preto de aba larga com véu, ponham essa mulher com *qualquer coisa* na cabeça, com um chapéu de feltro tirolês de pena espetada, um turbante de jérsei branco, um *capuz* com borda de pelo, e essa mulher vai ficar deslumbrante, não importa.

— Num filme, nunca vou esquecer — disse a sra. Svirsky —, ela estava com um vestido de baile branco de bordados dourados, com um regalo branco de pele de arminho. Nunca vi nada tão elegante em toda a minha vida. Tinha uma peça... qual era o nome? Fomos ver juntas, meninas. Ela estava com um vestido de lã cor de vinho borgonha, bem cheio no corpete e na saia, e com os babados de renda mais lindos que já vi...

— Foi sim! E tinha aquele chapéu com véu de cores que combinavam. Aquele chapéu de feltro vinho com um véu franzido — disse a sra. Unterberg.

— Vocês se lembram dela num vestido com babados, naquela outra peça, não sei mais qual era o nome? — disse a sra. Svirsky. — Ninguém usa um vestido com babados como ela. Babados brancos *duplos* num vestido preto de baile!

— Mas e esse nome, *Sylphid* — perguntou de novo a sra. Schessel. — Sylphid vem do *quê*?

— Nathan sabe. Pergunte ao Nathan — disse a sra. Svirsky. — Nathan está em casa?

— Está fazendo o dever de casa — disse minha mãe.

— Pergunte a ele. Que espécie de nome é esse, Sylphid?

— Vou perguntar mais tarde — respondeu minha mãe.

Mas ela sabia muito bem que não devia perguntar, muito embora, em segredo, desde quando eu ingressara no círculo mágico, eu morresse de vontade de conversar sobre isso com todo mundo. O que eles vestem? O que eles comem? O que dizem *enquanto* comem? Como é que *é* lá? É sensacional.

Na terça-feira em que encontrei Ira pela primeira vez, em frente à casa do sr. Ringold, era 12 de outubro de 1948. Se o World Series não tivesse justamente acabado na segunda-feira eu teria, timidamente, por respeito à privacidade de meu professor, passado correndo diante da casa em que ele estava retirando as persianas das janelas com o irmão e, sem nem mesmo acenar com a mão ou gritar bom-dia, viraria à esquerda na esquina de Osborne Terrace. Porém aconteceu que um dia antes eu ouvira os Indians derrotarem os velhos Boston Braves na partida final do campeonato, sentado no chão do gabinete do sr. Ringold. Ele trouxera um aparelho de rádio naquela manhã e, depois da aula, os alunos cujas famílias ainda não possuíam televisor — a ampla maioria — foram convidados a sair diretamente de sua aula de inglês na oitava série e descer às pressas pelo corredor para aglomerar-se no pequeno gabinete do chefe do departamento de inglês e escutar pelo rádio a partida, que já estava em curso no campo dos Braves.

A cortesia, portanto, exigia que eu reduzisse a velocidade da bicicleta e gritasse para ele:

— Senhor Ringold, obrigado por ontem.

A cortesia exigia que eu acenasse com a cabeça e sorrisse para o gigante em seu jardim. E — de boca seca, tensa — parasse e me apresentasse. E, quando ele me surpreendeu dizendo "como é que vai, meu chapa", respondi com certo atrevimento, dizendo logo que na tarde em que ele se apresentara no auditório da escola eu fora um dos garotos que vaiaram Stephen A. Douglas quando ele afirmou, na cara de Abraham Lincoln: "Sou contra a cidadania dos negros, de todas as formas possíveis. [*Uuuu.*] Acredito que este governo foi construído sobre uma base branca. [*Uuuu.*] Acredito que foi criado para os brancos [*Uuuu.*] e para suas gerações futuras, para sempre. [*Uuuu.*] Sou a favor de restringir a cidadania aos brancos, em lugar de concedê-la a negros, índios e outras raças inferiores [*Uuuu. Uuuu. Uuuu.*]".

Alguma coisa com raízes mais fundas do que a mera cortesia (ambição, a ambição de ser admirado por minha convicção moral) me impeliu a vencer a timidez e dizer a ele, dizer para a trindade dos Iras, para todos os três — o mártir patriota do palco Abraham Lincoln, o americano natural e intrépido das ondas de rádio Ira Ringold, e o arruaceiro redimido do Primeiro Distrito de Newark, Ira Ringold — que fora eu que incitara as vaias.

O sr. Ringold desceu a escada do apartamento do segundo andar suando copiosamente e vestindo apenas uma calça cáqui e um par de mocassins. Logo atrás vinha a sra. Ringold, que, antes de voltar para cima, serviu uma bandeja com uma jarra de água gelada e três copos. E foi assim — às quatro e meia da tarde do dia 12 de outubro de 1948, um ofuscante dia de outono e a tarde mais espantosa de minha jovem vida — que deitei minha bicicleta de lado e sentei na escada da porta da casa do meu professor de inglês, com o marido de Eve Frame, Iron Rinn, do programa *Livres e corajosos*, conversando sobre o World Series em que Bob Feller perdera dois pontos — incrível — e Larry Doby, pioneiro dos jogadores negros na Liga Americana, a quem todos admirávamos, mas não do jeito que admirávamos Jackie Robinson, fizera sete por vinte e dois.

Depois conversamos sobre boxe: Louis nocauteando Jessie Joe Walcott quando Walcott estava muito à frente na pontuação; Tony Zale retomando de Rock Graziano o título dos pesos médios ali mesmo em Newark, no Rupert Stadium, em junho, esmagando-o com um esquerdo no terceiro assalto e depois perdendo para um francês, Marcel Cerdan, lá em Jersey City, fazia duas semanas, em setembro... E depois de falar comigo sobre Tony Zale durante um minuto, Iron Rinn falou sobre Winston Churchill, um discurso que Churchill fizera alguns dias antes e que deixara Ira espumando de raiva, um discurso em que advertia os Estados Unidos a não destruir suas reservas de bombas atômicas porque a bomba atômica era o que impedia os comunistas de dominar o mundo. Ele falava sobre Winston Churchill do mesmo jeito que falava de Leo Durocher e Marcel Cerdan. Chamava Churchill de sacana reacionário e cão de guerra com a mesma falta de hesitação com que chamava Durocher de mascarado e Cerdan de vagabundo. Falava de Churchill como se Churchill fosse o gerente do posto de gasolina da avenida Lyons. Não era assim que falávamos de Winston Churchill em minha casa. Parecia mais o jeito que falávamos de Hitler. Em sua conversa, assim como na do seu irmão, não existia nenhuma fronteira invisível de conveniência a ser observada e não existiam tabus convencionais. A gente podia misturar tudo e qualquer coisa: esporte, política, sentimentos idealistas, retidão moral... Havia algo maravilhosamente revigorante naquilo, um mundo diferente e perigoso, exigente, franco, agressivo, livre da necessidade de agradar. E livre da escola. Iron Rinn não era só um astro do rádio. Era alguém de fora da sala de aula que não tinha medo de dizer tudo aquilo que quisesse.

Eu justamente acabara de ler sobre alguém que não tinha medo de falar o que quisesse — Thomas Paine —, e o livro que eu lera, um romance histórico de Howard Fast chamado *Cidadão Tom Paine*, era um dos volumes que estavam na cestinha da minha bicicleta e que eu ia levando para devolver à biblioteca. Enquanto Ira esculhambava Churchill para mim, o sr. Ringold deu um passo na direção dos livros que haviam caído da cestinha para a calçada, perto da escada da frente da casa, e deu uma olhada nas lombadas para ver o que eu andava lendo. Metade dos livros era sobre beisebol, romances escritos por John R. Tunis, e a outra metade era sobre história americana, escritos por Howard Fast. Meu idealismo (e minha ideia de homem) vinha sendo construído em duas linhas paralelas, uma alimentada por romances sobre campeões de beisebol que obtinham suas vitórias com grande dificuldade, sofrendo adversidades, humilhações e muitas derrotas enquanto lutavam até a vitória, e a outra por romances sobre americanos heroicos que lutavam contra a tirania e a injustiça, campeões da liberdade em nome da América e de toda a humanidade. Sofrimento heroico. Essa era a minha especialidade.

Cidadão Tom Paine não era um romance urdido da maneira comum, mas um longo encadeamento de floreios retóricos melodramáticos que delineavam as contradições de um homem intratável dotado de um intelecto ardoroso e das ideias sociais mais puras, um escritor *e* um revolucionário. "Era o mais odiado — e, talvez, por uns poucos, o mais amado — homem do mundo." "Uma mente que ardia na própria chama como poucas mentes em toda a história da humanidade." "Sentia na própria alma o chicote que estalava nas costas de milhões de pessoas." "Seus pensamentos e ideias estavam mais próximos do trabalhador comum do que os pensamentos e ideias de Jefferson jamais poderiam estar." Esse era Paine como Fast o retratava, furiosamente determinado e insociável, um beligerante épico e folclórico — desleixado, sujo, com roupas de mendigo, de mosquete na mão pelas ruas sem lei de Filadélfia no tempo da guerra, um homem amargo, cáustico, muitas vezes embriagado, que frequentava bordéis, perseguido por assassinos, e sem amigos. Ele fazia tudo sozinho: "Meu único amigo é a revolução". Na época em que acabei de ler o livro parecia-me não existir outra maneira para um homem viver e morrer senão do jeito de Paine, se o homem fosse exigente e de propósitos firmes, devotado à liberdade humana — exigente tanto em relação a governantes remotos quanto à multidão vulgar — e à transformação da sociedade.

Ele fazia tudo sozinho. Não havia nada em Paine que pudesse ser mais fascinante, por menos sentimental que fosse o retrato pintado por Fast de um homem nascido na solidão, dotado de uma independência desafiadora e de uma grande infelicidade pessoal. Pois Paine terminou seus dias também sozinho, velho, doente, infeliz, no ostracismo e traído — desprezado acima de tudo por ter escrito em seu último testamento, *A idade da razão*: "Não acredito no credo professado pela igreja judaica, pela igreja romana, pela igreja grega, pela igreja turca, pela igreja protestante nem por nenhuma igreja que conheça. Minha única igreja é minha mente". Ler sobre ele me fez sentir forte, rebelde e, acima de tudo, livre para lutar por aquilo em que acreditava.

Cidadão Tom Paine foi exatamente o livro que o sr. Ringold pegou da cestinha da minha bicicleta para trazer até onde estávamos sentados.

— Conhece este aqui? — perguntou ao irmão.

Iron Rinn apanhou o livro da biblioteca das enormes mãos de Abe Lincoln e começou a folhear as primeiras páginas.

— Não. Nunca li Fast — disse. — Deveria. Um homem formidável. Tem fibra. Esteve do lado de Wallace desde o início. Devoro a coluna dele toda vez que leio o *Worker*, mas não tenho mais tempo para romances. No Irã eu tinha, quando estava no exército lia Steinbeck, Upton Sinclair, Jack London, Caldwell...

— Se você for ler um livro dele, este aqui é o melhor de todos — disse o sr. Ringold. — Não é mesmo, Nathan?

— Esse livro é ótimo — respondi.

— Já leu *Senso comum*? — Iron Rinn me perguntou. — Já leu os textos de Paine?

— Não — respondi.

— Pois leia — me disse Iron, enquanto folheava o meu livro.

— Tem muitos textos de Paine citados por Howard Fast — comentei.

Levantando o rosto, Iron Rinn recitou:

— "A força da maioria é a revolução, mas por estranho que pareça a humanidade atravessou vários milhares de anos de escravidão sem compreender esse fato."

— Isso está no livro — falei.

— É o que eu esperava.

— Sabe qual foi o lance de gênio de Paine? — perguntou-me o sr. Ringold. — O lance de gênio de todos aqueles homens? Jefferson, Madison... Sabe qual foi?

— Não — respondi.

— Sabe, sim — disse ele.

— Desafiar os ingleses.

— Uma porção de gente fez isso. Não. Foi articular a causa *em* inglês. A revolução era completamente improvisada, completamente desorganizada. Não foi essa a sensação que você teve nesse livro, Nathan? Pois bem, esses caras tiveram de encontrar uma língua para a revolução. Encontrar as palavras para um grande projeto.

— Paine disse: "Escrevi um pequeno livro porque queria que os homens vissem em que estavam dando tiros" —, respondi para o sr. Ringold.

— E fez isso mesmo — disse o sr. Ringold.

— Olhe só aqui — disse Iron Rinn, apontando algumas linhas no livro. — Sobre o rei Jorge III. Escutem só. "Que eu sofra a desgraça de todos os demônios se transformar minha alma em prostituta jurando lealdade a um sujeito cujo caráter é o de um homem beberrão, boçal, teimoso, inútil e bárbaro."

Ambas as citações de Paine que Iron recitou — empregando a voz bravia e arrebatadora que ouvíamos no programa *Livres e corajosos* — estavam entre uma dúzia de trechos que eu mesmo tinha copiado e memorizado.

— Você gosta dessa frase — disse-me o sr. Ringold.

— Sim. Gosto de "transformar minha alma em prostituta".
— Por quê? — perguntou ele.
Eu começara a suar em profusão por causa do sol na minha cara, por causa da excitação de encontrar Iron Rinn e agora por estar na berlinda, tendo de responder ao sr. Ringold como se estivéssemos na sala de aula, estando sentado entre dois irmãos sem camisa, de bem mais de um metro e oitenta de altura cada um, dois homens grandes, desinibidos, que exalavam o tipo de virilidade vigorosa e inteligente a que eu mesmo aspirava. Homens que sabiam falar sobre beisebol e boxe enquanto conversavam sobre livros. E sabiam conversar sobre livros como se algo importante estivesse em jogo num livro. Não se tratava de abrir um livro para cultuá-lo, ou para ser elevado por ele, ou para perder de vista o mundo em torno. Não, mas para *lutar boxe* com o livro.
— Porque — respondi — normalmente não pensamos na nossa alma como uma prostituta.
— O que ele *quer dizer* com "transformar minha alma em prostituta"?
— Vender — respondi. — Vender a alma.
— Certo. Você percebe como é muito mais forte escrever "Que eu sofra a desgraça de todos os demônios se transformar minha alma em *prostituta*" do que escrever "se eu vender minha alma"?
— Percebo, sim.
— Por que assim fica mais forte?
— Porque "prostituta" personifica a ideia.
— Certo. E o que mais?
— Bem, a palavra "prostituta"... não é uma palavra convencional, a gente não a escuta em público. As pessoas não andam por aí escrevendo "prostituta" ou falando em público "prostituta".
— Por que não?

— Vergonha. Constrangimento. Decência.
— Decência. Muito bem. Certo. Quer dizer então que isso é audacioso?
— Sim.
— E é *isso* que você gosta em Paine, não é? Sua audácia?
— Acho que é, sim.
— E agora você sabe *por que* gosta do que gosta. Está com uma boa vantagem no jogo, Nathan. E sabe disso porque olhou bem para uma palavra que ele usou, uma só palavra, e refletiu sobre essa palavra que ele usou, e fez a si mesmo algumas perguntas sobre essa palavra que ele usou até conseguir enxergar através dessa palavra, olhou através dela como através de uma lente de aumento e viu uma das fontes da força desse grande escritor. Ele é audacioso. Thomas Paine é audacioso. Mas isso basta? É só uma parte da fórmula. A audácia deve ter um propósito, senão vira algo fácil, rasteiro e vulgar. Por que Thomas Paine é audacioso?
— Por causa — respondi — de suas convicções.
— Ahá! Esse é o meu garoto — exclamou Iron Rinn, de repente. — Esse é o garoto que vaiou o senhor Douglas!

Portanto foi assim que, cinco noites depois, virei convidado particular de Iron Rinn num comício no centro da cidade, em Newark, no Mosque, o maior teatro da cidade, de apoio a Henry Wallace, candidato à presidência do recém-formado Partido Progressista. Wallace participara do gabinete de Roosevelt como secretário de agricultura durante sete anos, antes de tornar-se vice-presidente no terceiro período presidencial de Roosevelt. Em 1944 foi retirado da lista de candidatos à presidência e substituído por Truman, em cujo gabinete serviu brevemente como secretário do comércio. Em 1946 o presidente exonerou Wallace por declarar-

-se a favor da cooperação com Stalin e da amizade com a União Soviética justamente na hora em que a União Soviética começava a ser vista por Truman e pelo Partido Democrata não só como inimigo ideológico mas também como séria ameaça à paz, cuja expansão pela Europa e outras regiões tinha de ser contida pelo Ocidente.

Essa divisão dentro do Partido Democrata — entre a maioria antissoviética, liderada pelo presidente, e os "progressistas" simpatizantes dos soviéticos, liderados por Wallace e opostos à doutrina Truman e ao plano Marshall — refletia-se na cisão em minha própria casa, entre pai e filho. Meu pai, que havia admirado Wallace quando ele era o favorito de Roosevelt, agora se declarava contra a candidatura de Wallace porque os americanos tradicionalmente não apoiam candidatos de um terceiro partido — nesse caso, porque sua candidatura desviaria de Truman os votos da ala esquerda do Partido Democrata e asseguraria a eleição do governador Thomas E. Dewey, de Nova York, o candidato republicano. O pessoal de Wallace andava falando que seu partido receberia uns seis ou sete milhões de votos, uma percentagem da votação popular amplamente superior a qualquer outra obtida por algum terceiro partido americano.

— Seu candidato só vai servir para tirar os democratas da Casa Branca — disse meu pai. — E se ficarmos com os republicanos no poder, isso vai significar o sofrimento para este país, que é o que eles sempre quiseram. Você não teve de encarar Hoover, Harding e Coolidge. Não tem a experiência direta da falta de humanidade do Partido Republicano. Você despreza os grandes magnatas, Nathan? Despreza isso que você e Wallace chamam de "os Garotões de Wall Street"? Pois bem, você não sabe como é quando o partido dos grandes magnatas está com o pé em cima da cara do povo humilde. Eu sei. Conheço a pobreza e conheço a injustiça de um jeito que você e seu irmão não tiveram de conhecer, graças a Deus.

Meu pai nasceu num cortiço de Newark e se tornou calista estudando à noite enquanto trabalhava de dia num caminhão de padaria; e durante a vida toda, mesmo depois de ter juntado algum dinheiro e de termos nos mudado para uma casa própria, continuou a identificar-se com os interesses do que chamava "povo humilde" e que eu — seguindo Henry Wallace — me acostumei a chamar "homem comum". Fiquei terrivelmente decepcionado ao ouvir meu pai recusar-se de forma tão categórica a votar no candidato que, como tentei convencê-lo, apoiava os mesmos princípios do New Deal. Wallace queria um programa de saúde nacional, proteção para os sindicatos, benefícios para os trabalhadores; opunha-se ao decreto Taft-Hartley e à opressão dos trabalhadores; opunha-se ao projeto de lei Mundt-Nixon e à perseguição dos extremistas políticos. O projeto de lei Mundt-Nixon, se aprovado, obrigaria todas as organizações comunistas e "de feição comunista" a se registrarem no governo. Wallace dissera que o projeto de lei Mundt-Nixon era o primeiro passo para um estado policial, um esforço para obrigar o povo americano a calar-se; chamou-o "o mais subversivo" projeto de lei jamais apresentado ao Congresso. O Partido Progressista apoiava a liberdade de ideias para competir no que Wallace denominava "livre mercado de pensamentos". O mais impressionante para mim era que, ao fazer campanha no Sul, Wallace se recusou a discursar para plateias segregadas — o primeiro candidato à presidência a ter esse grau de coragem e integridade.

— Os democratas — respondi para meu pai — nunca farão nada para pôr um fim à segregação racial. Nunca vão decretar a ilegalidade dos linchamentos, da taxa para poder votar ou de Jim Crow. Nunca fizeram isso e nunca farão.

— Não concordo com você, Nathan — disse ele. — Veja só o Harry Truman. Harry Truman tinha os direitos civis como ponto importante em sua plataforma, e você mesmo pode ver o que ele está fazendo, agora que se livrou daqueles sulistas fanáticos.

Não só Wallace pulara fora do Partido Democrata naquele ano, como também os tais "fanáticos" de que falava meu pai, os democratas sulistas que haviam formado seu próprio partido, o Partido dos Direitos dos Estados — os "Dixiecratas". Eles apresentaram como candidato à presidência o governador da Carolina do Sul, Strom Thurmond, um segregacionista furioso. Os Dixiecratas também retirariam votos dos democratas, votos sulistas que normalmente iam para o Partido Democrata, outro motivo que favorecia uma vitória avassaladora de Dewey sobre Truman.

Toda noite, durante o jantar na cozinha, eu fazia o possível para convencer meu pai a votar em Henry Wallace e na restauração do New Deal, e toda noite ele tentava me fazer entender a necessidade de ser transigente numa eleição como aquela. Mas uma vez que eu elegera Thomas Paine como herói, o patriota mais intransigente da história americana, ao mero som da primeira *sílaba* da palavra "transigir", eu pulava na minha cadeira e dizia bem alto para ele, para minha mãe e para meu irmão de dez anos (que, toda vez que eu me empolgava, gostava de repetir para mim, numa voz exageradamente exaltada, "Um voto para Wallace é um voto para *Dewey*") que eu nunca mais poderia comer naquela mesa se meu pai estivesse presente.

Certa noite, no jantar, meu pai tentou outra estratégia — para me esclarecer mais um pouco sobre o desprezo dos republicanos por toda e qualquer noção de igualdade econômica e de justiça política, que eu respeitava — mas eu não queria saber de nada daquilo: os dois principais partidos políticos eram igualmente desprovidos de consciência em relação aos direitos dos negros, igualmente indiferentes em relação às injustiças inerentes ao sistema capitalista, igualmente cegos diante das consequências catastróficas para toda a humanidade da provocação intencional do nosso país ao povo russo amante da paz. À beira das lágrimas, e acreditando piamente em cada palavra que dizia, falei para meu pai:

— Estou muito surpreso com o senhor! —, como se fosse ele o filho intransigente.

Mas uma surpresa ainda maior estava por vir. Mais adiante, na tarde de sábado, ele me disse que preferia que eu não fosse ao teatro Mosque naquela noite para participar do comício de Wallace. Se ainda quisesse ir depois de conversarmos, ele não tentaria me deter, mas pelo menos queria que eu o ouvisse antes de tomar minha decisão final. Quando voltei para casa da biblioteca, na terça-feira e, triunfante, anunciei no jantar que recebera um convite particular de Iron Rinn, o ator de rádio, para ir com ele ao comício de Wallace no centro da cidade, obviamente estava tão emocionado por ter estado com Rinn, tão exaltado com o interesse pessoal que ele demonstrara por mim, que minha mãe simplesmente proibiu meu pai de expressar suas reservas em relação ao comício. Mas agora ele queria que eu ouvisse o que julgava ser um dever seu, como pai, discutir, sem que eu perdesse as estribeiras.

Meu pai estava me levando tão a sério quanto os Ringold, mas sem o destemor político de Ira, sem a argúcia literária de Murray e, acima de tudo, sem o evidente descaso dos dois irmãos pelas convenções morais, eles, que não ligavam a mínima para eu ser ou não um bom menino. Os irmãos Ringold representavam, na forma de dois socos cruzados de boxe, a promessa de me iniciar no mundo do grande espetáculo, de eu dar meus primeiros passos para compreender o que é preciso para ser um homem em grande escala. Os Ringold me impeliam a reagir de acordo com um nível de rigor que me parecia adequado a quem eu era então. Com eles, a questão não era ser um bom menino. A única questão eram as minhas convicções. Mas, afinal, as responsabilidades deles não eram as mesmas de um pai, que consistem em dirigir o filho para longe das armadilhas do mundo. O pai tem de preocupar-se com as armadilhas de um modo que o professor não precisa. Tem de se preocupar com o comportamento do filho, tem de se preocupar com socializar seu pequeno Tom Paine. Mas a partir do momento em que Tom Paine é posto na companhia de outros homens e o pai ainda o está educando como se fosse um menino, o pai está liquidado. Claro, está preocupado com as armadilhas — se não estivesse, estaria errado. Mas, de um jeito ou de outro, está liquidado. O pequeno Tom Paine não tem alternativa senão riscar o pai de sua lista, trair o pai e ir em frente corajosamente para pisar direto no primeiro alçapão da vida. E depois, completamente sozinho — conferindo a sua existência uma unidade verdadeira —, passar de um alçapão a outro pelo resto da vida, até o túmulo que, se não tiver mais nada em seu favor, será pelo menos o último alçapão em que se pode cair.

— Escute bem — disse meu pai — e depois resolva sozinho. Respeito sua independência, meu filho. Quer usar um emblema do Wallace na escola? Use. Este é um país livre. Mas você precisa conhecer todos os fatos. Não pode tomar uma decisão segura sem fatos.

Por que a sra. Roosevelt, a grande e adorada viúva do presidente, recusara seu apoio a Henry Wallace e se voltara contra ele? Por que Harold Ickes, o leal e respeitado secretário do interior de Roosevelt, um grande homem por seus próprios méritos, recusara seu apoio a Henry Wallace e se voltara contra ele? Por que o CIO, a organização sindical mais ambiciosa que o país já conheceu, retirara de Henry Wallace seu dinheiro e seu apoio? Por causa da infiltração dos comunistas na campanha de Wallace. Meu pai não queria que eu fosse ao comício por causa dos comunistas que haviam simplesmente dominado o Partido Progressista. Disse-me que Henry Wallace ou era demasiado ingênuo para saber isso ou — o que, infelizmente, devia estar mais próximo da verdade — demasiado desonesto para admiti-lo, mas os comunistas, sobretudo os oriundos dos sindicatos dominados pelos comunistas, já expulsos do CIO...

— Caçador de comunistas! — gritei, e saí de casa. Peguei o ônibus 14 e fui ao comício. Encontrei Paul Robeson. Ele esticou o braço para apertar minha mão, depois que Ira me apresentou como o tal garoto da escola secundária de que tinha falado.

— Aqui está ele, Paul. O garoto que liderou as vaias contra Stephen A. Douglas.

Paul Robeson, o ator e cantor negro, um dos presidentes do comitê da campanha presidencial de Wallace, que apenas alguns meses antes, numa manifestação em Washington contra o projeto de lei Mundt-Nixon, cantara "Ol' Man River" para uma multidão de cinco mil manifestantes, aos pés do monumento a Washington, que se mostrara impávido perante o Comitê Judiciário do Senado e dissera a eles (quando indagado se obedeceria caso o projeto de lei Mundt-Nixon fosse aprovado) "vou violar a lei", e em seguida respondera, com igual franqueza (quando indagado sobre o que o Partido Comunista defendia), "a completa igualdade da população negra" — Paul Robeson pegou minha mão e disse:

— Não perca a coragem, meu jovem.

Ficar nos camarins com os artistas e oradores no teatro Mosque — envolto simultaneamente por dois mundos novos e exóticos, o ambiente esquerdista e o mundo dos "bastidores" — era tão emocionante quanto sentar no banco de reservas ao lado dos jogadores numa partida da liga principal. Dos bastidores, ouvi

Ira representar Abraham Lincoln outra vez, agora atacando não Stephen A. Douglas mas os atiçadores da guerra em ambos os partidos políticos: "Apoiar regimes reacionários em todo o mundo, armar a Europa Ocidental contra a Rússia, militarizar a América...". Vi o próprio Henry Wallace, de pé a não mais de seis metros de mim, antes de ele ir para o palco discursar para a multidão, e depois fiquei parado quase a seu lado quando Ira avançou para sussurrar algo em seu ouvido na recepção de gala após o comício. Olhei com atenção o candidato presidencial, filho de um fazendeiro republicano de Iowa, com uma cara e uma voz tão americanas quanto as de qualquer americano que eu já tinha visto, um político contra os preços altos, contra o grande capital, contra a segregação e a discriminação, contra a conciliação com ditadores como Francisco Franco e Chiang Kai-Chek, e lembrei o que Fast tinha escrito sobre Paine: "Seus pensamentos e ideias estavam mais próximos do trabalhador comum do que os pensamentos e ideias de Jefferson jamais poderiam estar". E em 1954 — seis anos depois daquela noite no teatro Mosque quando o candidato do homem comum, o candidato do povo e do partido do povo, me deixou todo arrepiado ao cerrar o punho e bradar, ao lado do leitoril, "estamos no meio de um feroz ataque contra a nossa liberdade" — tive recusado meu pedido de uma bolsa Fullbright.

Eu não tinha e não poderia vir a ter a mais ínfima importância, e mesmo assim o zelo fanático de derrotar o comunismo incluíra mesmo a mim.

Iron Rinn nasceu em Newark duas décadas antes de mim, em 1913, um menino pobre de um bairro ingrato — e de uma família cruel — que por um breve período frequentou a escola secundária Barringer, onde foi um fracasso em todas as matérias, exceto ginástica. Tinha a vista ruim, uns óculos imprestáveis e mal conseguia ler o que estava nos livros didáticos, muito menos o que o professor escrevia no quadro-negro. Não conseguia enxergar, não conseguia aprender e um dia, conforme ele explicou, "eu simplesmente não acordei mais para ir à escola".

O pai de Murray e Ira era uma pessoa sobre quem Ira se recusava até a conversar. Nos meses que se seguiram ao comício de Wallace, o máximo que Ira me contou foi o seguinte:

— Com meu pai, eu não conseguia falar. Ele nunca prestava a mínima atenção aos dois filhos. Não fazia isso de propósito. Era a sua natureza de fera.

A mãe de Ira, uma mulher adorada na sua memória, morreu quando Ira tinha sete anos, e ele descrevia sua substituta como "a madrasta que a gente vê nas histórias de fadas. Uma verdadeira filha da mãe". Saiu da escola secundária depois de um ano e meio e, algumas semanas depois, saiu de casa para sempre, com quinze anos, e arranjou um emprego cavando valas em Newark. Até estourar a guerra, enquanto o país se encontrava na Depressão, ele perambulou para um lado e outro, primeiro em Nova Jersey e depois por toda a América, pegando qualquer trabalho que aparecesse, sobretudo trabalhos que exigissem costas fortes. Logo depois de Pearl Harbor, alistou-se no exército. Não conseguia enxergar o quadro do exame de vista, mas na frente dele tinha uma fila muito comprida à espera para fazer o exame e então Ira deu a volta, olhou o quadro bem de perto, memorizou o máximo que pôde, depois voltou para a fila e assim foi aprovado no exame físico. Quando Ira saiu do exército, em 1945, passou um ano em Calumet City, Illinois, onde dividiu um quarto com o seu melhor amigo do exército, um metalúrgico comunista, Johnny O'Day. Eles foram soldados estivadores nos portos do Irã, descarregando equipamento que os Estados Unidos cediam a seus aliados e que depois era embarcado em trens que iam de Teerã até a União Soviética; por causa da força de Ira ao trabalhar, O'Day apelidou seu amigo de "Iron Man Ira", Homem de Ferro Ira. De noite, O'Day ensinava Iron Man a ler um livro e a escrever uma carta, e lhe dava aulas de marxismo.

O'Day era um cara de cabelo grisalho, uns dez anos mais velho que Ira:

— Até hoje não sei como foi que ele entrou no exército com aquela idade — dizia Ira.

Um cara de um metro e oitenta, magricela feito um poste telefônico, mas era o filho da mãe mais brigão que ele já tinha visto. O'Day carregava entre seus pertences um pequeno saco de treinar boxe que ele usava para manter a forma; era tão rápido e tão forte que, "se obrigado", podia dar cabo de dois ou três caras juntos. E O'Day era inteligente.

— Eu não sabia nada de política. Não sabia nada de ação política — disse Ira. — Não sabia distinguir uma filosofia política ou uma filosofia social de outra. Mas aquele cara conversou muito comigo — disse ele. — Conversava sobre os trabalhadores. Sobre a situação em geral dos Estados Unidos. O mal que nosso governo fazia aos trabalhadores. E apoiava com fatos o que dizia. E o inconformismo dele? O'Day era tão inconformista que tudo o que fazia era diferente do que as convenções mandavam. Pois é, O'Day fez muita coisa por mim, sei disso.

Como Ira, O'Day era solteiro.

— Me prender a alianças — disse ele para Ira — é uma coisa que não quero, de jeito nenhum, em nenhuma circunstância. Considero filhos como reféns de pessoas más.

Embora tivesse um ano a mais de escola que Ira, O'Day "se adestrara sozinho", como dizia, "no terreno da polêmica oral e escrita", copiava feito um escravo trechos e mais trechos de todos os tipos de livro e, com a ajuda de uma gramática de escola primária, analisava a estrutura das frases. Foi O'Day quem deu a Ira o dicionário de bolso que Ira declarava ter mudado sua vida.

— Eu tinha um dicionário que lia de noite — me contou Ira — do mesmo jeito que se lê um romance. Dei um jeito de alguém me mandar um *Roget's Thesaurus*. Depois de descarregar navios o dia inteiro, eu dava duro de noite para aprimorar meu vocabulário.

Descobriu a leitura.

— Um dia, deve ter sido um dos piores erros que o exército já cometeu, nos mandaram uma biblioteca completa. Que grande erro — disse ele, rindo. — Eu acho que no final eu tinha lido todos os livros daquela biblioteca. Construíram uma cabana para guardar os livros, fizeram estantes e disseram para os caras: "Vocês querem um livro? Vão lá e peguem". — Foi O'Day quem lhe disse, e ainda era quem dizia, quais os livros que Ira devia pegar.

Pouco depois, Ira me mostrou três folhas de papel intituladas "Algumas sugestões concretas para uso de Ringold", que O'Day havia redigido quando estavam juntos no Irã. "Número um: ter sempre à mão um dicionário — dos bons, com muitos antônimos e sinônimos — mesmo quando for escrever um bilhete para o leiteiro. E usá-lo. Não tomar liberdades alucinadas com a ortografia ou com as nuances de sentido, como você se acostumou a fazer. Número dois: usar espaço duplo em tudo o que escrever, para permitir a interpolação de ideias novas e correções, depois de já ter escrito. Eu não dou a menor importância se você violar a norma gramatical na sua correspondência particular; contanto que seja para favorecer uma expressão mais acurada. Número três: não amontoe todos os seus pensamentos numa cerrada página datilografada. Toda vez que tratar de um pensamento novo ou detalhar aquilo de que está falando, abra outro parágrafo. Pode dar um ar mais quebrado no texto, mas vai torná-lo mais legível. Número quatro: evite clichês. Mesmo que tenha de fazer das tripas coração, expresse com palavras diferentes das originais aquilo que leu ou ouviu citado. A título de exemplo, uma das suas frases, que ouvi outra noite lá na biblioteca: 'expus brevemente algumas das mazelas do regime atual'. Você leu isso, Iron Man, e não são suas palavras; são de outra pessoa. Soa como se tivessem saído de dentro de uma lata. Imagine que você expressasse a mesma ideia mais ou menos assim: 'Desenvolvi minha visão acerca dos efeitos da propriedade agrária e do predomínio do capital estrangeiro com base no que testemunhei aqui no Irã'."

Eram ao todo vinte itens, e o motivo por que Ira me mostrou aquelas folhas era ajudar na *minha* escrita — não nas minhas peças de rádio da escola secundária mas no meu diário, que pretendia ser "político", no qual eu começava a expor meus "pensamentos", quando me lembrava de fazer isso. Comecei a escrever um diário para imitar Ira, que começara o seu para imitar Johnny O'Day. Nós três usávamos a mesma marca de caderno: um bloquinho de dez centavos vendido na Woolworth, com cinquenta e duas páginas pautadas de uns dez centímetros de altura por sete de largura, costurado no alto e enfeixado entre duas capas de cartolina estampada de marrom.

Quando uma carta de O'Day mencionava um livro, qualquer livro, Ira arranjava um exemplar e eu também; eu ia direto à biblioteca e pegava o livro. "Andei lendo recentemente *O jovem Jefferson*, de Bower", escrevia O'Day, "junto com outras abordagens dos primórdios da história americana, e nessa época os Comitês de Correspondência eram a principal organização por meio da qual os colonos de espírito revolucionário desenvolveram sua compreensão das coisas e coordenavam os seus planos." Foi assim que li *O jovem Jefferson* quando estava na escola secundária. O'Day escreveu: "Algumas semanas atrás, comprei a décima segunda edição de *Citações de Bartlett*, supostamente para a minha biblioteca de referência, mas na verdade para me divertir enquanto folheio o livro", e assim fui ao centro da cidade, à biblioteca central, me instalei no meio das obras de referência e folheei o *Bartlett* do jeito que imaginava que O'Day fazia, com meu diário a meu lado, correndo os olhos por todas as páginas, atrás da sabedoria que iria acelerar meu amadurecimento e fazer de mim alguém com quem se pode contar. "Compro regularmente o *Cominform* (órgão oficial publicado em Bucareste)", escreveu O'Day, mas o *Cominform* — abreviação de Agência Comunista de Informações — eu sabia que não poderia encontrar em nenhuma biblioteca dos arredores, e a prudência me recomendava não sair procurando o jornal por aí.

Minhas peças de rádio eram em diálogo e menos suscetíveis às Sugestões Concretas de O'Day do que às conversas que Ira tinha com O'Day, as quais repetia para mim, ou melhor, reencenava palavra por palavra, como se ele e O'Day estivessem juntos diante de meus olhos. As peças de rádio eram também coloridas com a gíria dos trabalhadores, que brotava o tempo todo na fala de Ira, ainda muito depois de ele ter vindo para Nova York e ter se tornado ator de rádio, e as convicções das peças eram vivamente influenciadas por aquelas cartas compridas que O'Day escrevia para Ira, e que Ira muitas vezes lia para mim em voz alta, a meu pedido.

Meu tema era o destino do homem comum, o joão-ninguém — o homem que o escritor de rádio Norman Corwin elogiara como "a gente miúda" em *Sobre uma notícia de vitória*, uma peça de sessenta minutos transmitida pela CBS na noite em que acabou a guerra na Europa (e repetida, atendendo a pedidos do público, oito dias depois) e isso me enredou com entusiasmo naquelas aspirações literárias salvacionistas que almejavam emendar os erros do mundo por meio da palavra escrita. Hoje não me importaria em saber se uma coisa que amei tanto como amei *Sobre uma notícia de vitória* era mesmo arte ou não; a peça me proporcionou a primeira sensação do *poder* mágico da arte e ajudou a reforçar minhas primeiras ideias quanto ao que eu queria e esperava da linguagem artística literária: reverenciar as lutas dos que estão em guerra. (E me ensinou, ao contrário do que meus professores insistiam em dizer, que eu podia começar uma frase com "E".)

A forma da peça de Corwin era frouxa, sem enredo — "experimental", expliquei ao meu pai calista e à minha mãe dona de casa. Era escrita no alto estilo coloquial e aliterativo que podia ter derivado, em parte, de Clifford Odets e, em parte, de Maxwell Anderson, do esforço dos dramaturgos americanos dos anos 20 e 30 para forjar, para o palco, um idioma nativo identificável, naturalista, embora com matizes líricos e sugestões graves, um vernáculo poetizado que, no caso de Norman Corwin, combinava os ritmos da fala normal com uma ligeira pompa literária, o que criava um tom que me parecia, aos doze anos de idade, de espírito democrático e de amplitude heroica, a contrapartida verbal de um mural do WPA.* Whitman reivindicava a América para os brutos, Norman Corwin a reivindicava para a gente miúda — que vinha a ser nada mais nada menos do que os americanos que lutaram na guerra patriótica e voltavam para uma nação que os venerava. A gente miúda era nada mais nada menos do que os próprios americanos! A "gente miúda" de Corwin era o termo americano para "proletariado" e, como agora o compreendo, a revolução empreendida e efetivada pela classe trabalhadora americana foi, na verdade, a Segunda Guerra Mundial, o amplo movimento de que par-

---

* WPA: por extenso, Work Projects Administration, órgão do governo federal (1935-43) incumbido de criar empregos públicos para atenuar o desemprego. (N.T.)

ticipamos todos nós, por menores que fôssemos, a revolução que ratificou a realidade do mito de um caráter nacional a ser compartilhado por todos.

Inclusive eu. Eu era um garoto judeu, não tinha como escapar disso, mas não me interessava em compartilhar o caráter judeu. Eu nem sequer sabia claramente o que era isso. Não queria muito saber. Queria compartilhar o caráter nacional. Nada parece ter vindo mais naturalmente para os meus pais americanos, nada veio mais naturalmente para mim, e método nenhum poderia me parecer mais profundo do que participar por meio da língua que Norman Corwin falava, uma destilação linguística de entusiasmados sentimentos de comunidade que a guerra havia despertado, a elevada poesia cotidiana que vinha a ser a liturgia da Segunda Guerra Mundial.

A história foi representada em escala reduzida e foi personalizada, a América foi representada em escala reduzida e foi personalizada: para mim, esse era o encanto não só de Norman Corwin mas da própria época. A gente se derrama na história e a história se derrama na gente. A gente se derrama na América e a América se derrama na gente. E tudo isso porque a gente está vivo em Nova Jersey, tem doze anos e está sentado junto ao aparelho de rádio em 1945. Naquele tempo em que a cultura popular estava bastante ligada ao século XIX para ainda se mostrar suscetível a um pouco de estilo, havia em tudo aquilo, para mim, algo de embriagador.

> Podemos, enfim, dizer, sem medo de trazer má sorte à campanha:
> De algum modo as democracias decadentes, os desastrados bolcheviques, os tolos e os frouxos
> Foram mais fortes, no fim, do que os rufiões nazistas, e foram também mais espertos:

Pois sem chicotear nenhum padre, queimar nenhum livro ou espancar nenhum judeu, sem aprisionar nenhuma moça num bordel e sem retirar o sangue de nenhuma criança para obter plasma. Homens comuns por toda parte, sem nada de espetacular, mas livres, emergindo de seus hábitos e de suas casas, acordaram cedo certa manhã, flexionaram os músculos, estudaram (como amadores) o manual de instruções para o uso de armas, e atravessaram perigosas planícies e oceanos para pôr para correr diabólicos profissionais da guerra.

Foi o que fizeram.

Para confirmar isso, veja o último comunicado oficial, que traz a marca do Alto Comando Aliado.

Recorte-o do jornal matutino e entregue a seus filhos para que o guardem com todo o cuidado.

Quando *Sobre uma notícia de vitória* foi publicada em forma de livro, imediatamente comprei um exemplar (o primeiro livro de capa dura que possuí, o primeiro que não era emprestado da biblioteca), e durante várias semanas tratei de memorizar as sessenta e cinco páginas de parágrafos construídos como versos livres, em que o texto estava organizado, apreciando especialmente os versos que tomavam liberdades jocosas com o inglês cotidiano das ruas ("o tempo está quente esta noite na velha cidade de Dnepropetrovsky") ou que unia, inesperadamente, substantivos próprios de forma a produzir o que me pareceram surpreendentes e perturbadoras ironias ("o guerreiro poderoso baixa sua espada de samurai diante de um balconista de mercearia de Baltimore"). Na conclusão de um enorme esforço de guerra que propiciou um formidável estímulo a sentimentos fundamentais de patriotismo para que alguém da minha idade crescesse mais forte — eu tinha quase nove anos quando a guerra começou e pouco menos de treze quando acabou

— a mera menção, no rádio, dos nomes de cidades e estados americanos ("no arzinho friorento de New Hampshire", "do Egito até o vilarejo nas pradarias de Oklahoma", "e as razões para chorar os mortos na Dinamarca são as mesmas que em Ohio") produzia em mim cada grama do pretendido efeito apoteótico.

Então eles se renderam.
Enfim, não aguentaram mais, e a ratazana está morta num beco nos fundos da Wilhelmstrasse.
Parabéns, pracinha,
Parabéns, gente miúda.
O super-homem de amanhã jaz aos seus pés, homens comuns desta tarde.

Esse era o panegírico com que a peça se abria. (No rádio, havia uma voz inabalável, em nada diferente da voz de Ira Ringold, que identificava explicitamente o nosso heroi, para receber os aplausos merecidos. Era uma voz resoluta, solidariamente rouca, a voz levemente tirânica do técnico do time da escola secundária durante o intervalo da partida — o treinador que também dá aulas de inglês —, a voz da consciência coletiva do homem comum.) E esse era o epílogo de Corwin, uma prece cujo vínculo com o presente me parecia — já então um ateu declarado — completamente secular e irreligioso, e ao mesmo tempo mais potente e mais audaciosa do que qualquer prece que eu já tivesse ouvido na escola no início do dia, ou que já tivesse lido, traduzida no livro de orações na sinagoga, quando ficava ao lado de meu pai nas cerimônias dos dias santos.

Senhor Deus da trajetória e da explosão...
Senhor Deus do pão fresco e das manhãs serenas...

Senhor Deus do sobretudo e do salário bom...
Avalie as novas liberdades...
Testemunhos fiéis dessa fraternidade...
Sente na mesa de negociações e escolte as esperanças dos
[povos menores enquanto enfrentam os dilemas esperados...

Dezenas de milhões de famílias americanas sentaram-se diante de seus aparelhos de rádio e, por mais complexa que fosse aquela peça quando comparada às que todos estavam habituados a escutar, ouviram o que havia instigado em mim e, eu inocentemente acreditava, neles também, um fluxo de emoções tão transformadoras e desenfreadas que eu, na verdade, não imaginava que pudesse ser consequência de algo saído do rádio. A força daquele programa! Ali, surpreendentemente, estava a *alma* que se projetava de um aparelho de rádio. O Espírito do Homem Comum inspirou um vasto amálgama de adoração populista, uma efusão de palavras que borbulhavam e subiam direto do coração americano para a boca americana, uma homenagem de uma hora de duração à paradoxal superioridade daquilo que Corwin insistia em identificar como a humanidade americana absolutamente comum: "homens comuns por toda parte, sem nada de espetacular, mas livres".

Corwin, para mim, modernizou Tom Paine ao democratizar o risco, torná-lo uma questão não só de um homem bravio mas de um coletivo formado por todos os homens simples e justos que se aliaram. O mérito e o povo eram uma coisa só. A *grandeza* e o povo eram uma coisa só. Uma ideia empolgante. E como Corwin se empenhou para obrigar essa ideia, ao menos em termos imaginativos, a se tornar realidade.

Após a guerra, pela primeira vez, Ira conscientemente tomou parte da luta de classes. A vida inteira estivera enterrado até o pescoço na luta de classes, contou-me Ira, sem ter a mínima ideia do que estava acontecendo. Lá em Chicago, ele trabalhava, em troca de quarenta e cinco dólares semanais, numa fábrica de discos que a União dos Eletricitários tinha organizado com base num acordo tão rigoroso que o próprio sindicato fazia as contratações. O'Day, enquanto isso, voltou ao seu emprego numa equipe de manutenção na firma Inland Steel no porto de Indiana. Volta e meia, O'Day sonhava em pedir demissão e, à noite, no quarto deles, extravasava sua frustração para Ira.

— Se eu pudesse ter todo o tempo livre durante seis meses e ficar sem nada que me prendesse, poderia construir o partido para valer aqui no porto. Tem muita gente boa, mas o que falta é um cara que possa dedicar *todo* o seu tempo para organizar as coisas. Não sou grande coisa como organizador, esta é a verdade. Você tem de bancar a babá com os bolcheviques tímidos, e eu tenho mais vontade é de sentar o cacete na cabeça deles. E, no final, para que pensar nisso? O partido aqui é pobre demais para sustentar alguém que se dedique a ele em tempo integral. Cada centavo que conseguem raspar do fundo do tacho vai para a proteção de nossa liderança, e para a imprensa, e para um punhado de outras coisas que não podem esperar. Eu fiquei falido depois da última vez que parei de trabalhar, mas consegui me aguentar por um tempo na base da conversa mole. Mas os impostos, a droga do carro, uma coisa aqui e outra ali... Iron Man, não dá para eu cuidar disso: eu *tenho* de trabalhar.

Eu adorava quando Ira repetia o linguajar que aqueles caras rudes do sindicato usavam entre si, mesmo caras como John O'Day, cuja estrutura de frase não era tão simples quanto a do trabalhador comum mas que conhecia a força de sua maneira de falar e que, apesar da influência potencialmente corruptora do tesauro, a manejou com eficiência a vida inteira. "Tenho de pisar no freio por um tempo... Toda essa conversa sobre administração é para boi dormir... Assim que a gente puser o dedo na ferida... Assim que os rapazes cruzarem os braços... Se eles mexerem seus pauzinhos para obrigar a gente a concordar com o seu acordo galinha-morta, o tempo vai fechar..."

Eu adorava quando Ira explicava as atividades do seu próprio sindicato, a UE, e descrevia as pessoas na fábrica de discos onde ele trabalhava.

— Era um sindicato forte, comandado de forma progressista, controlado pelas bases. — *Pelas bases*: duas palavrinhas que me empolgavam, assim como a ideia do trabalho duro, da coragem tenaz e de uma causa justa para fundir as duas coisas. — Entre os cento e cinquenta membros de cada turno, mais ou menos uns cem compareciam às reuniões quinzenais na oficina. Embora a maior parte do trabalho seja paga por hora — disse Ira, — não tem nenhum chicote assobiando naquela fábrica. Tá entendendo? Se um chefe tem alguma coisa para dizer a você, ele fala com respeito. Até no caso de faltas graves, o faltoso é chamado ao escritório junto com seu supervisor. Isso é muito importante.

Ira me contava tudo o que era tratado em uma reunião normal do sindicato — "assuntos de rotina como propostas para um novo acordo, o problema do absenteísmo, uma discussão sobre o estacionamento, um debate sobre a guerra que se avizinha" (se referia à guerra entre a União Soviética e os Estados Unidos), "racismo, o mito de que os salários aumentam os preços" — e prosseguia sem parar não só porque eu, aos quinze e dezesseis anos, estava ansioso para saber tudo o que um trabalhador fazia, como falava, agia e pensava, mas também porque, mesmo depois de ter deixado Calumet City para ir para Nova York a fim de trabalhar no rádio e estar solidamente estabelecido como Iron Rinn no programa *Livres e corajosos*, Ira continuava a falar da fábrica de discos e das reuniões do sindicato no idioma carismático de seus colegas operários, falava como se ainda fosse lá trabalhar todo dia de manhã. Ou melhor, toda noite, pois após um breve tempo Ira se transferiu para o turno da noite, para reservar os dias ao seu "trabalho missionário", o que para ele significava, conforme vim a entender no final, fazer proselitismo para o Partido Comunista.

O'Day recrutara Ira para o partido quando os dois estavam nas docas no Irã. Assim como eu — exceto por não ser órfão — representava um alvo perfeito para acolher Ira como mentor, o órfão Ira representava um alvo perfeito para O'Day.

Foi na festa do seu sindicato para levantar fundos, no aniversário de Washington e Lincoln, o seu primeiro mês de fevereiro em Chicago, que alguém teve a ideia de transformar Ira — um homem magro, ossudo, de cabelo grosso e escuro como o de um índio, e um jeito mole de andar, meio desengonçado — em Abe Lincoln: puseram suíças na sua cara, meteram em sua cabeça uma cartola, deram-lhe sapatos de fivela grande e um terno antiquado, que caía mal nele, e mandaram-no ficar de pé ao lado do leitoril, para ler uma das mais contundentes condenações da escravidão proferidas por Lincoln, durante seus debates com Douglas. Ira recebeu uma ovação tão grande por dar à palavra "escravidão" um matiz operário e político — e ficou tão satisfeito consigo mesmo por isso — que continuou a falar, sem transição, a única coisa que lembrava de cor de seus nove anos e meio de vida escolar, o Discurso de Gettysburg. O salão veio abaixo com o seu desfecho, a frase mais esplendidamente resoluta que já retumbou nos céus ou que já se proferiu na Terra desde que o mundo é mundo. Ira ergueu e meneou uma das suas enormes mãos superflexíveis e com pelos nos nós dos dedos, mergulhou o mais longo de seus dedos incrivelmente compridos bem nos olhos da sua plateia sindical cada uma das três vezes em que dramaticamente baixou o tom de voz e fez soar mais rouca a expressão "o povo".

— Todo mundo pensou que eu me deixei levar pela emoção — contou-me Ira —, que foi isso que me deu o impulso, na hora. Mas não foram as emoções. Foi a primeira vez que me senti arrebatado pelo *intelecto*. Compreendi pela primeira vez na vida do que diabos eu estava falando. Compreendi o que é este país.

Depois daquela noite, nos fins de semana, nos feriados, Ira percorria a região de Chicago para o CIO, ia até Galesburg e Springfield, até a verdadeira região de Lincoln, no interior, e representava o papel de Abraham Lincoln para as convenções do CIO, nas programações culturais, nos desfiles e piqueniques. Ia ao programa de rádio da UE, no qual, ainda que ninguém pudesse vê-lo de pé, cinco centímetros mais alto do que Lincoln, fazia um trabalho de primeira ao levar Lincoln para as massas, pronunciando cada palavra de forma que fizesse o sentido mais claro do mundo. As pessoas começaram a levar os filhos junto quando Ira Ringold ia aparecer no palanque e depois, quando famílias inteiras vieram apertar sua mão, as crianças começaram a pedir para sentar no seu joelho e lhe diziam o que queriam ganhar no Natal. Não era de estranhar que os sindicatos onde Ira se apresentava fossem, no geral, organizações locais que, ou haviam rompido com o CIO, ou tinham sido expulsas quando o presidente do CIO, Philip Murray, em 1947, começou a se desvencilhar dos sindicatos com lideranças comunistas e com associados comunistas.

Mas em 1948 Ira era uma ascendente estrela do rádio em Nova York, recém-casado com uma das atrizes do rádio mais adoradas do país e, por ora, a salvo da cruzada que iria aniquilar para sempre, e não só do movimento sindical, a presença política pró-soviética e pró-Stalin na América.

Como passou de um emprego numa fábrica de discos para um programa teatral de rádio? Por que, para começo de conversa, deixou Chicago e O'Day? Nunca teria passado pela minha cabeça, naquela época, que isso tinha algo a ver com o Partido Comunista, sobretudo porque eu nem sabia, na ocasião, que ele era membro do Partido Comunista.

Pelo que entendi, o escritor de rádio Arthur Sokolow, ao visitar Chicago, assistiu por acaso à representação que Ira fazia de Lincoln no salão de um sindicato, certa noite, no West Side. Ira já conhecia Sokolow do exército. Ele fora ao Irã, como pracinha, com o espetáculo *Isto é o exército*. Um bando de esquerdistas viajava com a equipe do espetáculo e uma vez, tarde da noite, Ira saiu com alguns deles para bater papo e, Ira lembrava, discutiram "todas as questões políticas do mundo". No grupo, estava Sokolow, a quem Ira rapidamente passou a admirar como alguém que estava sempre lutando por uma causa. Visto que Sokolow tinha começado a vida, em Detroit, como um garoto de rua judeu que brigava para rechaçar os poloneses, ele lhe parecia familiar, e Ira sentiu de cara uma proximidade em relação a ele, algo que nunca sentira em relação ao irlandês desenraizado O'Day.

Na época em que Sokolow, agora um civil que escrevia o programa *Livres e corajosos*, calhou de aparecer em Chicago, Ira esteve no palco durante uma hora fazendo o papel de Lincoln, não apenas recitando ou lendo discursos e documentos, mas respondendo a perguntas da plateia sobre polêmicas políticas do momento, sob o disfarce de Abraham Lincoln, com a voz aguda e anasalada da roça, que seria a de Lincoln, seus gestos desajeitados de gigante e seu jeito franco e bem-humorado. Lincoln apoiava o controle de preços. Lincoln condenava a lei Smith. Lincoln defendia os direitos dos operários. Lincoln espinafrava o senador Bilbo do Mississippi. Os associados do sindicato adoravam a irresistível ventriloquia do seu autodidata destemido, sua mixórdia de ringoldismos, o'dayismos, marxismos e lincolnismos ("Vai fundo!", gritavam para Ira, de barbas e cabelos pretos, "Dá duro neles, Abe!"), e Sokolow também adorou, e chamou para Ira a atenção de outro ex-pracinha judeu, um produtor de novelas radiofônicas com simpatias esquerdistas. Foi o contato com esse produtor que levou Ira ao teste que o colocou no papel de um briguento síndico do Brooklyn, em uma das novelas radiofônicas diurnas.

O salário era de cinquenta e cinco dólares por semana. Não era muito, mesmo em 1948, mas representava um emprego firme e mais dinheiro do que ele ganhava na fábrica de discos. E, quase imediatamente, começou também a fazer outros serviços, arranjava bicos em toda parte, deixava o táxi à espera na porta e corria de um estúdio para o outro, de um programa diurno para o outro, chegou a participar de seis programas por dia, sempre representando personagens com raízes na classe trabalhadora, caras que falavam de um jeito durão, mas mutilados de sua veia política, conforme ele me explicava, a fim de tornar a sua fúria aceitável: "Era o proletariado americanizado para o rádio, sem colhões e sem cérebro". Foi todo esse trabalho que o impulsionou, meses depois, para o prestigioso programa semanal de Sokolow, com uma hora de duração, *Livres e corajosos*, na posição de um dos atores principais.

Antes, lá no Meio-Oeste, começaram a surgir problemas físicos para Ira e isso também lhe deu um motivo para ir tentar a sorte no leste, num novo tipo de trabalho. Era atormentado por dores musculares, incômodos tão graves que várias vezes por semana — quando não tinha de simplesmente aguentar a dor e ir representar o papel de Lincoln ou fazer seu trabalho missionário — Ira seguia direto para casa, ficava de molho durante uma hora numa banheira de água fumegante no fundo do corredor de seu apartamento alugado, e depois ia para a cama com um livro, seu dicionário, seu caderno de anotações e o que tivesse à mão para comer. Algumas surras mais feias que tinha levado no exército pareciam ser o motivo desse problema. Por causa da pior surra — ele tinha sido espancado por uma gangue do porto que o xingava de "amante de pretos" — Ira fora parar no hospital por três dias.

Começaram a mexer com ele quando passou a andar com uns soldados negros da unidade segregada estacionada na beira do rio a uns cinco quilômetros dali. O'Day, na ocasião, dirigia um grupo que se reunia na cabana-biblioteca de Quonset e, sob sua tutela, discutia política e livros. Quase ninguém na base prestava atenção à biblioteca ou aos nove ou dez pracinhas que se amontoavam ali, depois da boia, duas noites por semana, para conversar sobre *Olhando para trás*, de Bellamy, ou *A república*, de Platão, ou *O príncipe*, de Maquiavel, até que os dois negros da unidade segregada se juntaram ao grupo.

A princípio, Ira tentou argumentar com os homens de seu destacamento que o xingavam de amante de pretos.

— Por que fazem comentários depreciativos sobre as pessoas de cor? De vocês, tudo o que ouço sobre os negros são comentários depreciativos. E vocês não são só antinegros, são antissindicatos, são antiliberais e são anti-inteligência. São antitudo o que é do interesse de vocês mesmos. Como é que certas pessoas podem servir três ou quatro anos no exército, ver amigos morrer, se ferir, ter a vida despedaçada e mesmo assim não saber por que tudo isso aconteceu e o que significa? Tudo o que vocês sabem é que um tal de Hitler começou alguma confusão. Só sabem que o comitê de alistamento militar apanhou vocês. Sabem o que eu acho? Vocês poderiam muito bem repetir todas as ações dos alemães se estivessem no lugar deles. Podia demorar um pouco mais, por causa do elemento democrático da nossa sociedade, mas no final seríamos completamente fascistas, com um ditador e tudo, por causa das pessoas que falam essas besteiras que vocês falam. A discriminação dos oficiais mais graduados que comandam este porto já é ruim demais, mas *vocês* aí, que vêm de famílias pobres, uns caras sem dois vinténs no bolso, caras que não são nada no mundo a não ser bucha de canhão para a linha de montagem das fábricas, para os comerciantes unhas de fome, para as minas de carvão, gente em quem o sistema *caga* em cima — salários baixos, preços altos, lucros astronômicos — no final se mostram apenas um bando de sacanas esbravejantes e fanáticos anticomunistas que não sabem... — Aí Ira lhes dizia tudo o que eles não sabiam.

Discussões acaloradas que não mudavam nada, que, por causa de sua índole, Ira admitia, pioravam ainda mais as coisas.

— Eu perdia uma grande parte das ideias com as quais queria impressioná-los porque, no início, ficava emocionado demais. Depois aprendi como ficar de cabeça fria com esse tipo de gente e creio que consegui impressionar alguns deles com certos fatos. Mas é muito difícil falar com esses homens por causa das ideias profundamente arraigadas que trazem consigo. Explicar-lhes as razões psicológicas da segregação, as razões econômicas da segregação, as razões psicológicas para o uso da palavra "preto", que tanto adoram, eles estão além do alcance dessas coisas. Dizem preto porque um preto *é* um preto — e eu explicava e explicava mil vezes a eles, e era isso o que me respondiam. Eu insistia na questão da educação dos filhos e da nossa responsabilidade pessoal, e mesmo assim, apesar da minha explicação toda, eles me encheram tanto de porrada que pensei que ia morrer.

Sua reputação de amante de pretos se revelou um perigo sério para Ira quando escreveu uma carta para o jornal *Star and*

Stripes reclamando das unidades segregadas no exército e pedindo a integração.

— Foi quando usei meu dicionário e o *Roget's Thesaurus*. Eu devorava esses dois livros e tentava dar a eles um fim prático escrevendo. Para mim, escrever uma carta era como construir um palanque. Na certa eu seria criticado por alguém que conhecia muito bem a língua inglesa. Minha gramática era Deus sabe o quê. Mas escrevi assim mesmo, porque achei que devia. Estava tão revoltado, entende? Eu queria dizer às pessoas que aquilo estava *errado*.

Depois que a carta foi publicada, Ira estava trabalhando um dia no cesto do guindaste do porto, acima do porão do navio, quando os caras que operavam o cesto ameaçaram jogá-lo no porão, a menos que ele parasse de se preocupar com os pretos. Repetidas vezes o largaram de três, quatro, seis metros de altura, e prometiam que da vez seguinte não dariam mais moleza, quebrariam todos os ossos do seu corpo, mas, embora estivesse assustado, Ira não falava o que eles queriam ouvir e, no final, eles acabaram deixando para lá. No dia seguinte, de manhã, alguém no rancho o chamou de judeu sacana. Judeu sacana amante de pretos.

— Um matuto sulista com língua de trapo — disse-me Ira. — Sempre fazia comentários ofensivos sobre os judeus e sobre os negros, no rancho. Naquela manhã, eu estava ali sentado, já perto do fim da refeição, já não havia muita gente no salão, e ele começou a esbravejar sobre os pretos e os judeus. Minha cabeça ainda fervia por causa do incidente do dia anterior, no navio, e aí não deu mais para aguentar, tirei os óculos e os entreguei para um outro cara sentado ao meu lado, o único que ainda sentava ao meu lado. Na época, quando eu entrava no rancho, tinha uns duzentos caras sentados lá dentro e, por causa da minha posição política, eu vivia num completo ostracismo. Seja como for, parti para cima daquele filho da mãe. Ele era soldado raso e eu era sargento. De uma ponta à outra daquele rancho, cobri o cara de porrada. Então apareceu o primeiro sargento e me disse: "O senhor quer dar parte contra esse cara? Um soldado raso que ofendeu um oficial subalterno?". Bem depressa, eu disse para mim mesmo: estou fodido se der queixa, e estou fodido se não der. Certo? Mas, a partir daquele momento, ninguém mais fez nenhum comentário antissemita quando eu estava por perto. Isso não significa que eles tenham parado de sacanear os pretos. Pretos isso, pretos aquilo, cem vezes por dia. Aquele mesmo matuto tentou outra vez me provocar naquela mesma noite. Estávamos lavando nossos talheres e bandejões do rancho. Você já viu as faquinhas fedorentas que usam lá? Pois ele veio para cima de mim com uma dessas facas. Peguei o cara de novo, me livrei dele, mas não fiz mais nada a respeito do assunto.

Horas depois, Ira foi apanhado de emboscada no escuro e depois foi parar no hospital. Até onde conseguia diagnosticar, as dores que começaram a se manifestar enquanto trabalhava na fábrica de discos provinham dos ferimentos provocados por aquela surra boçal. Agora, vivia estirando algum músculo ou deslocando alguma junta — o tornozelo, o pulso, o joelho, o pescoço — e quase sempre sem nenhum motivo, bastava descer do ônibus ao vir para casa ou estender o braço sobre o balcão para pegar o açucareiro na lanchonete onde comia.

E foi por essa razão, por mais que parecesse improvável que alguma coisa viesse a resultar daí, que quando alguém falou sobre um teste no rádio Ira se agarrou com unhas e dentes à oportunidade.

Talvez tenha havido mais maquinações do que eu sabia, por trás da mudança de Ira para Nova York e do seu repentino triunfo no rádio, mas na época eu não imaginava nada disso. Não precisava. Ali estava o cara que poderia levar minha educação além de Norman Corwin, contar-me, por exemplo, sobre os pracinhas na guerra, de que Corwin não falava, pracinhas nem tão bonzinhos assim ou, aliás, nem tão antifascistas quanto os herois de *Sobre uma notícia de vitória*, os pracinhas que atravessavam o oceano com raiva de negros e judeus e voltavam para casa com raiva de negros e judeus. Ali estava um homem entusiasmado, alguém durão e marcado pela experiência, que trazia consigo provas de primeira mão de toda a brutalidade americana que Corwin deixou de fora. Não era necessária nenhuma vinculação comunista para explicar para mim o repentino triunfo radiofônico de Ira. Eu só pensei assim: esse cara é maravilhoso. Ele *é* mesmo um homem de ferro.

2.

Naquela noite, em 1948, no comício de Henry Wallace em Newark, também conheci Eve Frame. Ela estava com Ira e com sua filha, Sylphid, a harpista. Não percebi nada do que Sylphid sentia por sua mãe, eu nada sabia a respeito da briga até que Murray começou a me contar tudo o que ocorrera à minha volta, quando eu era garoto, tudo acerca do casamento de Ira que eu não entendia ou não podia entender, ou que Ira manteve em segredo de mim durante aqueles dois anos em que eu o encontrava de dois em dois meses, quando ele vinha visitar Murray, ou quando eu o visitava na cabana — que Ira chamava de "meu barracão" — no vilarejo de Zinc Town, a noroeste de Nova Jersey.

Ira retirou-se para Zinc Town não tanto para viver perto da natureza, mas sim para levar uma vida simples, sem nenhum luxo, nadar na lagoa de água barrenta até o frio mês de novembro, vaguear pelo mato com uma raquete de neve nos sapatos quando o inverno está mais gelado ou, nos dias de chuva, rodar sem rumo em seu carro que trouxera de Jersey — um Chevrolet cupê usado, modelo 1939 —, conversar com os lavradores da região e os velhos mineiros de zinco, a quem tentava explicar como eram explorados pelo sistema. Tinha uma lareira em que gostava de cozinhar salsichas com feijão em cima das brasas, e até de preparar seu café, tudo de modo a lembrar a si mesmo, depois de ter se tornado Iron Rinn e haver engordado um pouco com a fama e o dinheiro, que continuava sendo simplesmente um "operário qualquer", um homem simples com gostos simples e ambições simples que, durante os anos 30, conseguiu saltar para o outro lado da cerca e teve uma sorte incrível. Quanto a ser dono do barracão em Zinc Town, Ira costumava dizer:

— Isto aqui me mantém habituado a ser pobre. Nunca se sabe.

O barracão fornecia um antídoto para a rua Onze, oeste, e um refúgio para a rua Onze, oeste, o lugar aonde ia para exalar os vapores ruins. Representava também uma ligação com os remotos tempos de vagabundo, quando pela primeira vez sobreviveu entre estranhos e todo dia era duro, incerto e, como seria sempre com Ira, uma verdadeira batalha. Depois de sair de casa aos quinze anos e cavar valas durante um ano em Newark, Ira arranjou uns empregos no extremo noroeste de Jersey, fez faxina em várias fábricas, às vezes trabalhou como boia-fria, foi segurança, biscateiro e depois, durante dois anos e meio, até quase completar dezenove anos e partir para o oeste, aspirou o ar em poços de trezentos e sessenta metros de profundidade, nas minas de zinco de Sussex. Depois da explosão, com o lugar todo ainda enfumaçado e impregnado pelo cheiro doentio da pólvora de dinamite e do gás, Ira trabalhava com uma picareta e uma pá, ao lado dos mexicanos, como o mais vil dos trabalhadores vis, aquilo que chamavam de um cata-bosta.

Naquele tempo, as minas de Sussex estavam desorganizadas e eram tão rentáveis para a Companhia de Zinco de Nova Jersey e tão desagradáveis para os operários da empresa quanto as minas de zinco de qualquer parte do mundo. O minério era refinado em zinco metálico na avenida Passaic, em Newark, também era processado em óxido de zinco para fabricar tintas, e embora na época em que Ira comprou seu barracão, no final da década de 40, o zinco de Jersey estivesse perdendo terreno na competição com a produção estrangeira e as minas já estivessem condenadas à extinção, ainda era aquela primeira grande imersão na vida bruta — oito horas embaixo da terra carregando rochas espatifadas e minério em vagonetes, oito horas suportando terríveis dores de cabeça, engolindo poeira marrom e vermelha e cagando em baldes cheios de serragem... e tudo isso por quarenta e dois centavos a hora — que o atraía a voltar para as remotas montanhas de Sussex. O barracão de Zinc Town representava a expressão abertamente sentimental da solidariedade do ator de rádio com o rústico e reles zé-ninguém que ele tinha sido um dia — como descrevia a si mesmo, "uma ferramenta humana sem cérebro, nem mais nem menos". Outra pessoa, havendo alcançado o sucesso, talvez desejasse abolir para sempre aquelas recordações horríveis, mas, sem que a história da sua irrelevância no mundo se fizesse de algum modo tangível, Ira teria se sentido irreal e despojado de algo importante.

Eu não tinha a mínima ideia disso quando ele veio para Newark — quando, depois que eu saía de minha última aula e dávamos nossos passeios a pé pelo parque Weequahic, contornávamos o lago e terminávamos na lanchonete do nosso bairro, um simulacro do Nathan's de Coney Island, um lugar chamado Millman's, para comer um cachorro-quente com "os operários" — ele não ia visitar a avenida Lehigh só para ver seu irmão. Naquelas tardes depois da escola, quando Ira me contava a respeito de seus anos de soldado e sobre o que aprendera no Irã, sobre O'Day e o que O'Day lhe ensinara, sobre sua própria vida, ainda recente, como operário numa fábrica e militante sindical, e sobre suas experiências de garoto recolhendo bosta com uma pá, nas minas, Ira procurava o refúgio para um lar onde, desde o dia em que chegara, sentiu que não era bem-vindo, que era indesejável aos olhos de Sylphid, e que era cada vez maior o desentendimento com Eve Frame por causa do inesperado desprezo dela pelos judeus.

Não todos os judeus, explicou Murray — não os judeus bem-sucedidos no topo da sociedade, que ela encontrava em Hollywood, na Broadway e nas empresas de rádio, não de um modo geral os diretores, atores, escritores e músicos com quem ela trabalhava, muitos dos quais eram normalmente vistos no salão de sociedade em que ela convertera sua casa na rua Onze, oeste. Seu desprezo era pela espécie típica, o modelo comum de judeu que ela via fazendo compras nas lojas de departamento, gente sem nada de mais, com sotaque de nova-iorquinos, pessoas que trabalhavam atrás de balcões ou que cuidavam de suas lojinhas em Manhattan, os judeus que dirigiam táxis, as famílias judias que ela via andando e conversando juntas no Central Park. O que a levava à loucura nas ruas eram as senhoras judias que a adoravam, que a reconheciam, que vinham até ela e pediam seu autógrafo. Essas mulheres eram o seu antigo público na Broadway, e Eve as desprezava. Com judias idosas, sobretudo, ela não conseguia reprimir um gemido de nojo.

— Olhe só a cara delas — dizia Eve, com um estremecimento. — Olhe só essas caras medonhas!

— Era uma doença — disse Murray — aquela aversão que Eve tinha por judeus não suficientemente disfarçados. Ela podia seguir adiante numa linha paralela à vida por um longo tempo.

Não *dentro da* vida, mas paralela à vida. Ela podia se mostrar bastante convincente naquele papel de senhora distinta, supercivilizada, que havia escolhido para si. A voz mansa. A dicção exata. Lá nos anos 20, o inglês polido era um estilo de linguagem que muitas moças americanas aprendiam sozinhas e com esforço, quando queriam ser atrizes. No caso de Eve Frame, que dava seus primeiros passos em Hollywood na época, aquilo pegou para valer, endureceu nela. O inglês polido endureceu de uma forma semelhante a camadas de cera, só que ardendo bem no centro estava o pavio, aquele pavio flamejante que não era nem um pouco polido. Ela conhecia todos os movimentos, o sorriso benévolo, a prudência dramática, todos os gestos sutis. Mas de repente Eve Frame dava uma guinada e tomava aquele curso paralelo, aquela coisa que parecia muito com a vida, e ocorria um episódio que podia deixar a gente desconcertado.

— Nunca percebi nada disso — comentei. — Ela sempre se mostrou gentil e cordial comigo, solidária, tentava me deixar à vontade, o que não era nada fácil. Eu era um garoto excitável e Eve Frame tinha muito da sedução de uma estrela de cinema, mesmo naquele tempo do rádio.

Eu pensava, de novo, enquanto falava, naquela noite no teatro Mosque. Eve dissera para mim — que estava achando impossível encontrar alguma coisa para falar para ela — que não sabia o que dizer para Paul Robeson, que diante dele sua língua ficava travada.

— Você fica tão atônito quanto eu diante dele? — sussurrou Eve para mim, como se *nós* dois tivéssemos quinze anos. — É o homem mais formidável que já conheci. É uma vergonha, eu não consigo tirar os olhos dele.

Eu sabia como Eve se sentia porque eu mesmo não conseguia parar de olhar para *ela*, e olhava como se, caso eu conseguisse olhar pelo tempo necessário, um *sentido* talvez emergisse. Eu olhava não só por causa da sutileza de seus gestos e da dignidade de seu porte e da vaga elegância da beleza *dela* — uma beleza que pairava entre o obscuramente exótico e o discretamente recatado, cujas proporções se alteravam o tempo todo, um tipo de beleza que devia ter sido enfeitiçante, no seu auge — mas em virtude de algo que visivelmente trepidava dentro dela, apesar de toda a sua contenção, uma volatilidade que, na ocasião, eu associei à mera exaltação que devia advir de ser Eve Frame.

— Lembra aquele dia em que conheci Ira? — perguntei a ele. — Vocês dois estavam trabalhando juntos, tirando e descendo as persianas da janela na casa da avenida Lehigh. O que Ira estava fazendo na sua casa? Era outubro de 1948, poucas semanas depois da eleição.

— Ah, aquele foi um dia ruim. Lembro muito bem aquele dia. Ira estava de mau humor e veio para Newark naquela manhã para ficar com Doris e comigo. Dormiu no sofá duas noites. Foi a primeira vez que isso aconteceu. Nathan, aquele casamento foi um engano desde o início. Ele já tinha feito algo parecido antes, só que no outro extremo do espectro social. Era impossível não perceber. A enorme diferença de temperamento e de interesses. Qualquer um notava logo.

— Ira não conseguia ver isso?

— Ver? Ira? Bem, para encarar a questão de uma forma generosa, ele estava apaixonado por Eve, para começo de conversa. Os dois se conheceram, Ira ficou doido por ela e a primeira coisa que fez foi comprar um extravagante chapéu de desfile de Páscoa que Eve jamais usaria porque seu gosto em roupas era totalmente Dior. Mas Ira nem sabia quem era Dior e comprou para ela aquele chapéu ridículo e caro e mandou entregar na casa dela depois do seu primeiro encontro. A flechada do amor, a flechada da estrela de cinema. Ira ficou deslumbrado com ela. Eve era *deslumbrante*, e o deslumbramento tem uma lógica toda própria.

"O que ela viu em Ira, o grandalhão caipira que vem para Nova York e arranja um emprego numa novela de rádio? Bem, não é nenhum mistério. Depois de um breve aprendizado, Ira não é mais um simples caipira, é um astro do programa *Livres e corajosos*, e pronto. Ira assumiu aqueles herois que representava no rádio. Eu nunca engoli isso, mas o ouvinte médio acreditava em Ira como a encarnação daquelas figuras. Ira tinha uma aura de pureza heroica. Acreditava em si mesmo e assim que punha os pés numa sala, bingo! Ira aparecia numa festa e pronto, só dava ele. Pois lá está aquela atriz solitária de quarenta e poucos anos, divorciada três vezes, e lá está aquela cara nova, aquele sujeito novo, aquela *árvore*, e ela está carente, é famosa e se rende a ele. Não é isso o que acontece? Toda mulher tem suas tentações e render-se era a tentação de Eve. Exteriormente, um gigante puro, magricela, de mãos enormes, que foi operário de fábrica, que foi estivador e agora era ator. Muito atraentes, esses tipos. É difícil acreditar que algo assim tão cru também possa ser terno. Crueza terna, a bondade de um sujeito grandalhão e bruto, toda essa conversa mole. Irresistível para ela. Como é que um gigante poderia ser *qualquer* outra coisa para Eve? Há, para ela, algo exótico no fato de ele ter passado por tanta dureza na vida. Eve tinha a sensação de que ele vivera de verdade e, depois que Ira ouviu a história de Eve, foi ele quem teve a sensação de que *ela* vivera de verdade.

"Quando se conheceram, Sylphid estava longe, na França, para passar o verão com o pai, e Ira não chegou a ver esse traste ao vivo. E assim aqueles impulsos maternais fortes, embora *sui generis*, de Eve foram só para Ira e os dois tiveram aquele idílio juntos durante todo o longo verão. O cara, afinal de contas, não teve mãe depois dos sete anos de idade e estava faminto dos cuidados atentos, esmerados que Eve esbanjava com ele, e viviam sozinhos na casa, sem a filha e, desde que chegara a Nova York, Ira, como um bom membro do proletariado, morava em algum buraco fedorento no Lower East Side. Morava em lugares baratos, comia em restaurantes baratos e de repente os dois ficam isolados, juntos, na rua Onze, oeste, e é verão em Manhattan e é ótimo, é o paraíso na terra. O retrato de Sylphid está em toda parte da casa, Sylphid quando pequena em seu aventalzinho de menina, e Ira acha maravilhoso que Eve seja tão devotada à filha. Ela conta a história de suas horríveis experiências com homens e casamentos, fala sobre Hollywood e os diretores tirânicos e os produtores ignorantes, a terrível, terrível vulgaridade, e é um Otelo ao contrário: 'era estranho, era incrivelmente estranho; era lamentável, era tremendamente lamentável' — Ira a amava pelos perigos que *ela* enfrentara. Ira está enfeitiçado, encantado, e ele é *necessário*. É grande, sensual e portanto vai fundo. Uma mulher com um *pathos*. Uma mulher linda, com *pathos* e uma história para contar. Uma intelectual que usa roupa bem decotada. Quem melhor para pôr em funcionamento o mecanismo protetor de Ira?

"Ira chega a levar Eve para Newark, para nos conhecer. Tomamos um drinque em nossa casa e depois vamos todos para a Taberna, na avenida Elizabeth, e ela se comporta bem. Nenhum mistério. Parecia surpreendentemente fácil entender o jeito dela. Naquela noite em que Ira, pela primeira vez, trouxe Eve à nossa casa e saímos para jantar, eu mesmo não vi nada de errado. É só uma questão de justiça dizer que não foi só Ira que não conseguiu perceber nada de errado. Ele não sabia como ela era porque, para ser honesto, *ninguém* poderia saber naquela hora. Ninguém conseguiria. Em sociedade, Eve era invisível por trás do disfarce de toda aquela civilidade. E portanto, embora outros talvez preferissem ir mais devagar, Ira, por causa da sua natureza, conforme eu já disse, vai fundo logo de cara.

"O que ficou marcado em mim de saída não foi o que havia de inadequado em Eve, mas sim em Ira. Ela me pareceu esperta demais para ele, polida demais para ele, sem nenhuma dúvida instruída demais. Pensei: aqui está uma estrela de cinema com alguma coisa na cabeça. Vim a saber que ela lia com afinco desde menina. Não creio que haja um romance em minha estante que ela não pudesse comentar com familiaridade. Naquela noite, pareceu até que o prazer mais profundo para Eve residia em ler livros. Eve lembrava-se de tramas complicadas de romances do século dezenove — eu dava aulas sobre esses livros e mesmo assim não conseguia lembrar o enredo.

"Claro, ela mostrava para nós o seu lado melhor. Claro, como qualquer pessoa na primeira vez em que encontra alguém, como todos nós, ela mantinha o seu lado pior sob rigorosa vigilância. Mas o lado melhor estava lá, Eve *tinha* um lado melhor. Parecia de verdade, não soava ostentoso e, em alguém tão renomado, isso se tornava ainda mais cativante. Claro, eu notava — não podia deixar de notar — que não era de jeito nenhum uma união de almas gêmeas. Os dois, com toda a probabilidade, não teriam a menor afinidade um com o outro. Mas eu mesmo fiquei deslumbrado naquela primeira noite pelo que tomei como a essência serena de Eve, bem mais do que pela sua aparência.

"E não esqueça o efeito da fama. Doris e eu crescemos assistindo aos filmes mudos dela. Estava sempre no elenco ao lado de homens mais velhos, altos, muitas vezes grisalhos, e ela aparecia com ar de menina, com ares de filha — com ares de *neta* — e os homens viviam loucos para beijá-la e Eve sempre dizia que não. Naquele tempo, bastava isso para atear fogo a uma sala de projeção. Um filme dela, talvez o primeiro, se chamava *A moça do cigarro*. Eve era a moça do cigarro, trabalhava numa boate e, no fim do filme, se bem me lembro, há uma festa de caridade à qual ela é levada pelo dono da boate. Acontece na mansão de uma viúva ricaça e balofa, na Quinta Avenida, e a moça do cigarro veste um uniforme de babá e os homens têm de fazer uma doação para ganhar um beijo dela — dinheiro que vai para a Cruz Vermelha. Cada homem oferece uma doação maior do que o outro e Eve sempre cobre a boca com a mão e ri encabulada por trás dos dedos, como uma gueixa. As doações sobem cada vez mais e as corpulentas senhoras de sociedade ficam indignadas diante daquilo. Mas quando um distinto banqueiro com um bigode preto — Carlton Pennington — propõe a astronômica soma de mil dólares e se adianta para depositar o beijo que todos esperávamos ver, as senhoras se aglomeram em volta feito loucas para olhar. No fim, em vez do beijo, só vemos no centro da tela aqueles traseiros grandões de sociedade, cingidos por espartilhos, encobrindo tudo.

"É incrível que isso tenha sido em 1924. É incrível que tenha sido *Eve*. O sorriso radiante, o desanimado dar de ombros, o jeito de representar que elas tinham, na época, usando os olhos — Eve havia dominado tudo isso quando não passava de uma menina. Podia representar a mulher derrotada, podia demonstrar firmeza, podia chorar com a mão na testa; também podia encenar os gozados tombos de bunda no chão. Quando Eve Frame estava feliz, dava umas corridinhas com uns pulinhos no meio. Pulinhos de alegria. Muito graciosa. Representava a pobre moça do cigarro, ou a pobre lavadeira que conhece o homem grã-fino, ou representava a moça rica despojada de sua fortuna que fica toda empolgada com o condutor do bonde. Filmes sobre a travessia das fronteiras sociais. Cenas de rua dos pobres imigrantes com toda sua energia crua e depois cenas de jantar dos ricaços privilegiados americanos, com todas as suas proibições e os seus tabus. Baby Dreiser. A gente não aguentaria ver essas coisas hoje em dia. Mal conseguiríamos assistir mesmo naquele tempo, não fosse por ela.

"Doris, Eve e eu tínhamos a mesma idade. Eve começara em Hollywood quando tinha dezessete anos e depois, ainda antes da guerra, já estava na Broadway. Doris e eu tínhamos visto Eve das galerias do teatro em algumas daquelas peças, e Eve era boa, sabe? As peças não eram nada de mais, porém, como atriz de teatro, Eve tinha um jeito desembaraçado de representar, diferente do que a tornara popular como jovem estrela do cinema mudo. No palco, Eve tinha talento para fazer coisas que não eram muito inteligentes parecerem inteligentes, e coisas que não eram sérias parecerem um pouco mais sérias. Era estranho seu equilíbrio perfeito, no palco. Como ser humano, ela acabava exagerando tudo e, no entanto, como atriz de teatro, era toda moderação e tato, nem um pouco exagerada. E então, depois da guerra, nós a ouvíamos no rádio porque Lorraine gostava de escutar e, mesmo naqueles programas do *Radioteatro americano*, Eve trazia um ar de bom gosto a peças realmente horrorosas. Ter Eve em nossa sala, olhando as minhas estantes de livros, conversar com ela sobre Meredith, Dickens e Thackeray — ora, o que uma mulher com a sua experiência e os seus interesses está fazendo em companhia do meu irmão?

"Naquela noite, eu nem sonhava que eles iriam se casar. Embora a vaidade de Ira estivesse obviamente lisonjeada e ele estivesse excitado e orgulhoso dela feito o diabo, sentado diante da lagosta ao termidor, na Taberna. O restaurante mais chique em que os judeus comiam em Newark e lá, acompanhando Eve Frame, o epítome do teatro clássico, está o outrora rude operário de fábrica em Newark, e nem um grama de incerteza dentro dele. Você sabia que Ira foi, em certa ocasião, ajudante de garçom na

Taberna? Um de seus empregos modestos depois que saiu da escola. Durou mais ou menos um mês. Era grande demais para correr para lá e para cá através da porta da cozinha com aquelas bandejas sobrecarregadas de coisas. Foi despedido depois que quebrou o milésimo prato e foi então que partiu para o condado de Sussex, para as minas de zinco. Pois bem — passam-se quase vinte anos e está de volta à Taberna, ele mesmo um astro do rádio e se exibindo para seu irmão e sua cunhada naquela noite. O senhor da vida exultando com sua própria existência.

"O dono da Taberna, Teiger, Sam Teiger, reconhece Eve e vem até a mesa com uma garrafa de champanhe, e Ira o convida a beber conosco e o banqueteia com a história de seus trinta dias como ajudante de garçom na Taberna em 1929 e, agora que ele não é mais um zé-ninguém, todo mundo se diverte com a comédia de seus acidentes e com a ironia de Ira um dia voltar ali. Todos nos divertimos com o seu bom humor a respeito das antigas mágoas. Teiger vai então até o escritório e volta com uma câmera, tira um retrato de nós quatro jantando ali e mais tarde a foto é pendurada no saguão da Taberna, junto com as fotos de todos os outros notáveis que já jantaram lá. Nada impediria que essa foto ficasse ali até a Taberna cerrar as portas depois dos distúrbios de rua de 1967, caso Ira não tivesse entrado para a lista negra dezesseis anos antes. Imagino que tenham tirado a fotografia da parede de repente, como se ele fosse mesmo um zé-ninguém.

"Mas voltemos ao tempo em que o idílio deles começou — Ira vai para casa de noite, para o seu apartamentozinho alugado, mas aos poucos deixa de ir, e então de repente ele está morando na casa de Eve, e os dois não são crianças, e a mulher não anda fazendo muito sucesso ultimamente, e tudo é apaixonante e maravilhoso, trancados sozinhos naquela casa na rua Onze, oeste, como uma dupla de criminosos sexuais acorrentados à cama. Todo o enredo espontâneo daquela situação no início da meia-idade. Abandonar-se à sorte e ir fundo no romance. É o desabrochar de Eve, sua liberação, sua emancipação. Sua *salvação*. Ira lhe dá um papel num enredo novo, se ela quiser aceitar. Aos quarenta e cinco anos, Eve achava que estava tudo acabado e, em vez disso, foi salva. 'Bem', diz ela para Ira, 'azar para o desejo, tão carinhosamente alimentado, de manter as coisas a distância.'

"Eve diz a Ira coisas que ninguém antes disse. Chama o caso deles de 'nossa coisinha dolorosamente doce e muito estranha'. Diz a Ira, 'isso me derrete toda'. Diz a ele, 'no meio de uma conversa com alguém, de repente não presto mais atenção nenhuma'. Chama Ira de *'mon prince'*. Cita versos de Emily Dickinson. Para Ira Ringold, Emily Dickinson. 'Contigo, no Deserto/ Contigo, na sede/ Contigo, no bosque de tamarindos/ O leopardo arqueja — enfim!'

"Ora, para Ira, ela parece ser o amor da sua vida. E com o amor da nossa vida, a gente não fica pensando em detalhes. Quando a gente encontra uma coisa assim, não joga fora. Os dois resolvem se casar e é isso o que Eve diz a Sylphid quando ela volta da França. Mamãe vai casar de novo, mas desta vez com um homem maravilhoso. Era para Sylphid engolir essa conversa sem reclamar. Sylphid, que vinha do enredo *antigo*.

"Eve Frame era tudo no mundo, para Ira. E por que não seria? Ele não era nenhuma criança, andara num monte de lugares duros e sabia ele mesmo como ser duro. Mas a Broadway? Hollywood? Greenwich Village? Tudo novinho em folha, para ele. Ira não era o cara mais inteligente do mundo no tocante a questões pessoais. Tinha aprendido muita coisa. Graças a O'Day e a si mesmo, Ira tinha percorrido um caminho muito longo desde o tempo da Factory Street. Mas isso era só no terreno da política. E também não era um jeito de pensar muito perspicaz. Não era nem sequer 'pensar'. O léxico pseudocientífico do marxismo, o jargão utópico que o acompanhava — despeje essa conversa em cima de alguém tão sem instrução e sem cultura como Ira, doutrine com o glamour intelectual das Grandes Ideias Radicais um adulto que não é lá muito desembaraçado no que diz respeito a usar a cabeça, catequize um homem de inteligência limitada, um tipo suscetível que seja tão inflamado quanto Ira... Mas esse é um assunto bem distinto, o nexo entre exasperação e não pensar.

"Você quer saber como ele foi parar em Newark naquele dia em que vocês se conheceram. Ira não era inclinado a conduzir a vida de um jeito propício a resolver os problemas de um casamento. E estava bem no início, fazia apenas alguns meses que tinha se casado com a estrela do teatro, do cinema, do rádio, e que se mudara para aquela casa de Eve, no centro da cidade. Como é que eu ia dizer a Ira que o casamento tinha sido um erro? O cara não era desprovido de vaidade, afinal de contas. Não deixava de ter certa presunção, o meu irmão. Não deixava de ter certa ambição social. Havia em Ira um instinto teatral, uma visão sem modéstia em relação a si mesmo. Não pense que ele se preocupava com o fato de virar uma pessoa de destaque. Isso é uma adaptação que as pessoas parecem capazes de levar a cabo em cerca de setenta e duas horas, e geralmente o efeito é revigorante. De uma hora para outra, tudo fica repleto de possibilidades, tudo se movimenta, tudo é *iminente* — Ira no drama, em todos os sentidos da palavra. Ele teve um desempenho dramático extraordinário no enredo que era a sua vida. De repente Ira se vê levado pelas ondas da ilusão narcisista de ter emergido da dura realidade da dor e da perda, de que sua vida *não* é uma futilidade — de que é tudo *menos* isso. Chega de caminhar pelo vale das sombras de suas limitações. Chega do gigante excluído, destinado a ser sempre um estranho. Ele vai entrando sem pedir licença, com a cara e a coragem — e lá está ele! O novo Ira, o Ira da alta sociedade. Um grande sujeito com uma grande vida. Olhem só.

"Além disso, eu *já* tinha dito a ele que era um erro — e depois disso nós não nos falamos durante seis semanas, e depois foi só porque fui pessoalmente a Nova York, expliquei a ele que eu estava enganado e implorei que não ficasse com raiva de mim, que consegui ter Ira de volta. Ele teria me cortado da sua vida para sempre se eu tentasse dizer aquilo outra vez. E uma ruptura completa — isso seria horrível para nós dois. Eu tomava conta de Ira desde que ele nasceu. Eu tinha sete anos e o levava em seu carrinho de bebê até a Factory Street. Depois que nossa mãe morreu, quando meu pai casou de novo e uma madrasta veio para nossa casa, se eu não estivesse por ali, Ira teria acabado no reformatório. Tínhamos uma mãe maravilhosa. E ela também não teve uma vida lá muito boa. Casou com nosso pai. Isso não era nenhum piquenique."

— Como era o pai de vocês? — perguntei.

— Prefiro não entrar nesse assunto.

— Era o que Ira dizia.

— É a única coisa que há para dizer. Tínhamos um pai que... Bem, muito mais tarde, vim a saber por que ele era assim. Mas aí já era tarde demais. De todo modo, eu tive mais sorte do que o meu irmão. Quando nossa mãe morreu, depois daqueles meses terríveis no hospital, eu já estava na escola secundária. Depois consegui uma bolsa de estudos na Universidade de Newark. Eu estava seguindo o meu caminho. Mas Ira ainda era criança. Um menino difícil. Um menino bruto. Cheio de desconfiança.

"Conhece a história do enterro do canarinho no antigo Primeiro Distrito, quando um sapateiro resolveu sepultar seu canarinho de estimação? Isso vai mostrar a você até que ponto Ira era durão — e até que ponto não era. Aconteceu em 1920. Eu tinha treze anos e Ira, sete, e na rua Boyden, algumas ruas depois de nossa casa de cômodos, havia um sapateiro, Russomano, Emidio Russomano, um homem muito velho, de aparência ruim, miúdo, de orelhas grandes, cara esquelética, barba branca no queixo e, nas costas, um paletó puído de uns cem anos de idade. Para lhe fazer companhia em sua oficina, Russomano tinha um canarinho de estimação. O canarinho se chamava Jimmy e Jimmy viveu muito tempo, e um dia Jimmy comeu alguma coisa que não devia e morreu.

"Russomano ficou arrasado, então contratou uma banda de música, alugou um carro funerário e dois coches puxados por cavalos e, depois que o corpo do canarinho ficou estendido sobre um banco para ser velado na oficina do sapateiro — lindamente enfeitado com flores, velas e um crucifixo —, houve um cortejo fúnebre pelas ruas de todo o bairro, passaram pela mercearia do Del Guercio, onde vendiam mariscos na porta, em cestos de trinta e cinco litros, e tinha uma bandeira americana na janela, passaram pela quitanda do Melillo, pela padaria do Giordano, pela Padaria Italiana Casquinha Gostosa do Arre. Passaram pelo açougue do Biondi e pelo salão de beleza do De Lucca, pela oficina de carros do De Carlo e pela cafeteria do D'Innocenzio, pela sapataria do Parisi, pela loja de bicicletas do Nole e pela *latteria* do Celentano, pelo bilhar do Grande, pela barbearia do Basso, a barbearia do Esposito, e pela banca do engraxate com as duas velhas cadeiras todas manchadas, em cima de um palanque que os fregueses tinham de escalar para poder sentar.

"Tudo já desapareceu faz quarenta anos. A cidade pôs abaixo todo aquele bairro italiano em 53, para abrir espaço para prédios baratos de muitos andares, com elevador. Em 94, imploridam os edifícios diante das câmeras de tevê em cadeia nacional. Nessa altura, ninguém morava lá fazia vinte anos. Inabitáveis. Agora, não existe nada ali. A igreja de Santa Lúcia e só. Foi só o que ficou de pé. A igreja paroquial, mas não existe paróquia nem paroquianos.

"O Café do Nicodemi na Sétima Avenida, o Café Roma na Sétima Avenida e o banco D'Auria na Sétima Avenida. Foi o banco onde, antes de estourar a Segunda Guerra Mundial, abriram um crédito para Mussolini. Quando Mussolini ocupou a Etiópia, o padre fez tocar os sinos durante meia hora. Aqui na América, no Primeiro Distrito de Newark.

"A fábrica de macarrão, a fábrica de artigos de decoração, a loja de estátuas, o teatro de marionetes, o cinema, as pistas de bocha, a sorveteria, a gráfica, os clubes e os restaurantes. Passaram pelo reduto do chefe mafioso Ritchie Boiardo, o Café Victory. Na década de 30, quando Boiardo saiu da prisão, construiu o Vittorio Castle na esquina das ruas Oito e Summer. Gente do teatro e do cinema vinha de Nova York para jantar no Castle. Foi no Castle que Joe DiMaggio comeu quando veio a Newark. Foi no Castle que DiMaggio e sua namorada fizeram sua festa de noivado. Era do Castle que Boiardo comandava todo o Primeiro Distrito. Ritchie Boiardo governava os italianos do Primeiro Distrito e Longy Zwillman governava os judeus no Terceiro Distrito, e esses dois gângsteres viviam em guerra.

"Passaram por uma porção de bares dos arredores, a procissão fúnebre serpenteou de leste a oeste, seguia para o norte por uma rua, descia para o sul na rua seguinte, todo o caminho até o Balneário Municipal na avenida Clifton — o acidente arquitetônico mais extravagante do Primeiro Distrito, depois da igreja e da catedral, o imponente balneário público aonde minha mãe nos levava para tomar banho, quando éramos bebês. Meu pai também ia lá. Ducha grátis e um centavo por uma toalha.

"O canarinho foi colocado num caixãozinho branco com quatro pessoas para carregar. Uma multidão enorme se reuniu, talvez umas dez mil pessoas se aglomeraram no caminho do cortejo. As pessoas se espremiam nas escadas de incêndio e no alto dos telhados. Famílias inteiras se debruçavam nas janelas das casas de cômodos para observar.

"Russomano ia no coche logo atrás do caixão, Emidio Russomano chorava enquanto todo mundo no Primeiro Distrito ria. Alguns riam tanto que se atiravam no chão. Não conseguiam ficar em pé de tanto rir. Até os homens que carregavam o caixão riam. Era contagiante. O cara que conduzia o carro fúnebre ria. Por respeito pelo homem de luto, as pessoas na calçada tentavam prender o riso até que Russomano tivesse passado, mas era hilariante demais para a maioria, sobretudo para as crianças.

"Nosso bairro era pequeno e fervilhava de meninos: meninos nos becos, meninos na escada das varandas, meninos que jorravam das casas de cômodos e se precipitavam em bandos pela avenida Clifton até a rua Broad. O dia inteiro e, durante o verão, também metade da noite, a gente ouvia aqueles meninos gritando uns para os outros: 'Pega! Pega!'. Para toda parte que a gente olhasse, bandos de meninos, batalhões de meninos — contando centavos, jogando baralho, rolando dados, jogando bilhar, chupando sorvetes, jogando beisebol, fazendo fogueiras, assustando as meninas. Só as freiras com régua na mão conseguiam controlar esses meninos. Havia ali milhares e milhares de garotos, todos com menos de dez anos de idade. Ira era um deles. Milhares e milhares de garotinhos italianos brigões, filhos de italianos que instalavam os trilhos da estrada de ferro, pavimentavam as ruas e cavavam as fossas, filhos de mascates, operários, trapeiros e donos de bar. Meninos chamados Giuseppe e Rodolfo e Raffaele e Gaetano, e o único menino judeu era Ira.

"Pois bem, os italianos viviam o grande momento de suas vidas. Nunca tinham visto nada como o funeral do canarinho. Nunca veriam nada igual, depois. Sem dúvida, tinha havido cortejos fúnebres antes, e havia bandas de música que tocavam canções fúnebres e gente de luto que inundava as ruas. Havia os feriados o ano inteiro com procissões para todos aqueles santos que eles trouxeram da Itália, centenas e centenas de pessoas que adoravam o santo especial de sua comunidade, vestiam fantasias, portavam a bandeira com a imagem do santo bordada e seguravam velas do tamanho de alavancas para tirar o pneu de uma roda. E havia no Natal o *presepio* de Santa Lúcia, uma réplica de uma aldeia napolitana que representava o nascimento de Jesus, com figurinhas italianas plantadas de pé ao lado de Maria, José e do Bambino. Havia as procissões com gaitas de foles italianas, um Bambino de gesso e, atrás do Bambino, o povo em procissão que cantava músicas de Natal italianas. E os ambulantes ao longo das ruas vendiam enguias para a ceia da véspera de Natal. As pessoas acorriam em rebanhos para as festas religiosas e enfiavam notas de um dólar por todo canto do manto que cobria a estátua de gesso de qualquer santo que fosse e jogavam pétalas de flores pelas janelas como se fossem papéis picados. Chegavam a soltar pássaros de gaiolas, pombos que voavam enlouquecidos acima da multidão, de um poste de telefone para o outro. Num daqueles dias santos, os pombos deviam ter vontade de nunca ter visto o mundo fora de uma gaiola.

"No dia de São Miguel, os italianos fantasiavam duas menininhas de anjo. Do alto de escadas de incêndio dos dois lados da rua, faziam as meninas balançar por cima da multidão, presas em cordas. Menininhas magricelas de vestido branco, com auréolas e asas amarradas, e a multidão ficava muda de espanto quando elas apareciam no ar, entoando algum cântico, e quando as meninas terminavam sua função de anjo, a multidão enlouquecia. Era aí que soltavam os pombos, os fogos de artifício explodiam e alguém sempre acabava no hospital, com um ou dois dedos estraçalhados.

"Portanto, espetáculos animados não eram nenhuma novidade para os italianos no Primeiro Distrito. Tipos gozados, sem-vergonhices da terra natal, barulho e brigas, acrobacias pitorescas — nada disso era novidade. Enterros, com certeza, também não eram novidade. Durante a epidemia de gripe, morreu tanta gente que os caixões tinham de ser enfileirados na rua. Mil novecentos e dezoito. As salas de velório não conseguiam dar conta do recado. Atrás dos caixões, cortejos seguiam o dia inteiro os três quilômetros da igreja de Santa Lúcia até o Cemitério do Santo Sepulcro. Havia caixõezinhos pequeninos para bebês. Era preciso esperar a vez para cada um enterrar o seu bebê — era preciso esperar que os vizinhos enterrassem os filhos deles primeiro. Um terror inesquecível para um menino. E no entanto dois anos depois da epidemia de gripe, aquele funeral do canarinho Jimmy... Bem, aquilo foi demais para todos eles.

"Todo mundo lá, naquele dia, morreu de rir. Exceto uma pessoa. Ira foi o único em Newark que não achou graça nenhuma. Não consegui explicar isso para ele. Tentei, mas ele não conseguia entender. Por quê? Talvez porque fosse burro, ou talvez porque não fosse burro. Talvez ele simplesmente não tenha nascido com o espírito do carnaval — talvez os utopistas não sejam assim. Ou talvez fosse porque nossa mãe havia morrido alguns meses antes e tínhamos feito o nosso funeral, do qual Ira não quis tomar parte de jeito nenhum. Em vez disso, ele preferiu ficar na rua, chutando uma bola. Implorou para que eu não o obrigasse a tirar seu macacão e ir para o cemitério. Tentou se esconder dentro de um armário. Mesmo assim veio conosco. Meu pai cuidou disso. No cemitério, Ira ficou parado, olhando, enquanto nós a enterrávamos, mas ele se recusou a segurar minha mão, nem deixou que eu passasse meu braço em torno do seu ombro. Fez cara feia para o rabino. Olhou raivoso para ele. Recusou-se a ser tocado ou consolado por qualquer pessoa. Tampouco chorou, nem uma lágrima. Estava enraivecido demais para chorar.

"Mas, quando o canarinho morreu, todo mundo no enterro ria sem parar, menos Ira. Ele só conhecia o Jimmy de passar pela oficina do sapateiro a caminho da escola e olhar através da janela para a gaiola. Não acredito que Ira jamais tenha posto os pés na oficina do sapateiro, mesmo assim, afora Russomano, ele foi o único que chorou.

"Quando *eu* comecei a rir — porque *era* engraçado, Nathan, *muito* engraçado — Ira perdeu completamente o controle. Foi a primeira vez que vi isso acontecer com Ira. Começou a brandir os punhos cerrados para mim e a berrar. Ele já era um garoto grande, na época, e eu não podia segurá-lo, e de repente, quando vi, ele estava embolado no chão trocando socos com dois meninos que estavam perto da gente e que também morriam de rir, e quando estendi o braço para tentar levantar Ira e salvá-lo de ser trucidado por todo um pelotão de meninos, um dos seus punhos me acertou em cheio no nariz. Ele quebrou meu nariz bem no septo, com sete anos de idade. Eu sangrava, a droga do nariz estava obviamente quebrado, e aí Ira fugiu correndo.

"Não o encontramos até o dia seguinte. Tinha dormido nos fundos da cervejaria na avenida Clifton. Não foi a primeira vez. No pátio, embaixo da plataforma de cargas. Meu pai o encontrou ali de manhã. Arrastou-o pelo cangote por todo o caminho até a escola e até a sala onde a aula de Ira já tinha começado. Quando as crianças viram Ira, naquele macacão imundo com que havia dormido a noite inteira, ser jogado à força ali dentro pelo pai, começaram a dizer 'Chorão', e esse foi o apelido de Ira durante meses, depois disso. Chorão Ringold. O menino judeu que chorou no enterro do canarinho.

"Felizmente, Ira sempre foi maior do que os outros meninos da sua idade, era forte e sabia jogar beisebol. Ira teria sido um astro do esporte se não fosse sua vista. Todo o respeito que recebeu naquele bairro, Ira devia ao fato de jogar beisebol. Mas e as brigas? A partir de então, ele vivia metido em brigas. Foi aí que começou o seu extremismo político.

"Foi uma bênção, sabe, não termos crescido no Terceiro Distrito, com os judeus pobres. Crescendo no Primeiro Distrito, Ira foi sempre para os italianos um forasteiro judeu brigão e assim, embora grande, forte e beligerante, Boiardo nunca poderia ver Ira como um talento nativo do bairro que fazia o seu teste para entrar na Máfia. Mas no Terceiro Distrito, entre os judeus, a história poderia ter sido diferente. Lá, Ira não seria o pária oficial entre os outros meninos. Nem que fosse só pelo seu tamanho, Ira na certa teria chamado a atenção de Longy Zwillman. Pelo que sei, Longy, que era dez anos mais velho do que Ira, tinha sido bem parecido com ele, quando menino: um garoto furioso, grandalhão e ameaçador, que também saiu da escola, não tinha medo de nada numa briga de rua e tinha um jeito de líder, junto com algo parecido com inteligência. Na falsificação de bebidas, nos jogos de apostas, nas máquinas automáticas acionadas por moedas, no cais, no movimento sindical, na construção civil — Longy se deu muito bem. Mas mesmo no topo, quando se equiparava a Bugsy Siegel, Lansky e Lucky Luciano, seus amigos mais íntimos eram os amigos com quem crescera nas ruas, garotos judeus do Terceiro Distrito, como ele, que se sentiam provocados por qualquer coisinha. Niggy Rutkin, seu matador. Sam Katz, seu guarda-costas. George Goldstein, seu contador. Billy Tiplitz, o homem dos números. Doc Stacher, sua máquina de calcular. Abe Lew, primo de Longy, dirigia para Longy o sindicato dos varejistas. Meu Deus, Meyer Ellenstein, outro garoto de rua saído do gueto do Terceiro Distrito

— quando foi prefeito de Newark, Ellenstein simplesmente governou a cidade segundo as ordens de Longy.

"Ira poderia ter acabado como um dos bandidos subalternos de Longy, que faziam lealmente seu serviço. Estava no ponto para ser recrutado. Não haveria nada de aberrante nisso: era para o crime que aqueles meninos eram criados. Era o passo lógico a ser dado. Tinham neles aquela violência que se exigia como uma tática no mundo do crime, para inspirar medo e adquirir um cunho competitivo. Ira poderia ter começado por baixo, em Port Newark, descarregando o uísque falsificado que vinha do Canadá em lanchas a motor e levando para os caminhões de Longy, e acabaria, como Longy, com uma mansão de milionário na rua Orange Oeste e com uma forca em volta do pescoço.

"É tão instável, não é, o que nos tornamos na vida, o que viramos no final? Graças apenas a um minúsculo acidente de geografia, Ira nunca teve a oportunidade de se unir ao bando de Longy. A oportunidade de iniciar uma carreira de sucesso empunhando um cassetete curto contra os rivais de Longy, dando uma prensa nos clientes de Longy, controlando as mesas de jogo nos cassinos de Longy. A oportunidade de concluir sua carreira prestando testemunho durante duas horas diante do comitê de Kefauver, antes de ir para casa e se enforcar. Quando Ira conheceu alguém mais durão e mais esperto do que ele, o homem que veio a ser a grande influência em sua vida, já estava no exército, e assim esse sujeito não era nenhum gângster de Newark mas um metalúrgico comunista que operou em Ira uma transformação. O Longy Zwillman de Ira foi Johnny O'Day."

— Por que eu não disse a Ira, naquela primeira vez que ficou na nossa casa, para mandar o casamento para o diabo e cair fora?

Porque aquele casamento, aquela mulher, aquela linda casa, todos aqueles livros, discos, as pinturas nas paredes, aquela vida que Eve levava ao lado de tanta gente talentosa, educada, interessante, instruída, era tudo o que Ira nunca havia conhecido. Não interessa que ele, então, já fosse alguém importante. O cara agora tinha um *lar*. Nunca tivera isso antes, e já estava com trinta e cinco anos. Trinta e cinco, e já não morava mais num quarto alugado, não comia mais em lanchonetes, não dormia com garçonetes, moças que serviam bebidas nos bares e coisas ainda piores — mulheres, algumas delas, que nem sabiam escrever seu nome.

"Depois de se desligar do exército, quando foi pela primeira vez para Calumet City para morar com O'Day, Ira teve um caso com uma moça de dezenove anos que fazia *strip-tease*. Uma moça chamada Donna Jones. Ira a conheceu na lavanderia automática. No início, pensou que fosse aluna da escola secundária e, por um tempo, ela não se deu ao trabalho de contar a ele a verdade. Baixinha, brigona, petulante, durona. Pelo menos por fora, era dura. A menina vivia o tempo todo com a mão na boceta.

"Donna era de Michigan, de uma cidadezinha de veraneio na beira de um lago chamada Benton Harbor. Em Benton Harbor, no verão, Donna costumava trabalhar num hotel diante do lago. Dezesseis anos, arrumadeira, e acabou engravidando de um dos hóspedes de Chicago. Qual deles, ela nem sabia. Leva a gravidez até o fim, entrega o bebê para adoção, abandona a cidade totalmente desmoralizada e vai acabar fazendo *strip-tease* numa daquelas espeluncas de Cal City.

"Nos domingos, quando não estava fora representando o papel de Abe Lincoln para o sindicato, Ira costumava pegar emprestado o carro de O'Day para levar Donna a Benton Harbor, para visitar a mãe dela. A mãe trabalhava numa fabriqueta que produzia bombons e doce de leite, coisas que vendiam para os turistas na rua principal de Benton Harbor. Doces típicos de uma estação de veraneio. O doce de leite era famoso, distribuído para todo o Meio-Oeste. Ira começa conversando com o cara que dirige a fábrica de doces, vê como produzem o negócio e não demora muito já está me escrevendo que vai se casar com Donna e se mudar com ela para a sua cidade natal, morar num bangalô junto ao lago e usar o que sobrou de seu pagamento do exército para entrar de sócio daquele sujeito. Havia também os mil dólares que tinha ganhado jogando dados no navio de transporte de tropas que o trouxe de volta para casa — tudo isso poderia ir para o negócio dos doces. Naquele Natal, Ira mandou de presente para Lorraine uma caixa de doce de leite. Dezesseis sabores diferentes: chocolate com coco, manteiga de amendoim, pistache, menta com pedacinhos de chocolate, caramelo crocante... tudo fresquinho e cremoso, direto da Cozinha dos Doces de Leite em Benton Harbor, Michigan. Agora me diga uma coisa, o que poderia haver de mais distante de um raivoso comuna disposto a tudo para derrubar o sistema americano do que um cara que manda pelo correio, lá de Michigan, em embrulhos de presente, doces de leite para a querida sobrinha no Natal? 'Delícias feitas à beira do lago' — este era o slogan na caixa. Não 'Trabalhadores do mundo todo, uni-vos', mas sim, 'Delícias feitas à beira do lago'. Se ao menos Ira tivesse se casado com Donna Jones, *esse* seria o slogan pelo qual ele teria vivido.

"Foi O'Day, e não eu, quem o convenceu a deixar Donna. Não porque uma garota de dezenove anos que se apresentava no Kit Kat Club em Cal City como a 'senhorita Shalimar, recomendada no Guia da Boa Comida de Duncan Hines' representasse algum risco sério de não ser uma boa esposa e uma boa mãe; não porque o desaparecido senhor Jones, pai de Donna, fosse um bêbado que batia na esposa e nos filhos; não porque os Jones de Benton Harbor fossem uns caipiras ignorantes e não uma família que alguém de volta para seu país depois de quatro anos de serviço militar desejasse assumir como uma responsabilidade duradoura — que foi o que eu, educadamente, tentei dizer a ele. Mas para Ira tudo o que representava uma receita garantida de desastre doméstico equivalia a um argumento *a favor* de Donna. O chamariz dos pobres coitados. A luta dos deserdados que vêm lá de baixo era uma isca *irresistível*. A gente bebe até o fundo, bebe até a borra: a humanidade, para Ira, era sinônimo de sofrimento e catástrofe. Em relação ao sofrimento, mesmo em suas formas de mais baixa reputação, a afinidade era implacável. Coube a O'Day desmanchar o vasto afrodisíaco que eram Donna Jones e os dezesseis sabores de doce de leite. Foi O'Day quem ficou em cima dele para que encarnasse na sua vida pessoal a sua crença política, e O'Day não fez isso por meio dos meus raciocínios 'burgueses'. O'Day não pedia desculpas por se atrever a criticar as falhas de Ira. O'Day nunca pedia desculpas por nada. O'Day punha as pessoas para andar na linha, e pronto.

"O'Day deu a Ira o que ele chamou de 'curso de atualização em casamento à luz da revolução mundial', com base na sua própria experiência matrimonial antes da guerra. 'Foi para isso que você veio comigo para Calumet? Para dirigir uma fábrica de doces ou para comandar uma revolução? Não é hora para extravagâncias ridículas! Isto aqui é para valer, garoto! Isto é uma questão de vida ou morte para as condições de trabalho conforme as conhecemos nos últimos dez anos! Todas as facções e grupos estão se unindo bem aqui, no condado de Lake. *Você* está vendo isso. Se conseguirmos nos manter firmes, se ninguém pular fora do barco, então a coisa vai pegar fogo, Iron Man, num ano, dois anos no máximo, as fábricas serão nossas!'

"Assim, depois de uns oito meses juntos, Ira disse a Donna que tudo estava acabado, e ela engoliu umas pílulas, tentou mais ou menos se matar. Cerca de um mês depois — Donna já de volta ao Kit Kat e com um cara novo — o pai dela, o beberrão sumido havia muito tempo, aparece com um dos irmãos de Donna na porta da casa de Ira e diz que vai dar uma lição em Ira por causa do que fez com a sua filha. Ira briga com os dois ali mesmo na porta, o pai puxa uma faca e O'Day desfere um cruzado, fratura o queixo do sacana e toma a faca de sua mão... Essa foi a *primeira* família em que Ira entrou pelo casamento.

"De uma farsa como essa nem sempre é fácil se recuperar, mas em 1948 o suposto salvador da pequenina Donna tornou-se Iron Rinn, do programa *Livres e corajosos*, e está pronto e maduro para o seu próximo grande erro. Você devia ter ouvido Ira quando soube que Eve estava grávida. Um filho. Uma família só dele. E não com uma ex-dançarina de *strip-tease* que seu irmão havia desaprovado, mas com uma atriz famosa que os ouvintes da América radiofônica adoravam. Era a coisa mais formidável que poderia acontecer com ele. Nunca havia tido um ponto de apoio tão firme quanto esse. Mal podia acreditar. Dois anos — e lá estava! O homem não era mais uma presença fugaz."

— Ela ficou grávida? Quando foi isso?

— Depois que se casaram. Só durou dez semanas. Foi por isso que Ira veio para a minha casa e aí vocês dois se conheceram. Ela resolveu abortar.

Estávamos sentados nos fundos, na varanda, voltados para a lagoa e, ao longe, para a cadeia de montanhas, a oeste. Moro aqui sozinho e a casa é pequena, um quarto onde escrevo e faço as refeições — um escritório com um banheiro e um nicho para a cozinha no fundo, uma lareira de pedra que faz ângulo reto com uma parede de livros e uma fileira de cinco janelinhas de guilhotina de trinta por trinta centímetros, que dão para o vasto campo de feno e para um pelotão protetor de velhos bordos que me separam da estrada poeirenta. O outro quarto é onde durmo, um aposento de proporções agradáveis e aspecto rústico, com uma cama de solteiro, uma cômoda, uma estufa a lenha, velhas vigas verticais salientes nos quatro cantos do quarto, mais estantes de livros, uma espreguiçadeira na qual faço minhas leituras, uma escrivaninha pequena e, na parede do lado oeste, uma porta de vidro de correr que se abre para a varanda onde Murray e eu bebíamos, cada um, um martíni antes de jantar. Comprei a casa, preparei-a para enfrentar o inverno — tinha sido a casa de veraneio de alguém — e vim para cá, quando fiz sessenta anos, para viver sozinho, de um modo geral, separado das pessoas. Isso foi quatro anos atrás. Embora nem sempre seja desejável viver de um jeito assim tão austero, sem as variadas atividades que normalmente concorrem para formar uma existência humana, acredito que fiz a escolha menos nociva. Mas meu isolamento não é o assunto desta história. Nem sequer é uma história. Vim para cá porque não queria mais saber de histórias. Eu já havia tido a minha história.

Eu me perguntava se Murray já teria reconhecido minha casa como uma réplica aprimorada do barracão de dois quartos que ficava no lado de Jersey da Garganta do rio Delaware, e que era o adorado refúgio de Ira e o local onde por acaso provei pela primeira vez o gosto da América rural quando fui, nos verões de 49 e 50, passar uma semana com ele. Adorei a primeira vez que vivi sozinho com Ira no seu barracão e imediatamente pensei nele quando me mostraram esta casa. Embora eu estivesse atrás de algo maior e com jeito de uma habitação mais convencional, eu a comprei logo de cara. Os quartos eram quase do mesmo tamanho dos da casa de Ira, e dispostos da mesma forma. A comprida lagoa oval tinha mais ou menos as mesmas dimensões do que a da casa dele e ficava mais ou menos à mesma distância da porta dos fundos. E embora minha casa fosse muito mais arrumada — com o tempo, as paredes de pinho cheias de manchas do barracão de Ira haviam se tornado quase pretas, o teto atravessado por vigas era baixo (ridiculamente baixo para a altura dele) e as janelas eram pequenas e não muito numerosas — a minha casa ficava metida à beira de uma estrada poeirenta, como a de Ira, e, se vista de fora, não tinha aquele aspecto sombrio, soturno, caindo aos pedaços, que proclama "um eremita mora aqui — caia fora", o estado de ânimo do dono era perceptível na ausência de qualquer coisa parecida com uma trilha que atravessasse o campo de feno e levasse até a aferrolhada porta da frente. Havia uma entrada estreita e poeirenta que subia, serpenteava e contornava pelo lado da casa onde ficava o escritório, até um telheiro aberto onde, no inverno, eu estacionava meu carro; uma estrutura de madeira prestes a desabar, mais antiga do que o chalé, o telheiro poderia muito bem estar erguido junto aos oito acres de Ira, cobertos pelo mato.

Como a ideia do barracão de Ira manteve sua força durante tanto tempo? Bem, são as imagens mais antigas — de independência e liberdade, em especial — que sobrevivem obstinadamente, a despeito das alegrias e das porradas da vida em sua plenitude. E a ideia do barracão, afinal de contas, não é de Ira. Tem uma história. Era de Rousseau. Era de Thoreau. O paliativo da cabana primitiva. O lugar onde a gente se despoja de tudo o que não é essencial, o lugar para onde a gente volta — mesmo se acontece de não ser o lugar de onde a gente veio — a fim de se descontaminar e se absolver das lides da vida. O lugar onde a gente se despe, muda de pele, tira todos os uniformes que vestiu e os trajes em que se enfiou, onde a gente se desvencilha de todas as feridas e ressentimentos, do nosso apaziguamento do mundo e do nosso desafio do mundo, da nossa manipulação do mundo e das manobras do mundo sobre nós. O homem que envelhece se afasta e parte para o mato — no pensamento filosófico oriental, abunda esse tema, no pensamento taoísta, hindu, chinês. O "habitante da floresta", o último estágio do caminho da vida. Pense só naquelas pinturas chinesas, com um velho ao pé da montanha, o velho chinês completamente só ao pé da montanha, retirado da agitação da autobiografia. Ele travou uma vigorosa disputa com a vida; agora, serenado, trava uma disputa com a morte, recolhido à austeridade, a última questão a ser resolvida.

Os martínis foram ideia de Murray. Uma ideia boa, mas nem tanto, uma vez que um martíni no fim de um dia de verão com uma pessoa de quem eu gostava, uma pessoa como Murray, me fazia lembrar os prazeres da vida social. Gostei de muita gente, não fui um participante indiferente da vida, não me escondi dela...
Mas a história é de Ira. Por que razão isso foi impossível para *ele*.
— Ira queria um menino — disse Murray. — Morria de vontade de dar ao filho o nome do seu amigo. Johnny O'Day Ringold. Doris e eu tínhamos Lorraine, nossa filha, e toda vez que Ira vinha dormir no sofá, Lorraine conseguia levantar o ânimo dele. Lorraine gostava de ver Ira dormir. Gostava de ficar de pé junto à porta e olhar Lemuel Gulliver dormir. Ira ficou apegado àquela menininha de cabelo preto com franja. E ela a ele. Quando Ira vinha para nossa casa, Lorraine o levava para brincar com as suas bonequinhas russas que ficavam umas dentro das outras. Ira tinha dado as bonecas para ela de presente de aniversário. Você sabe, uma mulher com trajes tradicionais russos de *babushka*, uma bonequinha dentro da outra, em série, até que a gente chega à boneca do tamanho de uma noz, lá no centro. Os dois criaram histórias para cada uma das bonequinhas e histórias sobre como aquela gente simples na Rússia dava duro para viver. Depois Ira

aninhava o jogo completo das bonecas numa das suas mãos enormes, de tal modo que a gente nem conseguia ver. A coisa simplesmente sumia por trás daqueles dedos em forma de espátula — tão compridos e fora do comum, os dedos que Paganini deve ter tido. Lorraine adorava quando Ira fazia isso: a maior boneca de todas era aquele tio colossal.

"No aniversário seguinte de Lorraine, Ira comprou para ela um álbum com discos do Coro e Banda do Exército Soviético, executando canções russas. Mais de cem homens no coro, outros cem na banda. O portentoso ribombar dos baixos — um som incrível. Ela e Ira se divertiam à beça com aqueles discos. As letras eram em russo, os dois ouviam juntos e Ira fingia ser o solista baixo, fazendo com a boca a mímica das palavras incompreensíveis e, com as mãos, dramáticos gestos 'russos' e, quando vinha o refrão, Lorraine também fazia com a boca a mímica das palavras incompreensíveis do coro. Minha filha sabia bancar a comediante.

"Tinha uma canção de que ela gostava especialmente. Era linda, também, uma canção folclórica emocionante, melancólica, feito um hino, chamada 'Dubinuchka', uma canção simples, executada com uma balalaica ao fundo. A letra de 'Dubinuchka' vinha impressa em inglês na capa interna do álbum, Lorraine a aprendeu de cor e durante meses saía pela casa cantando aquela música.

Ouvi muitas canções em minha terra natal —
Canções de alegria e de tristeza.
Mas uma delas se gravou bem fundo na minha lembrança:
É a canção do trabalhador comum.

Esta era a parte do solo. Mas Lorraine gostava mais de cantar o refrão do coro. Porque tinha 'Eia! Avante!'.

*Vamos, levante e lute,
Eia! Avante!
Força, todo mundo junto,
Eia! Avante!*

Quando Lorraine estava sozinha no seu quarto, punha em fila todas as suas bonecas ocas e tocava o disco da 'Dubinuchka', e ela cantava de um jeito trágico 'Eia! Avante! Eia! Avante!', enquanto empurrava as bonecas de um lado para o outro sobre o chão."

— Pare aí, espere um instante, Murray — disse eu, e levantei, fui para dentro da casa, para o quarto, onde estavam meu aparelho de CD e minha velha vitrola. A maioria dos meus discos estava guardada em caixas e empilhada dentro de um armário, mas eu sabia em que caixa encontrar o que procurava. Peguei o álbum que Ira tinha dado para *mim* em 1948 e tirei o disco em que "Dubinuchka" era executada pelo Coro e Banda do Exército Soviético. Empurrei o botão de velocidade para 78 rotações por minuto, tirei a poeira do disco e o pus no prato para girar. Pus a agulha no intervalo antes da última faixa, ajustei o botão de volume de modo que Murray pudesse ouvir a música através das portas abertas que separavam o meu quarto da varanda e voltei ao encontro dele.

No escuro, escutamos, mas não mais eu a ele ou ele a mim, e sim nós dois a "Dubinuchka". Era exatamente como Murray havia descrito: uma canção folclórica linda, emocionante, melancólica, feito um hino. A não ser pelo arranhão na superfície gasta do velho disco — um som cíclico, semelhante a algum familiar ruído noturno da natureza, que se ouve no verão, no campo — a canção parecia viajar até nós de um distante passado histórico. Não era nem um pouco como deitar na minha varanda e ouvir no rádio os concertos de sábado à noite, ao vivo, do festival de verão de Tanglewood. "Eia! Avante!" vinha de um local remoto no tempo e no espaço, um resíduo espectral daqueles arrebatadores tempos revolucionários quando todo mundo que almejava mudanças, de forma programática, ingênua — louca e imperdoável — subestimou a capacidade da humanidade para mutilar suas ideias mais elevadas e convertê-las numa farsa trágica. Eia! Avante! Como se a malícia, a fraqueza, a burrice e a corrupção humanas não tivessem a mínima chance ao enfrentar o coletivo, a força do povo que, unido, empurrava para a frente, a fim de transformar suas vidas e abolir a injustiça. Eia! Avante!

Quando "Dubinuchka" acabou, Murray ficou calado e comecei a ouvir de novo tudo o que eu havia filtrado enquanto o escutava falar: os roncos, os zunidos, o coaxar dos sapos, as galinhas-d'água no Pântano Azul, o charco cheio de bambus que ficava a leste da minha casa, pios, assovios e cicios ao longe, e as garriças tagarelando o seu acompanhamento musical. E os mergulhões, os choros e risos dos mergulhões maníaco-depressivos. A cada poucos minutos, o guincho penetrante de uma coruja ao longe e, o tempo todo, sem parar, a orquestra de cordas do oeste da Nova Inglaterra formada por grilos vibrava seus arcos na música de um Bartok grilo. Um guaxinim trinou no bosque ali perto e, à medida que o tempo passava, julguei até ouvir os esquilos roendo uma árvore lá atrás, onde os riachos da floresta desaguavam na minha lagoa. Algum cervo, ludibriado pelo silêncio, deve ter rondado perto demais da casa, pois de repente — assim que ele se deu conta de nossa presença — o código Morse da fuga dos cervos ressoou ligeiro: o bufar, baque certeiro, o patear no chão, o bater dos cascos, o salto para longe. Seus corpos oscilam graciosamente para dentro da espessura da mata e depois, abaixo da nossa capacidade de audição, correm para salvar suas vidas. Eu só ouvia a murmurante respiração de

Murray, a eloquência de um homem idoso que expira compassadamente.

Deve ter decorrido meia hora antes que ele falasse outra vez. O braço da vitrola não tinha voltado para a posição inicial e agora eu também podia ouvir a agulha que chiava em cima do selo de papel. Não fui lá dentro para consertar e interromper o que quer que tivesse emudecido o meu contador de histórias e criado a intensidade do seu silêncio. Imaginei quanto tempo passaria antes que ele falasse alguma coisa, ou quem sabe ele não iria falar mais nada, apenas levantar-se e pedir para ser levado de volta para o dormitório — me perguntei se os pensamentos que se haviam desencadeado dentro de Murray não exigiriam uma noite inteira de sono para serem aplacados.

Porém, rindo mansamente, Murray disse, enfim:

— Isso bateu fundo.

— Bateu mesmo? Por quê?

— Tenho saudades da minha filha.

— Onde está ela?

— Lorraine morreu.

— Quando foi isso?

— Lorraine morreu vinte e seis anos atrás. Mil novecentos e setenta e um. Morreu com trinta anos, deixou dois filhos e o marido. Meningite e, da noite para o dia, ela estava morta.

— E Doris, morreu?

— Doris? Claro.

Fui até o quarto para levantar a agulha da vitrola e recolocá-la em seu apoio.

— Quer ouvir mais? — perguntei de longe para Murray.

Ele riu com vigor dessa vez e disse:

— Quer ver até que ponto eu aguento, é? A sua ideia da minha força, Nathan, é um pouco exagerada. "Dubinuchka" é um rival que não posso vencer.

— Duvido — respondi, voltando para a varanda e me acomodando na cadeira. — Você estava me contando...

— Eu estava contando... estava contando... Ah, sim. Quando Ira foi posto no olho da rua e saiu do ar, Lorraine ficou desolada. Tinha só nove ou dez anos, mas já estava pronta para brigar. Depois que Ira foi despedido do rádio por ser comunista, ela parou de bater continência para a bandeira.

— A bandeira americana? Onde?

— Na escola — respondeu Murray. — Onde mais a gente bate continência para a bandeira? A professora tentou protegê-la, levou-a para um canto e disse, você tem de bater continência para a bandeira. Mas aquela menina não queria nem saber disso. Tinha muita raiva. A genuína raiva dos Ringold. Lorraine adorava o tio. Ela puxou a ele.

— O que aconteceu?

— Tive uma longa conversa com Lorraine e ela voltou a bater continência para a bandeira.

— O que foi que você lhe disse?

— Disse que eu também adorava meu irmão. Eu também achava que aquilo não era certo. Disse que eu pensava do mesmo jeito que ela, que era uma tremenda injustiça despedir uma pessoa por causa de suas convicções políticas. Eu acreditava na liberdade de pensamento. *Absoluta* liberdade de pensamento. Mas lhe disse que a gente não pode sair por aí atrás desse tipo de briga. Bater continência para a bandeira não é uma questão importante. O que a gente vai conseguir? O que a gente vai ganhar? Eu disse a ela, não vá para uma briga que você sabe que não pode ganhar, uma briga que nem vale a pena vencer. Disse a ela o que eu tentava explicar ao meu irmão sobre o problema dos discursos apaixonados — tentava explicar desde o tempo em que ele era um garoto, só pelo bem dele. O importante não é ficar com raiva, mas ficar com raiva das coisas certas. Eu disse a ela, olhe a questão de uma perspectiva darwinista. A raiva serve para tornar a gente eficaz. Essa é a sua função na sobrevivência. É por isso que a raiva nos foi dada. Se ela nos torna ineficazes, livre-se da raiva, feito uma batata quente.

Quando era meu professor, uns cinquenta anos antes, Murray Ringold costumava encenar as coisas, representar um espetáculo durante a aula, fazia uma porção de brincadeiras para nos manter alertas. Dar aula era uma ocupação apaixonante para Murray, e ele era um cara empolgante. Mas agora, embora não fosse nem um pouco um velhote quase sem combustível, Murray não julgava mais necessário se virar pelo avesso para tornar claro o que queria dizer, e chegara perto de se mostrar completamente desapaixonado. Seu tom de voz era mais ou menos invariável, brando — nenhuma tentativa de encaminhar (ou desencaminhar) a gente, mostrando-se ostensivamente expressivo com sua voz, ou com seu rosto, ou com suas mãos, nem mesmo quando cantou "Eia! Avante! Eia! Avante!".

Seu crânio, agora, parecia muito frágil e pequeno. Contudo, dentro dele se achavam embalados noventa anos do passado. Tinha muita coisa lá dentro. Todos os mortos estavam lá, para começo de conversa, seus feitos e suas desfeitas, que convergiam com todas as perguntas para as quais não há resposta, as coisas sobre as quais nunca poderemos ter certeza... tudo se somando para incumbi-lo de uma tarefa muito árdua: avaliar com justiça, contar essa história sem demasiados equívocos.

O tempo, sabemos, passa muito depressa quando se está perto do fim, mas fazia tanto tempo que Murray já estava perto do fim que, quando falava como tinha feito ali, com paciência, coerência, com uma certa mansidão — só se detendo intermitentemente a fim de bebericar o martíni com enlevo —, eu tinha a sensação de que o tempo, para ele, se havia dissolvido, que não passava nem depressa nem devagar, que Murray já não vivia mais no tempo mas exclusivamente na própria pele. Como se aquela vida ativa, laboriosa e sociável como um dedicado professor, cidadão e pai de família tivesse sido uma longa batalha para alcançar um estado de ausência de paixão. O envelhecimento e a decrepitude não eram insuportáveis e nenhum dos dois representava o caráter insondável do esquecimento; nenhum dos dois era o dar em nada a que tudo no final se resumia. *Tudo* tinha sido suportável, mesmo deixando de lado a irremediável mesquinharia.

Em Murray Ringold, refleti, o descontentamento humano encontrou um adversário à altura. Ele sobreviveu ao descontentamento. É isso o que sobra depois que tudo passa, a tristeza disciplinada do estoicismo. Isso é o resfriamento. Durante tanto tempo fica tudo tão quente, tudo é tão intenso na vida, e depois, pouco a pouco, vai embora, e aí vem o resfriamento, e depois vêm as cinzas. O homem que me ensinou como lutar boxe com um livro voltou agora para demonstrar como lutar boxe com a velhice.

E se trata de uma habilidade admirável, nobre, pois nada nos ensina menos acerca da velhice do que ter levado uma vida vigorosa.

3.

— O motivo por que Ira veio me ver — prosseguiu Murray — e passar a noite em nossa casa no dia anterior ao que vocês dois se conheceram foi o que ele tinha sabido naquela manhã.

— Eve contou a ele que queria fazer o aborto.

— Não, isso ela já tinha contado uma noite antes, disse a ele que ia para Camden fazer um aborto. Tinha um médico lá em Camden a quem um monte de gente rica procurava no tempo em que o aborto era um negócio feito às escondidas. A decisão não foi uma completa surpresa para ele. Eve tinha quarenta e um anos de idade, era mais velha do que ele. O rosto dela não demonstrava isso, mas Eve Frame não era nenhuma criança. Estava preocupada em ter um filho na sua idade. Ira entendia isso, mas não conseguia aceitar e recusava crer que o fato de ela ter quarenta e um anos fosse um obstáculo em seu caminho. Ele não era lá muito cauteloso, você sabe disso. Tinha aquela tendência de ir até o fim a qualquer preço, e assim tentou de todo jeito convencer Eve de que não havia com que se preocupar.

"Achou que *tinha* convencido a esposa. Mas surgiu uma questão nova: o trabalho. Para ela, fora muito duro ter uma carreira e cuidar de um filho, na primeira vez, com Sylphid. Eve tinha só dezoito anos quando Sylphid nasceu — era uma jovem estrela de Hollywood. Casara-se com aquele ator, Pennington. Um nome famoso quando eu era jovem. Carlton Pennington, o heroi do cinema mudo, com um perfil moldado com precisão para satisfazer exigências clássicas. Alto, esguio, garboso, com cabelos escuros e lustrosos como um corvo, e com um bigode escuro. Elegante até o osso. Um homem de boa posição tanto na aristocracia social quanto na aristocracia de Eros — seu desempenho como ator tirava proveito da interação das duas coisas. Um príncipe de conto de fadas e uma usina elétrica carnal a um só tempo, o jeito garantido de levar você ao êxtase numa flecha folheada de prata.

"O estúdio arranjou o casamento. Ela e Pennington tinham feito tamanho sucesso juntos, e Eve estava tão apaixonada por ele que o estúdio resolveu que os dois deviam se casar. E depois de casados, que deviam ter um filho. Tudo isso era para sufocar os boatos de que Pennington era gay. O que, obviamente, era verdade.

"Para Eve casar com Pennington, havia um primeiro marido do qual era preciso se livrar. Pennington foi o segundo marido. O primeiro era um sujeito chamado Mueller, com quem Eve havia fugido de casa quando tinha dezesseis anos. Um caipira sem nenhuma educação que acabara de voltar de cinco anos na marinha, um grandalhão e corpulento rapaz teuto-americano, filho de um garçom de bar em Kearny, perto de Newark. Uma origem rude. Um cara rude. Uma espécie de Ira sem o idealismo. Ela o conheceu num grupo teatral do bairro. Ele queria ser ator e ela, atriz. Ele morava numa casa de pensão e Eve estava na escola secundária, ainda morando com os pais, e os dois fugiram juntos para Hollywood. Foi assim que Eve, ainda uma criança, veio parar na Califórnia, fugindo de casa com o namorado, filho de um garçom. No intervalo de um ano, ela se tornaria uma estrela e, para se desvencilhar de Mueller, que não era nada, o estúdio pagou a ele para cair fora. Mueller chegou de fato a aparecer em alguns filmes mudos — como parte do seu pagamento — e teve até alguns papéis de durão nos primeiros filmes sonoros, mas sua ligação com Eve foi completamente apagada dos arquivos. Quer dizer, até muito mais tarde. Vamos voltar a falar de Mueller. A questão é que ela casa com Pennington, uma grande jogada para todo mundo: tem o casamento no estúdio, tem a filha que nasce e, depois, os doze anos ao lado de Pennington, levando uma vida de freira.

"Eve levava Sylphid para ver Pennington na Europa, mesmo depois de estar casada com Ira. Agora Pennington já morreu, mas morava na Riviera francesa, após a guerra. Tinha uma casa de campo nas montanhas atrás de St. Tropez. Bêbado todas as noites, sempre em busca de alguém para transar, um ex-famoso amargurado que rosnava e rugia contra os judeus que mandavam em Hollywood e arruinaram a sua carreira. Eve levava Sylphid à França para ver Pennington, saíam todos juntos para jantar em St. Tropez, ele bebia umas duas garrafas de vinho, ficava o tempo todo olhando para algum garçom e depois mandava Eve e Sylphid de volta para o hotel onde elas estavam hospedadas. Na manhã seguinte, iam tomar o café da manhã na casa de Pennington e o garçom estava lá na mesa, de roupão, e todos comiam figos frescos. Eve voltava para Ira em prantos, dizendo que o homem estava gordo e bêbado, e que sempre havia algum rapaz de dezoito anos dormindo lá, um garçom, ou um vagabundo de praia, ou um gari, e que ela nunca mais poderia voltar à França. Mas voltava — para o bem ou para o mal, levava Sylphid para St. Tropez duas ou três vezes por ano para ver o pai dela. Não devia ser nada fácil para a menina.

"Depois de Pennington, Eve se casou com um especulador de imóveis, um tal de Freedman, que ela alegava ter gastado tudo o que ela possuía, tudo, e que só não a convenceu a abrir mão da casa. Portanto, quando Ira aparece no mundo do rádio em Nova York, Eve naturalmente se apaixona por ele. O nobre Abe Lincoln, sociável, impoluto, uma grande consciência ambulante, tagarelando para todo lado sobre justiça e igualdade para todos, Ira e seus ideais atraíam todo tipo de mulher, de Donna Jones até Eve Frame, e tudo o que existisse de problemático no intervalo entre uma e outra. Mulheres infelizes ficavam loucas por ele. A vitalidade. A energia. O gigante revolucionário igual a um Sansão. O cavalheirismo meio bronco que ele tinha. E Ira cheirava bem. Lembra? Tinha um cheiro próprio. Lorraine dizia: 'O tio Ira cheira igual a xarope de bordo'. E cheirava mesmo. Tinha cheiro de seiva de árvore.

"No início, o fato de Eve mandar sua filha Sylphid para ver Pennington deixava Ira doido. Creio que ele achava que não era só para Sylphid ter uma oportunidade de ver Pennington — pensava que ainda havia alguma coisa em Pennington que Eve achava atraente. E talvez ela achasse mesmo. Talvez fosse a veadice de Pennington. Talvez fosse a sua origem de homem bem-nascido. Pennington provinha de uma velha fortuna da Califórnia. Era graças a esse dinheiro que vivia na França. Algumas das joias que Sylphid usava eram joias espanholas reunidas pela família do pai dela. Ira me dizia: 'A filha fica na casa dele, num quarto, e o pai em outro quarto com um marinheiro. Eve *devia* proteger a filha dessa história, não devia arrastá-la até a França para presenciar uma coisa dessas. Por que ela não protege a filha?'.

"Conheço meu irmão — sei o que ele queria dizer. Queria dizer: proíbo você de voltar lá, para sempre. Eu lhe disse: 'Você não é o pai da menina. Não pode proibir a filha dela de nada'.

Falei: 'Se você quiser desistir do casamento por causa disso, então desista por esse motivo. Se não, fique e conviva com isso'.

"Foi a primeira deixa que aproveitei para insinuar bem de leve aquilo que queria dizer havia muito tempo. Ter um caso com ela era uma coisa. Uma estrela de cinema — por que não? Mas casamento? Obviamente equivocado, em todos os aspectos. Aquela mulher não tinha nenhuma relação com política e sobretudo com o comunismo. Sabia se orientar muito bem nos enredos complicados dos romancistas vitorianos, podia recitar de cor os nomes dos personagens de Trollope, mas nada sabia da sociedade e de todos os afazeres cotidianos. A mulher se vestia segundo Dior. Roupas fabulosas. Possuía mil chapeuzinhos com pequenos véus. Sapatos e bolsas feitas de pele de répteis. Gastava rios de dinheiro com roupas. Ao passo que Ira era um cara que pagava quatro dólares e noventa e nove centavos por um par de sapatos. Ele encontrou uma das contas de Eve, de um vestido de oitocentos dólares. Nem imaginava o que isso significava. Foi até o armário dela, observou o vestido e tentou imaginar como podia custar tão caro. Como comunista, deveria ter ficado irritado com ela desde o primeiro segundo. Então, o que explica esse casamento com Eve e não com uma camarada de partido? Será que ele não poderia encontrar no partido alguém que o apoiasse, que se pusesse a seu lado na luta?

"Doris sempre o perdoava e fazia concessões a ele, vinha em defesa de Ira toda vez que eu pegava no pé do meu irmão. 'Sim', dizia Doris, 'aqui está um comunista, um grande revolucionário, um membro do partido zeloso como ninguém, e de repente se apaixona por uma atriz de cabeça oca que veste casacos com cintura de vespa e saias compridas da última moda, que é famosa e linda, que vive mergulhada feito um saquinho de chá em pretensões aristocráticas, e isso contradiz todo o padrão moral dele —

mas isso é o amor.' 'É isso?', eu perguntava. 'Para mim, parece antes credulidade e confusão. Ira não tem a menor intuição no tocante às questões emocionais. A falta de intuição emocional é condizente com o tipo de radical tosco que Ira é. Essa gente não é lá muito bem sintonizada em termos psicológicos.' Mas a réplica de Doris consistia em justificá-lo com nada menos do que o poder aniquilador do amor. 'O amor', dizia Doris, 'não é uma coisa lógica. A vaidade não é uma coisa lógica. Ira não é uma coisa lógica. Cada um de nós, neste mundo, tem sua própria vaidade e, portanto, sua cegueira feita sob medida. Eve Frame é a de Ira.'

"Até no funeral de Ira, quando não havia nem vinte pessoas, Doris se levantou e fez um discurso sobre esse mesmo assunto, uma mulher que se atrevia a falar em público. Ela disse que Ira era um comunista com uma fragilidade diante da vida; era um comunista apaixonado que, porém, não era feito para viver no fechado enclave do partido, e foi isso que subverteu e destruiu Ira. Ele não era perfeito, do ponto de vista comunista — graças a Deus. Não conseguia renunciar ao pessoal. O pessoal continuava jorrando de Ira, por mais militante e determinado que tentasse ser. Uma coisa é você ter a sua fidelidade ao partido e outra coisa é ser quem você é e não ser capaz de se refrear. Não existia nada em Ira que ele fosse capaz de suprimir. Ele vivia tudo em termos pessoais, disse Doris, até o fundo, inclusive suas contradições.

"Bem, talvez sim, talvez não. As contradições eram indiscutíveis. A franqueza pessoal e a vida secreta do comunista. A vida doméstica e o partido. A necessidade de ter um filho, o desejo de ter uma família — será que um membro do partido com as aspirações dele poderia se importar tanto assim em ter um filho? Mesmo para as suas contradições, a pessoa precisa impor um limite. Um cara que veio das ruas pode se casar com uma *artiste*? Um cara na faixa dos trinta pode se casar com uma mulher de mais de quarenta, com uma filha já grande, adulta, e que ainda mora em casa com a mãe? As incompatibilidades eram infinitas. Mas então esse era o desafio. Com Ira, quanto mais errado, mais havia para ser corrigido.

"Eu disse a ele: 'Ira, a situação com Pennington é *in*corrigível. O único jeito de corrigi-la é não existir'. Falei mais ou menos o que O'Day tinha falado antes, no caso de Donna. 'Isso não é política — é vida particular. Não se pode trazer para a vida particular a ideologia que se leva para o mundo em geral. Você não pode mudar Eve. O que deram a você, está dado e pronto; se é insuportável, então vá embora. Essa é uma mulher que casou com um homossexual, viveu doze anos sem ser tocada pelo marido homossexual e continua seu relacionamento com o sujeito, muito embora ele se comporte diante da filha de uma maneira que a mãe considera prejudicial ao bem-estar da moça. Ela deve considerar até mais prejudicial para Sylphid ficar sem ver o pai nunca. Eve foi apanhada num dilema, provavelmente não *existe* nada certo para ela fazer — então, deixe para lá, não a aborreça com isso, deixe o barco correr.'

"Depois perguntei: 'Diga-me, existem outras coisas insuportáveis? Outras coisas que você gostaria de meter a cara e mudar? Porque, se houver, esqueça. Você não pode mudar *nada*'.

"Mas Ira vivia para mudar. A razão *por que* vivia. Por que vivia *freneticamente*. A essência do homem consistia em tratar tudo como um desafio para o seu ânimo. Cabia sempre a ele o esforço. Cabia a ele mudar tudo. Para ele, esse era o propósito de estar no mundo. Tudo o que ele queria mudar estava aqui.

"Mas quando deseja ardorosamente o que se encontra além de seu controle, você está condenado a se frustrar — você está se preparando para ficar de joelhos.

"'Diga-me', falei para Ira, 'se você fosse pôr todas as coisas insuportáveis numa coluna, traçar uma linha embaixo delas e somar todas, o resultado dessa soma seria *totalmente insuportável*? Porque, se for, então, mesmo que você tenha chegado lá ainda outro dia, mesmo que esse casamento seja novinho em folha, você deve cair fora. Porque a sua tendência, quando comete um erro, é não cair fora. Sua tendência é querer corrigir as coisas daquele jeito veemente com que as pessoas desta família gostam de corrigir as coisas. No momento, isso me preocupa.'

"Ira já tinha me contado acerca do terceiro casamento de Eve, o casamento depois de Pennington, com Freedman, e por isso eu disse para Ira: 'Parece que a história dela é um desastre depois do outro. E você vai fazer o quê, exatamente? Anular desastres? O Grande Emancipador do palco também é assim na vida real? É por isso que você foi atrás dela, desde o início? Você vai mostrar a ela que você é maior e melhor do que o grande astro de Hollywood? Vai mostrar a ela que um judeu não é um capitalista voraz como Freedman, mas uma máquina de promover a justiça como você?'.

"Doris e eu já tínhamos ido jantar na casa dele. Eu já vira a família Pennington-Frame em ação e assim abri o verbo de uma vez sobre isso também. Pus logo o preto no branco. 'Aquela filha é uma bomba-relógio, Ira. Ressentida, sombria, funesta — uma pessoa que só quer saber de se exibir, senão ela nem existe. Uma pessoa decidida, habituada a ter o que deseja, e você, Ira Ringold, está no caminho dela. Claro, você também é decidido, é maior, mais velho, além de ser homem. Mas você não conseguirá fazer valer sua vontade. No que diz respeito à filha, você não pode ter nenhuma autoridade moral *porque* você é maior, mais velho, além de ser homem. Vai ser uma fonte de frustração para um magnata do tráfico de autoridade moral, como você. A filha vai descobrir em você o sentido de uma palavra que ela jamais poderia vir a aprender com a mãe: resistência. Você é um obstáculo de um metro e noventa e sete, um perigo para a tirania dela sobre a estrela que é a mãe.'

"Usei uma linguagem forte. Eu mesmo era um sujeito exaltado, naquele tempo. Eu ficava transtornado com o irracional, sobretudo quando provinha do meu irmão. Fui mais veemente do que deveria ter sido, mas na verdade não exagerei a importância do caso. Vi qual era a situação logo de cara, desde o início, na noite em que saímos juntos para jantar. Achei que não dava para não perceber, mas Ira ficou indignado. 'Como é que você pode saber tudo isso? Como sabe todas essas coisas? Porque é muito esperto', disse ele, 'ou porque eu sou muito burro?' 'Ira', respondi, 'há uma família de duas pessoas naquela casa, não uma família de três, mas uma família de duas pessoas que não têm nenhuma relação humana concreta a não ser uma com a outra. Há uma família morando naquela casa que não consegue encontrar a medida certa de *coisa nenhuma*. A mãe naquela casa está sendo chantageada emocionalmente pela filha. Nada é mais claro naquele lar do que a inversão da autoridade. Sylphid é quem empunha o cabo do chicote. Nada é mais evidente do que o rancor feroz que a filha sente pela mãe. Nada é mais evidente do que a perseguição que a filha pratica contra a mãe por causa de algum crime imperdoável. Nada é mais evidente do que o descontrole das duas com as suas emoções destemperadas. Não existe certamente prazer nenhum entre aquelas duas. Nunca haverá nada que pareça um estado de entendimento razoável, moderado, entre uma mãe tão amedrontada e aquela filha tão arrogante e mal-educada.

"'Ira, o relacionamento entre uma mãe e uma filha, ou uma mãe e um filho, não é tão complicado assim. Eu tenho uma filha', disse a ele, 'sei como é ter uma filha. Uma coisa é você ficar com sua filha porque a adora, porque a ama; outra coisa é ficar com sua filha porque está apavorado com ela. Ira, a raiva da filha com o novo casamento da mãe vai arruinar sua convivência desde o início. *Toda família infeliz é infeliz a seu próprio modo.* Estou apenas descrevendo a você o modo de ser infeliz dessa família.'

"Foi aí que Ira partiu para o revide. 'Escute aqui, eu não moro na avenida Lehigh', disse ele. 'Adoro a sua Doris, é uma esposa e uma mãe maravilhosa, mas eu não tenho o menor interesse no tipo de casamento judeu e burguês, com os dois aparelhos de jantar e tudo. Nunca vivi preso às convenções burguesas e não tenho a menor intenção de começar agora. No fundo, você sugere que eu abra mão da mulher que eu amo, uma pessoa talentosa, excelente — cuja vida, aliás, também não foi nenhum mar de rosas —, que eu abra mão dela e fuja por causa dessa filha que toca harpa? Para você, esse é o grande problema da minha vida? O grande problema da minha vida, Murray, é a porra do sindicato a que pertenço, é pôr em movimento a porra do sindicato dos atores, fazer com que tire o pé da lama e assuma o lugar que lhe cabe. O meu problema é encontrar um escritor para o meu programa. O meu problema não é ser um obstáculo para a filha de Eve — sou um obstáculo para Artie Sokolow, *este* é o problema. Sento ao lado desse cara antes de ele apresentar o roteiro do programa, leio tudo com ele e, se não gosto das minhas falas, Murray, digo logo para ele. Não vou *falar* aquela porra de texto se eu não gostar. Sento ali e brigo com ele até que ele me apareça com alguma coisa que contenha uma mensagem socialmente útil...'

"Não era de admirar que Ira, agressivamente, entendesse mal a questão. A mente dele se movimentava, é verdade, mas não com clareza. Só se movia com força. 'Não me interessa', retruquei, 'se você se pavoneia no palco e diz aos outros como escrever seus textos. Estou falando de outra coisa. Não estou falando de coisas convencionais ou anticonvencionais, burguesas ou boêmias. Estou falando de um lar onde a mãe é um patético capacho para a filha pisar à vontade. É uma loucura que você, filho do nosso pai, que cresceu na nossa casa, não reconheça como as situações domésticas podem ser explosivas, devastadoras para as pessoas. As brigas enervantes. O desespero diário. As concessões, uma a cada hora. Aquela é uma família que está totalmente destrambelhada...'

"Bem, não era difícil para Ira dizer 'caia fora daqui', e nunca mais falar comigo de novo. Ele não modulava. Vinha a primeira marcha e depois, de repente, engrenava a quinta marcha, e daí ele ia embora. Eu não podia detê-lo, não ia detê-lo, e assim ele disse para eu ir me foder, e foi embora. Seis semanas depois, escrevi uma carta que ele não respondeu. Depois dei telefonemas que ele não atendeu. Enfim, fui a Nova York, encurralei o sujeito e pedi desculpas. 'Você tem razão, eu estava errado. Não é da minha conta. Nós estamos com saudade de você. Queremos que venha nos visitar. Queremos que traga Eve, traga também a... mas se não quiser, não precisa. Lorraine está com saudade de você. Ela adora você e não sabe o que aconteceu. Doris tem saudade de você...' Etc. etc. Minha vontade era dizer: 'Você está olhando para a ameaça errada. A ameaça verdadeira para você não é o capitalismo imperialista. A ameaça para você não são as suas ações públicas, a ameaça para você é a sua vida particular. Sempre foi e sempre será'.

"Havia noites em que eu não conseguia dormir. Dizia para Doris: 'Por que ele não vai *embora*? Por que ele não consegue ir *embora*?'. E sabe o que Doris respondia? 'Porque ele é como todo mundo — só compreende as coisas depois que tudo já acabou. Por que você não *me* deixa? Todas as coisas humanas que tornam difícil ficar com outra pessoa, por acaso nós não temos tudo isso aqui? Nós brigamos. Temos discussões. Temos o que todo mundo tem — um pouco disso, um pouco daquilo, os pequenos insultos que vão se acumulando, as pequenas tentações que vão se acumulando. Acha que não sei que existem mulheres que se sentem atraídas por você? Professoras na escola, mulheres no sindicato intensamente atraídas pelo meu marido. Acha que não sei que você teve um ano, depois que voltou da guerra, em que não sabia por que ainda estava comigo, em que todo dia você se perguntava: por que não deixo Doris? Mas não deixou. Porque em geral as pessoas não deixam. Todo mundo está insatisfeito mas, em geral, *não* ir embora é o que as pessoas fazem. Sobretudo pessoas que um dia foram abandonadas por alguém, como você e seu irmão. Quem passa o que vocês dois passaram valoriza muito a estabilidade. Com certeza, exagera o seu valor. A coisa mais difícil do mundo é cortar o nó da nossa vida e ir embora. As pessoas fazem dez mil ajustes para se conciliar até com o comportamento mais patológico do mundo. Por que, em termos emocionais, um homem do tipo dele está ligado reciprocamente a uma mulher do tipo dela? A razão de costume: as deficiências dos dois combinam. Ira não pode abandonar o casamento assim como não pode abandonar o Partido Comunista.'

"Mas, seja como for, aconteceu aquele filho. Johnny O'Day Ringold. Eve contou a Ira que quando teve Sylphid, lá em Hollywood, para ela foi diferente do que foi para Pennington. Quando Pennington saía todo dia para trabalhar num filme, todo mundo aceitava isso; mas quando *ela* saía todo dia para trabalhar num filme, o bebê era deixado aos cuidados de uma governanta e portanto Eve era uma mãe ruim, uma mãe negligente, uma mãe egoísta e todo mundo se sentia infeliz, inclusive ela. Eve disse a Ira que não podia passar por tudo isso outra vez. Tinha sido duro demais para ela e duro demais para Sylphid. Disse a Ira que, de várias formas, foi aquela tensão que destruiu a carreira *dela* em Hollywood.

"Mas Ira respondeu que ela já não trabalhava mais no cinema, estava no rádio. Estava no auge da carreira no rádio. Não saía todo dia para trabalhar num estúdio — saía de casa dois dias por semana. Não era a mesma coisa nem de longe. E Ira Ringold não era Carlton Pennington. Não a deixaria no desamparo com a criança. Não precisariam de nenhuma governanta. Para o inferno com essa história. Ele ia criar seu Johnny O'Day sozinho, se fosse necessário. Quando Ira cismava com alguma coisa, não era mole tirar aquilo da cabeça dele. E Eve não era uma pessoa capaz de resistir a uma carga pesada de artilharia. As pessoas davam duro em cima de Eve e ela acabava cedendo. E assim Ira achou que tinha convencido a esposa também nesse caso. Enfim Eve lhe disse que ele estava com a razão, não era a mesma coisa e disse que tudo bem, teriam o filho, e Ira ficou eufórico, no sétimo céu — você tinha de ver como estava aquele sujeito.

"Mas então, naquela noite antes de Ira vir para Newark, a noite anterior ao dia em que vocês dois se conheceram, Eve sucumbiu e disse que não poderia levar aquilo até o fim. Disse como se sentia infeliz em negar a Ira uma coisa que ele desejava tanto, mas não conseguiria passar por tudo aquilo de novo. A conversa prosseguiu durante horas, e o que Ira podia fazer? Que bem faria a qualquer um — ela, ele ou o pequeno Johnny — ter tudo isso como pano de fundo da vida familiar? Ira ficou arrasado e os dois ficaram acordados até as três ou quatro horas da manhã, mas para ele o assunto estava encerrado. Ira era um cara persistente, mas não ia amarrar a esposa na cama e mantê-la ali durante mais sete meses a fim de ter seu filho. Se ela não queria o filho, não queria e pronto. Assim Ira lhe disse que iria com ela a Camden, até o médico que fazia abortos. Eve não estaria sozinha."

Ouvindo Murray, não pude deixar de me ver assaltado por lembranças de estar em companhia de Ira, lembranças que eu nem sabia ainda possuir, lembranças de como eu me empanturrava com as palavras dele e com as suas convicções de homem adulto, lembranças fortes de nós dois caminhando juntos no parque Weequahic e Ira me falando sobre as crianças empobrecidas que vira no Irã — que Ira pronunciava "Eirã".

— Quando cheguei ao Irã — disse-me Ira — os nativos padeciam de todas as doenças que você pode imaginar. Como eram muçulmanos, costumavam lavar as mãos antes e depois de defecar, mas o faziam no rio, o rio que passava na nossa frente, por assim dizer. Lavavam as mãos na mesma água em que urinavam. As condições de vida deles eram terríveis, Nathan. O país era governado por xeiques. E não eram xeiques românticos. Aqueles caras eram como o ditador de uma tribo. Você entende? O exército americano lhes dava dinheiro, de modo que os nativos trabalhavam para nós e nós dávamos aos nativos rações de arroz e chá. Era assim. Arroz e chá. Aquelas condições de vida, eu nunca tinha visto nada parecido. Escavei valas na Depressão, não fui criado no Ritz, mas aquilo era outra história. Quando tínhamos de defecar, por exemplo, defecávamos em baldes do exército, tinas de ferro, não era mais que isso. E alguém tinha de esvaziá-los e assim nós os esvaziávamos no depósito de lixo. E quem é que você acha que estava lá?

De repente, Ira não conseguia prosseguir, não conseguia mais falar. Não conseguia andar. Eu sempre ficava alarmado quando isso lhe acontecia. E como ele sabia disso, dava pancadinhas no ar com a mão, acenando para que eu ficasse parado, que esperasse por ele, que logo ficaria bem de novo.

A respeito das coisas que não lhe agradavam, ele não conseguia conversar com equilíbrio. Todo o seu jeito viril poderia ser alterado, até se tornar quase irreconhecível, por qualquer coisa que implicasse a degradação humana e, talvez por causa de sua própria infância conturbada, em especial qualquer coisa que

implicasse o sofrimento e a degradação de crianças. Quando ele me disse: "E quem você acha que estava lá?", eu já sabia quem era por causa do jeito que ele começou a respirar: "Ahhh... ahhh... Ahhh...". Arfando como alguém prestes a morrer. Quando Ira estava emocionalmente refeito o bastante para voltar a caminhar, perguntei, como se eu não soubesse:
— Quem, Ira? Quem estava lá?
— Os garotos. Eles moravam ali. E remexiam o lixo atrás de comida...

Dessa vez, quando ele parou de falar de repente, meu alarme me fez dar o melhor de mim; receoso de que ele parasse estupefato, de que ficasse tão assombrado — não só por suas emoções mas também por uma imensa solidão que pareceu subitamente despojá-lo de seu vigor —, receoso de que nunca mais voltasse a ser o heroi valente, furioso, que eu adorava, eu sabia que tinha de fazer alguma coisa, tudo o que pudesse, e por isso tentei pelo menos completar o pensamento para ele. Falei:
— E era terrível.

Ele deu um tapinha nas minhas costas e voltamos a caminhar.
— Para mim, era — respondeu, enfim. — Para meus colegas de exército, não tinha importância. Nunca ouvi ninguém comentar nada. Nunca vi ninguém, da minha própria América, deplorar a situação. Eu estava mesmo horrorizado. Mas não havia nada que eu pudesse fazer. No exército, não existe democracia. Entende? A gente não pode falar qualquer coisa com pessoas de posto mais elevado. E aquilo vinha ocorrendo Deus sabe desde quando. É isso que a história do mundo *é*. É assim que as pessoas vivem. — E, em seguida, explodiu: — É assim que as pessoas *obrigam* as crianças a viver!

Fazíamos passeios juntos em volta de Newark, e assim Ira podia me mostrar os bairros não judeus que eu não conhecia — o Primeiro Distrito, onde ele fora criado e onde viviam os italianos pobres; Down Neck, onde os irlandeses pobres e poloneses pobres viviam — e o tempo todo Ira me explicava que, ao contrário do que talvez tivessem me dito quando criança, eles não eram simples góis mas "trabalhadores como qualquer trabalhador em qualquer parte do país, pobres, esforçados, impotentes, lutando todos os dias para levar uma vida decente e digna".

Íamos até o Terceiro Distrito de Newark, onde os negros ocuparam as ruas e casas dos antigos cortiços dos imigrantes judeus. Ira falava com todo mundo que encontrávamos, homens e mulheres, meninos e meninas, perguntava o que tinham feito, como viviam e o que pensavam de, quem sabe, mudar "o sistema escroto e todo esse esquema de crueldade e ignorância" que os privava de sua igualdade. Ele sentava num banco diante de uma barbearia dos negros na miserável rua Spruce, uma rua depois do local onde meu pai foi criado, numa casa de cômodos, na avenida Belmont, e dizia aos homens reunidos ali à toa na calçada:

— Sou um cara que gosta de se meter na conversa dos outros — e passava a lhes falar sobre a igualdade e, para mim, ele nunca se pareceu tanto com o espigado Abraham Lincoln, fundido em bronze, plantado nos pés da larga escadaria diante do Fórum do Condado de Essex de Newark, a estátua de Lincoln feita por Gutzon Borglum, famosa no bairro, ali sentado num banco de mármore e com cara de quem dá as boas-vindas diante do fórum, numa atitude sociável e, pelo rosto magro e barbado, demonstrando ser sábio, sério, paternal, judicioso e bom. Bem ali na rua Spruce, diante daquela barbearia — com Ira proclamando, quando alguém perguntava a opinião dele, que "um negro tem todo o direito de comer em qualquer lugar onde esteja disposto a pagar a conta!" —, compreendi que eu nunca tinha imaginado, muito menos tinha visto, um branco tão descontraído e tão à vontade ao lado de negros.

— O que a maioria das pessoas, por engano, considera o mau humor e a burrice dos negros, você sabe o que é, na verdade, Nathan? É uma concha protetora. Mas quando eles encontram alguém livre de preconceitos raciais, você viu o que acontece. Eles não *precisam* mais dessa concha. Eles têm a sua parcela de maluquices, está certo, mas afinal me diga quem não tem.

Quando Ira, certo dia, descobriu ali na frente da barbearia um negro muito velho e amargo que só queria saber de desafogar seu mau humor em discussões veementes sobre a bestialidade da humanidade — "Tudo o que conhecemos não nasceu da tirania dos tiranos, mas da tirania da ganância, da ignorância, da brutalidade e do ódio da humanidade; o tirano do mal é *todo mundo*!" —, voltamos muitas outras vezes e as pessoas se reuniam para ouvir Ira debater com aquele formidável contestador, que sempre se apresentava muito bem vestido, de terno e gravata pretos, e a quem todos os outros chamavam respeitosamente de "senhor Prescott": Ira convertendo os negros um a um, um de cada vez, os debates Lincoln-Douglas numa nova e estranha versão.

— O senhor ainda está convencido — perguntava Ira, afável — de que a classe trabalhadora vai se contentar com as migalhas da mesa dos imperialistas?

— Estou, sim, senhor! A massa dos homens, de *qualquer* cor, é e sempre será obtusa, torpe, maldosa e burra!

— Bem, andei pensando no assunto, senhor Prescott, e estou convencido de que o senhor está enganado. O simples fato de que não há migalhas suficientes para manter a classe trabalhadora alimentada e dócil põe por terra essa teoria. Todos os senhores, aqui, estão subestimando a proximidade do colapso industrial. É verdade que a maioria de nossa classe trabalhadora apoiaria Truman e o Plano Marshall se tivesse certeza de que isso a manteria empregada. Mas a contradição é a seguinte: a canalização do grosso da produção para o equipamento bélico, tanto para as forças armadas americanas quanto para os fantoches do governo, *está empobrecendo os trabalhadores americanos*.

Mesmo em face da misantropia do sr. Prescott, aparentemente tão sofrida, Ira tentava inserir no debate alguma razão e esperança, tentava plantar, se não no sr. Prescott ao menos na plateia da calçada, uma consciência das transformações que poderiam ser efetivadas na vida dos homens, mediante a ação política organizada. Para mim era, conforme Wordsworth descreve os tempos da Revolução Francesa, "o próprio Paraíso": "Era o êxtase estar vivo naquela manhã/ Mas ser jovem era o próprio Paraíso!". Nós dois, brancos e rodeados por dez ou doze negros, e nada com que nos preocuparmos, nada a temer da parte deles: não éramos nós os seus opressores nem eram eles os nossos inimigos — o inimigo-opressor que nos aterrorizava a todos era a forma pela qual a sociedade estava organizada e era governada.

Foi após a primeira visita à rua Spruce que ele me convidou para um cheesecake no Weequahic Diner e, enquanto comíamos, me contou sobre os negros com quem havia trabalhado em Chicago.

— Aquela fábrica ficava no centro do cinturão negro de Chicago — disse ele. — Cerca de noventa por cento dos empregados eram de cor e é aí que aquele espírito de que eu falei com você entra em cena. É o único lugar em que já estive onde um negro se encontra em posição de absoluta igualdade com qualquer outra pessoa. Então os brancos não se sentem culpados e os negros não ficam loucos de raiva o tempo todo. Entende? As promoções se baseiam apenas na antiguidade, sem mutretas.

— Como são os negros, quando a gente trabalha com eles?

— Até onde pude notar, não havia desconfianças em relação a nós, brancos. Em primeiro lugar, os homens de cor sabiam que qualquer branco que o sindicato mandasse para aquela fábrica ou era comunista ou era um companheiro de viagem bastante confiável. Portanto eles não ficavam inibidos. Sabiam que éramos tão livres de preconceitos raciais quanto pode ser um adulto nesta sociedade e nesta época. Quando a gente via alguém lendo um jornal, metade das vezes era o *Daily Worker*. O *Chicago Defender* e o *Racing Form* disputavam o segundo lugar, cabeça com cabeça. Os jornais de Hearst e McCormick não tinham vez ali.

— Mas como eram os negros, de verdade? Pessoalmente.

— Bem, meu chapa, existem alguns tipos bem ruins, se é isso o que está querendo saber. Isso tem certo fundamento na realidade. Mas se trata de uma pequena minoria e basta dar uma voltinha de bonde pelos guetos dos negros para qualquer um de mente aberta entender o que entorta as pessoas desse jeito. A característica que mais chama minha atenção entre os negros é a sua simpatia afetuosa. E, em nossa fábrica de discos, o amor pela música. Em nossa fábrica, tinha alto-falantes em todo canto, amplificadores, e qualquer um que quisesse ouvir uma determinada música — e isso tudo durante o horário de trabalho — tinha só de pedir. Os caras cantavam, música animada — não era raro um sujeito pegar uma moça e sair dançando. Um terço dos empregados eram moças negras. Moças bonitas. Nós fumávamos, líamos, fazíamos café, discutíamos aos brados e o trabalho ia em frente, sem tropeços ou interrupções.

— Você tinha amigos negros?

— Claro. Claro que tinha. Havia um cara grandalhão chamado Earl Não-Sei-de-Quê com quem simpatizei logo de cara porque parecia o Paul Robeson. Não demorei para descobrir que ele era mais ou menos o mesmo tipo obstinado de operário errante que eu era. Earl ia para casa de ônibus e bonde na mesma direção que eu e combinávamos para pegar os mesmos carros, como as pessoas fazem quando querem ter alguém para poder jogar conversa fora. Até os portões da fábrica, Earl e eu conversávamos e ríamos do mesmo jeito que fazíamos no trabalho. Porém, uma vez dentro do bonde, onde havia brancos que ele não conhecia, Earl fechava o bico e apenas dizia "até logo" quando eu descia. É assim. Você entende?

Nas páginas do caderninho marrom que Ira trouxe da guerra, entremeados nas suas observações e nas suas declarações de fé, havia nomes e endereços, em vários estados, de todos os soldados politicamente avançados que conhecera no exército. Começou a procurar esses homens, mandou cartas para todo o país e visitou aqueles que moravam em Nova York e Jersey. Certo dia, fomos dar uma volta de carro até o subúrbio de Maplewood, a oeste de Newark, para visitar o ex-sargento Erwin Goldstine, que no Irã era tão esquerdista quanto Johnny O'Day — "um marxista muito bem formado", como Ira o chamava —, mas que, de volta ao lar, descobrimos ter se casado com uma mulher cuja família possuía uma fábrica de colchões em Newark e agora, pai de três filhos, se tornara adepto de tudo aquilo a que antes se opunha. A lei Taft-Hartley, as relações raciais, o controle de preços, ele nem chegou a discutir com Ira sobre nada disso. Apenas riu.

A esposa de Goldstine e seus filhos estavam fora, na casa dos sogros, onde iam passar a tarde, e nos sentamos na cozinha, bebendo refrigerante, enquanto Goldstine, um sujeito miúdo e magricela, com o ar arrogante e sabichão de um esnobe qualquer, ria e zombava de tudo o que Ira dizia. Sua explicação para essa guinada?

— Ele não entendeu porcaria nenhuma. Não tinha a menor ideia do que eu estava falando.

Para mim, Goldstine disse:

— Garoto, não dê ouvidos a ele. Você vive na América. É o maior país do mundo e o melhor sistema do mundo. Claro, tem gente que se fode. Acha que ninguém se fode na União Soviética? Ele diz para você que o capitalismo é um sistema de competição cruel. E o que é a vida senão uma competição cruel? Este é um sistema em sintonia com a vida. E como é assim, funciona. Olhe, tudo o que os comunistas dizem sobre o capitalismo é verdade, e tudo o que os capitalistas dizem sobre o comunismo é verdade. A diferença é que nosso sistema funciona porque se baseia na verdade do egoísmo humano, e o sistema deles não funciona porque se baseia num conto de fadas sobre a *fraternidade* do povo. É um conto de fadas tão maluco que eles têm de pegar as pessoas e levar lá para a Sibéria para ver se acreditam nele. Para fazer as pessoas acreditarem na sua fraternidade, eles precisam controlar todos os pensamentos delas ou então fuzilar. Enquanto isso, na América, na Europa, os comunistas continuam com o seu conto de fadas, mesmo sabendo o que acontece, na realidade. Claro, por um tempo você não sabe. Mas o que é que você não sabe? Conhece os seres humanos. Então já sabe de tudo. Sabe que esse conto de fadas não é possível. Se você é um cara muito jovem, acho que não tem problema. Vinte, vinte e um, vinte e dois anos, tudo bem. Mas depois disso não há motivo para uma pessoa de inteligência mediana engolir essa história, esse conto de fadas sobre o comunismo. "Vamos fazer uma coisa maravilhosa..." Mas a gente sabe como é o nosso irmão, não sabe? É uma merda. E a gente sabe o que é o nosso amigo, não sabe? É semimerda. E *nós* somos semimerdas. Então como é que pode ser maravilhoso? Nem cinismo, nem ceticismo, simplesmente a capacidade humana normal de observação nos diz que *não é possível*.

"Você quer ir a minha fábrica capitalista e ver um colchão ser fabricado do jeito que um capitalista faz um colchão? Vamos lá e você então conversa com os verdadeiros trabalhadores. Esse cara é um astro do rádio. Você não está falando com um operário, está falando com um astro do rádio. Qual é, Ira? Você é um astro do rádio como Jack Benny, o que é que você sabe de trabalho duro? O garoto vai lá na minha fábrica e vai ver como é que a gente fabrica um colchão, vai ver o cuidado que a gente toma, vai ver como eu tenho de vigiar toda a operação, cada etapa do processo para ver se não fodem com o meu colchão. Ele vai ver o que é ser o pérfido dono dos meios de produção. É trabalhar feito um cachorro vinte e quatro horas por dia. Os trabalhadores vão para casa às cinco horas — eu não. Fico lá até meia-noite todas as noites. Venho para casa e não durmo porque fico com as contas na minha cabeça e de repente lá estou eu de novo às seis horas da manhã para abrir a fábrica. Não deixe que ele encha sua cabeça de ideias comunistas, garoto. É tudo mentira. Ganhe dinheiro. Dinheiro não é mentira. Dinheiro é o jeito democrático de ir à forra. Ganhe dinheiro e depois, se ainda precisar, *aí então* diga o que quiser sobre a fraternidade dos homens."

Ira se recostou na cadeira, ergueu os braços de forma que suas mãos enormes ficaram entrelaçadas atrás do pescoço e, em seu desprezo sem disfarces, disse, se bem que não para o nosso anfitrião, mas, como que para irritá-lo ao máximo, ostensivamente dirigindo-se a mim:

— Sabe qual é um dos melhores sentimentos da vida? Talvez *o* melhor de todos? Não ter medo. O mercenário escroto em cuja casa estamos, sabe qual é o problema dele? Está com medo. Nada mais que isso. Na Segunda Guerra Mundial, Erwin Goldstine não tinha medo. Mas agora que a guerra acabou, Erwin Goldstine está com medo da esposa, medo do sogro, medo do cobrador de impostos, está com medo de tudo. O cara olha de olhos arregalados para as vitrines das lojas capitalistas, quer tudo aquilo para ele, o cara agarra daqui e agarra dali, pega uma coisa e pega outra, compra e ganha e acumula, e é o fim das suas convicções e o começo do seu medo. Não há nada que eu possua de que eu não possa abrir mão. Entende? Não há nada no meu caminho a que eu esteja amarrado e preso como ocorre com um mercenário. Como foi que eu deixei a casa miserável do meu pai na Factory Street para virar esse personagem, Iron Rinn, como foi que Ira Ringold, que só completou um ano e meio de escola secundária, foi conviver com as pessoas com que eu convivo e conheceu as pessoas que eu conheço e teve o conforto que eu tenho agora como um membro de carteirinha da classe privilegiada, tudo isso é tão inacreditável que perder tudo da noite para o dia não me pareceria nem um pouco estranho. Entende? Está entendendo? Posso voltar lá para o Meio-Oeste. Posso trabalhar nas fábricas. E se eu precisar, farei isso. Qualquer coisa, menos virar um rato, como esse cara. É isso o que você é agora, politicamente — disse ele, olhando enfim para Goldstine —; não um homem, mas um rato sem nenhuma importância.

— Cascateiro no Irã e cascateiro até hoje, Iron Man. — E depois, olhando para mim — eu era a caixa de ressonância, o coadjuvante do palhaço, o estopim da bomba — disse Goldstine: — Ninguém aguentava ouvir o que ele dizia. Ninguém conseguia levar Ira a sério. O cara é uma piada. Não consegue pensar. Nunca conseguiu. Não sabe de nada, não enxerga nada, não aprende nada. Os comunistas pegam um bobão feito Ira e fazem dele gato-sapato. A humanidade no auge da sua burrice não poderia ser mais burra. — E aí, voltando-se para Ira, disse: — Saia da minha casa, seu verme comunista babaca.

Meu coração já estava batendo feito doido antes mesmo de ver o revólver que Goldstine tirou de uma gaveta no armário da cozinha, a gaveta bem ao lado dele, onde ficavam guardados os talheres. Assim de perto, eu nunca tinha visto um revólver, a não ser bem enfiado e seguro no coldre na cintura de um policial de Newark. Não era porque Goldstine era pequeno que o revólver parecia grande. *Era* mesmo grande, inverossimilmente grande, preto e bem-feito, bem moldado e bem fabricado — com um potencial bastante eloquente.

Embora Goldstine estivesse parado e apontasse a arma para a testa de Ira, mesmo de pé não era muito mais alto do que Ira, sentado.

— Você me apavora, Ira — disse Goldstine para ele. — Você sempre me apavorou. Você é um desvairado, Ira. Não vou esperar que você faça comigo o que fez com Butts. Se lembra do Butts? Se lembra do pequeno Butts? Levante e caia fora daqui, Iron Man. Leve o Garoto Esparro com você. Ei, Esparro, por acaso Iron Man nunca lhe contou sobre Butts? — perguntou-me Goldstine. — Ele tentou matar Butts. Tentou afogar o Butts. Arrastou o Butts para fora do rancho dos soldados... Não contou isso para o garoto, Ira, você lá no Irã, a raiva e os ataques de fúria no Irã? Um cara de cinquenta e quatro quilos vem para cima do Iron Man com uma faquinha que a gente usa para comer no rancho, uma arma perigosíssima, você imagina, e aí o Iron Man agarra o sujeito, leva para fora do rancho, arrasta para o cais e o segura de cabeça para baixo acima da água, segura o cara pelos pés e diz: "Nade, seu caipira". Butts está berrando, "não, não, não sei nadar", e Iron Man diz "ah, é, não sabe nadar?". E joga o cara na água. De ponta-cabeça junto ao cais no rio Shatt-al-Arab. Tinha nove metros de profundidade. Butts afundou direto. Aí Ira se vira e grita para nós: "Deixem o sacana caipira para lá! Saiam daqui! Saiam todos daqui! Ninguém chega perto da água!". "Ele está se afogando, Iron Man." "Deixem para lá", responde ele, "fiquem longe! Sei o que estou fazendo! Deixem que ele afunde!" Alguém pula na água e pega o Butts, mas aí Ira pula na água atrás dele, vai para cima do cara, começa a sentar a mão na cabeça dele, enfia os dedos nos olhos do sujeito e segura a cabeça dele *debaixo* da água. Você não falou ao garoto sobre o Butts? Mas o que é isso? Também não falou sobre o Garwych? Nem sobre o Solak? Nem sobre o Becker? Levante. Levante e caia fora daqui, seu fanático homicida maluco.

Mas Ira não se mexeu. Exceto seus olhos. Seus olhos eram como pássaros que queriam voar para fora da cara. Eles se franziam e piscavam de um jeito que eu nunca tinha visto, ao passo que todo o resto dele parecia ossificado, adquirira uma rigidez tão apavorante quanto as oscilações de seus olhos.

— Não, Erwin — disse ele —, não com uma arma apontada para a minha cara. O único jeito de me tirar daqui é puxar o gatilho ou chamar a polícia.

Eu não saberia dizer qual dos dois era mais assustador. Por que Ira não fazia o que Goldstine queria? Por que *nós* dois não saíamos dali de uma vez? Quem era mais maluco, o fabricante de colchões com o revólver carregado ou o gigante que o desafiava a atirar? O que estava acontecendo ali? Estávamos numa cozinha ensolarada em Maplewood, Nova Jersey, bebendo Royal Crown no gargalo. Éramos judeus, os três. Ira tinha vindo ali cumprimentar um velho colega do exército. O que havia de *errado* com aqueles caras?

Foi quando comecei a tremer que Ira deixou de parecer deformado por sei lá que pensamento antirracional que tinha na cabeça. Do outro lado da mesa, bem na frente dele, Ira viu meus dentes se entrechocarem sem controle e voltou à razão, e lentamente se levantou da cadeira. Ergueu os braços acima da cabeça do jeito que as pessoas fazem quando os assaltantes de banco nos filmes gritam: "É um assalto!".

— É a velha história, Nathan. O desentendimento nasce por causa da ignorância.

Porém, apesar do jeito tranquilo como ele disse isso, apesar da rendição implícita em seus braços ironicamente levantados, enquanto saíamos da casa através da porta da cozinha e seguíamos pela entrada para carros na direção do automóvel de Murray, Goldstine continuava atrás de nós, o revólver a poucos centímetros do crânio de Ira.

Numa espécie de transe, Ira dirigiu pelas ruas silenciosas de Maplewood, passou por bonitas casas onde moravam os ex-judeus de Newark, que nos últimos tempos haviam comprado suas primeiras residências, seus primeiros gramados e seus primeiros títulos de sócio de clubes campestres. Não era o tipo de gente nem o tipo de bairro onde se espera encontrar um revólver junto com os talheres na cozinha.

Só quando atravessamos a divisa com Irvington e tomamos o rumo de Newark, Ira se animou a perguntar:

— Você está bem?

Eu me sentia horrível, embora menos assustado do que humilhado e envergonhado, agora. Limpando o pigarro para garantir que ia falar com voz firme, respondi:

— Mijei nas calças.

— Foi mesmo?

— Pensei que ele ia matar você.

— Você foi corajoso. Foi muito corajoso. Você se saiu bem.

— Quando estávamos saindo pela entrada de carros, mijei nas calças! — falei, contrariado. — Porra! Que merda!

— Foi culpa *minha*. Tudo. Expor você a esse sacana. Pegar uma arma! Uma *arma*!

— Por que ele *fez* isso?
— Butts não se afogou — disse Ira, de repente. — *Ninguém se afogou*. Ninguém *ia* se afogar.
— Você jogou ele na água?
— Claro. Claro que joguei. Era o caipira que me chamou de judeu sujo. Contei a história para você.
— Eu lembro. — Mas o que ele me contou foi só uma parte da história. — Foi a noite em que deram uma surra em você. Cobriram você de porrada.
— É sim. Me cobriram de porrada para valer. Depois que pescaram o filho da mãe de dentro do rio.

Ira me deixou em casa, onde não havia ninguém, e pude jogar minha roupa molhada no cesto de roupa suja, tomar um banho de chuveiro e me acalmar. No chuveiro, tive outra tremedeira, não tanto por me lembrar de ter ficado na cozinha com Goldstine apontando o revólver para a testa de Ira, ou por pensar nos olhos de Ira dando a impressão de que queriam voar para fora da cabeça, mas porque estava matutando: um revólver carregado no meio dos garfos e facas? Em Maplewood, Nova Jersey? Por quê? Por causa de Garwych, eis a razão! Por causa de Solak! Por causa de Becker!

Todas as perguntas que não ousei fazer a Ira, no carro, comecei a fazer em voz alta ali no chuveiro.

— O que você fez com eles, Ira?

Meu pai, ao contrário da minha mãe, não encarava Ira como um meio de progresso social para mim e vivia perplexo e incomodado com o fato de Ira me telefonar: por que esse adulto está tão interessado num garoto? Ele achava que alguma coisa complicada, se não francamente sinistra, estava ocorrendo.

— Aonde você vai com ele? — me perguntava meu pai.

Certa noite, ele teve um acesso de desconfiança mais veemente quando me encontrou na minha escrivaninha lendo um exemplar do *Daily Worker*.

— Não quero os jornais de Hearst na minha casa — disse meu pai — e também não quero *esse* jornal na minha casa. Um é a imagem do outro, no espelho. Se aquele sujeito está dando para você o *Daily Worker*...

— Que sujeito?

— O seu amigo ator. *Rinn*, como ele chama a si mesmo.

— Ele não me dá o *Daily Worker*. Comprei no centro. Eu mesmo comprei. Há alguma lei contra isso?

— Quem disse para você comprar esse jornal? Foi ele que mandou você ir lá e comprar esse jornal?

— Ele não me manda fazer nada.

— Espero que seja verdade.

— Eu não minto! É isso mesmo!

E era. Eu me lembrava de Ira ter dito que havia uma coluna no *Worker* assinada por Howard Fast, mas comprei o jornal por minha própria conta, em frente ao cinema Proctor numa banca de jornais da Market Street, com o intuito declarado de ler Howard Fast, mas também por simples e teimosa curiosidade.

— O senhor vai confiscar o jornal? — perguntei a meu pai.

— Não. Você está sem sorte. Não vou fazer de você um mártir da Primeira Emenda da constituição. Só espero que, depois de ler esse jornal, examinar bem e refletir, você tenha o bom senso de saber que não passa de um monte de mentiras, para então você mesmo confiscá-lo.

No fim do ano escolar, quando Ira me convidou para passar uma semana com ele na cabana, naquele verão, meu pai disse que eu não podia ir, a menos que Ira viesse conversar com ele, antes.

— Por quê? — eu quis saber.
— Quero fazer a ele algumas perguntas.
— Quem é o senhor? O Comitê de Atividades Antiamericanas do Congresso? Por que está criando tanto caso por causa disso?
— Porque aos meus olhos *você* é um caso muito importante. Qual é o telefone dele em Nova York?
— O senhor não pode fazer *perguntas* para ele. E sobre o quê?
— Você tem o direito, como americano, de comprar e ler o *Daily Worker*? Eu tenho o direito, como americano, de perguntar o que quiser a quem bem entender. Se ele não quiser responder, é um direito *dele*.
— E se ele não quiser responder, o que na certa fará, então o negócio é atacar com a Quinta Emenda, não é?
— Não. Ele pode me mandar pular pela janela, se quiser. Já expliquei isso a você: é assim que fazemos aqui nos Estados Unidos. Não digo que vá funcionar para vocês lá na União Soviética, com a polícia secreta, mas aqui é o que basta, em geral, para que um cidadão comum deixe o outro em paz com suas ideias políticas.
— E eles *deixam* o senhor em paz? — perguntei, irritado. — O deputado Dies deixa o senhor em paz? O deputado Rankin deixa o senhor em paz? Talvez fosse melhor o senhor explicar isso a *eles*.

Eu tinha de ficar ao lado dele — me disse meu pai — e escutar enquanto ele pedia a Ira, no telefone, para vir a seu consultório para conversar. Iron Rinn e Eve Frame foram as pessoas mais importantes do mundo que já entraram no lar dos Zuckerman, contudo estava claro, pelo tom de voz de meu pai, que isso não o intimidava nem um pouco.

— Ele disse que *sim*? — perguntei quando meu pai desligou.
— Disse que estaria lá se Nathan também estivesse. Você vai estar lá?
— Ah, não vou, não.

— Vai, sim — disse meu pai. — Você vai, sim. Se quiser que eu pelo menos comece a pensar se você pode ir ou não para a cabana com ele. Do que você tem medo, de um franco debate de ideias? Vai ser democracia na prática, na próxima quarta-feira, depois da escola, às três e meia no meu consultório. E você não vai chegar atrasado, filho.

Do que eu tinha medo? Da fúria do meu pai. Da cabeça quente de Ira. E se, por causa do jeito de meu pai criticá-lo, Ira o agarrasse como tinha feito com Butts, o levasse para o lago no parque Weequahic e o jogasse lá dentro? Se estourasse uma briga, se Ira desse um golpe mortal...

O consultório de calista do meu pai ficava no térreo de uma casa dividida em três, no fim da avenida Hawthorne, uma construção modesta que estava precisando de uma cirurgia plástica, perto dos limites meio decadentes de um bairro, a não ser por isso, perfeitamente prosaico. Cheguei lá cedo, com o estômago enjoado. Ira, com ar sério e nem um pouco enraivecido (por enquanto), chegou pontualmente às três e trinta. Meu pai pediu para ele sentar.

— Senhor Ringold, meu filho Nathan não é um menino comum. É meu filho mais velho, um excelente aluno e, a meu ver, amadurecido demais para a sua idade. Temos muito orgulho dele. Quero lhe dar toda a liberdade possível. Tento não me pôr no caminho da vida dele, como fazem alguns pais. Mas como eu sinceramente penso que para ele o céu é o limite, não quero que nada lhe aconteça. Se alguma coisa por acaso acontecer com este menino...

A voz de meu pai foi ficando rouca e de repente parou de falar. Morri de medo de que Ira risse na cara dele, zombasse dele como fez com Goldstine. Eu sabia que meu pai estava engasgado não só por causa de mim e da grande promessa que eu era, mas também porque seus dois irmãos mais novos, os primeiros componentes daquela sua grande família pobre, que estavam destinados a cursar uma faculdade séria e virar médicos de verdade, haviam ambos morrido doentes ainda no fim da adolescência. Fotografias deles tiradas em estúdio repousavam juntas numa moldura dupla no aparador de nossa sala de jantar. Eu devia ter falado com Ira sobre Sam e Sidney, pensei.

— Tenho de lhe fazer uma pergunta, senhor Ringold, que não quero fazer. Não acho que as crenças dos outros — religiosas, políticas ou qualquer outra — sejam da minha conta. Respeito sua privacidade. Posso garantir que tudo o que o senhor disser aqui não sairá desta sala, mas quero saber se o senhor é comunista, e quero que meu filho saiba se o senhor é comunista. Não estou perguntando se o senhor já foi comunista. Não me importa o passado. Me importo com o presente. Tenho de dizer ao senhor que, antes de Roosevelt, eu estava insatisfeito com o jeito como as coisas andavam neste país, e com o antissemitismo e o preconceito contra os negros neste país, e com o jeito como os republicanos zombavam dos infelizes neste país, e com o jeito como a ganância das grandes empresas estava sugando o sangue do povo deste país até a morte, tanto que um dia, aqui mesmo em Newark — e isto será um choque para o meu filho, que acha que seu pai, um eterno democrata, está à direita de Franco —, mas um dia... Bem, Nathan — disse ele, olhando agora para mim —, eles tinham o seu quartel-general, sabe onde fica o hotel Robert Trear? Logo ali, no fim da rua. No andar de cima. Park Lane trinta e oito. Os escritórios deles ficavam lá. Um era o escritório do Partido Comunista. Nunca contei isso para a sua mãe. Ela teria me matado. Era minha namorada, na época, isso devia ser 1930. Pois bem, um dia, eu fiquei irritado. Tinha acontecido uma coisa, nem lembro mais o que foi, mas li alguma coisa nos jornais e recordo que subi lá e não tinha ninguém. A porta estava trancada. Tinham ido almoçar. Sacudi a maçaneta da porta. Foi o mais perto que cheguei do Partido

Comunista. Sacudi a maçaneta e falei: "Deixem-me entrar". Você não sabia disso, não é, meu filho?

— Não — respondi.

— Pois bem, agora sabe. Felizmente, aquela porta estava trancada. E na eleição seguinte Franklin Roosevelt se tornou presidente e o tipo de capitalismo que me levou ao escritório do Partido Comunista começou a passar por uma reforma como este país nunca tinha visto. Um grande homem salvou o capitalismo dos capitalistas neste país e salvou os patriotas como eu do comunismo. Deixe-me contar a vocês uma coisa que me abalou: a morte de Masaryk. Isso não abalou o senhor, senhor Ringold, tanto quanto a mim? Sempre admirei Masaryk na Tchecoslováquia, desde a primeira vez que ouvi falar no nome dele e no que estava fazendo pelo seu povo. Sempre o considerei o Roosevelt dos tchecos. Não sei como explicar seu assassinato. O senhor sabe, senhor Ringold? Fiquei confuso com isso. Não conseguia acreditar que os comunistas pudessem matar um homem como aquele. Mas fizeram isso... senhor, não pretendo desencadear uma discussão política. Só vou lhe fazer uma única pergunta e gostaria que o senhor respondesse para que meu filho e eu soubéssemos em que terreno estamos pisando. O senhor é membro do Partido Comunista?

— Não, doutor. Não sou.

— Agora quero que meu filho pergunte ao senhor. Nathan, quero que você pergunte ao senhor Ringold se ele é membro do Partido Comunista.

Fazer uma pergunta como essa ia contra todos os meus princípios políticos. Mas como meu pai queria que eu perguntasse e como meu pai já tinha feito a mesma pergunta a Ira sem nenhuma consequência nefasta, e também por causa de Sam e Sidney, os irmãos mais moços de meu pai que tinham morrido, eu perguntei.

— Você é, Ira? — perguntei.

— Não. Não sou.

— Não vai às reuniões do Partido Comunista? — perguntou meu pai.

— Não vou.

— O senhor não pretende, lá onde quer que Nathan vá passar um tempo com o senhor, qual é mesmo o nome do lugar?

— Zinc Town. Zinc Town, Nova Jersey.

— Não pretende levar Nathan, lá, a alguma dessas reuniões?

— Não, doutor, não pretendo. Pretendo conversar com ele, nadar, caminhar e pescar.

— Fico contente de ouvir isso — disse meu pai. — Acredito no senhor.

— Posso agora fazer ao *senhor* uma pergunta, doutor Zuckerman? — indagou Ira, sorrindo para meu pai daquele jeito caprichoso e esquivo que sorria quando representava o papel de Abraham Lincoln. — Por que, afinal de contas, me tomou por um comuna?

— O Partido Progressista, senhor Ringold.

— O senhor considera Henry Wallace um comuna? O ex-vice-presidente do senhor Roosevelt? Acha que o senhor Roosevelt ia escolher um comuna para vice-presidente dos Estados Unidos?

— Não é tão simples assim — retrucou meu pai. — Gostaria que fosse. Mas o que está acontecendo no mundo não é nem um pouco simples.

— Doutor Zuckerman — disse Ira, mudando de tática —, o senhor deve se perguntar o que eu tanto faço com Nathan. Eu o invejo, é isso o que faço com ele. Invejo que tenha um pai como o senhor. Invejo que tenha um professor como meu irmão. Invejo que tenha olhos bons e possa ler sem lentes de meio metro de espessura e não é um idiota que vai largar a escola para ir cavar valas na rua. Não tenho nada escondido e nada a esconder, doutor. Exceto que adoraria ter um filho como ele, algum dia. Talvez o mundo hoje não seja simples, mas sem dúvida uma coisa é muito simples: fiquei entusiasmado quando falei com seu filho. Não é qualquer menino em Newark que tem Tom Paine como seu herói.

Nesse ponto meu pai se pôs de pé e estendeu a mão para Ira.

— Eu *sou* pai, senhor Ringold, de dois meninos, Nathan e Henry, o irmão mais novo dele, que é também motivo de grande satisfação. E minhas responsabilidades como pai... bem, era só isso.

Ira pegou a mão de meu pai, de tamanho normal, na sua mão enorme e lhe deu um apertão bem firme, tão firme — com tanta sinceridade e afeição — que petróleo, ou pelo menos água, um autêntico gêiser de alguma coisa poderia muito bem ter esguichado da boca de meu pai.

— Doutor Zuckerman — disse Ira —, o senhor não quer que venham roubar seu filho do senhor, e ninguém aqui vai roubá-lo.

Com isso, eu tive de fazer um esforço sobre-humano para não começar a chorar feito um bebê. Tive de fingir para mim mesmo que meu único intuito na vida era não chorar, nunca chorar, diante da imagem dos dois homens apertando as mãos com simpatia — e consegui, com grande dificuldade. Eles haviam resolvido tudo! E sem gritar! Sem derramamento de sangue! Sem a raiva que distorcia, que incendiava! De forma magnífica, eles haviam chegado a um acordo — se bem que, em grande parte, porque Ira não tinha dito a verdade.

Vou inserir isto aqui e não voltarei mais ao tema da mágoa infligida ao rosto do meu pai. Confio em que o leitor se lembre disso quando lhe parecer apropriado.

Ira e eu saímos juntos do consultório do meu pai e, para comemorar — supostamente para comemorar minha futura visita a Zinc Town, mas também, como dois cúmplices, para comemorar nossa vitória sobre meu pai —, fomos para o Stosh's, alguns quarteirões adiante, para comer um daqueles sanduíches de presunto superfornidos. Comi tanto com Ira às quatro e quinze que, quando fui para casa, às seis e cinco, não tinha o menor apetite e ocupei meu lugar na mesa enquanto todo mundo comia o jantar da minha mãe — e foi então que notei, no rosto do meu pai, a mágoa. Eu a havia cravado ali, mais cedo, ao sair pela porta do consultório dele junto com Ira em vez de ficar lá um pouco e conversar com meu pai, até que o paciente seguinte chegasse.

A princípio, tentei pensar que talvez eu estivesse imaginando, culpadamente, aquela mágoa por ter sentido, não digo desprezo em relação a ele, mas uma certa superioridade ao sair quase de braços dados com Iron Rinn, do programa *Livres e corajosos*. Meu pai não queria que roubassem dele o seu filho e embora, estritamente falando, ninguém tivesse roubado ninguém, ele não era tolo e sabia que tinha perdido e, comunista ou não, o intruso de um metro e noventa e cinco de altura vencera. Vi no rosto do meu pai um olhar de decepção resignada, seus bondosos olhos cinzentos amolecidos — dolorosamente subjugados — por algo entre a melancolia e a insignificância. Era um olhar que eu nunca esqueceria totalmente quando estivesse sozinho com Ira ou, depois, com Leo Glucksman, Johnny O'Day ou qualquer outro. Apenas por receber instruções desses homens, eu parecia de algum modo estar traindo meu pai. Seu rosto, com aquela expressão, assomava o tempo todo, sobreposto ao rosto do homem que estivesse, na ocasião, me instruindo acerca das possibilidades da vida. Seu rosto marcado pela mágoa da traição.

A hora em que você reconhece, pela primeira vez, que seu pai é vulnerável aos outros já é muito ruim por si só, mas quando você entende que ele é vulnerável a *você*, que ele ainda precisa de você mais do que você acha que ainda precisa dele, quando você compreende que tem de fato o poder de assustar seu pai, até mesmo de dominá-lo se quiser — bem, a ideia é tão contrária às inclinações filiais rotineiras que nem chega a começar a fazer sentido. Tudo o que ele passou para se tornar calista, pai de família, o provedor e o protetor, tudo isso, para eu agora fugir com outro homem. Tanto moral quanto emocionalmente, é um jogo mais perigoso do que a gente imagina, na hora, ficar com todos aqueles pais extras, como uma garota bonita que arruma vários namoradinhos. Mas era isso o que eu estava fazendo. Ao sempre me mostrar flagrantemente disposto a ser adotado, descobri o sentimento da traição que advém da tentativa de achar um pai substituto, mesmo que você ame o seu pai de verdade. Não que eu jamais tenha censurado meu pai para Ira ou para quem quer que fosse, em troca de alguma vantagem barata — bastava apenas que, ao exercer minha liberdade, eu deixasse de lado o homem que eu amava, em troca de outra pessoa. Se pelo menos o odiasse, teria sido fácil.

Em meu terceiro ano em Chicago, levei para casa uma garota no feriado do Dia de Ação de Graças. Era uma garota meiga, educada e inteligente, e lembro o prazer de meus pais ao conversar com ela. Certa noite, enquanto meus pais estavam na sala se entretendo com minha tia, que havia jantado conosco, meu pai foi até a lanchonete na esquina comigo e a garota e, sentados juntos numa mesa, nós três tomamos *sundaes*. A certa altura, me afastei um pouco para comprar um tubo de creme de barbear ou algo assim no balcão e, quando voltei para a mesa, vi meu pai inclinado na direção da garota. Segurava a mão dela e entreouvi meu pai dizer:

— Perdemos Nathan quando ele tinha dezesseis anos. Com dezesseis anos ele nos deixou.

Com isso queria dizer que eu havia deixado a *ele*. Anos depois, meu pai usaria as mesmas palavras com minhas esposas.

— Com dezesseis anos ele nos deixou.

Com isso queria dizer que todos os meus erros na vida decorriam daquela partida precipitada.

Ele estava certo, também. Se não fossem os meus erros, eu ainda estaria em casa, sentado na escadinha da porta.

Mais ou menos duas semanas depois, Ira chegou o mais perto que podia de dizer a verdade. Ele foi a Newark, certo sábado, para ver o irmão e eu fui encontrá-lo no centro para almoçar, num bar e restaurante perto da prefeitura, onde, por setenta e cinco centavos — "seis *bits*", nas palavras de Ira —, serviam sanduíches de carne grelhada na brasa com cebolas assadas na grelha, picles, batatas fritas, salada de repolho cru e ketchup. De sobremesa, cada um pediu uma torta de maçã com uma fatia borrachenta de queijo prato, uma mistura que Ira me ensinou e que eu supus ser o jeito másculo de comer um pedaço de torta num "bar e restaurante".

Depois, Ira abriu um embrulho que trouxe e me deu de presente um álbum de discos chamado *Coro e Banda do Exército Soviético tocam canções favoritas*. Regido por Boris Alexandrov. Com os cantores Artur Eisen e Alexei Sergeyev, baixos, e Nikolai Abramov, tenor. Na capa do álbum havia um retrato ("Foto, cortesia SOVFOTO") do regente, da banda e do coro, cerca de duzentos homens, todos de uniforme militar russo e se apresentando na grandiosa Sala do Povo, coberta de mármore. A sala dos trabalhadores russos.

— Já ouviu?

— Nunca — respondi.
— Leve para casa e escute. É seu.
— Obrigado, Ira. É muito legal.

Mas era horrível. Como poderia levar para casa aquele disco e, uma vez lá, como poderia *ouvir*?

Em vez de voltar de carro para o meu bairro com Ira, depois do almoço, eu lhe disse que tinha de ir à biblioteca pública central, que ficava na Washington Street, para fazer um trabalho de história para a escola. Diante do bar e restaurante, agradeci a ele de novo pelo almoço e pelo presente, e Ira entrou na sua caminhonete e seguiu de volta para a casa de Murray, na avenida Lehigh, enquanto eu desci pela Broad Street na direção do Military Park e da grande biblioteca central. Passei pela Market Street e caminhei até o parque, como se meu destino fosse de fato a biblioteca, mas aí, em vez de dobrar à esquerda na Rector Street, me desviei para a direita e tomei um caminho discreto ao longo do rio, na direção da Estação Pennsylvania.

Pedi a um jornaleiro na estação para trocar um dólar. Levei as quatro moedas de vinte e cinco centavos para o guarda-volumes, pus uma delas na fenda de moedas do menor armário e enfiei ali o álbum. Depois de bater a porta e trancar, com ar indiferente, pus a chave do armário no bolso da minha calça e *então* fui para a biblioteca, onde nada tinha a fazer exceto ficar várias horas sentado na sala de obras de referência imaginando onde eu ia esconder o álbum.

Meu pai ficava em casa o final de semana inteiro, mas na segunda-feira voltava ao consultório e nas tardes de segunda-feira minha mãe ia até Irvington para visitar a irmã, assim, depois da minha última aula, peguei um ônibus 14 do outro lado da rua em frente à escola, segui até o fim da linha, até a Estação Pennsylvania, tirei o álbum do armário, pus numa sacola de compras da loja Bamberger que eu tinha trazido dobrada dentro do meu caderno naquela manhã e levado para a escola. Em casa, escondi o álbum numa arca fechada, no porão, onde minha mãe guardava, em folhas de papelão da mercearia, a louça que usávamos na Páscoa dos judeus. Quando viesse a primavera e a Páscoa, e ela fosse retirar os pratos para usarmos naquela semana, eu teria de encontrar outro esconderijo, mas por enquanto o potencial explosivo do álbum estava desativado.

Só quando entrei na faculdade consegui tocar o disco numa vitrola e, nessa altura, Ira e eu já estávamos nos afastando. O que não significa que, quando ouvi o Coro do Exército Soviético cantando "Espere o seu soldado", "Para um homem do exército" e "Despedida de um soldado" — e, é claro, "Dubinuchka" —, a visão da igualdade e da justiça para os trabalhadores do mundo inteiro não despertasse de novo em mim. No meu quarto da faculdade, sentia-me orgulhoso por haver tido a coragem de não jogar fora o disco — muito embora eu ainda não tivesse coragem bastante para compreender que, por meio do álbum, Ira tentara me dizer: "Sim, sou comunista. Claro que sou comunista. Mas não um mau comunista, não um comunista capaz de matar Masaryk ou outra pessoa qualquer. Sou um comunista maravilhoso, de bom coração, que ama o povo e que ama essas canções!".

— E o que aconteceu na manhã seguinte? — perguntei a Murray. — Por que Ira veio para Newark naquele dia?

— Bem, Ira dormiu até tarde naquela manhã. Ficou acordado conversando com Eve sobre o aborto até as quatro horas e, por volta das dez da manhã, ainda dormia, quando foi acordado por alguém que gritou lá embaixo. Ele estava no quarto principal no segundo andar, na rua Onze, oeste, e a voz vinha do pé da escada. Era Sylphid...

"Já contei que a primeira coisa que deixou Ira furioso foi Sylphid dizer a Eve que não iria ao casamento deles? Eve contou a Ira que Sylphid ia tocar em algum lugar com uma flautista e que o domingo do casamento era o único dia em que a outra garota podia ensaiar. Ira mesmo não ligava muito que Sylphid não fosse ao casamento, mas Eve se importava e chorou por causa disso, ficou muito aflita e isso transtornou Ira. Frequentemente, Eve dava à filha os instrumentos e o poder de feri-la, e então era ferida, mas aquela foi a primeira vez que Ira viu isso, e ficou enfurecido. 'O *casamento* da mãe dela', disse Ira. 'Como é que ela pode deixar de ir ao casamento da mãe se é isso o que sua mãe quer? *Diga* a ela que tem de ir. Não pergunte se vai, *mande* ir!' 'Eu não *posso* mandar', disse Eve. 'É a vida profissional dela, é a música de Sylphid...' 'Tudo bem, *eu* vou mandar', respondeu Ira.

"O resultado foi que Eve falou com a moça e Deus sabe o que ela disse, ou prometeu, ou como implorou, mas Sylphid apareceu no casamento, naquelas roupas que usava sempre. Um xale sobre o cabelo. Tinha cabelo encarapinhado e então usava aqueles xales gregos, muito chiques, do ponto de vista dela, e que deixavam sua mãe doida. Vestia blusas de camponesa que a faziam parecer enorme. Blusas transparentes com bordados gregos. Brincos de argola. Uma porção de pulseiras. Quando caminhava, ela tilintava. Dava para ouvir quando vinha chegando. Bordados esmolambados e um monte de joias. Calçava aquelas sandálias gregas que se podiam comprar em Greenwich Village. As tiras de couro enroladas, que subiam até os joelhos, apertavam fundo e deixavam marcas na pele, e isso também deixava Eve na maior infelicidade. Mas pelo menos a filha estava presente, não importava a sua aparência, e Eve estava contente, e por isso Ira estava contente.

"No fim de agosto, quando os programas de rádio dos dois estavam fora do ar, eles se casaram e foram passar um fim de semana prolongado em Cape Cod, depois voltaram para a casa de Eve e Sylphid havia desaparecido. Nenhum bilhete, nada. Ligaram para as amigas dela, ligaram para o pai dela na França, imaginando que talvez Sylphid tivesse resolvido voltar para ele. Ligaram para a polícia. No quarto dia, Sylphid enfim apareceu. Estava no Upper West Side com alguma antiga professora da escola de música Julliard. Ficara na casa dela; Sylphid fingiu que não sabia quando eles iam voltar e isso explicava por que não se preocupou em telefonar lá da rua Noventa e Seis.

"Naquela noite, todos jantaram juntos e o silêncio foi terrível. A mãe ver a filha comendo não melhorou muito a situação. O peso de Sylphid deixava Eve histérica numa noite normal, e aquela noite não era nada normal.

"Quando acabava cada item da refeição, Sylphid sempre raspava o prato do mesmo jeito. Ira havia frequentado ranchos do exército, lanchonetes xexelentas — faltas de etiqueta não o incomodavam em nada. Mas Eve era o refinamento em pessoa e ver Sylphid raspar o prato era, conforme Sylphid sabia muito bem, um tormento para sua mãe.

"Sylphid usava o lado do dedo indicador, sabe, e raspava em volta da borda do prato vazio para recolher todo o molho de carne e os restos de comida. Lambia o que ficava no dedo e depois repetia a mesma coisa várias vezes, até o dedo guinchar no atrito com o prato. Pois bem, na noite em que Sylphid resolveu voltar depois de ficar desaparecida, começou a raspar o prato desse jeito, no jantar, e Eve, que já se desesperava bastante numa noite comum, dessa vez ficou fora de si. Não conseguiu manter aquele sorriso de mãe ideal serenamente engessado na cara nem mais um segundo.

'Pare com isso!' gritou ela. 'Pare com isso! Você tem vinte e três anos! Pare com isso, por favor!'

"De repente, Sylphid se pôs de pé e esmurrou a cabeça de sua mãe — partiu para cima dela de punhos cerrados. Ira se levantou e foi aí que Sylphid gritou com Eve: 'Sua puta judia!', e Ira se afundou de volta na cadeira. 'Não', disse ele. 'Não. Isso eu não admito. Eu agora moro aqui. Sou o marido da sua mãe e você não pode bater nela na minha frente. Não pode bater nela, e ponto final. Eu proíbo. E você não pode usar essas palavras, não na minha presença. Nunca. *Nunca na minha presença.* Nunca mais use essas palavras obscenas!'

"Ira se levantou, saiu de casa e foi dar uma das suas caminhadas tranquilizadoras — a partir do Village, foi até o Harlem e voltou. Tentou de tudo para não explodir de uma vez por todas. Enumerou para si mesmo todos os motivos para a filha estar angustiada. Nossa madrasta e nosso pai. Lembrou como eles o tratavam. Lembrou tudo o que detestava neles. Tudo o que havia de horrível e que Ira tinha jurado nunca mais suportar na vida. Mas o que ele ia fazer? A filha dá uma surra na mãe, a chama de judia suja, de puta judia — o que Ira ia fazer?

"Foi para casa por volta da meia-noite e não fez *nada*. Foi para a cama, deitou ao lado da esposa novinha em folha e, espantosamente, foi só isso. De manhã, sentou-se para tomar o café da manhã com a esposa novinha em folha e com a enteada novinha em folha e explicou que iam todos viver juntos em paz e harmonia e que, para tanto, precisavam ter respeito uns pelos outros. Tentou explicar tudo de forma sensata, do jeito que nunca explicavam nada para ele quando era menino. Ainda estava apavorado com o que vira e ouvira, furioso com isso, mas tentava com toda a sua força acreditar que Sylphid não era na verdade uma antissemita no sentido estrito do termo, segundo a Liga Antidifamação. O que devia ser de fato o caso, com toda a probabilidade: a insistência de Sylphid numa justiça egocêntrica só para Sylphid era tão extensiva, tão exclusiva, tão *automática*, que uma pujante hostilidade histórica, ainda que do tipo mais simples, menos exigente, como odiar os judeus, jamais poderia deitar raízes nela — não havia em Sylphid espaço para isso. De todo modo, o antissemitismo era teórico demais para ela. As pessoas que Sylphid não conseguia suportar, ela não suportava por uma razão boa e tangível. Nada havia de pessoal nisso: elas se punham no seu caminho e bloqueavam sua visão; elas ofendiam seu sentimento imperial de dominação, seu *droit de fille*. O incidente todo, Ira conjeturou, nada tinha a ver com odiar os judeus. Quanto aos judeus, aos negros ou a qualquer outro grupo que representava um emaranhado problema social — em contraste com alguém que representava um problema particular imediato —, ela não se importava nem um pouco. Sylphid só se importava consigo mesma. Em consequência, ela se permitiu enunciar em voz alta um epíteto maldoso que, instintivamente, calibrou para soar tão repulsivo, tão hediondo, sórdido e fora dos limites, a ponto de fazer Ira sair pela porta afora e nunca mais pôr os pés na casa dela outra vez. 'Puta judia' era o protesto de Sylphid não contra a existência dos judeus — ou mesmo contra a existência da sua mãe judia — mas contra a existência *dele*.

"No entanto, depois de ter imaginado tudo isso da noite para o dia, Ira resolveu — astutamente, ele crê — não pedir a Sylphid as desculpas devidas a ele, muito menos aproveitar a deixa e ir embora da casa, mas sim pedir desculpas a *ela*. Era assim que o sabichão ia domar a moça, pedindo desculpas por ser um intruso. Por ser um estranho, um forasteiro, por não ser seu pai mas uma entidade desconhecida que ela não tinha a menor necessidade no mundo de gostar ou de confiar. Ira disse a ela que, por ser um outro ser humano, e como seres humanos não têm uma ficha muito limpa no cartório, havia na certa todas as razões do mundo para Sylphid *não gostar* dele ou *não confiar* nele. Disse Ira: 'Sei que o último cara que passou por aqui não era flor que se cheire. Mas por que não me dá uma chance? Meu nome não é Jumbo Freedman. Sou uma pessoa diferente, de uma espécie diferente, com um número de série diferente. Por que não me dá uma oportunidade, Sylphid? Que tal me dar noventa dias?'.

"Em seguida, Ira explicou a Sylphid a ganância de Jumbo Freedman — como aquilo derivava da corrupção *da América*. 'É um jogo sujo, a economia americana. É um jogo para quem está enturmado e tem padrinhos', disse a ela, 'e Jumbo é o clássico apadrinhado. Não é sequer um especulador no mercado de imóveis, o que já seria bastante ruim. É um testa de ferro do especulador. Fica com uma fatia do negócio e não investe um centavo. Agora, em essência, as grandes fortunas na América são feitas por meio de segredos. Entende? Transações por trás dos panos. Claro, todo mundo deve obedecer às mesmas regras. Claro, há o fingimento da virtude, o fingimento de que todo mundo age direito. Olhe, Sylphid: você sabe a diferença entre um especulador e um investidor? Um investidor é dono do imóvel e corre o risco; enriquece com os lucros ou sofre com os prejuízos. Um especulador negocia. Negocia tanto terrenos como sardinha. Fortunas são criadas dessa forma. Agora, antes do craque da bolsa, as pessoas especulavam com o dinheiro que haviam conseguido mediante um empréstimo no valor da sua propriedade, tomando dos bancos o valor amortizado em forma de dinheiro vivo. O que aconteceu foi que, quando todos esses empréstimos foram cobrados, essas pessoas perderam suas terras. A terra voltou para os bancos. Aí entram os Jumbo Freedman deste mundo. Para os bancos transformarem esses papéis sem valor que têm nas mãos em alguma quantidade de dinheiro vivo, tiveram de vender com um desconto enorme, um pêni por dólar...'

"Ira, o educador, o economista marxista, Ira, o discípulo genial de Johnny O'Day. Pois bem, Eve ficou empolgada, uma nova mulher, tudo era maravilhoso de novo. Um homem de verdade para ela, um pai de verdade para sua filha. Enfim, um pai que faz aquilo que um pai deve fazer!

"'Agora, Sylphid, a parte ilegal dessa história toda, o jeito como é fechado um negócio', explicou Ira, 'a falcatrua da coisa...'

"Quando a lição afinal chegou ao fim, Eve se levantou, se inclinou, segurou a mão de Sylphid e disse: 'Amo você'. Não uma vez só. Ahn-ahn. Foi 'eu amo você eu amo você eu amo você eu amo você eu amo você...'. Continuou a segurar com firmeza a mão da filha e a dizer 'eu amo você'. Cada repetição era mais sentida do que a anterior. Ela era uma atriz, era capaz de convencer a si mesma quando alguma coisa era sentida. 'Eu amo você eu amo você eu amo você' — e por acaso Ira disse para si mesmo, vá embora daqui? Por acaso Ira pensou consigo mesmo, essa mulher está sitiada, essa mulher está enfrentando uma coisa que eu já conheço bastante: esta é uma família em guerra e *nada* que eu faça pode funcionar?

"Não. Ele pensou que o Iron Man, o Homem de Ferro, que superou todos os obstáculos para chegar aonde havia chegado, não ia ser derrotado por uma moça de vinte e três anos de idade. O cara estava amolecido pelo sentimento: estava loucamente apaixonado por Eve Frame, nunca conhecera uma mulher como ela, queria ter um filho com ela. Queria um lar, uma família e um futuro. Queria jantar em casa como as pessoas faziam, e não sozinho num balcão qualquer, adoçando o seu café com açúcar saído de um recipiente encardido, mas sim numa mesa bonita e com a sua família. Só porque uma moça de vinte e três anos teve um acesso de mau humor, ele ia negar a si mesmo tudo aquilo que havia sonhado? Lute com os sacanas. *Eduque* os sacanas. *Mude* os sacanas. Se há alguém capaz de pôr as coisas no lugar e dar um jeito nas pessoas, este alguém era Ira e a sua persistência.

"E as coisas se acalmaram. Nenhuma troca de socos. Nenhuma explosão. Sylphid parecia estar tomando jeito. Às vezes, na mesa de jantar, ela até tentava ouvir por dois minutos o que Ira dizia. E ele pensava: foi o choque da minha chegada. Foi só isso. Porque ele era Ira, porque ele não se rendia, porque não desistia, porque explicava tudo para todo mundo sessenta e duas vezes, ele acreditava que Sylphid ia entrar nos eixos. Ira pediu que Sylphid respeitasse sua mãe e achou que ia conseguir. Mas era exatamente essa exigência que Sylphid não podia perdoar. Enquanto ela pudesse mandar e desmandar à vontade em sua mãe, poderia ter tudo o que quisesse, o que fazia de Ira uma pedra bem no meio do seu caminho. Ira gritava, Ira berrava, mas foi o primeiro homem na vida de Eve que a tratou de forma decente. E era isso que Sylphid não conseguia tolerar.

"Sylphid estava começando a tocar profissionalmente e era a substituta da segunda harpista na orquestra do Radio City Music Hall. Era chamada com bastante regularidade, uma ou duas vezes por semana, e também conseguiu um emprego tocando num restaurante chique, nas noites de sexta-feira, entre as ruas 60 e 70, leste. Ira a levava com sua harpa, de carro, de Village até o restaurante e depois ia pegar a ela e a harpa quando a apresentação acabava. Ira ia de caminhonete, estacionava em frente da casa, entrava e tinha de carregar a harpa escada abaixo. A harpa estava envolta em sua capa de feltro e Ira punha uma das mãos na coluna e a outra no buraco da caixa de ressonância, atrás, levantava a harpa, deitava o instrumento sobre um colchão que deixavam na caminhonete e levava Sylphid e a harpa para o restaurante no centro da cidade. Lá, ele tirava a harpa do carro e, Ira, o grande astro do rádio, a carregava para dentro. Às dez e trinta, quando o restaurante tinha acabado de servir o jantar e Sylphid já estava pronta para voltar para o Village, Ira ia até lá para pegá-la e toda a operação se repetia. Toda sexta-feira. Ele detestava a imposição física que aquilo representava — um troço daqueles pesa quase quarenta quilos — mas fazia. Lembro que, no hospital, quando Ira teve o colapso, me disse: 'Ela se casou comigo para que eu carregasse a harpa da filha! Foi por isso que aquela mulher se casou comigo! Para arrastar aquela merda de harpa!'.

"Naquelas viagens de sexta-feira à noite, Ira descobriu que podia falar com Sylphid de um modo que não podia fazer quando Eve estava perto. Ele havia perguntado a ela que tal era ser a filha de uma estrela de cinema. Dissera para Sylphid: 'Quando você era pequena, quando foi que percebeu que tinha alguma coisa diferente, que aquele não era o jeito como todo mundo crescia?'. Sylphid contou que foi quando os ônibus de turismo começaram ir e vir pela sua rua em Beverly Hills. Contou que nunca viu os filmes dos seus pais até ficar adolescente. Os pais tentavam manter a filha como uma menina comum e assim, em casa, abafavam a existência daqueles filmes. Mesmo a vida de uma menina rica em Beverly Hills, com os filhos de outros astros de cinema, parecia perfeitamente comum até que os ônibus de turismo começaram a parar diante da sua casa e Sylphid pôde ouvir o guia turístico dizer: 'Esta é a casa de Carlton Pennington, onde ele vive com a esposa, Eve Frame'.

"Ela falou da grande produção que eram as festas de aniversário dos filhos dos astros de cinema: palhaços, mágicos, pôneis, teatro de marionetes e cada criança sob os cuidados de uma babá de uniforme branco. Na mesa de jantar, atrás de cada criança, havia uma babá. Os Pennington tinham em casa sua própria sala de projeção e passavam filmes. As crianças iam assistir. Quinze, vinte crianças. E as babás também vinham e todas elas sentavam no fundo. Nos filmes, Sylphid tinha de estar vestida com todo o requinte.

"Ela contou a Ira como eram as roupas da *mãe*, como as roupas da mãe eram alarmantes para uma menininha feito ela. Falou de todas as ligas, sutiãs, corpetes, cintas, meias e sapatos incríveis — toda a tralha que vestiam naquele tempo. Sylphid pensou como ela conseguia despir aquilo. Nem em um milhão de anos. Os penteados. As combinações. O perfume forte. Sylphid se lembrava de ficar imaginando como tudo aquilo iria ser com ela.

"Chegou a falar com Ira sobre o pai, só algumas coisas, mas o bastante para que Ira entendesse como Sylphid o adorava, quando menina. Ele tinha um barco, um barco chamado *Sylphid*, que ficava ancorado ao largo do litoral de Santa Monica. Aos domingos, eles iam de barco até Catalina, o pai no leme. Sylphid e o pai andavam a cavalo juntos. Naquele tempo, havia uma pista para cavalgar que ia até Rodeo Drive e descia até o Sunset Boulevard. O pai jogava polo nos fundos do Hotel Beverly Hills e depois andava a cavalo com Sylphid pelo picadeiro. Num Natal, o pai fez os presentes de Sylphid serem jogados de um monomotor, graças a um dublê de cenas arriscadas do cinema. Voou rasante acima do gramado dos fundos e lançou os presentes. O pai, contou Sylphid, mandava fazer suas camisas em Londres. Naquele tempo, ninguém em Beverly Hills andava sem paletó e gravata, mas ele era o mais bem vestido de todos. Para Sylphid, não havia pai mais bonito, mais simpático, mais charmoso em toda Hollywood. E então, quando Sylphid tinha doze anos, sua mãe se divorciou e Sylphid ficou sabendo das estripulias do pai.

"Contou tudo isso para Ira naquelas noites de sexta-feira e, em Newark, ele contou para mim, na esperança de que eu saísse dali pensando que eu estivera completamente enganado, que Ira ainda ia fazer daquela moça uma grande amiga. Ainda estava no começo da vida dos três juntos e todas as conversas visavam a estabelecer algum contato com Sylphid, fazer as pazes com ela e assim por diante. E parecia dar certo — algo semelhante à intimidade começou a se desenvolver. Ira começou até a ir ouvir, de noite, quando Sylphid estudava harpa. Perguntava a ela: 'Como é que você consegue tocar esse troço? Vou lhe contar uma coisa, toda vez que vejo alguém tocando harpa...'. E Sylphid o interrompia: 'Você pensa no Harpo Marx', e os dois riam porque era mesmo verdade. 'De onde é que vem o som?', perguntava ele. 'Por que as cordas têm cores diferentes? Como você consegue lembrar para que serve cada pedal? Seus dedos não doem?' Ira perguntava mil coisas diferentes para mostrar que estava interessado, ela respondia e explicava como a harpa funcionava, mostrava a ele os calos nos dedos e as coisas melhoravam, sem dúvida nenhuma as coisas começavam a melhorar.

"Mas então, naquela manhã, depois que Eve disse que não podia ter o filho, e chorou sem parar, Ira pensou: tudo bem, então está certo, e concordou em levá-la ao médico em Camden — naquela manhã ele ouviu a voz de Sylphid no pé da escada. Estava dando um esporro na mãe, dizendo cobras e lagartos, e Ira saltou da cama para abrir a porta do quarto e foi aí que ouviu o que Sylphid dizia. Dessa vez não chamava Eve de puta judia. Era pior do que isso. Ruim o bastante para mandar meu irmão de volta para Newark. E foi assim que você o conheceu. Aquilo o fez dormir em nosso sofá duas noites.

"Naquela manhã, naquele momento, foi quando Ira se deu conta de que não era verdade que Eve se achava velha demais para ter um filho com ele. O alarme soou e Ira compreendeu que não era verdade que Eve estivesse preocupada com o efeito de um outro filho na sua carreira. Compreendeu que Eve também queria ter o filho, tanto quanto ele, que não tinha sido nada fácil decidir abortar o filho do homem que ela amava, *especialmente* aos quarenta e um anos de idade. Aquela era uma mulher cujo sentimento mais profundo era o sentimento de incapacidade, e experimentar a incapacidade de não ser generosa o bastante para fazer aquilo, de não ser grande o bastante para fazer aquilo, de não ser *livre* o bastante para fazer aquilo — *esse* era o motivo de Eve chorar tanto.

"Naquela manhã Ira entendeu que o aborto não era uma decisão de Eve — mas de Sylphid. Naquela manhã Ira entendeu que não se tratava de uma decisão sobre o que fazer com o filho dele — tratava-se de o que fazer com o filho de Sylphid. O aborto representava a fuga de Eve da cólera de sua filha. Sim, o alarme soou, mas ainda não foi alto o suficiente para Ira abrir os olhos.

"Sim, de Sylphid emanava todo tipo de coisas elementares que nada tinham a ver com tocar harpa. O que Ira ouviu Sylphid dizer para a mãe foi: 'Se você algum dia tentar fazer isso de novo, eu estrangulo o idiotinha ali mesmo no berço!'."

4.

O casarão na rua Onze, oeste, onde Ira morava com Eve Frame e Sylphid, seu aspecto civilizado, sua beleza, seu conforto, sua aura discreta de intimidade suntuosa, a serena harmonia estética de seus mil detalhes — a residência acolhedora como uma requintada obra de arte — modificou minha concepção de vida tanto quanto faria a Universidade de Chicago, quando entrei para lá um ano e meio depois. Bastava que eu atravessasse a porta para me sentir dez anos mais velho e livre das convenções familiares, às quais, era preciso admitir, eu mesmo havia aderido, em geral, com prazer e sem grande esforço. Por causa da presença de Ira, por causa do modo displicente, descontraído como ele andava pela casa, de calças folgadas de veludo cotelê, mocassins velhos e camisas de flanela xadrez de mangas muito curtas, eu não me sentia intimidado pela atmosfera, desconhecida para mim, de riqueza e privilégios; por causa daquele sociável poder de adaptação que tanto contribuía para a sedução de Ira — sentia-se em casa tanto na rua Spruce dos negros em Newark quanto no salão de Eve —, eu rapidamente assimilei a ideia de como a vida na alta sociedade podia ser aconchegante, confortável, *doméstica*. Assim também a alta cultura. Era como penetrar numa língua estrangeira e descobrir que, apesar do exotismo alienante dos sons, os estrangeiros que falam esse idioma com fluência não dizem nada mais do que aquilo que você ouviu na sua língua a vida inteira.

Aquelas centenas e centenas de livros sérios perfilados nas estantes da biblioteca — poesia, romances, peças, volumes de história, livros sobre arqueologia, antiguidade, música, roupas, dança, arte, mitologia —, os discos de música clássica enchiam armários de um metro e oitenta de altura dispostos dos dois lados da vitrola, aquelas pinturas e desenhos e gravuras nas paredes, as peças de arte dispostas sobre o consolo da lareira e abarrotando as mesas — estatuetas, caixas esmaltadas, pedras preciosas, pratinhos ornamentais, antigos aparelhos de astronomia, objetos estranhos esculpidos em vidro, prata e ouro, alguns representavam uma forma reconhecível, outros, bizarros e abstratos — não eram decoração, não constituíam um bricabraque ornamental, mas haveres vinculados à vida prazerosa e, ao mesmo tempo, à *moralidade*, à aspiração humana de alcançar a realização mediante o conhecimento artístico e o pensamento. Num ambiente assim, perambular de um cômodo para o outro, procurar o jornal vespertino, sentar e comer uma maçã diante da lareira podiam, em si mesmos, ser partes de um empreendimento grandioso. Ou pelo menos assim parecia aos olhos de um garoto cuja casa, embora limpa, arrumada e bastante confortável, jamais havia despertado nele, ou em qualquer pessoa, elucubrações acerca da condição humana ideal. Minha casa — com sua biblioteca do *Almanaque de Informações Divertidas* e mais uns nove ou dez livros que vieram para nossas mãos como presentes para membros da família adoentados — parecia, em comparação, acanhada e desoladora, um casebre sem graça. Eu não conseguia acreditar, naquela época, que existisse na rua Onze, oeste, alguma coisa de que alguém pudesse querer fugir. Parecia-me o transatlântico de luxo que levava os passageiros para o paraíso, o *último lugar* onde a gente poderia vir a se preocupar com qualquer perturbação em nosso equilíbrio. No centro da casa, de pé e solidamente elegante sobre o tapete oriental da biblioteca, absolutamente sublime em sua imponência e visível desde o instante em que a gente saía do vestíbulo e dobrava para a sala, estava aquele símbolo, que remontava aos primórdios luminosos da civilização, o símbolo do reino da existência espiritualmente refinada, o deslumbrante instrumento cuja forma, por si só, personifica uma censura a toda mácula de rudeza ou vulgaridade na natureza mundana do homem... aquele instrumento de transcendência majestosa, a harpa Lyon e Healy de Sylphid, folheada a ouro.

— Aquela biblioteca ficava atrás da sala e era um degrau mais alta — lembrava-se Murray. — Havia portas de correr feitas de carvalho que separavam um aposento do outro, mas, quando Sylphid estudava harpa, Eve gostava de ouvir e por isso as portas ficavam abertas e o som do instrumento percorria a casa inteira. Eve, que fizera Sylphid começar a estudar harpa em Beverly Hills quando tinha sete anos, nunca se cansava de ouvir a filha tocar, mas Ira não via sentido na música clássica — nunca escutava nada, que eu saiba, a não ser músicas populares no rádio e o Coro do Exército Soviético — e assim, de noite, quando ele gostaria de ficar no andar de baixo, na sala, com Eve, conversando, lendo o jornal, um marido em sua casa e tudo isso, ele vivia escapando para o seu escritório. Sylphid beliscava suas cordas o tempo todo, Eve cuidava de sua costura diante da lareira e, quando ela levantava os olhos para Ira, ele tinha ido embora, para o andar de cima, escrever cartas para O'Day.

"Mas depois do que ela havia passado naquele terceiro casamento, o quarto, quando pegou embalo, ainda era uma coisa maravilhosa. Quando Eve conheceu Ira, estava saindo de um divórcio difícil e se recuperando de um colapso nervoso. O terceiro marido, Jumbo Freedman, era um bufão do sexo, por pura farra, especialista em entreter mulheres no quarto. Fez o que quis e bem entendeu até que um dia Eve veio de um ensaio para casa mais cedo e o encontrou no escritório do andar de cima com duas namoradinhas. Mas ele era tudo o que Pennington não era. Eve teve um caso com Freedman na Califórnia, obviamente muito ardoroso, ainda mais para uma mulher que havia ficado doze anos com Carl Pennington, e no fim Freedman deixou sua esposa e Eve deixou Pennington, e ela, Freedman e Sylphid bateram em retirada para o leste. Eve comprou aquela casa na rua Onze, oeste, e Freedman se mudou para lá, instalou seu escritório no que mais tarde seria o escritório de Ira, e começou a negociar com imóveis em Nova York, bem como em Los Angeles e Chicago. Por um tempo, comprou e vendeu imóveis em Times Square e assim veio a conhecer os grandes produtores teatrais, todos começaram a ter uma vida social comum e bem cedo Eve Frame estava na Broadway. Comédias de costumes, histórias de mistério, em todas elas, a estrela era a antiga musa do cinema mudo. Foi um sucesso depois do outro. Eve ganhou dinheiro a rodo e Jumbo cuidava para que ele fosse bem gasto.

"Como se tratava de Eve, ela embarcou nas extravagâncias daquele cara, aprovou seu jeito desenfreado, acabou até se deixando arrebatar por aquele jeito desenfreado. Às vezes, quando Eve começava a chorar sem razão nenhuma e Ira perguntava a ela por quê, Eve respondia: 'As coisas que ele me fez, que eu tive de fazer...'. Depois que ela escreveu aquele livro e o casamento dela com Ira foi parar em todos os jornais, Ira recebeu uma carta de uma mulher lá de Cincinnati. Disse que, caso ele estivesse interessado em escrever também um livrinho, devia dar um pulo até Ohio para bater um papo. A mulher tinha sido uma artista de boate nos anos 30, cantora, namorada de Jumbo. Disse que Ira talvez gostasse de ver umas fotografias que Jumbo havia tirado. Talvez ela e Ira pudessem colaborar para escrever um livro de memórias deles dois — Ira forneceria as palavras e ela, por um determinado preço, tiraria as fotos do seu baú. Na ocasião, Ira estava tão enlouquecido para se vingar que respondeu à carta da mulher, enviou-lhe um cheque de cem dólares. Ela alegou possuir duas dúzias de fotos e assim Ira mandou o cheque de cem dólares para ver uma delas."

— E ele recebeu alguma?

— Ela cumpriu a palavra. Mandou de fato uma fotografia para Ira pelo correio. Mas como eu não ia permitir que meu irmão distorcesse ainda mais a ideia que as pessoas tinham do sentido da vida dele, tomei de Ira a foto e a destruí. Burro. Sentimental, puritano, burro e nem um pouco prudente da minha parte, também. Pôr a foto em circulação teria sido uma bondade em comparação com o que aconteceu depois.

— Ele queria humilhar Eve com aquela foto.

— Veja, tempos antes, Ira só pensava em como minorar os efeitos da crueldade humana. Tudo passava por esse funil. Mas, depois que aquele livro de Eve foi publicado, a única coisa em que Ira pensava era como praticar a crueldade humana. Elas o despojaram do trabalho, da vida doméstica, do nome, da reputação e, quando Ira compreendeu que tinha perdido tudo, tinha perdido sua posição e nunca mais poderia viver à altura do que era, ele abandonou Iron Rinn, abandonou *Livres e corajosos*, abandonou o Partido Comunista. Parou até de falar tanto. Toda aquela interminável retórica indignada. Tagarelando sem parar quando na verdade o que aquele homem enorme queria mesmo era partir para a ignorância, de uma vez. Falar era a maneira de abafar aqueles desejos.

"O que você acha que significava a encenação de Abe Lincoln? Pôr na cabeça aquela cartola. Repetir as palavras de Lincoln. Mas tudo o que o domava, todas as adaptações civilizantes, de tudo isso Ira se desvencilhou e se despojou até virar de novo o Ira que cavou valas em Newark. O Ira que trabalhou em minas de zinco nas montanhas de Jersey. Retomou sua experiência mais antiga, quando a pá era o seu mestre. Restabeleceu contato com o Ira primordial, antes que toda a adequação moral houvesse caído sobre ele, antes que entrasse para a Escola Eve Frame de Boas Maneiras e tomasse todas aquelas lições de etiqueta. Antes de ele ir para a escola de boas maneiras com *você*, Nathan, encenando um impulso paternal e mostrando a você como ele era um sujeito bom e sem violência. Antes de ir para a escola de boas maneiras *comigo*. Antes de ir para a escola de boas maneiras com O'Day, a escola de boas maneiras de Marx e Engels. A escola de boas maneiras da ação política. Porque O'Day, na verdade, foi a primeira Eve, e Eve foi apenas uma outra versão de O'Day, que o retirou das valas sujas de Newark e o trouxe para o mundo da luz.

"Ira conhecia a sua natureza. Sabia ser fisicamente desproporcionado e que isso o tornava um homem perigoso. Tinha a raiva dentro de si, e a violência e, com um metro e noventa e cinco de altura, possuía os meios. Ele sabia que precisava daqueles domadores de Ira — sabia que precisava de todos os seus professores, precisava de um garoto como você, sabia que ansiava por um garoto como você, que teve aquilo que ele nunca tivera e era um filho adorado pelos pais. Porém, depois que *Casei com um comu-*

nista foi publicado, Ira abandonou a educação da escola de boas maneiras e recuperou o Ira que você nunca conheceu, que no exército cobria os caras de porrada, o Ira que, quando ainda novo e começava a viver sozinho, teve de usar a pá para se proteger daqueles italianos. Brandia seu instrumento de trabalho como uma arma. Toda sua vida foi uma luta para não empunhar de novo aquela pá. Mas, depois daquele livro, Ira resolveu se transformar na primeira versão, não corrigida, da sua pessoa."

— E fez isso?

— Ira nunca fugiu de um trabalho difícil, por mais pesado que fosse. O cavador de valas produziu uma forte impressão sobre Eve. Ira pôs Eve em contato com o que ela havia feito. "Tudo bem, vou educá-la", disse-me Ira, "sem usar a fotografia indecente."

— E ele fez isso.

— Fez, é verdade. A educação pela pá.

No início de 1949, umas dez semanas depois de Henry Wallace sofrer uma tremenda derrota nas eleições — e, agora eu sei, depois de ela fazer aborto —, Eve Frame promoveu uma grande festa (precedida por um jantar) a fim de tentar alegrar Ira, e telefonou para nossa casa para me convidar. Depois do comício de Wallace no teatro Mosque, eu só estivera com Ira uma vez e, até receber aquele telefonema espantoso ("Ira Ringold, amigão. Como é que vai o meu rapaz?"), eu começara a crer que nunca mais o veria. Depois da segunda vez em que nos encontramos — e saímos para dar nossa primeira volta pelo parque Weequahic, onde ele me falou sobre o "Ei-rã" — enviei para ele pelo correio uma cópia em papel-carbono da minha peça radiofônica *Os coadjuvantes de Torquemada*. À medida que as semanas passavam e não vinha nenhuma resposta de Ira, compreendi o erro que cometera ao enviar para um ator de rádio profissional uma peça minha, embora fosse a que eu achava a melhor de todas. Tive certeza de que agora que Ira tinha visto como meu talento era pequeno, eu matara todo interesse que ele pudesse ter por mim. Então, certa noite, quando eu fazia meu dever de casa, o telefone tocou e minha mãe entrou correndo no meu quarto:

— Nathan, meu querido, é o senhor Iron Rinn!

Ira e Eve Frame iam receber convidados para jantar e, entre eles, estaria Arthur Sokolow, a quem Ira entregara meu texto para ler. Ira achou que eu gostaria de conhecê-lo. Minha mãe me fez ir até a rua Bergen na tarde seguinte para comprar um par de sapatos sociais pretos e levou meu único terno ao alfaiate na avenida Chancellor para que Schapiro aumentasse o comprimento das mangas e das calças. E, num sábado à noite bem cedo, joguei uma balinha aromática na boca e, com o coração batendo como se eu fosse cruzar a fronteira do estado para cometer um assassinato, fui até a avenida Chancellor e peguei um ônibus para Nova York.

Meu companheiro à mesa de jantar foi Sylphid. Todos os apetrechos dispostos ali para mim — oito talheres, quatro copos de formatos diferentes, um grande tira-gosto chamado alcachofra, os pratos servidos pelas minhas costas e por cima do meu ombro por uma mulher negra de ar solene e com uniforme de criada, a lavanda, o enigma da lavanda —, tudo o que me dava a sensação de ser um garotinho muito pequeno em vez de um rapaz bem crescido, e Sylphid simplesmente aniquilava tudo aquilo com uma piadinha sarcástica, uma explicação cínica, ou apenas um sorriso afetado ou um revirar de olhos, me ajudando aos poucos a compreender que não havia tanta coisa a temer como aquela pompa toda sugeria. Achei Sylphid esplêndida, em especial na sua veia satírica.

— Minha mãe — disse Sylphid — gosta que tudo pareça um pouco como era no tempo em que foi criada no Palácio de

Buckingham. Faz questão de aproveitar toda oportunidade para transformar a vida cotidiana numa piada. — Sylphid continuou no mesmo espírito durante o jantar, soprou no meu ouvido comentários repletos do mundanismo de alguém que crescera em Beverly Hills, vizinha de Jimmy Durante, e depois em Greenwich Village, a Paris americana. Mesmo quando ela zombava de mim, eu me sentia aliviado, como se minha gafe não fosse nenhum bicho de sete cabeças. — Não fique tão preocupado em fazer as coisas direito, Nathan. Você vai ficar muito menos cômico fazendo as coisas erradas.

Ver Ira comer também me dava coragem. Ele comia ali do mesmo modo que comia na barraquinha de cachorro-quente em frente ao parque Weequahic; também falava do mesmo jeito. Só ele, entre os homens em torno da mesa, estava sem paletó e gravata e, embora não lhe faltassem boas maneiras à mesa, só de vê-lo garfar e engolir a comida, ficava patente que as sutilezas da cozinha de Eve não eram apreciadas de forma excessivamente meticulosa pelo seu paladar. Ira não parecia reconhecer nenhuma fronteira entre a conduta aceitável numa barraquinha de cachorro-quente e numa suntuosa sala de jantar em Manhattan, nem na conduta nem na conversa. Mesmo ali, onde os candelabros de prata estavam acesos com dez velas e onde vasos de flores brancas iluminavam o aparador, qualquer coisa o deixava de cabeça quente — naquela noite, apenas dois meses depois da derrota esmagadora de Wallace (o Partido Progressista recebera pouco mais de um milhão de votos em todo o país, cerca de um sexto do previsto), até algo tão aparentemente incontroverso como o dia da eleição.

— Vou lhes dizer uma coisa — declarou Ira para todos à mesa, e a voz dos outros silenciou enquanto a dele, forte e natural, repleta de indignação e com farpas de desprezo pela burrice de seus confrades americanos, comandava de forma instantânea,

Vocês agora me escutem. — Acho que este nosso adorável país não entende nada de política. Onde mais no mundo, numa nação democrática, as pessoas vão trabalhar no dia da eleição? Onde mais as escolas funcionam no dia da eleição? Se a pessoa é jovem, está crescendo e reclama: "Ei, é dia de eleição, será que não dá para ficar de folga hoje?", seu pai e sua mãe respondem: "Não, é dia de eleição, é só isso". E o que a pessoa vai pensar? Que importância tem o dia de eleição se eu preciso ir à escola? Que importância tem, se as lojas e tudo o mais ficam funcionando? Onde é que foram parar os seus valores, seus filhos da mãe?

Por filhos da mãe Ira não aludia a ninguém presente ali na mesa. Referia-se a todo mundo com quem tivera de brigar durante a vida.

Nesse ponto, Eve Frame pôs o dedo sobre os lábios de Ira para ele se controlar.

— Querido — disse ela, com voz tão suave que mal dava para ouvir.

— Ora, o que é mais importante? — retrucou Ira em voz alta. — Ficar em casa no dia do descobrimento da América? As escolas fecham por causa de um feriadinho de merda, mas não fecham em dia de eleição.

— Mas ninguém está discutindo isso — disse Eve, com um sorriso. — Portanto, por que ficar enfurecido?

— Olhe, fico enfurecido — respondeu Ira —, sempre fico enfurecido, e espero que no dia em que eu morrer eu *continue* enfurecido. Arranjo confusão porque fico enfurecido. Arranjo confusão porque não fico de boca fechada. Eu fico muito enfurecido com o meu adorável país quando o senhor Truman diz ao povo, e todos acreditam nele, que o comunismo é o grande problema deste país. Não o racismo. Não as injustiças. Isso não é problema. O problema são os comunistas. Os quarenta ou sessenta mil comunistas. Eles vão subverter o governo de um país de cento e cinquenta milhões de pessoas. Não insultem minha inteligência. Vou lhes contar o que é que vai subverter toda esta porcaria: o modo como tratamos as pessoas de cor. O modo como tratamos os trabalhadores. Não vão ser os comunistas que vão subverter este país. Este país vai subverter a si mesmo ao tratar as pessoas como animais!

Sentado a minha frente estava Arthur Sokolow, o escritor do rádio, mais um daqueles rapazes judeus autodidatas e decididos cujas antigas lealdades do bairro da infância (e os pais imigrantes analfabetos) determinavam fortemente seu estilo impulsivo e emotivo como adultos, jovens que pouco antes haviam voltado da guerra, na qual descobriram a Europa e a política, na qual pela primeira vez descobriram de fato a América, por intermédio dos soldados com que tiveram de conviver, na qual, sem nenhuma orientação formal mas com uma enorme fé ingênua no poder transformador da arte, começaram a ler as cinquenta ou sessenta primeiras páginas dos romances de Dostoiévski. Até a lista negra destruir sua carreira, Arthur Sokolow, embora não fosse um escritor tão famoso quanto Corwin, figurava sem dúvida nas fileiras dos escritores de rádio que eu mais admirava: Arch Oboler, que escreveu *Luzes apagadas*, Himan Brown, que escreveu *Santuário interior*, Paul Rhymer, que escreveu *Vic e Sade*, Carlton E. Mose, que escreveu *Adoro uma história de mistério*, e William N. Robson, que escreveu muitas histórias de guerra para o rádio, em que me inspirei também para as minhas peças. Os dramas radiofônicos premiados de Arthur Sokolow (bem como duas peças de teatro da Broadway) eram marcados por um ódio violento contra a autoridade corrupta, representada por um pai escandalosamente hipócrita. Fiquei com medo, durante todo o jantar, de que Sokolow, um homem baixo, largo e parrudo, um bate-estacas sem medo de nada, que em outros tempos tinha sido zagueiro no time de futebol americano da escola secundária de Detroit, fosse de repente apontar para mim e me denunciar para todo mundo ali na mesa como um plagiador por causa de tudo o que eu havia roubado de Norman Corwin.

Após o jantar, os homens foram convidados a subir ao escritório de Ira no segundo andar para fumar charutos, enquanto as mulheres iam para o quarto de Eve se recompor um pouco antes que os outros convidados começassem a chegar. O escritório de Ira dava para as estátuas iluminadas no jardim dos fundos e, nas três paredes cobertas por estantes de livros, ele guardava todos os seus volumes de Abraham Lincoln, a biblioteca política que trouxera da guerra para casa em três mochilas e mais a biblioteca que havia acumulado desde então enquanto percorria os sebos na Quarta Avenida. Depois de distribuir os charutos e solicitar aos convidados que apanhassem o que quisessem no carrinho de bebidas, Ira apanhou sua cópia carbono da minha peça de rádio na gaveta de cima da escrivaninha de mogno maciço — onde imaginei que ele guardava sua correspondência com O'Day — e começou a ler em voz alta a fala de abertura da peça. E leu não para me acusar de plágio. Em vez disso, começou por dizer aos seus amigos, inclusive Arthur Sokolow:

— Sabem o que me dá esperança neste país? — E apontou para mim, ruborizado e trêmulo de medo de que pudessem ver a minha verdadeira natureza. — Tenho mais fé num garoto como esse do que em todas as pessoas que se dizem maduras em nosso adorável país, que se encaminharam para as cabines de votação preparadas para votar em Henry Wallace e de repente viram uma grande fotografia de Dewey diante dos olhos — e falo de pessoas da minha própria *família* — e aí puxaram a alavanca de Harry Truman. Harry Truman, que vai conduzir este país rumo à

Terceira Guerra Mundial, e esta foi a magnífica escolha deles! A única coisa em que conseguem pensar é passar por cima das Nações Unidas, encurralar a União Soviética e destruir a União Soviética, enquanto despejam pelo ralo do seu Plano Marshall centenas e centenas de milhões de dólares que poderiam servir para melhorar o nível de vida dos pobres deste país. Mas me digam quem é que vai encurralar o senhor Truman quando ele jogar suas bombas atômicas nas ruas de Moscou e Leningrado? Vocês acham que eles não vão lançar bombas atômicas sobre crianças russas inocentes? Para preservar a nossa maravilhosa democracia, eles não fariam isso? Não me venham com essa. Ouçam este garoto aqui. Ainda na escola secundária e já sabe mais sobre o que está errado neste país do que todos os nossos adoráveis compatriotas na cabine de votação.

Ninguém riu nem sorriu. Arthur Sokolow estava com as costas apoiadas nas estantes, folheando em silêncio um volume que baixara da coleção de obras de Lincoln, que pertencia a Ira, e o resto dos homens se mantinham parados, fumando seus charutos, beberricando seus uísques e se comportando como se conhecer minha visão da América fosse o motivo pelo qual saíram de casa com suas esposas naquela noite. Só muito mais tarde compreendi que a seriedade coletiva com que minha apresentação foi recebida só expressava até que ponto todos ali estavam habituados aos arroubos de seu anfitrião despótico.

— Ouçam — disse Ira —, apenas ouçam isto. Uma peça sobre uma família católica numa cidadezinha e os fanáticos do local. — Com o que, Iron Rinn se pôs a ler meu texto: Iron Rinn na pele, na *laringe*, de um cristão americano comum e de boa índole, do tipo que eu tinha em mente e sobre o qual eu nada sabia.

— Sou Bill Smith — começou Ira, se esparramando na cadeira de encosto alto, forrada de couro, e atirando as pernas sobre a mesa. — Sou Bob Jones. Sou Harry Campbell. Meu nome não importa. Não é um nome que incomode ninguém. Sou branco e protestante, portanto não precisam se preocupar comigo. Eu me dou bem com vocês, não aborreço vocês, não perturbo vocês. Nem sequer odeio vocês. Ganho minha vida sossegado numa cidadezinha bonita. Centerville. Middletown. Okay Falls. Esqueçam o nome da cidade. Podia ser qualquer lugar. Vamos *chamar* de Qualquer Lugar. Muita gente aqui em Qualquer Lugar luta contra a discriminação só da boca para fora. Falam da necessidade de derrubar as cercas que mantêm as minorias em campos de concentração sociais. Mas muitos deles travam sua luta em termos abstratos. Pensam e falam de justiça, decência e direito, de americanismo, de fraternidade entre os homens, da Constituição e da Declaração da Independência. Tudo isso é bom, mas mostra que eles na verdade não têm consciência do que é nem de por que existe a discriminação racial, religiosa e nacional. Vejam esta cidade, vejam Qualquer Lugar, vejam o que aconteceu aqui ano passado, quando uma família católica vizinha da minha casa descobriu que o protestantismo fervoroso pode ser tão cruel quanto Torquemada. O carrasco que trabalhou para Fernando e Isabel. Chefiava a Inquisição para o rei e a rainha da Espanha. O cara que expulsou os judeus da Espanha para Fernando e Isabel em 1492. Sim, vocês ouviram bem, amigos — 1492. Havia Colombo, é claro, havia a *Niña*, a *Pinta* e a *Santa María* — e havia também Torquemada. Sempre houve Torquemada. Talvez sempre vá haver... Bem, eis o que ocorreu bem aqui em Qualquer Lugar, EUA, sob a bandeira nacional americana, onde todos os homens foram criados iguais, e não em 1492...

Ira correu o dedo pelas páginas.

— E prossegue nesse mesmo tom... e aqui, o fim. Este é o fim. O narrador, de novo. Um garoto de quinze anos de idade tem a coragem de escrever isso, entendem? Agora me digam que rádio teria coragem de pôr isso no ar. Me digam que patrocinador, no ano de 1949, estaria disposto a encarar o comandante Wood e o seu Comitê, encarar o comandante Hoover e os seus brutamontes da tropa de choque, quem estaria disposto a encarar a Legião Americana, os Veteranos de Guerra Católicos, os Veteranos de Guerra no Estrangeiro, as Filhas da Revolução Americana e todos os nossos adoráveis patriotas, que não dariam a menor bola se acusassem esse menino de comuna sacana e ameaçassem boicotar a sua obra preciosa. Me digam quem teria coragem de fazer isso porque é o certo, porque é o que se deve fazer. Ninguém! Porque eles estão cagando e andando para a liberdade de expressão, tanto quanto os caras com quem estive no exército. Eles não conversavam comigo. Já contei isso a vocês? Eu entrava no rancho, entendem? Duzentos e tantos homens ali, e ninguém me dava um bom-dia, ninguém me dizia nada por causa das coisas que eu falava e das cartas que eu escrevia para o jornal *Stars and Stripes*. Aqueles caras davam à gente a nítida impressão de que a Segunda Guerra Mundial estava sendo travada só para encher o saco deles. Ao contrário do que algumas pessoas possam pensar sobre os nossos adoráveis rapazes, eles não tinham a menor ideia, não sabiam nem de longe que diabo estavam fazendo ali, estavam cagando para o fascismo, para Hitler — o que é que eles tinham a ver com isso? Por acaso queriam compreender os problemas sociais dos negros? Por acaso queriam compreender os mecanismos tortuosos pelos quais o capitalismo se empenha em debilitar a classe trabalhadora? Por acaso queriam compreender por que, quando bombardeamos Frankfurt, as fábricas de I. G. Farben não foram atingidas? Talvez eu mesmo não seja grande coisa por causa da minha pouca instrução, mas a titica da cabeça dos "nossos rapazes" me deixava louco de raiva! "Tudo se resume a isso" — leu ele, de repente, no meu texto. — "Se vocês querem uma moral, aqui está: o homem que engole toda essa cascata sobre grupos raciais, religiosos e nacionais é um palerma. Ele fere a si mesmo, sua família, seu sindicato, sua comunidade, sua classe, seu país. Ele é o coadjuvante de Torquemada." Escrito — disse Ira, atirando furiosamente o texto sobre a mesa — por um garoto de quinze anos!

Mais umas cinquenta pessoas devem ter vindo depois do jantar. Apesar da estatura extraordinária que Ira impusera a mim em seu escritório, eu jamais teria coragem de ficar e me misturar a todos os que se comprimiam na sala, caso Sylphid não tivesse vindo novamente me salvar. Havia atores e atrizes, diretores, escritores, poetas, havia advogados, agentes literários e produtores teatrais, havia Arthur Sokolow, e havia Sylphid, que não só chamava todos os convidados pelo primeiro nome como também conhecia, em detalhes caricaturais, todos os defeitos deles. Sua conversa era desabusada e interessante, Sylphid era uma formidável rancorosa com o talento de um chefe de cozinha para fatiar, enrolar e tostar um naco de carne, e eu, cujo objetivo era ser o destemido e intransigente pregador de verdades do rádio, fiquei pasmo ao ver como ela nada fazia para racionalizar, e muito menos esconder, o seu desprezo debochado. Aquele ali é o homem mais vaidoso de Nova York... Aquele ali precisa ser superior... Aquele é de uma falsidade... Aquele não tem a menor ideia... Aquele fica tão bêbado que... Aquele tem um talento tão reduzido, tão infinitesimal que... Aquele é muito amargo... Aquele é um depravado... O mais engraçado nessa lunática é sua mania de grandeza...

Que delícia era fazer pouco das pessoas — e vê-las sendo desdenhadas bem na sua frente. Sobretudo para um garoto cujo impulso dominante naquela festa era o de reverenciar. Embora eu estivesse preocupado em não chegar tarde em casa, não podia me privar daquela aula da mais alta categoria sobre os prazeres da maledicência. Eu nunca conhecera ninguém como Sylphid: tão jovem e no entanto tão intensamente contestadora, tão conhecedora das coisas mundanas e contudo, vestida num traje longo e espalhafatoso, como se fosse uma cartomante, tão obviamente excêntrica. Tão despreocupada com a possibilidade de ser rejeitada por *tudo*. Eu não tinha a mínima ideia de quanto eu era domesticado e inibido, de quanto eu estava ansioso para agradar, até ver como Sylphid tinha sede de contestar, eu não tinha ideia de quanta liberdade havia para desfrutar no instante em que o egoísmo se desvencilha das amarras do medo social. Eis o fascínio: o que havia de assustador em Sylphid. Vi que ela não tinha medo, não temia cultivar dentro de si a ameaça que ela podia representar para os outros.

As duas pessoas que Sylphid disse ser menos capaz de suportar eram um casal cujo programa de rádio, transmitido todo sábado de manhã, era por acaso o predileto de minha mãe. O programa, chamado *Van Tassel e Grant*, era transmitido da fazenda junto ao rio Hudson, lá no condado de Dutchess, Nova York, que pertencia à popular romancista Katrina Van Tassel Grant e a seu marido, o colunista do *Journal-American* e crítico de espetáculos Bryden Grant. Katrina era uma mulher alarmantemente magra, de um metro e oitenta, com compridos cabelos escuros cacheados, que em outros tempos devem ter parecido sedutores, e uma pose que sugeria ter em alta conta a influência que ela supunha exercer sobre a América, por meio de seus romances. O pouco que eu sabia a respeito dela até aquela noite — ou seja, que a hora do jantar na casa dos Grant era reservada para debater com seus quatro filhos bonitos os seus deveres com a sociedade, que os amigos dela na tradicional e antiga Staatsburg (onde seus antepassados, os

Van Tassel, se estabeleceram, no século VII, segundo consta, na condição de uma aristocracia local, muito antes da chegada dos ingleses) tinham impecáveis credenciais éticas e educacionais — era o que entreouvi por acaso quando minha mãe sintonizava o rádio no programa *Van Tassel e Grant*.

"Impecável" era uma palavra bem ao gosto do monólogo semanal de Katrina, sobre sua existência tão rica e diversificada, que quebrava todos os recordes de audiência, tanto na cidade turbulenta quanto no interior bucólico. Não só as frases *dela* eram infestadas de "impecável" como também as frases de minha mãe, depois de ouvir por uma hora Katrina Van Tassel Grant — a quem minha mãe julgava "culta" — enaltecer a superioridade de qualquer um que tivesse a sorte de cair no raio de ação social dos Grant, fosse o homem que consertava os dentes dela ou o homem que consertava a sua privada.

— Um bombeiro impecável, Bryden, impe*cável* — dizia ela, enquanto minha mãe, como milhões de outras, acompanhavam fascinadas uma conversa sobre os problemas de escoamento de esgoto que afligiam as residências, mesmo dos americanos mais bem situados na sociedade, e meu pai, que se punha firmemente no lado de Sylphid, dizia:

— Ah, quer me fazer o favor de desligar a droga dessa mulher?

Foi a Katrina Grant que Sylphid se referiu quando me sussurrou:

— O mais engraçado nessa lunática é sua mania de grandeza.

— E foi ao marido, Bryden Grant, que se referiu quando disse:

— Aquele ali é o homem mais vaidoso de Nova York.

— Minha mãe vai almoçar com Katrina Grant e volta para casa com raiva. "Essa mulher é impossível. Fala do teatro, fala dos últimos romances e pensa que sabe tudo mas não sabe *coisa nenhuma*." E é verdade: quando elas vão almoçar, Katrina sempre faz preleções para minha mãe justamente sobre o assunto de que minha mãe conhece tudo. Mamãe não suporta os livros de Katrina. Nem consegue ler. Cai na gargalhada quando tenta ler e depois diz para Katrina como os livros dela são fantásticos. Mamãe dá um apelido para todo mundo que a assusta. O de Katrina é "Aluada". "Você devia ouvir só o que a Aluada comentou sobre a peça de O'Neil", me disse minha mãe. "Dessa vez, ela se superou." E aí a Aluada liga às nove horas da manhã seguinte e mamãe passa uma hora no telefone com ela. Minha mãe esbanja sua indignação veemente do mesmo jeito que um gastador compulsivo esbanja sua fortuna, e depois simplesmente esquece tudo isso e se põe a bajular a mulher por causa do "Van" em seu nome. E só porque, quando Bryden enfia o nome de mamãe na sua coluna de jornal, a chama de "a Sarah Bernhardt das ondas de rádio". Coitada da mamãe com suas ambições sociais. Katrina é a *mais* pretensiosa de todas as pessoas ricas e pretensiosas lá em Staatsburg, à beira do rio Hudson, e *ele*, o marido, alega ser descendente do general Ulysses S. Grant. Aqui está — disse ela e, no meio da festa, com os convidados espalhados por todo lado, tão amontoados e espremidos que pareciam fazer todo o possível para não enfiar o focinho no copo um do outro, Sylphid virou-se para procurar, nas estantes de livros atrás de nós, um romance de Katrina Van Tassel Grant. Dos dois lados da lareira da sala, estantes de livros iam do chão ao teto, subiam tão alto que era preciso galgar uma escada de biblioteca para alcançar as prateleiras de cima.

— Aqui está — disse ela. — *Heloísa e Abelardo*.

— Minha mãe leu esse daí — falei.

— Pois sua mãe é uma sem-vergonha — retrucou Sylphid, deixando meus joelhos moles, até que compreendi que ela estava brincando. Não só minha mãe, mas quase meio milhão de americanos tinha comprado e lido o livro. — Aqui está... Abra numa página, qualquer página, ponha o dedo em qualquer lugar e depois se prepare para ficar extasiado, Nathan de Newark.

Fiz o que ela mandou e, quando Sylphid viu onde meu dedo apontava, sorriu e falou:

— Ah, a gente não precisa procurar muito para encontrar V.T.G. no esplendor de seu talento. — Em voz alta, para mim, Sylphid leu: "As mãos dele enlaçaram sua cintura, puxando-a para si, e ela sentiu os músculos poderosos das pernas dele. A cabeça de Heloísa tombou para trás. Sua boca se entreabriu para receber seu beijo. Um dia, Abelardo iria ser punido, brutal e vingativamente, com a castração por causa de sua paixão por Heloísa, mas por enquanto ele estava longe de ser mutilado. Quanto mais forte ele a apertava, mais forte era a pressão nas áreas sensíveis de Heloísa. Ah, que ardente estava aquele homem cujo gênio iria renovar e revitalizar o ensino tradicional da teologia cristã! Os mamilos de Heloísa se tornaram duros e pontudos, e seu estômago se apertou quando pensou: 'Estou beijando o maior escritor e pensador do século doze!'. 'O seu porte é estupendo', sussurrou Abelardo em seu ouvido, 'seios fartos, cintura fina! E nem mesmo as espessas saias de cetim de suas roupas conseguem ocultar dos olhos seu quadril e suas coxas graciosas.' Mais conhecido por sua solução para o problema dos universais e por sua utilização original da dialética, ele também sabia muito bem, mesmo agora, no auge de sua fama intelectual, como derreter o coração de uma mulher... De manhã, eles já eram amantes. Afinal, chegara a oportunidade de Heloísa dizer ao cônego e mestre de Nôtre Dame: 'Agora me ensine, por favor. Ensine-me, Pierre! Explique-me sua análise dialética do mistério de Deus e da Trindade'. E assim ele fez, esmiuçando com toda a paciência os detalhes da sua interpretação racionalista do dogma da Santíssima Trindade, e depois a possuiu como mulher pela décima primeira vez".

— Onze vezes — disse Sylphid, abraçando-se a si mesma, só pela graça do que havia lido. — Aquele marido dela nem sabe o que são *duas* vezes. Aquele bichinha nem sabe o que é *uma* vez. — E passou um tempo antes que ela conseguisse parar de rir, antes que nós dois conseguíssemos parar de rir. — Ah, ensine-me, *por favor*, Pierre — gritou Sylphid e, sem nenhum motivo, a não ser a sua felicidade, ela me beijou ruidosamente na ponta do nariz.

Depois que Sylphid recolocou *Heloísa e Abelardo* na prateleira e ambos ficamos de novo mais ou menos sóbrios, me senti encorajado o bastante para lhe fazer uma pergunta que tivera vontade de fazer a noite toda. Não "que tal é crescer em Beverly Hills?"; não "como era ser vizinha de Jimmy Durante?". Não "como foi ter pais que eram astros de cinema?". Como eu temia que ela me ridicularizasse, perguntei só o que eu considerava a minha pergunta mais séria:

— Como é — perguntei — tocar no Radio City Music Hall?

— É um horror. O *maestro* é um horror. "Minha cara senhora, sei que é *muito* difícil contar até quatro neste compasso, mas, se você não se importasse, seria uma grande bondade da sua parte." Está na cara que quanto mais educado ele é, mais repugnância está sentindo. Se fica aborrecido de verdade, fala assim: "Minha cara, *cara* senhora". O "cara" encharcado de veneno. "Não está nada bom, minha cara, devia ser arpejado." E na partitura da gente está escrito *não* arpejado. Sem dar a impressão de querer arrumar uma briga e perder tempo, não dá para a gente virar para ele e dizer: "Desculpe, maestro. Na verdade está escrito o contrário". Porque aí todo mundo olha para você, pensando: não sabe como é que são as coisas, sua idiota? Ele precisa dizer a você? Ele é o pior maestro do mundo. Só sabe reger músicas de repertório clichê, e mesmo assim a gente é obrigado a pensar: será que ele nunca *ouviu* essa música? E tem também o palco móvel. No Music Hall. Você sabe, aquela plataforma que traz a orquestra para a frente do palco. Ela se mexe para cima e para trás, e para a frente e para baixo, e toda vez que se movimenta sacode à beça — funciona com um elevador hidráulico — e eu fico ali sentada, seguro firme minha harpa, como se fosse para salvar minha vida, enquanto ela vai perdendo a afinação. Os harpistas gastam metade do seu tempo afinando e a outra metade tocando desafinado. Odeio todas as harpas.

— Odeia mesmo? — perguntei, rindo, em parte porque ela estava sendo engraçada, e em parte porque, imitando o maestro, ela também ria.

— São impossíveis de tocar. Vivem quebrando. Basta você *soprar* numa harpa — disse ela — e já fica desafinada. Tentar manter uma harpa em perfeitas condições me deixa *doida*. Transportar uma harpa é como transportar um avião de carga.

— Mas então por que você toca harpa?

— Porque o maestro tem razão: eu *sou* burra. Os oboístas são espertos. Mas não os harpistas. Os harpistas são umas bestas, bobalhões mongoloides. O que a pessoa tem na cabeça para escolher um instrumento que vai destruir e governar sua vida como faz uma harpa? Não há explicação para eu começar a tocar harpa, muito menos para continuar a tocar, a não ser que eu tinha sete anos de idade na época e sempre fui burra demais para entender as coisas. Nem tenho lembranças conscientes da vida antes da harpa.

— Por que começou tão jovem?

— A maioria das meninas que começam a tocar harpa começa porque a mãe acha que é uma coisa *adorável* para as filhas. Parece tão bonita, toda música soa tão desgraçadamente doce, e é tocada com tanta delicadeza em salas pequenas para gente delicada que não tem o menor interesse naquilo. A coluna toda folheada a ouro, é preciso usar óculos escuros para olhar de frente para ela. Chique mesmo. Fica ali de pé e nunca deixa a gente esquecer a presença dela. É tão monstruosamente grande que a gente nunca consegue esconder. *Onde* é que se vai guardar um trambolho desses? Fica sempre ali, parada e rindo da cara da gente. Você nunca consegue se desviar daquilo. Que nem minha mãe.

Uma moça ainda de casaco e com uma caixinha preta na mão apareceu de repente ao lado de Sylphid, pedindo desculpas por chegar tarde, com um sotaque britânico. Com ela, vinha um homem jovem, alto, de cabelo escuro — muito elegante e, como que cingido pelo espartilho de todas as suas virtudes, refreando as gorduras juvenis numa posição militarmente ereta — e também uma moça virginalmente sensual, com ar de que ainda está desabrochando, a um passo da plenitude, com uma cascata de cabelos encaracolados, ruivos e dourados, para destacar sua tez clara. Eve Frame se apressava em receber todos os recém-chegados. Abraçou a moça com a caixinha preta, cujo nome era Pamela, e depois foi apresentada por Pamela ao casal glamouroso, noivos que se casariam em breve, que eram Rosalind Halladay e Ramón Noguera.

Apenas alguns minutos depois, Sylphid estava na biblioteca, a harpa encostada nos seus joelhos e aninhada em seu ombro, enquanto ela a afinava. Pamela havia tirado o casaco e estava ao lado de Sylphid dedilhando as chaves da sua flauta e, sentada ao lado das duas, Rosalind afinava um instrumento de cordas que supus ser um violino mas logo soube se tratar de algo um pouco maior, chamado viola. Aos poucos, todo mundo na sala se encaminhou para a biblioteca, onde Eve Frame estava de pé, aguardando que fizessem silêncio — Eve Frame, com uma roupa que mais tarde descrevi para minha mãe o melhor que pude e que minha mãe me explicou ser um vestido branco e pregueado de gaze de seda e uma pelerine com uma faixa de gaze de seda verde-esmeralda. Quando descrevi seu penteado até onde eu lembrava, minha mãe explicou que se chamava corte de franja, com longos cachos em toda a volta e uma coroa lisa em cima. Mesmo enquanto Eve Frame esperava com paciência e um discreto sorriso reforçava sua simpatia (e seu fascínio para mim), era evidente que dentro dela crescia uma alegre ansiedade. Quando falou, quando ela disse, "uma coisa linda está prestes a acontecer", toda a sua contenção elegante pareceu à beira de ir pelos ares. Foi um tremendo espetáculo, sobretudo para um adolescente que dali a meia hora teria de voltar para Newark no ônibus 107 e ir para uma casa cujas emoções apenas o deixavam frustrado. Eve Frame foi e voltou em menos de um minuto, mas só no seu jeito solene de descer o degrau e voltar para a sala em seu vestido de gaze de seda branco e pregueado e com uma pelerine, ela conferiu à noite toda um outro significado: a aventura para a qual a vida é vivida estava prestes a se desencadear.

Não quero dar a impressão de que Eve Frame parecia representar um papel. Longe disso: o que se revelava era a sua *liberdade*, Eve Frame livre de quaisquer embaraços, arrebatadamente desinibida, num estado de exaltação serena. Na verdade, era como se *nós* tivéssemos sido escalados por *ela* para representar o que vinha a ser nada menos do que o principal papel de nossas vidas — o papel de almas privilegiadas cujo sonho mais acalentado se tornara realidade. A realidade caíra vítima do sortilégio artístico; alguma reserva de magia secreta veio purgar a noite da sua função social mundana, depurar aquela resplandecente plateia meio bêbada de todos os instintos sórdidos e projetos grosseiros. E essa ilusão foi criada praticamente do nada: algumas sílabas pronunciadas com perfeição, na beirada do degrau da biblioteca, e todo o absurdo egocentrismo de uma festa em Manhattan se dissolveu num anseio romântico de se evadir no êxtase estético.

— Sylphid Pennington e a jovem flautista londrina Pamela Solomon executarão dois duetos para harpa e flauta. O primeiro é de Fauré e se chama "Berceuse". O segundo é de Franz Doppler, a sua "Fantasie de Casilda". A terceira e última peça será o alegre segundo movimento, o Interlúdio, da Sonata para flauta, viola e harpa, de Debussy. A violista é Rosalind Halladay, que veio de Londres visitar Nova York. Rosalind nasceu na Cornualha, na Inglaterra, e é formada na Escola de Música e Teatro do Guildhall de Londres. Em Londres, Rosalind Halladay toca na orquestra do Royal Opera House.

A flautista era uma moça de aspecto melancólico, cara tristonha, olhos escuros, magra e, quanto mais eu olhava para ela, mais apaixonado ficava — e quanto mais eu olhava para Rosalind, mais apaixonado eu ficava por *ela* — mais agudamente eu notava como minha amiga Sylphid era carente de tudo o que parecia capaz de despertar o desejo de um homem. Com seu tronco quadrado, pernas troncudas e aquele esquisito excesso de carne que a estufava, um pouco como um bisonte, na parte de cima das costas, Sylphid me parecia, enquanto tocava harpa — e apesar da elegância clássica de suas mãos ao se moverem pelas cordas — um lutador se atracando com uma harpa, um desses lutadores japoneses de sumô. Como esse era um pensamento que me dava vergonha, só tomou forma à medida que a apresentação se desenrolava.

Eu não conseguia entender nada da música. Como Ira, eu era surdo para qualquer outra coisa que não o familiar (no meu caso, o que eu ouvia sábado de manhã no programa *Baile do Faz de conta* e, sábado à noite, em *A sua parada de sucessos*), mas a imagem de Sylphid solenemente sob o feitiço da música que ela desembaraçava daquelas cordas, e também sua *paixão* ao tocar, uma paixão concentrada que se via bem claramente em seus olhos — uma paixão liberada de tudo o que havia nela de sarcástico e negativo — me faziam imaginar que poder ela não teria se, além de seu talento musical, seu rosto fosse tão sedutoramente fino como o da sua delicada mãe.

Só décadas mais tarde, após a visita de Murray Ringold, compreendi que o único modo de Sylphid poder começar a se sentir à vontade consigo mesma era odiar sua mãe e tocar harpa. Odiar a irritante fraqueza da mãe e produzir sons etereamente encantadores, ter com Fauré, Doppler e Debussy todo o contato amoroso que o mundo permitisse.

Quando eu olhava para Eve Frame, na primeira fila dos espectadores, via que ela olhava para Sylphid com uma expressão tão carente que dava a impressão de que em Sylphid estava a gênese de Eve Frame, em vez do contrário.

Depois, tudo o que havia parado recomeçou outra vez. Vieram os aplausos, os gritos de bravo, os agradecimentos, e Sylphid, Pamela e Rosalind desceram do palco em que a biblioteca se tornara e Eve Frame se adiantou para abraçar cada uma delas. Eu estava perto o bastante para ouvi-la dizer para Pamela:

— Sabe o que você parecia, minha querida? Uma princesa judia! — E para Rosalind: — E você estava adorável, absolutamente adorável! — E por fim para sua filha: — Sylphid, Sylphid — disse ela. — Sylphid Juliet, nunca, nunca você tocou de forma tão magnífica! Nunca, minha querida! O Doppler ficou especialmente lindo.

— O Doppler, mãe, é lixo de salão — respondeu Sylphid.

— Ah, eu amo você! — gritou Eve. — Sua mãe ama você.

Outros começaram a vir para cumprimentar o trio de instrumentistas e o que me aconteceu a seguir foi que Sylphid passou o braço pela minha cintura e me apresentou, muito descontraída, para Pamela, Rosalind e o noivo de Rosalind.

— Este é Nathan, de Newark — disse Sylphid. — Nathan é um pupilo político da Fera.

Como ela falou isso com um sorriso, também sorri, tentando acreditar que o epíteto era usado de forma inofensiva, nada mais do que uma brincadeira familiar acerca da altura de Ira.

Olhei ao redor pela sala toda em busca de Ira e vi que não estava ali, mas, em vez de pedir desculpas e ir procurá-lo, me deixei ficar sob o domínio de Sylphid — fascinado pela sofisticação de seus amigos. Eu nunca vira ninguém tão jovem como Ramón Noguera tão bem vestido, tão polidamente elegante e bem-educado. Quanto à morena Pamela e à loura Rosalind, ambas me pareciam tão lindas que eu não conseguia olhar de frente para nenhuma delas por mais do que uma fração de segundo de cada vez, embora ao mesmo tempo eu fosse incapaz de renunciar à oportunidade de me manter ali parado, à toa, a poucos centímetros da carne delas.

Rosalind e Ramón iam se casar dali a três semanas, na fazenda de Noguera, nas cercanias de Havana. Os Noguera eram produtores de tabaco, o pai de Ramón herdara do avô de Ramón milhares de acres de terra numa região chamada Partido, terra que seria herdada por Ramón e depois pelos filhos de Ramón e Rosalind. Ramón era esplendidamente calado — solene no seu sentimento de ser um predestinado, zelosamente a postos para assumir a posição de autoridade a ele conferida pelos fumantes de charuto do mundo —, ao passo que Rosalind — que apenas alguns anos antes era uma pobre estudante de música em Londres, oriunda de um canto remoto da Inglaterra rural, mas que agora se encontrava tão perto do final de todas as suas preocupações quanto do começo de toda a gastança — se mostrava cada vez mais animada. E falante. Contou-nos sobre o avô de Ramón, o mais afamado e respeitado de todos os Noguera, governador de província durante uns trinta anos, bem como dono de vastas extensões de terra, até entrar para o gabinete do presidente Mendiata (cujo chefe de governo, conforme vim a saber, era o infame Fulgencio Batista); ela nos falou da beleza das plantações de tabaco onde, sob toldos, cultivam as folhas que envolvem os charutos cubanos; e depois nos falou do suntuoso casamento à moda espanhola que os Noguera planejaram para eles. Pamela, uma amiga de infância, ia viajar de Nova York para Havana a expensas da família Noguera e ficaria alojada numa casa de hóspedes na fazenda; e, se Sylphid arranjasse tempo, disse a esfuziante Rosalind, também seria bem-vinda.

Rosalind falava, com uma inocência impulsiva, com uma mistura radiante de orgulho e realização, sobre a enorme riqueza dos Noguera, enquanto eu pensava o tempo todo: mas e os camponeses cubanos que plantam o tabaco, quem é que paga a passagem de avião para *eles*, de ida e volta, de Nova York para Havana, para ir a um casamento na família? Em que tipo de "casa de hóspedes" *eles* viviam nas magníficas plantações de tabaco? E as doenças, e a subnutrição, e a ignorância entre os trabalhadores das suas plantações de tabaco, senhorita Halladay? Em vez de desperdiçar de forma obscena todo esse dinheiro no seu casamento à moda espanhola, por que não começar a recompensar as massas cubanas cujas terras a família do seu noivo detém de maneira ilegítima?

Mas fiquei tão calado quanto Ramón Noguera, embora por dentro nem de longe tão emocionalmente tranquilo quanto ele parecia, olhando para a frente imperturbável, como se passasse tropas em revista. Tudo o que Rosalind dizia me horrorizava e no entanto eu não conseguia ser tão socialmente incorreto a ponto de lhe dizer isso. Tampouco conseguia ter força suficiente para confrontar Ramón Noguera com a taxação que o Partido Progressista preconizava para as suas riquezas e as suas fontes. Também não conseguia me afastar voluntariamente da fulgurância inglesa de

Rosalind, uma moça fisicamente adorável e musicalmente talentosa, que parecia não entender que, ao abandonar seus ideais em troca dos atrativos de Ramón — ou, se não os seus ideais, pelo menos os meus — e se casar na oligárquica classe alta cubana, proprietária de terras, ela não só comprometia mortalmente os valores de uma artista como também, segundo a minha apreciação política, se banalizava ao lado de alguém muito menos digno de merecer o seu talento — e o seu cabelo avermelhado e dourado, a sua pele eminentemente acariciável — do que, por exemplo, eu.

Fiquei sabendo que Ramón reservara uma mesa no Stork Club para Pamela, Rosalind e ele e, quando Ramón pediu a Sylphid para juntar-se ao grupo, também estendeu o convite a mim, com uma pose vaga, uma espécie de similar da cortesia da classe alta.

— Por favor, cavalheiro — disse ele. — Venha como meu convidado.

— Não posso, não... — respondi, mas em seguida, em vez de explicar, conforme eu sabia que devia fazer, tinha de fazer, era obrigado a fazer... conforme eu sabia que *Ira* faria, "eu não aprovo você e as pessoas do seu tipo!", em vez disso, falei: — Mas obrigado, muito obrigado pelo convite. — Dei as costas e, como se estivesse fugindo da peste e não de uma ótima oportunidade de um escritor em botão conhecer o famoso Stork Club de Sherman Billingsley e a mesa onde Walter Winchell sentava, fugi às pressas das tentações que o primeiro plutocrata que conheci na vida balançou diante dos meus olhos.

Fui sozinho para um quarto de hóspedes no segundo andar onde consegui achar meu casaco no fundo de um monte de agasalhos empilhados sobre duas camas iguais e ali topei com Arthur Sokolow, que segundo Ira tinha lido minha peça. Eu me sentira tímido demais para lhe perguntar qualquer coisa no escritório de

Ira após a breve leitura dele e, como Arthur Sokolow se ocupava em folhear aquele livro de Lincoln, me pareceu que nada tinha a me dizer. Porém, diversas vezes durante a festa, entreouvi algo que ele dizia de forma agressiva para alguém na sala:

— Aquilo me deixou louco — o ouvi falar. — Escrevi a peça a noite inteira, na maior empolgação — ouvi sua voz. — As possibilidades eram infinitas. Havia uma atmosfera de liberdade, uma disposição de expandir as fronteiras. — Mais adiante, o ouvi rir e dizer: — Bem, isso me deu força para suportar o programa mais famoso do rádio... — e o impacto sobre mim foi como se eu tivesse descoberto a verdade indispensável.

Captei a imagem mais forte do tipo de vida que eu queria para mim quando, de propósito, me deixando ficar à toa a uma distância que me permitisse escutar o que Sokolow falava, eu o ouvi descrever para duas mulheres uma peça que planejava escrever para Ira, um monólogo baseado não nos discursos mas na vida inteira de Abraham Lincoln, do nascimento até a morte.

— O Discurso de Posse, o Discurso de Gettysburg, o Segundo Discurso de Posse, não é nada disso a história. Isso é a retórica. Quero que Ira suba ao palco e conte a *história*. Conte como foi tremendamente *difícil*: sem escola, o pai boçal, a madrasta terrível, os colegas nos tribunais, concorrer com Douglas nas eleições, perder, aquela comerciante histérica que era a sua esposa, a brutal perda do filho, a morte de Willie, a condenação que vinha de todos os lados, o assédio político diário, a partir do momento em que o homem subiu ao poder. A ferocidade da guerra, a incompetência dos generais, a Proclamação da Emancipação, a vitória, a União preservada e os negros livres, e *depois* o assassinato que mudou este país para sempre. Matéria maravilhosa para um ator. Três horas. Sem interrupção. Deixar a plateia sem fala em suas poltronas. Deixar todos perturbados, imaginando como seria a

América hoje, para os negros *e* para os brancos, se ele tivesse concluído seu segundo mandato e supervisionado a Reconstrução. Refleti muito sobre esse homem. Assassinado por um ator. Quem mais faria isso? — Ele riu. — Quem mais seria tão fútil e burro a ponto de matar Abraham Lincoln? Ira vai conseguir ficar lá no palco três horas sozinho? A parte de oratória, isso a gente sabe que ele pode fazer. Em todo caso, vamos trabalhar na peça juntos e ele vai conseguir: um líder acossado por forças poderosas, cheio de bom humor, sagacidade e força intelectual, uma criatura colossal, ora bem-humorada, ora barbaramente deprimida, e — disse Sokolow, rindo de novo — ainda não informada de que é o "Lincoln" da estátua erguida em sua homenagem.

Agora Sokolow simplesmente sorriu e, com uma voz que me surpreendeu por sua bondade, disse:

— Jovem senhor Zuckerman. Esta deve ser uma grande noite para o senhor. — Fiz que sim com a cabeça, mas de novo me vi com a língua travada, incapaz de perguntar se ele tinha algum conselho a me dar ou alguma crítica a minha peça. Um senso de realidade bem desenvolvido (para um garoto de quinze anos) me dizia que Arthur Sokolow não lera a peça.

Quando eu saía do quarto com meu casaco, vi Katrina Van Tassel Grant vir do banheiro na minha direção. Eu era um garoto espigado para a minha idade, mas, de salto alto, ela ficava mais alta do que eu, embora eu talvez tivesse caído sob o feitiço da sua imponência, sentindo que ela se considerava o exemplar mais altivo de ser humano, mesmo se eu fosse trinta centímetros mais alto. Tudo se passou de forma tão espontânea que não consegui sequer começar a compreender como aquela pessoa que eu deveria detestar — e detestar sem nenhum esforço — podia parecer tão impressionante, vista de perto. Um escritor da mais baixa categoria, igual a um partidário de Franco e a um inimigo da

URSS, contudo onde é que foi parar minha antipatia, quando precisei dela? Quando me ouvi dizer "senhora Grant, poderia me dar seu autógrafo?... é para minha mãe", tive de pensar em quem eu me havia transformado de repente, ou que tipo de alucinação eu estava sofrendo. Eu me comportei pior do que diante do magnata cubano do tabaco.

Sorrindo para mim, a sra. Grant tentou inventar uma explicação para a minha presença naquela mansão e quem eu podia ser:

— Você não é o namorado de Sylphid?

Nem tive de inventar uma mentira.

— Sim — respondi. Eu não sabia se eu parecia ter idade bastante, mas talvez garotos adolescentes fossem uma das peculiaridades de Sylphid. Ou talvez a sra. Grant ainda achasse que Sylphid era só uma criança. Ou talvez tivesse visto Sylphid me beijar no nariz e supôs que aquele beijo tinha a ver com nós dois e não com o fato de Abelardo transar com Heloísa pela décima primeira vez.

— Você também é músico?

— Sou — respondi.

— Que instrumento você toca?

— O mesmo. Harpa.

— Não é incomum para um garoto?

— Não.

— Onde devo dar meu autógrafo?

— Acho que na minha carteira tem um pedaço de papel... — Mas então lembrei que espetado na face interna da minha carteira estava o emblema da campanha de Wallace para presidente que, todo dia na escola, durante dois meses, eu usei no bolso da camisa, e do qual, depois da eleição desastrosa, eu não queria me desfazer. Agora eu o mostrava de relance, como um distintivo da polícia, toda vez que ia pegar dinheiro para pagar alguma coisa.

— Esqueci minha carteira — falei.

Da bolsa de contas que levava na mão, ela retirou um caderninho de anotações e uma caneta prateada.

— Qual o nome da sua mãe? — Ela me perguntou com bondade, mas não consegui dizer a ela.

— Esqueceu? — perguntou, com um sorriso inofensivo.

— Ponha só o *seu* nome. É o bastante. Por favor.

Enquanto ela escrevia, me disse:

— Qual a sua procedência, meu rapaz?

A princípio, não entendi que ela queria saber a que subespécie da humanidade eu pertencia. A palavra "procedência" era impenetrável — e portanto não existia. Eu não tinha nenhuma intenção de ser humorístico quando respondi:

— Nenhuma.

Mas por que ela me pareceu uma estrela maior, mais *assustadora*, do que Eve Frame? Sobretudo depois de Sylphid dissecar Katrina e o marido, como eu podia me sentir tão subjugado pela pusilanimidade dos fãs e me dirigir a ela com ares de um apalermado?

Era o poder dela, está claro, o poder da sua celebridade; era o poder de quem participava também do poder do marido, pois com umas poucas palavras ditas no rádio ou um comentário em sua coluna — com uma *elipse* em sua coluna — Bryden Grant era capaz de fazer e desfazer carreiras no *show-business*. O poder dela era o poder enregelante de uma pessoa a quem os outros estão sempre sorrindo, agradecendo, abraçando e odiando.

Mas por que *eu* banquei o baba-ovo com ela? Eu não tinha nenhuma carreira no *show-business*. O que eu tinha a ganhar — ou a perder? Precisei de menos de um minuto para abrir mão de todos os meus princípios, crenças, lealdades. E eu teria ido em frente, caso ela não tivesse gentilmente dado seu autógrafo e voltado para a festa. Nada se exigia de mim, exceto ignorá-la, assim como ela não tinha a menor dificuldade em me ignorar até eu pedir um autógrafo para minha mãe. Mas minha mãe não colecionava autógrafos, nem ninguém me havia obrigado a bajular e mentir. Era apenas a coisa mais fácil a fazer. Foi pior do que fácil. Foi automático.

— Não perca a coragem — Paul Robeson me havia advertido nos bastidores do teatro Mosque. Com orgulho, apertei sua mão, e depois perdi a coragem na primeira oportunidade. Sem nenhuma razão, perdi a coragem. Não fui arrastado à central de polícia e espancado com um cassetete. Caminhei para o corredor com o meu casaco na mão. Bastou só isso para que o pequeno Tom Paine pisasse na bola.

Desci a escada e a cabeça fervia com o autodesprezo de alguém jovem o bastante para crer que tudo o que diz tem de ser a sério. Eu teria dado qualquer coisa para poder voltar atrás e, de algum modo, pôr Katrina no seu lugar — tudo por causa da minha maneira patética de agir. Mas pouco depois o meu herói faria isso por mim, e sem nem uma gota das minhas boas maneiras ostensivas para diluir a farta insolência da sua hostilidade. Ira compensaria com folga tudo o que eu havia deixado de dizer.

Encontrei Ira na cozinha do porão, enxugando pratos que eram lavados na pia dupla por Woundrous, a criada que havia servido nosso jantar, e uma garota mais ou menos da minha idade, que vinha a ser filha dela, Marva. Quando entrei, Woundrous dizia para Ira:

— Eu não queria desperdiçar o meu voto, senhor Ringold. Eu não queria jogar fora o meu voto tão precioso.

— Explique a ela — me disse Ira. — Essa mulher não quer acreditar em mim. Não sei por quê. Fale com ela sobre o Partido Democrata. Não sei como uma mulher negra pode enfiar na cabeça que o Partido Democrata vai parar de quebrar suas promessas à raça negra. Não sei quem disse isso a ela, nem por que ela acredita. Quem falou isso para você, Woundrous? Eu não fui. Droga, eu lhe disse seis meses atrás: eles não vão pôr fim ao Jim Crow, esses seus liberais frouxos do Partido Democrata. Não são e nunca foram parceiros dos negros! Só havia um partido na eleição em que um negro poderia votar, um partido que luta pelos oprimidos, um partido devotado a fazer dos negros deste país cidadãos de primeira categoria. E não era o Partido Democrata nem Harry Truman!

— Eu não podia jogar fora meu voto, senhor Ringold. Era o que eu ia fazer. Jogar meu voto pelo ralo.

— O Partido Progressista indicou mais candidatos negros para cargos oficiais do que qualquer partido na história americana: cinquenta candidatos negros para importantes cargos federais na chapa do Partido Progressista! Para postos a que nunca nenhum negro tinha sido indicado, muito menos ocupado! E isso é jogar o voto pelo ralo? Droga, não insulte a sua inteligência e não insulte a minha. Fico louco de raiva com a comunidade negra quando penso que você não estava sozinha quando não pensou direito no que estava fazendo.

— Desculpe, mas um homem que perde do jeito que aquele homem perdeu não pode fazer nada por nós. Nós também temos de viver, de um jeito ou de outro.

— Bem, o que vocês *fizeram* foi nada. Foi pior que nada. O que vocês fizeram com seu voto foi repor no poder as pessoas que vão lhes dar segregação, injustiça, linchamento e o imposto para poder votar, até o fim de suas vidas. Até o fim da vida de Marva. Até o fim da vida dos *filhos* de Marva. Explique a ela, Nathan. Você esteve com Paul Robeson. Ele conheceu Paul Robeson, Woundrous. A meu ver, o maior negro na história americana. Paul Robeson apertou a mão dele, e o que foi que Robeson disse a você, Nathan? Conte a Woundrous o que foi que ele disse.

— Ele disse: não perca a coragem.

— E foi isso que você perdeu, Woundrous. Perdeu a sua coragem na cabine de votação. Estou surpreso com você.

— Bem — disse ela —, vocês podem esperar se quiserem, mas a gente precisa viver, de um jeito ou de outro.

— Você me decepciona. Ou o que é pior, você decepciona Marva. Você decepciona os *filhos* de Marva. Não entendo e nunca vou entender. Não, eu não entendo os trabalhadores deste país! O que odeio com todo o ardor é ouvir essa gente que não sabe como votar a favor da droga dos seus próprios interesses! Tenho vontade de jogar esse prato longe, Woundrous!

— Faça o que quiser, senhor Ringold. O prato não é *meu*.

— Fico tão irritado com a comunidade negra e com o que eles fizeram e deixaram de fazer a favor de Henry Wallace, e a favor de *si mesmos*, que me dá uma vontade louca de quebrar essa louça!

— Boa noite, Ira — falei, enquanto Ira estava ali parado, ameaçando quebrar a louça de jantar que acabara de enxugar. — Tenho de ir para casa.

Nesse instante, ouviu-se a voz de Eve Frame vinda do alto, do patamar da escada.

— Venha dar boa-noite para os Grant, querido.

Ira fingiu não ouvir e virou-se outra vez para Woundrous.

— São muitas as palavras justas, Woundrous, ridicularizadas pelos homens em toda parte de um mundo novo...

— Ira? Os Grant estão de saída. Venha cá em cima despedir-se deles.

De repente Ira jogou o prato longe, lançou-o pelos ares. Marva gritou "mamãe!" quando o prato se espatifou de encontro à parede, mas Woundrous deu de ombros — a irracionalidade de brancos que se opunham a Jim Crow não a surpreendia — e logo foi juntar os cacos, enquanto Ira, com a toalha de prato na mão, partia escada acima, três degraus a cada passada, e gritou de forma a ser ouvido lá de cima:

— Não entendo, quando a gente tem liberdade de escolher e vive num país como o nosso, onde supostamente ninguém força ninguém a fazer nada, como é que uma pessoa consegue sentar para jantar ao lado desse assassino nazista filho da mãe. Como é que fazem uma coisa dessas? Quem os obriga a sentar em companhia de um homem cuja missão na vida é aperfeiçoar algo novo para matar as pessoas melhor do que aquilo que usavam antes para matar?

Eu vinha logo atrás dele. Não tinha a mínima ideia do que ele estava falando até ver que Ira marchava na direção de Bryden Grant, que estava parado na porta vestindo um sobretudo Chesterfield, cachecol de seda e com o chapéu na mão. Grant era um homem de cara quadrada, queixo proeminente e cabeça invejavelmente bem fornida de cabelos prateados e macios, um homem de cinquenta anos solidamente constituído, em quem no entanto existia — e só por causa de sua aparência muito cativante — alguma coisa um pouco porosa.

Ira abalou em disparada na direção de Bryden Grant e não parou até que seus rostos estivessem a poucos centímetros de distância.

— Grant — disse Ira. — Grant, não é? É esse o seu nome? Você tem diploma da faculdade, Grant. Formado em Harvard, Grant. Um homem formado em Harvard e um jornalista de Hearst, e você é Grant, da família Grant! Você deveria saber alguma coisa além do beabá. Pelo monte de cascata que escreve, sei que seu maior talento é ser destituído de convicções, mas será que você é destituído de qualquer convicção sobre todo e qualquer assunto?

— Ira? Pare com isso! — Eve Frame estava com as mãos no rosto, de onde a cor havia sumido, e depois suas mãos apertaram os braços de Ira. — Bryden — gritou ela, olhando constrangida para trás, sobre o ombro, enquanto tentava obrigar Ira a entrar na sala. — Estou terrivelmente... terrivelmente... eu nem sei...

Mas Ira a pôs de lado com facilidade e falou:

— Disse e repito: será que você, Grant, é destituído de *qualquer* convicção?

— Este não é o seu melhor lado, Ira. Você não está mostrando o seu melhor lado — falou Grant com a superioridade de alguém que aprendeu, muito jovem, a não se curvar para se defender verbalmente contra um adversário socialmente inferior. — Boa noite a todos — disse ele para mais ou menos uma dúzia de convidados que ainda estavam na casa e se haviam aglomerado na antessala para ver que confusão era aquela. — Boa noite, querida Eve — disse Grant, mandando para ela um beijo e depois virando-se para abrir a porta da rua e tomando sua esposa pelo braço para sair.

— Werner von Braun! — gritou Ira para ele. — Um engenheiro nazista filho da mãe. Um fascista nojento filho da mãe. Você se encontra com ele e janta com ele. Verdade ou mentira?

Grant sorriu e, com um autocontrole perfeito — o tom de voz calmo deixava transparecer apenas uma sugestão de advertência —, disse para Ira:

— Isso é muito precipitado da sua parte, senhor.

— Você recebeu esse nazista na sua casa para jantar. Verdade ou mentira? Gente que trabalha e fabrica coisas que matam pessoas já são bem ruins, mas esse seu amiguinho era cupincha de

Hitler, Grant. Trabalhou para Adolf Hitler. Talvez você nunca tenha ouvido falar disso porque as pessoas que ele queria matar não eram os Grant, senhor Grant, mas pessoas feito eu!

Durante todo esse tempo, Katrina, ao lado do marido, cravava os olhos em Ira e foi ela quem retrucou em defesa de Bryden. Qualquer um que ouvisse por uma só manhã o programa *Van Tassel e Grant* devia logo imaginar que Katrina muitas vezes tomava a palavra em defesa do marido. Desse modo, ele conservava uma sinistra atitude autocrata e a esposa tinha a chance de satisfazer uma fome de supremacia que não conseguia disfarçar. Ao passo que Bryden nitidamente se considerava mais intimidador se falasse pouco e deixasse a autoridade fluir de dentro para fora, o assustador em Katrina — assim como no caso de Ira — decorria de ela falar tudo.

— Nada do que você está berrando faz sentido. — A boca de Katrina Grant era grande e, contudo, notei então, ela usava um buraquinho pequeno para falar, um buraco no centro dos lábios com a circunferência de uma pastilha para a tosse. Através desse furo, ela expelia as agulhinhas quentes que constituíam sua defesa do marido. A magia do confronto a dominou — aquilo era guerra — e Katrina, de fato, tomou ares majestosos de estátua, mesmo em face de um boçal de um metro e noventa e cinco de altura. — Você é um homem ignorante, um ingênuo, um homem rude, um brutamontes, um despreparado, um arrogante, você é um bronco e não está informado das coisas, não conhece a realidade, não sabe do que está falando, nem agora nem nunca! Só sabe papaguear o que diz o *Daily Worker*!

— O seu convidado para jantar, o von Braun — gritou Ira em resposta — não matou uma porção de americanos? E agora não quer trabalhar para os americanos para matar russos? Ótimo! Vamos então matar os comunas para o senhor Hearst, o senhor

Dies e a Associação Nacional de Industriais. Esse nazista não quer saber quem ele vai matar, contanto que receba o seu pagamento e o respeito de...

Eve gritou. Não foi um grito que soasse teatral ou estudado, mas, naquela antessala repleta de convidados muito bem vestidos — onde, afinal de contas, nenhum homem de calça colante atravessou um florete no corpo de outro homem de calça colante —, ela deu a impressão de ter chegado terrivelmente cedo a um grito cujo timbre foi o mais apavorante que eu já ouvira em uma nota humana, em cena ou fora de cena. Emocionalmente, Eve Frame não parecia ter de ir muito longe para chegar aonde desejava.

— Querida — disse Katrina, que se adiantou para segurar Eve pelos ombros e abraçá-la com um gesto protetor.

— Ah, chega de besteira — disse Ira, fazendo menção de voltar atrás e descer a escada rumo à cozinha. — A querida está bem.

— Ela *não* está bem — replicou Katrina. — Nem *devia* estar. Esta casa não é uma praça de comícios políticos — exclamou Katrina para Ira —, para arruaceiros políticos! Será que você tem sempre de armar algum escândalo toda vez que abre essa sua boca agitadora da turba? Será que precisa arrastar à força para dentro de um lar lindo e civilizado a sua filosofia comunista e...

Ira se deteve no mesmo instante no meio da escada e gritou:

— Aqui é uma democracia, senhora Grant! Minhas crenças são minhas crenças, e pronto! Se a senhora quiser conhecer as crenças de Ira Ringold, é só perguntar a ele. Não me importo a mínima se a senhora gosta ou não gosta delas *ou* de mim. Estas são as minhas crenças e estou cagando se *ninguém* gosta delas! Mas não, o seu marido recebe seu salário das mãos de um fascista e aí quando qualquer um se atreve a afirmar algo que os fascistas não gostam de ouvir, então é "comunista, comunista, tem um comunista em nosso lar tão civilizado". Mas se a senhora tivesse flexibilidade bastante em seu pensamento para saber que numa democracia a filosofia comunista, *qualquer* filosofia...

Dessa vez, quando Eve Frame gritou, foi um grito sem fundo e sem teto, um grito que indicava um estado de emergência e de risco de vida e que, de forma efetiva, pôs fim em todo discurso político e, com isso, em minha primeira grande noitada fora de casa.

5.

— O ódio aos judeus, o desprezo pelos judeus — disse eu para Murray. — No entanto ela se casou com Ira, e antes dele se casou com Freedman...

Era a nossa segunda sessão. Antes do jantar, ficamos sentados na varanda que dá para a lagoa e, enquanto bebíamos nossos martínis, Murray me falou a respeito das palestras daquele dia na faculdade. Eu não deveria me espantar com o seu vigor mental, nem com o seu entusiasmo com a dissertação de trezentas palavras — discutir, na perspectiva de uma vida inteira, qualquer verso do mais famoso monólogo de Hamlet — que o professor pedira aos seus alunos idosos. No entanto, o fato de aquele homem tão próximo do esquecimento ter de preparar o dever de casa para o dia seguinte, educando-se para uma vida cujo prazo havia simplesmente expirado — esse enigma continuava a intrigá-lo, essa elucidação continuava a ser uma necessidade vital — me deixou mais do que surpreso: uma sensação de engano tomou conta de mim, beirando a vergonha, por viver só para mim mesmo e manter tudo

tão afastado. Mas em seguida a sensação de engano se dissipou. Não havia mais problemas que eu tivesse vontade de criar.
 Eu grelhava a galinha na churrasqueira e jantávamos do lado de fora, na varanda. Passava bastante das oito horas quando acabamos de comer, mas estávamos apenas na segunda semana de julho e, embora naquela manhã, quando fui pegar minha correspondência, a moça do correio me tivesse informado de que íamos perder quarenta e nove minutos de sol naquele mês — e que, se não chovesse logo, teríamos de ir ao armazém atrás de amoras e framboesas em conserva; e que o número de atropelamentos de animais nas estradas estava quatro vezes maior do que no ano anterior; e que tinham visto de novo, perto do local onde dão comida para as aves, perto do bosque, o nosso urso-preto local, de um metro e oitenta de altura — o final do dia ainda não estava à vista. A noite se mantinha encolhida atrás de um céu firme que não proclamava outra coisa que não a permanência. Vida sem fim e sem turbulência.
 — Se ela era judia? — disse Murray. — Era uma judia patologicamente envergonhada. Não tinha nada de superficial nessa vergonha. Envergonhada porque parecia judia, e as feições do rosto de Eve Frame tinham os traços sutilmente bem judeus, todas as nuances fisionômicas de uma Rebeca, saída das páginas do *Ivanhoé* de Walter Scott, envergonhada porque a filha parecia judia. Quando ela soube que eu falava espanhol, me contou: "Todo mundo acha que Sylphid é espanhola. Quando fomos à Espanha, todos a tomaram por uma nativa". Era patético demais para refutar. Além disso, quem se importava? Não o Ira. Ira nem sabia o que fazer com isso. Era politicamente contrário. Ira não suportava religião de nenhum tipo. Na Páscoa, Doris costumava preparar um jantar festivo e Ira não queria nem chegar perto. Superstição tribal.

"Acho que quando ele conheceu Eve Frame, ficou tão deslumbrado com ela, com tudo — um novato em Nova York, um novato no programa *Livres e corajosos*, andando de braços dados com uma estrela do *Radioteatro americano* — acho que o fato de ela ser ou não ser judia nunca foi considerado. Que diferença fazia, para ele? Mas antissemitismo? Isto fazia uma enorme diferença. Anos depois Ira me contou que, toda vez que ele pronunciava a palavra 'judeu' em público, Eve tentava calar sua boca. Pegavam o elevador num edifício residencial depois de visitar alguém em algum lugar e tinha uma mulher com uma criança nos braços ou num carrinho de bebê, e Ira nem sequer notava mas, quando saíam para a rua, Eve dizia: 'Que criança mais horrorosa'. Ira não conseguia entender o que a estava incomodando tanto assim, até se dar conta de que a tal criança horrorosa era sempre o filho de uma mulher que parecia a Eve ostensivamente judia.

"Como é que ele conseguia aguentar cinco minutos daquela bosta? Bem, não conseguia. Mas aquilo não era o exército. Eve Frame não era nenhum caipira sulista e Ira não ia dar uma surra nela. Em vez disso, esmurrou-a com um programa de educação para adultos. Ira tentou bancar o O'Day para Eve, mas ela não era Ira. As origens sociais e econômicas do antissemitismo. Esse foi o tema do curso. Ira fazia Eve sentar no seu escritório e lia para ela em voz alta os seus livros. Lia para ela em voz alta trechos dos cadernos que ele tinha sempre à mão durante a guerra, nos quais punha suas observações e pensamentos. 'Não há nada de superior em ser judeu — e não há nada de inferior e degradante. Você é judeu, e pronto. Só isso.'

"Ira comprou para Eve um de seus romances prediletos na época, um livro de Arthur Miller. Ira deve ter distribuído de presente dúzias de exemplares desse livro. Chamava-se *Focus*. Deu um exemplar para Eve, depois assinalou o texto todo para ela, para que

Eve não deixasse escapar as passagens importantes. Explicou-o para ela do jeito que O'Day explicava os livros na biblioteca da base militar no Irã. Você se lembra de *Focus*, o romance de Miller?"

Eu lembrava muito bem. Ira também me dera um exemplar, quando fiz dezesseis anos, e, como O'Day, explicou-o para *mim*. Durante meus últimos anos na escola secundária, *Focus*, ao lado de *Sobre uma notícia de vitória* e dos romances de Howard Fast (e mais dois romances de guerra que ele me deu, *Os nus e os mortos* e *Os jovens leões*), assumiu o papel de um livro que afirmava minhas próprias opiniões políticas, além de fornecer uma fonte respeitada da qual eu podia extrair trechos para as minhas peças radiofônicas.

Focus foi lançado em 1945, o ano em que Ira voltou de além-mar com suas mochilas cheias de livros e os mil dólares que ganhara no jogo de dados no navio de transporte de tropas, e três anos antes de a montagem na Broadway de *A morte de um caixeiro-viajante* tornar Arthur Miller um dramaturgo famoso. O livro relata o destino amargamente irônico do sr. Newman, o diretor de uma grande empresa de Nova York, um conformista prudente e livre de angústias, de uns quarenta anos de idade — tão prudente que evita tornar-se na prática o fanático racista e religioso que é, em segredo, no íntimo. Depois que o sr. Newman é equipado com os seus primeiros óculos, descobre que eles salientam "a proeminência semítica do seu nariz" e o tornam perigosamente parecido com um judeu. E não só para si mesmo. Quando sua mãe, velha e inválida, vê o filho de óculos novos, ri e diz: "Puxa, você está parecendo um judeu". Quando ele vai para o trabalho de óculos, a reação a sua transformação não é tão benévola: ele é repentinamente rebaixado de sua posição de destaque no departamento de pessoal para uma função inferior de mero escrevente, cargo a que o sr. Newman se conforma, humilhado. A partir desse momento, ele, que despreza os judeus por causa da aparência, dos cheiros, da sordidez, da avareza deles e até por causa "de seus desejos luxuriosos pelas mulheres", se vê rotulado como judeu aonde quer que vá. Tão socialmente vasta é a hostilidade que ele atiça que o leitor fica com a sensação — ou eu tive essa sensação, quando adolescente — de que não pode ser só a cara de Newman a responsável, mas que a fonte daquela perseguição é uma gigantesca encarnação espectral do vasto antissemitismo que ele mesmo era fraco demais para pôr em prática. "Ele passou a vida inteira com aquela repulsa em relação aos judeus" e agora essa mesma repulsa, materializada na sua rua de Queens e em toda Nova York como um pesadelo aterrador, o atira no ostracismo abruptamente — e, no fim, com violência — por iniciativa dos seus semelhantes cuja aceitação ele cortejou com o seu conformismo submisso aos ódios mais detestáveis daquela gente.

Entrei em casa e voltei trazendo o exemplar de *Focus*, que na certa eu não abria desde que o ganhara de Ira e lera de fio a pavio numa só noite e depois lera mais duas vezes, antes de instalá-lo em cima da escrivaninha do meu quarto, entre os dois escoradores de livros, que era onde eu guardava meus livros sagrados. Na folha de rosto, Ira escreveu uma dedicatória para mim. Quando entreguei o livro para Murray, ele o manuseou um instante (uma relíquia do seu irmão) antes de se deter na dedicatória e ler em voz alta:

> Nathan — É muito raro encontrar uma pessoa com quem eu possa ter uma conversa inteligente. Leio um bocado e creio que o bem que isso me traz deve ser incentivado e deve tomar a forma de um debate com outras pessoas. Você é uma dessas poucas pessoas. Sinto-me um pouco menos pessimista em relação ao futuro por ter conhecido alguém como você.
>
> Ira, abril de 1949

Meu ex-professor folheou *Focus* para ver o que eu havia sublinhado em 1949. Parou depois de correr um quarto do livro e de novo leu em voz alta para mim, dessa vez numa das páginas impressas. "Seu rosto", leu Murray. "*Ele* não era o seu rosto. Ninguém tinha o direito de condená-lo desse jeito por causa do seu rosto. Ninguém! Ele era *ele*, um ser humano com uma determinada história, ele não era aquele rosto que parecia ter crescido de alguma outra história, alheia e sórdida."

— Eve leu este livro a pedido de Ira. Leu o que ele sublinhou para ela. Ouviu sua preleção. E qual era o tema da preleção? O tema era o tema do livro, o tema da *cara* de judeu. Bem, como dizia Ira: é difícil saber se ela está ouvindo. Mas, não importa o que ela ouvisse, não importa quanto ela ouvisse, aquele era um preconceito que Eve não conseguia perder.

— *Focus* não ajudou — comentei quando Murray me devolveu o livro.

— Veja, eles encontraram o Arthur Miller na casa de um amigo. Talvez fosse uma festa em favor da campanha de Wallace, não lembro. Depois que Eve foi apresentada a ele, espontaneamente declarou como tinha achado seu livro *absorvente*. Provavelmente, também não estava mentindo. Eve lia muitos livros, e com uma amplitude de compreensão e julgamento bem mais larga que a de Ira, que, se não encontrasse no livro uma significação política e social, a coisa toda não prestava para nada. Mas tudo o que ela aprendia da leitura ou da música ou da arte ou do drama — ou da experiência pessoal, de toda a sua vivência acanhada — se mantinha afastado do local onde aquele ódio atuava. Eve não conseguia fugir dele. Não que ela fosse uma pessoa incapaz de mudar. Ela mudou o nome, mudou de marido, passou do cinema para o palco e para o rádio quando seu destino profissional se modificou e foi preciso fazer uma mudança, mas aquilo estava fixado dentro dela.

"Não quero dizer que as coisas não tivessem melhorado, quanto mais Ira martelava aquele assunto — ou não dessem a impressão de melhorar. Para escapar daquelas aulas de Ira, ela na certa se criticou pelo menos um pouquinho. Mas uma mudança de sentimento? Quando ela *precisava* — para esconder o que sentia do seu grupo social, dos *judeus* proeminentes do seu grupo social, para esconder o que ela sentia do próprio Ira — ela se criticava. Concordava com ele, ouvia com paciência quando Ira desandava a falar sobre o antissemitismo na igreja católica, no campesinato polonês e na França durante o caso Dreyfus. Mas quando Eve topava com uma cara inequivocamente judia (como a cara da minha esposa, Doris), seus pensamentos não eram os de Ira nem os de Arthur Miller.

"Eve odiava Doris. Por quê? Uma mulher que trabalhava num laboratório de hospital? Uma ex-técnica de laboratório? Uma mãe e dona de casa de Newark? Que ameaça ela podia representar para uma estrela famosa? Quanto esforço seria necessário para tolerar essa mulher? Doris tinha escoliose, sentia mais dor à medida que envelhecia, teve de fazer uma cirurgia para inserir uma haste e a operação não correu muito bem, e vai por aí afora. O fato é que Doris, que para mim era linda como uma pintura desde o dia em que a conheci até o dia em que morreu, tinha uma deformação na coluna, e dava para notar. Seu nariz não era tão certinho quanto o de Lana Turner. Dava para notar *isso* também. Ela cresceu falando o inglês como se falava no Bronx, quando era criança — e Eve não conseguia suportar a presença dela. Não conseguia olhar para ela. Olhar para Doris incomodava Eve demais.

"Durante aqueles três anos em que os dois estiveram casados, fomos convidados para jantar na casa deles exatamente uma vez.

Dava para ver nos olhos de Eve. O que Doris vestia, o que Doris dizia, o que Doris mostrava — tudo repulsivo para Eve. Quanto a mim, Eve ficava apreensiva; não se importava comigo por nenhum outro motivo. Eu era um professor secundário de Jersey, um zé-ninguém no mundo dela, mas deve ter enxergado em mim um inimigo em potencial e assim sempre se mostrava polida. E encantadora. Do jeito que era com você, tenho certeza. Eu tinha de admirar a garra de Eve: uma pessoa frágil, irritável, que se descontrolava facilmente, e que havia ido bem longe na vida, uma mulher que conhecia o mundo — isso requer tenacidade. Continuar tentando, continuar na batalha, depois de tudo o que ela havia passado, depois de todos os reveses da sua carreira, fazer sucesso no rádio, construir aquela casa, manter em atividade aquele salão social, entreter toda aquela gente... Claro, ela não servia para Ira. Nem ele para ela. Os dois não tinham nada a ver um com o outro. Contudo, ficar com ele, ficar com mais um marido, levar de novo uma vida movimentada e radiante, isso não era de se jogar *fora*.

"Se eu pusesse de lado o casamento dela com meu irmão, se eu pusesse de lado sua atitude em relação a minha esposa, se eu tentasse encarar Eve deixando tudo isso de lado — bem, ela era uma criaturazinha muito viva e animada. Deixando tudo isso de lado, ela na certa era a mesma criaturazinha viva e animada que partira para a Califórnia e conseguira se tornar atriz do cinema mudo aos dezessete anos de idade. Eve tinha fibra. Dava para perceber isso nos filmes mudos. Por baixo de toda aquela civilidade, escondia muita fibra — me atrevo a dizer, fibra *judaica*. Havia em Eve um lado generoso, quando ela conseguia relaxar, o que não acontecia com frequência. Quando relaxava, a gente sentia que havia dentro dela alguma coisa querendo fazer o que era certo. Ela tentava prestar atenção. Mas a mulher estava de pés e mãos atados — não ia funcionar. Não dava para estabelecer com Eve nenhum tipo de relacionamento independente, e ela também não conseguia estabelecer nenhum interesse independente por nós. Também não dava para confiar no julgamento dela por muito tempo, não com Sylphid a seu lado.

"Bem, depois que saímos naquela noite, Eve disse para Ira, a respeito de Doris: 'Detesto essas esposas maravilhosas, essas mulheres-capacho'. Mas não era um capacho que Eve via em Doris. Via uma judia do tipo que ela não conseguia tolerar.

"Eu sabia disso; não era preciso que Ira me desse essa dica. De todo modo, ele se sentia comprometido demais. Meu irmão caçula podia me dizer qualquer coisa, podia dizer *para qualquer um* o que quisesse — fez isso desde o dia em que aprendeu a falar —, mas *isso* ele não conseguiu me dizer até que tudo foi pelos ares. Mas Ira não precisava me dizer nada para eu saber que aquela mulher tinha caído prisioneira da sua própria personagem. O antissemitismo era apenas uma parte do papel que ela representava, uma parte descuidada daquilo que implicava representar o seu papel. No início, assim eu pensei, era uma coisa quase inadvertida. Antes algo feito sem pensar do que cometido por maldade. Desse modo, estava em consonância com tudo o mais que ela fazia. O que acontecia com Eve não era observado por ela.

"Você é um americano que não quer ser o filho dos seus pais? Tudo bem. Não quer ter relações com judeus? Tudo bem. Não quer que ninguém saiba que você nasceu judeu, quer disfarçar seu caminho no mundo? Quer se livrar do problema e fingir que é outra pessoa? Tudo bem. Você veio ao país certo. Mas para isso não precisa odiar os judeus. Para abrir seu caminho na vida não precisa abrir a cabeça de ninguém a pauladas. Não são necessários os prazeres vulgares do ódio aos judeus. Sem isso, você já dá um gói bem convincente. É isso o que um bom diretor de teatro teria dito a ela acerca do seu desempenho. Teria dito a Eve que o antissemitismo sobrecarregava o seu papel. Era uma deformidade tão grande quanto a deformidade que ela queria ocultar. Teria dito a Eve: 'Você já é uma estrela de cinema, não precisa do antissemitismo na sua bagagem de gente superior'. Teria dito a ela: 'Quando faz isso, você está exagerando nas tintas e não consegue convencer ninguém. Pôs ênfase demais, perdeu a medida. A representação está logicamente acabada demais, fechada demais. Você está sucumbindo a uma lógica que na vida real não vigora desse jeito. Esqueça isso, você não precisa, vai funcionar muito melhor sem isso'.

"Existe, afinal de contas, a aristocracia da arte, se era mesmo a aristocracia o que ela desejava — a aristocracia dos intérpretes, a que ela podia naturalmente pertencer. Essa aristocracia comporta não só ser antissemita, como até mesmo ser judeu.

"Mas o erro de Eve foi Pennington, seu erro foi tomá-lo como modelo. Eve chegou à Califórnia, mudou de nome, era uma sensação, apareceu nos filmes e então, sob o incitamento e a pressão do estúdio, com a ajuda deles, Eve deixou Mueller e casou com aquele astro do cinema mudo, aquele *genuíno* aristocrata rico e jogador de polo, e Eve baseou *nele* sua ideia de um gói. *Ele* foi o seu diretor de teatro. Foi aí que ela se ferrou para sempre. Tomar como modelo, como mentor gói, um outro intruso é uma garantia de que a personagem não vai dar certo. Pois Pennington não era apenas um aristocrata. Era também homossexual. Era também antissemita. E Eve reproduziu suas atitudes. Tudo o que ela queria fazer era se afastar do local onde começou a vida, e nisso não há nenhum crime. Recomeçar a vida sem ser perturbado pelo passado, na América — isso é uma opção. O crime não está sequer em trazer um antissemita para perto de você. Isso também é uma opção. O crime reside em ser incapaz de fazer frente a ele, ser incapaz de repelir seu assédio, e tomar as atitudes dele como suas. Na

América, a meu ver, você pode se permitir qualquer liberdade, exceto essa.

"No meu tempo, como no seu também, a prova dos noves desse tipo de coisa, o teste de campo infalível — se é que isso existe — para os judeus se dejudaizarem era, em geral, a Ivy League. Lembra o Robert Cohn em *O sol também se levanta?* Se forma em Princeton, luta boxe lá, nunca pensa no seu lado judeu e ainda assim é uma excentricidade, pelo menos para Ernest Hemingway. Pois bem, Eve tirou seu diploma, não em Princeton, mas em Hollywood, e Pennington foi o seu orientador. Ela decidiu-se por Pennington em função da sua aparente normalidade. Ou seja, Pennington era um aristocrata gói tão exagerado que ela, uma inocente — quer dizer, uma judia —, não o achou exagerado, mas normal. Ao passo que uma mulher gói teria farejado isso no ato e compreendido tudo. Uma mulher gói, com uma inteligência igual à de Eve, nunca teria aceitado casar com ele, com estúdio ou sem estúdio; teria entendido logo de cara que ele era insolente, nocivo e desdenhosamente superior em relação aos judeus intrusos.

"O plano estava podre desde o início. Eve não tinha nenhuma afinidade natural com o modelo comum em que ela estava interessada, assim encarnou a gói errada. E era jovem, acabou rigidamente fixada no papel, incapaz de improvisar. Depois que a representação começou para valer, Eve teve receio de retirar qualquer parte do seu papel, teve receio de que a encenação inteira se desagregasse. Não existe auto-observação nenhuma e assim não existe nenhuma possibilidade do menor ajuste. Ela não mandava naquele papel. O papel é que mandava nela. No palco, ela era capaz de uma representação mais sutil. Mas acontece que no palco Eve tinha um nível de consciência que nem sempre exibia na vida real.

"Agora, se você quisesse ser um verdadeiro aristocrata gói americano, você fingiria, sentisse isso ou não, ter grande *solidariedade* pelos judeus. Seria o jeito esperto de agir. O ponto-chave de ser um aristocrata sofisticado e inteligente consiste em que, ao contrário de todo mundo, você se obriga a superar, ou dar a impressão de que supera, a reação desdenhosa a quem é diferente. Você ainda pode odiá-los, em caráter privado, se for preciso. Mas não ser capaz de se dar bem socialmente com judeus, na base da simpatia e cordialidade, isso comprometeria moralmente um verdadeiro aristocrata. Simpatia e cordialidade — era assim que Eleanor Roosevelt fazia. Era assim que Nelson Rockefeller fazia. Era assim que Everell Harriman fazia. Os judeus não representam nenhum problema para essa gente. Por que seriam? Mas eram um problema, sim, para Carl Pennington. E foi o caminho dele que Eve escolheu tomar, e assim se impregnou de todas aquelas atitudes de que, na verdade, não precisava.

"Para ela, no papel da jovem esposa pseudoaristocrata de Pennington, a transgressão admissível, a transgressão *civilizada*, não era o judaísmo, e não poderia ser; a transgressão admissível era a homossexualidade. Até Ira aparecer, Eve não tinha a menor ideia não só de como era ofensivo todo o aparato do antissemitismo, mas também de como aquilo era nocivo para *ela*. Eve pensava assim: se odeio judeus, como é que posso ser judia? Como uma pessoa pode odiar aquilo que ela mesma é?

"Eve odiava aquilo que ela era e detestava sua aparência. Eve Frame, logo ela, detestava sua aparência. Sua própria beleza constituía sua feiura, como se aquela mulher linda tivesse nascido com um grande borrão roxo no meio da cara. A indignação por ter nascido desse jeito, esse ultraje, nunca a abandonou. Ela, a exemplo do sr. Newman de Arthur Miller, também não era a sua cara.

"Você deve estar se perguntando a respeito de Freedman. Um sujeito repulsivo, mas Freedman, ao contrário de Doris, não era mulher. Era um homem, e era rico, e oferecia proteção para tudo o que oprimia Eve tanto quanto ou ainda mais do que o fato de ela ser judia. Ele cuidava dos negócios de Eve para ela. Freedman ia fazer dela uma mulher rica.

"Freedman, aliás, tinha um nariz enorme. Era de imaginar que Eve fugisse correndo só de olhar para ele — um judeuzinho de pele escura, um autêntico especulador de imóveis com um narigão, pernas arqueadas e sapatos Adler com saltos elevados. O cara tinha até sotaque. Era um daqueles judeus poloneses de cabelo ondulado, de cabelo vermelho-alaranjado, com o velho sotaque do interior e a energia e o ímpeto do pequeno imigrante durão. Ele é todo apetite, um *bon vivant* corpulento, mas apesar de sua barrigona grande, sua piroca, pelo que diziam, era maior ainda e bem visível para além da barriga. Freedman, entenda bem, é a reação de Eve a Pennington, ao passo que Pennington é a reação de Eve a Mueller: casou com um exagero uma vez, depois casou com o exagero oposto. Na terceira vez, ela casou com Shylock. Por que não? No final da década de 20, o cinema mudo estava quase no fim e, apesar da dicção de Eve (ou por causa dela, porque era demasiado empostada, para a época), Eve nunca decolou nos filmes sonoros, e de repente era 1938 e Eve morria de medo de nunca mais trabalhar, e assim ela procurou o judeu, pelo motivo que se procura um judeu: dinheiro, negócios e sexo libidinoso. Suponho que, por um tempo, ele tenha ressuscitado Eve em termos sexuais. Não se trata de uma simbiose complicada. Era uma transação. Uma transação em que ela foi levada à bancarrota.

"Você tem de se lembrar de Shylock, tem também de se lembrar de *Ricardo III*. Recorde que Lady Anne viajou um milhão de quilômetros atrás de Ricardo, duque de Gloucester. Este é o monstro inimigo que assassinou o seu marido. Ela cospe no rosto dele. 'Por que cospes em mim?', pergunta ele. 'Quem dera fosse veneno mortal', diz ela. No entanto, mais adiante ficamos sabendo, ela é cortejada e conquistada. 'Eu a terei', diz Ricardo. 'Mas não ficarei com ela muito tempo.' O poder erótico de um monstro inimigo.

"Eve não tinha a mínima ideia de como se contrapor ou resistir, a mínima ideia de como se comportar num confronto ou numa desavença. Mas todo mundo, todo dia, precisa se contrapor e resistir. Você não precisa ser nenhum Ira, mas tem de fincar pé todo dia. Porém, para Eve, uma vez que todo conflito é sentido como um ataque, uma sirene dispara, a sirene de um ataque aéreo, e a razão nunca entra em cena. Num momento, explode de raiva e desprezo; no outro, capitula, se sujeita. Uma mulher com uma espécie superficial de fineza e bondade, mas confusa com tudo, amargurada e envenenada pela vida, por aquela filha, por si mesma, por sua insegurança, por sua absoluta insegurança ao passar de um minuto para o minuto seguinte — e de repente Ira se apaixona por ela.

"Cego em relação às mulheres, cego em relação à política, comprometido até o pescoço com as duas coisas. Encara tudo com o mesmo compromisso exagerado. Por que Eve? Por que escolheu Eve? Ele deseja, mais que tudo neste mundo, ser digno de Lenin, Stalin e Johnny O' Day, e assim se amarra a Eve. Reage ao apelo dos oprimidos em todas as suas formas, e reage à opressão deles exatamente da maneira errada. Se não fosse meu irmão, imagino com que gravidade eu teria considerado a sua *hybris*. Bem, deve ser para isso que servem os irmãos — e não para ficar de cerimônia diante do bizarro."

— Pamela — exclamou Murray de repente, depois de superar um obstáculo sem importância, a idade do seu cérebro, para lembrar o nome. — A melhor amiga de Sylphid era uma moça inglesa chamada Pamela. Tocava flauta. Eu nunca a conheci. Só me foi descrita. Uma vez vi sua fotografia.

— Eu estive com Pamela — comentei. — Eu a conheci.

— Bonita?

— Eu tinha quinze anos. Queria que alguma coisa extraordinária acontecesse comigo. Isso torna qualquer garota bonita.

— Segundo Ira, era uma beleza.

— Segundo Eve — falei —, uma princesa judia. Foi assim que chamou Pamela na noite em que a conheci.

— Não admira. Eve tinha de enobrecer tudo romanticamente. O exagero lava a mancha. É melhor ser uma princesa, se você é uma judia que deseja receber as boas-vindas na casa de Eve Frame. Ira teve um caso com a princesa judia.

— Teve mesmo?

— Ira se apaixonou por Pamela e quis que ela fugisse com ele. Levava Pamela para Jersey nos dias de folga dela. Em Manhattan, Pamela tinha um apartamentozinho só dela, perto de Little Italy, a dez minutos a pé da rua Onze, oeste, mas era perigoso para Ira ir à casa dela. Não dava para um cara daquele tamanho não chamar a atenção na rua, e naquele tempo Ira vivia representando o seu papel de Lincoln pela cidade toda, nas escolas e tudo o mais, e muita gente em Greenwich Village sabia quem era ele. Na rua, Ira vivia falando com as pessoas, queria saber o que faziam para ganhar a vida e lhes explicava como estavam sendo ferradas pelo sistema. Portanto, nas segundas-feiras, Ira levava a moça para Zinc Town. Passavam o dia lá e depois ele voltava correndo feito um louco para chegar a tempo do jantar.

— Eve nunca soube?

— Nunca soube. Nunca descobriu.

— E eu, apenas um garoto, nunca teria imaginado — comentei. — Nunca tomei Ira por um sujeito mulherengo. Não combina com encarnar Abraham Lincoln. Continuo tão aferrado a minha primeira imagem de Ira que mesmo agora acho isso inacreditável.

Murray, rindo, disse:

— Pensei que o fato de um homem ter muitas faces inacreditáveis fosse o tema dos seus livros. A respeito de um homem, segundo a ficção que você escreve, *tudo* é crível. Caramba, sim, mulheres. As mulheres de Ira. Uma grande consciência social e um vasto apetite sexual, para acompanhar. Um comunista com consciência e um comunista com uma piroca.

"Quando eu ficava enojado com as mulheres, Doris também defendia isso. Doris, que, pela vida que levava, a gente logo imaginava que seria a primeira a condenar essas coisas. Mas ela compreendia Ira como cunhada, de um modo bondoso. Acerca do seu fraco por mulheres, Doris tinha uma opinião surpreendentemente bondosa. Ela não era tão comum quanto parecia. Não era tão banal quanto Eve Frame pensava. Doris também não era nenhuma santa. O desprezo de Eve por Doris também tinha alguma coisa a ver com o seu ponto de vista tolerante. Por que Doris iria se preocupar? Ira estava traindo aquela prima-dona — para ela, tanto faz. 'Um homem atraído por mulheres o tempo todo. E as mulheres eram atraídas por ele. Isso por acaso é ruim?', Doris me perguntava. 'Não é humano? Por acaso ele matou alguma mulher? Tirou dinheiro de alguma mulher? Não. Então, qual é o problema?' De algumas necessidades, meu irmão sabia muito bem como cuidar. Quanto a outras, ele era um desastre completo."

— Quais eram essas outras?

— A necessidade de escolher bem a sua luta. Ele não conseguia fazer isso. Tinha de brigar contra tudo. Tinha de lutar em todas as frentes, o tempo todo, contra tudo e contra todos. Naquela época, havia por aí um monte de judeus enfurecidos como Ira. Judeus enfurecidos pela América inteira, em luta contra uma coisa ou outra. Um dos privilégios de ser americano e judeu era que a pessoa podia ser enraivecida como Ira, agressiva em relação a suas crenças e não deixar nenhuma ofensa sem resposta. Não era preciso se encolher e se resignar. Você não precisava abafar nada. Ser um americano com sua inflexão particular já não era tão difícil assim. Era só se mostrar abertamente e expor sua opinião. Foi uma das maiores coisas que a América deu aos judeus — lhes deu sua raiva. Sobretudo a nossa geração, a de Ira e a minha. Sobretudo depois da guerra. A América para a qual voltamos depois da guerra nos proporcionou um lugar para se ficar puto da vida de verdade, e sem nenhum governador judeu para atrapalhar. Os judeus enfurecidos em Hollywood. Os judeus enfurecidos na indústria do vestuário. Os advogados, os judeus enfurecidos nos tribunais. Em toda parte. No ramo das padarias. Nos campos de beisebol. Nos campos de futebol americano. Judeus enfurecidos no Partido Comunista, caras capazes de se mostrar beligerantes e contestadores. Caras capazes também de dar socos. A América era o paraíso dos judeus enfurecidos. O judeu acabrunhado ainda existia, mas ninguém precisava ser um deles se não quisesse.

"Meu sindicato. Meu sindicato não era o sindicato dos professores, era o Sindicato dos Judeus Enfurecidos. Eles se organizaram. Sabe qual era o lema deles? Mais enfurecidos do que vocês. Este deveria ser o seu próximo livro: *Os judeus enfurecidos desde a Segunda Guerra Mundial*. Claro, existem os judeus afáveis, os judeus que riem fora de hora, os judeus eu-amo-todo-o-mundo profundamente, os judeus eu-nunca-me-senti-tão-comovido, os

judeus mamãe-e-papai-eram-santos, os judeus eu-faço-tudo-isso-
-pelos-meus-filhos-talentosos, os judeus estou-aqui-ouvindo-Itzhak-
-Perlman-e-estou-chorando, o judeu que diverte os outros com
eternos trocadilhos, o judeu que conta piadas em série, mas não
creio que este seja um livro que você escreveria."

Eu ria alto da taxionomia de Murray, e ele também.

Mas depois de um momento seu riso se deteriorou em tosse,
e ele falou:

— É melhor eu me acalmar. Tenho noventa anos de idade.
É melhor voltar ao assunto.

— Você estava falando de Pamela Solomon.

— Bem — disse Murray —, ela de vez em quando tocava flauta
na Orquestra Sinfônica de Cleveland. Sei disso porque, quando
aquele avião caiu na década de sessenta, ou talvez na década de
setenta, sei lá, um punhado de componentes da Sinfônica de Cleveland estava a bordo, e Pamela Solomon fazia parte da lista dos
mortos. Era uma instrumentista muito talentosa, ao que parece.
Quando chegou à América, era também um pouco boêmia. Filha
de uma família judia londrina convencional e sufocante, o pai era
um médico mais inglês do que os ingleses. Pamela não suportava
a compostura da sua família e então veio para a América. Cursou
a escola de música Julliard e, recém-chegada da reprimida Inglaterra, caiu de amores pela irreprimível Sylphid: o cinismo, a sofisticação, a impetuosidade americana. Ela ficou impressionada
com a casa suntuosa de Sylphid, com a mãe de Sylphid, a estrela.
Sem mãe na América, Pamela não se sentiu descontente de encontrar abrigo sob a asa de Sylphid. Embora morasse apenas a alguns quarteirões, nas noites em que visitava Sylphid, Pamela terminava jantando e dormindo naquela casa. De manhã, na
cozinha, no andar de baixo, Pamela perambulava de camisola,

preparava seu próprio café com torradas e fingia que não tinha órgãos genitais, nem ela nem Ira.

"E Eve aceitava isso, tratava a deliciosa e jovem Pamela como a sua princesa judia, e nada mais. O sotaque britânico lavou o estigma semita e, no final das contas, Eve se sentia tão feliz por Sylphid ter uma amiga tão talentosa e bem-comportada, se sentia tão feliz por Sylphid ter *alguma* amiga, que teve uma percepção deficiente das consequências da bundinha de Pamela subindo e descendo a escada naquela camisola de menina.

"Certa noite, Eve e Sylphid foram a um concerto e calhou de Pamela ficar para dormir, e acabou que ela ficou em casa com Ira, os dois sentaram-se na sala, juntos e sozinhos pela primeira vez, e Ira perguntou a Pamela de onde tinha vindo. O lance inicial de Ira, com todo mundo. Pamela lhe fez um relato cômico e encantador a respeito da sua família convencional e das escolas intoleráveis para onde a mandavam. Ira perguntou sobre o emprego de Pamela na orquestra do Radio City. Ela era o terceiro flautim, um emprego eventual. Foi ela que arrumou uma vaga lá para Sylphid, como substituta. As garotas tagarelavam sobre a orquestra o tempo todo — a politicagem, o maestro imbecil, e nem dá para acreditar que ele usou aquele fraque, e por que ele não corta o cabelo, e nada do que ele faz com as mãos ou a batuta tem nenhum sentido. Papo de criança.

"Naquela noite, ela disse para Ira: 'O primeiro violoncelista vive me paquerando. Isso está me deixando doida'. 'Quantas mulheres tem na orquestra?' 'Quatro.' 'Num total de?' 'Setenta e quatro músicos.' 'E quantos homens passam cantadas em você? Setenta?' 'Ah-há', confirmou ela, e riu. 'Bem, na verdade, não. Nem todos têm coragem. Mas todos os que têm coragem fazem isso', disse ela. 'E o que eles dizem para você?' 'Ah... Esse vestido fica muito bonito. Você sempre está linda nos ensaios. Vou tocar um concerto semana que vem e preciso de um flautista. Essas coisas.' 'E o que você faz?' 'Sei me cuidar.' 'Tem namorado?' Foi aí que Pamela contou que vinha tendo um caso, fazia dois anos, com o primeiro oboísta.

"'Ele é solteiro?' perguntou Ira. 'Não', respondeu Pamela. 'É casado.' 'Nunca incomodou você o fato de ele ser casado?' E Pamela disse: 'Não são os acordos formais da vida que me interessam'. 'E a esposa dele?' 'Não conheço a esposa dele. Nunca a vi. Não tenho intenção nenhuma de conhecer. Não quero saber nada de especial sobre ela. A coisa não tem nada a ver com a esposa dele, não tem nada a ver com os filhos. Ele adora a esposa e adora os filhos.' 'Com o que tem a ver?' 'Tem a ver com o nosso prazer. Faço o que tenho vontade de fazer, para o meu prazer. Não venha me dizer que você ainda acredita na santidade do casamento. Você faz um juramento e pronto, os dois serão fiéis para sempre?' 'Sim', diz ele. 'Acredito nisso.' 'Você nunca...' 'Não.' 'Você é fiel a Eve.' 'Claro.' 'Pretende ser fiel pelo resto da vida?' 'Depende.' 'De quê?' 'De você', disse Ira. Pamela ri. Os dois riem. 'Depende', diz ela, 'de eu convencer você que não tem problema nenhum nessa história? Que você está livre para fazer isso? Que você não é o proprietário burguês da sua esposa e ela não é a proprietária burguesa do marido?' 'Sim. Tente me convencer.' 'Será que você é mesmo um americano tão típico e incorrigível a ponto de se deixar escravizar pela moral da classe média americana?' 'Sim, esse daí sou eu: o típico e incorrigível americano escravizado. E quem é você?' 'Quem sou? Sou uma instrumentista.' 'E o que isso quer dizer?' 'Me dão uma partitura e eu toco. Toco o que me dão para tocar. Sou instrumentista.'

"Então, Ira pensou que podia estar sendo atraído para uma armadilha de Sylphid e assim, naquela primeira noite, tudo o que fez quando Pamela terminou de se exibir e começou a subir a escada para ir para a cama foi segurar a mão dela e dizer: 'Você não é uma criança, é? Tomei você por uma criança'. 'Sou um ano mais velha do que Sylphid', respondeu Pamela. 'Tenho vinte e quatro anos. Sou uma expatriada. Nunca vou voltar àquele país babaca com a sua cretina vida emocional subterrânea. Adoro estar na América. Aqui, sou livre de toda essa bosta de que mostrar-seus--sentimentos-é-um-tabu. Você nem pode imaginar como são as coisas lá. Aqui existe *vida*. Aqui tenho o meu próprio apartamento em Greenwich Village. Trabalho duro e ganho minha vida sozinha. Faço seis apresentações por dia, seis dias por semana. Não sou criança. Em nenhum sentido, Rinn.'

"A cena se passou mais ou menos assim. O que havia para incitar Ira é óbvio. Ela era viçosa, jovem, insinuante, ingênua — e nada ingênua, astuta também. Indo à luta na grande aventura americana. Ele admira, naquela criança da alta classe média, o jeito de viver fora das convenções burguesas. O sórdido apartamentinho num prédio sem elevador onde ela morava. Ter vindo sozinha para a América. Ira admira a destreza com que ela encarna todos os seus papéis. Com Eve, representa o papel da doce mocinha; com Sylphid, o papel da colega adolescente que dorme na casa da outra; na orquestra do Radio City, ela é a flautista, a instrumentista, a profissional; e com Ira, é como se ela tivesse sido criada na Inglaterra pelos fabianos, um espírito livre, desinibido, de inteligência elevada e que não se intimida com a sociedade respeitável. Em outras palavras, ela é um ser humano — uma coisa com um, outra coisa com outro, outra coisa diferente com um terceiro.

"E tudo isso é formidável. Interessante. Impressionante. Mas se apaixonar? No caso de Ira, tudo o que era emocional tinha de ser superabundante. Quando encontrava o seu alvo, Ira disparava. Ele não apenas se apaixonou por ela. Sabe aquele filho que ele quis ter com Eve? Agora ele queria ter um filho com Pamela. Mas tinha medo de assustá-la e ela fugir, por isso não falou nada sobre o assunto, logo de saída.

"Os dois simplesmente tiveram o seu caso antiburguês. Ela podia explicar para si mesma tudo o que estava fazendo. 'Sou amiga de Sylphid e amiga de Eve e farei tudo para qualquer uma delas, mas, contanto que isso não as magoe, não vejo o que ser amiga tem a ver com o autossacrifício heroico das minhas próprias inclinações.' Ela também tinha uma ideologia. Mas Ira, nessa altura, está com trinta e seis anos, e ele *quer*. Quer o filho, a família, o lar. O comunista quer tudo o que está no *coração* do burguês. Quer conseguir com Pamela tudo o que pensou que ia conseguir com Eve quando, em vez disso, o que conseguiu foi Sylphid.

"Juntos lá na cabana, os dois conversavam muito sobre Sylphid. 'Qual é o grilo dela?', pergunta Ira para Pamela. Dinheiro. Posição. Vantagens. Aulas de harpa desde que nasceu. Vinte e três anos e lavam a roupa dela, preparam a comida para ela, pagam as suas contas. 'Sabe como é que fui criado? Saí de casa aos quinze anos de idade. Fui cavar valas na rua. Eu *nunca* fui criança.' Mas Pamela explica a ele que, quando Sylphid tinha doze anos, Eve trocou o pai de Sylphid pelo salvador mais ordinário que conseguiu encontrar, um imigrante cheio de energia, que vivia de pau duro, o homem que ia fazer dela uma mulher rica, e Eve ficou tão embriagada por ele que Sylphid perdeu a mãe durante todos aqueles anos, e depois se mudaram para Nova York e Sylphid perdeu suas amigas na Califórnia, não conhecia ninguém e começou a engordar.

"Para Ira, era tudo cascata de psiquiatra. 'Sylphid vê Eve como uma estrela de cinema que a abandonou nas mãos das babás', explica Pamela para ele. 'Que a deixou de lado em troca de homens, e em troca da loucura de Eve pelos homens, que traiu a filha várias vezes seguidas. Sylphid vê Eve como alguém que não pára de se atirar para cima dos homens para não ter de se apoiar sozinha sobre os próprios pés.' 'Sylphid é lésbica?' 'Não. Seu lema é: sexo deixa a gente sem força. Olhe só para a mãe dela. Vive me dizendo para eu não me envolver sexualmente com ninguém. Sylphid odeia a mãe por renunciar a ela em favor de todos aqueles homens. Sylphid tem uma aspiração de autonomia absoluta. Ninguém vai cuidar dela. Sylphid é durona.' 'Durona? Ah, é? Então', pergunta Ira, 'como é que não larga as saias da mãe, se é tão durona? Por que não vai viver sozinha? Você não está dizendo coisa com coisa. A dureza é um vácuo. A autonomia é um vácuo. A independência é um vácuo. Quer saber qual a resposta para Sylphid? Sylphid é uma sádica — *sádica* num vácuo. Toda noite essa mulher diplomada na escola de música Julliard esfrega os dedos nos restos de comida na borda do prato de jantar, e roda e roda pela beirada do prato até a louça guinchar, e depois, a coisa ideal para deixar a mãe dela completamente louca, põe o dedo na boca e lambe até ficar limpo. Sylphid fica em cima porque a mãe tem medo dela. E Eve nunca vai *parar* de ter medo dela porque não quer que Sylphid saia de casa, e é *por isso* que Sylphid não vai deixar a mãe — até que encontre um modo melhor de torturá-la. Sylphid é que tem o cabo do chicote na mão.'

"Portanto, veja bem, Ira repetiu para Pamela as coisas que eu tinha dito a ele sobre Sylphid, logo no início, mas que ele se recusou a levar a sério, por partirem de mim. Ira repetiu essa história para a sua bem-amada como se ele tivesse deduzido tudo sozinho. Como as pessoas gostam de fazer. Os dois tinham muitas conversas desse tipo. Pamela gostava dessas conversas. Deixavam-na excitada. Conversar assim livremente com Ira sobre Sylphid e Eve fazia Pamela sentir-se forte.

"Certa noite, uma coisa singular aconteceu com Eve. Ela e Ira estavam na cama, com a luz apagada, prontos para dormir, quando ela começou a chorar descontroladamente. Ira disse: 'O que é?'. Eve não respondeu. 'Por que você está chorando? O que aconteceu agora?' 'Às vezes eu penso... Ah, não consigo', disse Eve. Ela não conseguia falar, e também não conseguia parar de chorar. Ele acendeu a luz. Disse a ela para ir em frente e pôr aquilo para fora de uma vez. Soltar tudo. 'Às vezes eu sinto', disse ela, 'que *Pamela* é que devia ser minha filha. Às vezes', disse Eve, 'isso parece mais natural.' 'Por que Pamela?' 'Porque a gente se entende tão bem. Embora isso talvez aconteça porque ela *não* é minha filha.' 'Talvez sim, talvez não', disse Ira. 'Seu jeito alegre', disse Eve, 'sua leveza.' E começou a chorar outra vez. De culpa, muito provavelmente, por ter se permitido aquele inofensivo desejo de conto de fadas, o desejo de ter uma filha que não a lembrasse a cada segundo do seu fracasso.

"Por leveza não creio que Eve necessariamente se referisse apenas à leveza física, a magra expulsando a gorda. Ela apontava para outra coisa, algum tipo de entusiasmo em Pamela. Leveza *interior*. Pensei que Eve quisesse dizer que em Pamela podia reconhecer, quase à revelia de si mesma, a suscetibilidade que em outros tempos palpitara por baixo da sua superfície recatada. Reconhecia isso por mais que Pamela se comportasse diante dela de um modo infantil, por mais que se comportasse de maneira virginal. Depois daquela noite, Eve nunca mais disse nada sobre o assunto. Só aconteceu daquela vez, justamente no momento em que a paixão de Ira por Pamela — quando o caráter ilegítimo do caso dos dois — gerava o máximo de ardor.

"Portanto, Eve e Ira ao mesmo tempo invocavam a jovem e esfuziante flautista de sonho, a encantadora de prazeres ao som da flauta, como a criatura que ambos não conseguiram alcançar: a filha negada a Eve, a esposa negada a Ira.

"'É muito triste. Muito triste', diz Eve. 'É muito, muito triste mesmo.' Eve fica agarrada a Ira a noite inteira. Até de manhã, chorando, soluçando, se lamentando; toda a dor, a confusão, a contradição, a nostalgia, a desilusão, toda a incoerência escorrendo para fora dela. Ira nunca sentiu tanta pena de Eve — e, por causa do caso com Pamela, ele também nunca se sentiu mais distante dela. 'Tudo deu totalmente errado. Tentei o mais que pude', disse ela, 'e nada dá certo. Tentei com o pai de Sylphid. Tentei com Jumbo. Tentei dar a ela estabilidade, vínculo, e uma mãe em quem ela podia sempre confiar. Tentei ser uma boa mãe. E então tive de ser também um bom pai. E ela teve pais demais. E tudo em que eu pensava era em mim mesma.' 'Você não pensou só em si mesma', diz ele. 'Pensei, sim. Na minha carreira. Nas minhas carreiras. No meu trabalho de atriz. Sempre tive de cuidar do meu trabalho de atriz. Tentei. Ela teve boas escolas, bons professores particulares e boas babás. Mas talvez eu devesse simplesmente ter ficado com ela o tempo todo. Ela é inconsolável. Come, come e come sem parar. Nisso está seu único consolo por uma coisa que eu não lhe dei.' 'Talvez', diz Ira, 'ela seja assim mesmo, só isso.' 'Mas existem muitas moças que comem demais e um dia perdem peso — não ficam comendo e comendo sem parar, a vida toda. Tentei de tudo. Levei-a a médicos, especialistas. Ela simplesmente continua a comer. Continua a comer para me odiar.' 'Então', diz Ira, 'se isso é verdade, talvez esteja na hora de ela ir viver sozinha.' 'Mas o que isso tem a ver com o assunto? Por que ela deveria sair de casa e viver por conta própria? Ela está feliz aqui. Esta é a sua casa. Não importa que nova perturbação eu traga à vida dela, esta é a casa de Sylphid, sempre foi a casa dela e será sempre a casa dela, enquanto Sylphid quiser assim. Não há motivo algum para ela ir embora antes de estar preparada.' 'Suponha', diz Ira, 'que sair de casa fosse o jeito de fazer Sylphid parar de comer.' 'Não vejo como é que comer e morar onde ela mora possam ter uma coisa a ver com a outra! O que você está falando não tem pé nem cabeça! É da minha filha que estamos falando!' 'Está bem. Está bem. Mas você acabou de expressar uma certa decepção...' 'Eu disse que ela come para se consolar. Se for embora de casa, terá de se consolar *duas* vezes mais. Terá de se consolar muito mais ainda. Ah, tem alguma coisa terrivelmente errada. Eu devia ter ficado com Carlton. Ele era homossexual, mas era o pai dela. Eu devia simplesmente ter ficado com ele. Nem sei o que me deu na cabeça. Eu nunca teria conhecido Jumbo, nunca teria me envolvido com você, ela teria um pai e não passaria o tempo todo comendo desse jeito.' 'Por que não ficou com ele?' 'Sei que parece uma coisa egoísta, como se fosse só por mim. Para que eu pudesse ter prazer e companhia. Mas na verdade eu queria que *ele* ficasse livre. Por que ele deveria ficar confinado a uma vida familiar e ainda por cima com uma esposa que não conseguia achar atraente ou interessante? Toda vez que estávamos juntos, eu achava que ele devia estar pensando no próximo garçom ou ajudante de garçom. Queria que ele não tivesse mais de mentir tanto assim.' 'Mas ele não mentia quanto a isso.' 'Ah, eu sabia, e ele sabia também, e todo mundo em Hollywood sabia, mas ele vivia dando as suas fugidas secretas e fazendo suas tramoias. Telefonemas, sumiços e desculpas para o atraso e por não comparecer à festa de Sylphid — eu já não aceitava mais desculpa nenhuma. Ele não se importava e mesmo assim continuava a mentir. Eu queria livrá-lo daquilo, eu queria me livrar daquilo. Na verdade, não foi por causa da minha felicidade pessoal. Foi mais por ele.' 'Por que, então, você não saiu de casa para viver sozinha? Por que foi viver com Jumbo?' 'Bem... Era o jeito mais fácil de resolver as coisas. Não ficar sozinha. Tomar a decisão mas não ficar sozinha. Mas eu podia ter continuado casada com Carlton. E Sylphid teria um pai, e ela não teria sabido da verdade sobre ele, e nós não teríamos vivido aqueles anos com Jumbo, e não faríamos essas viagens horríveis à França, que são um completo pesadelo. Eu podia ter ficado em casa, e ela podia ter tido apenas um pai ausente como todo mundo tem. Que importa se ele era veado? Sim, um pouco do problema foi Jumbo, e a paixão. Mas eu já não conseguia mais suportar as mentiras, a fraude fingida. Era um engodo de mentira. Porque Carlton *não* se importava, mas por alguma ínfima porção de dignidade, de decência, ele fingia esconder aquilo. Ah, eu amo tanto Sylphid! Amo minha filha. Eu faria qualquer coisa pela minha filha. Mas quem dera tudo pudesse ser mais fácil, mais leve, mais natural — mais *como é* uma filha. Ela está aqui e eu a amo, mas cada decisão é uma luta, e o poder dela... Sylphid não me trata como sua mãe e isso torna mais difícil tratá-la como minha filha. Contudo eu faria *qualquer coisa* por ela, *qualquer coisa*.' 'Por que, então, você não a deixa sair de casa para viver sozinha?' 'Você insiste nessa mesma história?' Ela não *quer* sair de casa. Por que você acha que a solução para ela é sair de casa? A solução é ela ficar. Ela ainda não está farta de mim. Se estivesse pronta para sair de casa, ela já teria ido embora, a essa altura. Ela não está preparada. Parece madura, mas não é. Sou a mãe dela. Sou o seu amparo. Eu a amo. Ela precisa de mim. Sei que não parece que ela precisa de mim, mas precisa.' 'Mas você está muito infeliz', diz Ira. 'Você não compreende. Não é comigo, é com Sylphid que me preocupo. Quanto a mim, eu me viro. Eu sempre me viro.' 'E o que preocupa você na sua filha?' 'Quero que ela encontre um homem bom. Alguém que ela possa amar e que tome conta dela. Sylphid não namora muito', diz Eve. 'Ela não namora nunca', diz Ira. 'Isso não é verdade. Houve um rapaz.' 'Quando? Nove anos atrás?' 'Uma porção de homens estão muito interessados nela. No Music Hall. Uma porção de músicos. Só que ela não tem pressa.' 'Não entendo do que você está falando. É melhor dormir. Feche os olhos e tente dormir.' 'Não consigo. Fecho meus olhos e aí penso: o que vai acontecer com ela? O que vai acontecer comigo? Tentei tanto, tanto... e tenho tão pouca paz. Tão pouca paz de espírito. Cada dia é uma nova... Sei que para os outros pode até parecer que somos felizes. Sei que ela parece muito feliz e sei que nós parecemos muito felizes juntas, e somos mesmo muito felizes juntas, mas cada dia fica mais difícil.' 'Vocês parecem felizes?' 'Ora, ela me ama. Ela me ama. Sou a mãe dela. É claro que parecemos felizes. Ela é linda. Ela é linda.' 'Quem?', pergunta Ira. 'Sylphid. Sylphid é linda.' Ira pensou que Eve ia responder 'Pamela'. 'Olhe bem fundo nos olhos e no rosto dela. A beleza', diz Eve, 'e a força que há ali. Não se manifesta desse jeito superficial do tipo olhem-todos-para-mim. Mas há ali uma beleza profunda. Muito profunda. É uma moça linda. É minha filha. Ela é notável. É uma instrumentista excelente. É uma moça linda. É minha filha.'

"Se alguma vez Ira compreendeu que não havia a menor esperança, foi naquela noite. Não havia como perceber de forma mais transparente quanto era impossível. Era mais fácil tornar a América comunista, era mais fácil criar a revolução proletária em Nova York, em Wall Street, do que separar uma mulher e a sua filha, quando as duas não queriam se separar. Claro, ele deveria simplesmente ter separado a *si mesmo*. Mas não fez isso. Por quê? Enfim, Nathan, não tenho resposta. Experimente perguntar por que alguém comete algum erro trágico. Não há resposta."

— Ao longo daqueles meses, Ira se tornou cada vez mais isolado dentro de casa. De noite, quando não estava numa reunião do comitê executivo do sindicato, ou numa reunião da sua célula do sindicato, ou quando não saíam juntos, Eve ficava na sala fazendo seu bordado e ouvindo Sylphid beliscar a harpa e Ira ficava no andar de cima, escrevendo para O'Day. E quando a harpa emudecia e Ira descia ao encontro de Eve, ela não estava lá. Estava no quarto de Sylphid, ouvindo a vitrola. As duas na cama, embaixo das cobertas, ouvindo *Cosi fan tutte*. Quando Ira ia para o andar de cima, ouvia Mozart rugindo e via as duas juntas na cama, sentia como se *ele* fosse uma criança. Mais ou menos uma hora depois, Eve, ainda quente da cama de Sylphid, voltava para a cama de Ira, e isso significava, em definitivo, o fim de todo o ardor conjugal.

"Quando vem a explosão, Eve fica atônita. Sylphid tem de arranjar um apartamento para ela. Ira diz: 'Pamela mora a quatro mil e oitocentos quilômetros da família. Sylphid pode muito bem morar a três quarteirões da mãe'. Mas tudo o que Eve faz é chorar. Isso é feio. Isso é horrível. Ele está querendo tirar a filha da vida de Eve. Não, logo ali, bem pertinho, diz ele — ela tem vinte e quatro anos e já está na hora de parar de ir para a cama com a mamãe. 'Ela é minha filha! Como você se atreve! Eu amo minha filha! Como você se atreve!' 'Tudo bem', diz ele, 'então *eu* vou morar fora de casa', e na manhã seguinte, Ira encontra um apartamento de um andar inteiro, que dá para o lado norte de Washington Square, a apenas quatro quarteirões dali. Faz um depósito, assina um contrato de aluguel, paga o primeiro mês, vem para casa e conta para a mulher o que fez. 'Você vai me deixar! Vai se divorciar de mim!' Não, diz ele, vou só morar ali do lado. Agora você pode ficar deitada com ela a noite *toda*. Se alguma vez, só para variar, você tiver vontade de ficar na cama comigo a noite toda, diz ele, vista o casaco, ponha o chapéu e vá até o outro quarteirão que eu vou adorar ver você. Quanto ao jantar, diz ele, quem é que vai notar que não estou presente? Espere só para ver. Vai ocorrer uma melhora considerável na maneira de Sylphid encarar a vida. 'Por que você está *fazendo* isso comigo? Me obrigando a escolher entre minha filha e você, fazer uma escolha impossível, isso é uma coisa desumana!' Levou horas para Ira explicar que estava pedindo a Eve para admitir uma solução que na verdade *eliminaria* a necessidade de uma escolha, mas é duvidoso que Eve sequer compreendesse do que Ira estava falando. A compreensão não era o alicerce em que Eve fundamentava suas decisões — esse alicerce era o desespero. Era a capitulação.

"Na noite seguinte, Eve subiu como de hábito para o quarto de Sylphid, mas dessa vez com o intuito de lhe apresentar a proposta que ela e Ira haviam combinado, a proposta que viria trazer paz para suas vidas. Eve fora com ele conhecer o apartamento que havia alugado em Washington Square, norte. Tinha portas duplas, pé-direito alto, sancas ornamentais e soalho de parquê. Tinha uma lareira com consolo lavrado. Abaixo do quarto dos fundos, havia um jardim interno bem parecido com o da rua Onze, oeste. Não era nada como a avenida Lehigh, Nathan. Washington Square, norte, naquele tempo, era a rua mais chique de Manhattan. Disse Eve: 'É lindo'. 'É para Sylphid', disse ele. Ira manteria o aluguel no nome dele, e Eve, que sempre ganhava dinheiro mas vivia apavorada por causa de dinheiro, e sempre o perdia para algum sujeito como Freedman, Eve não teria de se preocupar com nada. 'Esta é a solução', disse ele, 'e por acaso é tão terrível assim?' Ela sentou-se ao sol num dos bancos perto da janela na sala de estar. Tinha um véu no seu chapéu, um daqueles véus com pontinhos, que Eve tornara populares em algum filme, e ela então o levantou do rostinho delicioso e começou a soluçar. A briga deles havia terminado. A briga *dela* havia terminado. Pôs-se de pé de um salto, abraçou Ira, beijou-o, começou a correr de um aposento para o outro, imaginando onde pôr as lindas e antigas peças de mobília que iria trazer da rua Onze, oeste, para Sylphid. Eve não poderia estar mais feliz. Tinha dezessete anos de novo. Mágica. Encantadora. Ela era a moça sedutora dos filmes mudos.

"Naquela noite, Eve tomou coragem e foi para o andar de cima com o desenho que tinha feito, a planta baixa do novo apartamento, e uma lista das peças de mobília da casa que ficariam mesmo com Sylphid, de um jeito ou de outro, e assim ela poderia tomar posse delas desde já, e para sempre. Não levou um minuto, é claro, para Sylphid demonstrar sua objeção e para Ira subir correndo para o quarto de Sylphid. Encontrou as duas juntas na cama. Mas nada de Mozart, dessa vez. Dessa vez, pandemônio. O que viu foi Eve deitada de costas, gritando e chorando, e Sylphid montada em cima dela de pernas abertas, também berrando, também chorando, suas fortes mãos de harpista cravando os ombros de Eve contra a cama. Havia pedacinhos de papel espalhados por todo canto — a planta baixa do apartamento novo — e ali, em cima da sua mulher, estava sentada Sylphid, aos berros. 'Será que você não consegue resistir a *ninguém*? Será que não consegue, uma vez na vida, ir contra ele para defender a própria filha? Será que não consegue ser uma mãe *nunca*? *Nunca*?'"

— O que fez Ira? — perguntei.
— O que você acha? Saiu correndo da casa, perambulou pelas ruas até o Harlem, voltou para o Village, caminhou quilômetros, e depois, no meio da noite, seguiu para o apartamento de Pamela na rua Carmine. Tentava nunca se encontrar com ela ali, mas acabou tocando a campainha da sua porta, subiu a toda a velocidade os cinco degraus de escada e disse a ela que não ia mais voltar para Eve. Queria que Pamela viesse com ele para Zinc Town.

Queria se casar com ela. Sempre quisera se casar com ela, disse Ira, e ter um filho com ela. Você pode imaginar o choque que isso produziu.

"Pamela morava em seu quartinho boêmio — armários de roupa sem porta, colchão no soalho, reproduções de Modigliani na parede, a garrafa de vinho com uma vela espetada e partituras de música espalhadas por todo lado. Um minúsculo apartamento de quarenta metros quadrados, num prédio sem elevador, e de repente lá está aquele homem alto que nem uma girafa esbravejando em volta dela, derrubando a estante de partituras, pondo abaixo todos os seus discos de 78 rotações, tropeçando na banheira, que ficava na cozinha, e dizendo a essa menina inglesa bem--criada, imbuída de sua nova ideologia de Greenwich Village e que achava que o que eles dois estavam fazendo era uma coisa totalmente livre de consequências — uma grande aventura, livre de toda e qualquer consequência, com um homem mais velho e famoso — que ela estava destinada a ser a futura mãe dos herdeiros dele e a mulher da sua vida.

"O exacerbado Ira, o agigantado Ira, esbarrando em tudo, doido, igual a uma girafa, o homem impulsivo, sempre com o seu esquema de ou tudo ou nada, diz para ela: 'Faça suas malas. Você vai vir comigo', e então fica sabendo, mais cedo do que deveria saber se nada disso tivesse acontecido, que Pamela queria terminar o caso deles fazia já alguns meses. 'Terminar? *Por quê?*' Ela não conseguia mais aguentar aquela tensão. 'Tensão? *Que* tensão?' E aí Pamela lhe disse: toda vez que estava com Ira, em Jersey, ele não parava de abraçá-la, de fazer carinho, e a deixava enjoada de tanta agitação ao repetir para ela mil vezes como a amava; depois dormia com ela e Pamela voltava para Nova York e ia ver Sylphid e o único assunto sobre o qual Sylphid sabia falar era o homem a quem ela chamava de a Fera; Ira e a mãe, Sylphid os unia sob o título de a Bela e a Fera. E Pamela tinha de concordar com Sylphid, tinha de rir de Ira; tinha de fazer piadinhas sobre a Fera. Como Ira podia ser tão cego a ponto de não enxergar o suplício que isso representava para ela? Pamela não podia fugir com ele e não podia casar com ele. Tinha um emprego, tinha uma carreira, era uma instrumentista e adorava música — e nunca mais poderia ver Ira. Se ele não a deixasse em paz... E assim Ira a deixou. Entrou no carro e seguiu para a cabana, e foi lá que fui visitá-lo no dia seguinte, depois da escola.

"Ira falou, eu escutei. Ele não revelou seus sentimentos sobre Pamela; não o fez porque sabia muito bem o que eu pensava acerca do adultério. Eu já tinha dito a ele, mais vezes do que ele gostaria de ouvir: 'O instigante no casamento *é* a fidelidade. Se essa ideia não o excita, então você não tem nada a ver com casamento'. Não, ele não me contou nada sobre Pamela — me falou de Sylphid sentada em cima de Eve. A noite toda, Nathan. Ao raiar do dia, voltei para a escola, fiz a barba no banheiro dos professores, encontrei meus alunos na sala de aula; de tarde, depois da última aula, entrei no carro e voltei ao encontro dele. Eu não queria que Ira ficasse lá sozinho, de noite, porque não sabia o que ele poderia fazer. Não era só com a sua vida doméstica que Ira estava batendo de frente. Isso era só uma parte do problema. A pressão política estava passando dos limites — as acusações, as demissões, as listas negras que cresciam sem parar. Era *isso* que minava Ira. A crise doméstica ainda não era *a* crise. Claro, Ira corria risco dos dois lados e no final as duas coisas iam se fundir, mas por enquanto ele era capaz de mantê-las separadas.

"A Legião Americana já tinha Ira na alça de mira por 'simpatias comunistas'. Seu nome surgira numa revista católica, em alguma lista, como alguém com 'relações comunistas'. Todo o seu trabalho estava sob suspeita. E havia atritos com o partido. A situação estava esquentando. Stalin e os judeus. O antissemitismo soviético começava a penetrar na consciência até dos maiores cabeças-duras do partido. Os rumores começavam a circular entre os judeus do partido e Ira não gostava do que ouvia. Queria saber mais. Sobre as propostas de purificar o Partido Comunista e a União Soviética, até Ira Ringold queria saber mais sobre isso. O sentimento da traição do partido se instalava sutilmente, embora o violento choque emocional não viesse senão com as revelações de Kruschev. Aí tudo desmoronou para Ira e seus companheiros, a justificação para todo seu esforço e todo seu sofrimento. Seis anos depois, o coração da biografia adulta deles escorreu pelo ralo. Contudo, já em 1950, Ira criava problemas para si mesmo por querer saber mais. Se bem que ele nunca me contou nada sobre isso. Não queria me envolver e não queria que eu saísse por aí falando abertamente sobre o assunto. Ira sabia que se nós metêssemos o comunismo nas nossas discussões, acabaríamos como muitas outras famílias, sem nos falar pelo resto da vida.

"Já havíamos tido a pontinha de uma briga, em 46, quando ele dividia um quarto com O'Day em Calumet City. Fui visitá-lo e não foi nada agradável. Porque Ira, quando discutia sobre as coisas que mais importavam para ele, nunca se dava por vencido. Sobretudo naqueles primeiros tempos, logo depois da guerra, Ira não tinha a menor propensão a sair perdendo numa discussão política. Muito menos comigo. O irmão mais novo sem instrução tendo de instruir o irmão mais velho e instruído. Ele olhava firme para mim, seus dedos batiam firme em mim, turbulento, torcia a questão, atropelava tudo o que eu dizia com: 'não insulte minha inteligência', 'isso é uma tremenda contradição', 'não vou ficar aqui ouvindo esse papo furado'. A sua energia para brigar era impressionante. 'Não dou a mínima se ninguém a não ser eu entende essas coisas!' 'Se você tivesse a menor ideia de como este mundo está organizado...!' Ira podia se mostrar especialmente incendiário quando me punha no meu lugar como mero professor de inglês. 'O que odeio com mais raiva é me pedirem, por favor, explique de que diabo você está falando!' Não existia nada sem importância para Ira, naquele tempo. Tudo em que ele pensava, justamente porque pensava, tinha de ser *decisivo*.

"Na minha primeira noite na visita ao quarto onde Ira morava com O'Day, Ira me disse que o sindicato dos professores deveria lutar pelo desenvolvimento da 'cultura do povo'. Essa devia ser a política oficial do sindicato. Por quê? Eu sabia por quê. Porque era a política oficial do partido. Era preciso elevar a compreensão cultural do povão e, em vez da educação clássica, antiquada, tradicional, era preciso enfatizar as coisas que contribuíam para uma cultura do povo. A linha do partido, e eu a julgava irrealista em todos os aspectos. Mas a *teimosia* daquele cara, só vendo. Eu não era um cara mole de convencer, eu sabia como persuadir os outros de que eu também estava falando sério. Mas o antagonismo de Ira era inesgotável. Ira não largava o osso. Quando voltei de Chicago, não tive notícias dele durante quase um ano.

"Pois vou lhe contar que outra coisa o atormentava. Aquelas dores musculares. Aquela doença dele. Diziam que era uma coisa, depois que era outra e nunca conseguiam determinar que diabo era aquilo. Polimiosite. Polimialgia reumática. Cada médico dava um nome diferente. Era só o que tinham para lhe dar, afora linimento Sloan e Ben-Gay. Suas roupas começaram a feder com todas as pomadas para dor que vendiam na rua. Um médico a que eu mesmo o levei, bem em frente ao hospital Beth Israel, um médico amigo de Doris, escutou a história do seu caso, tirou amostras de sangue, examinou Ira minuciosamente e o definiu como hiperinflamatório. O cara tinha uma teoria complicada e nos mostrou desenhos — uma deficiência imunológica em cadeia que provoca a inflamação. Classificou as juntas de Ira como propícias a desenvolver reações inflamatórias que aumentam rapidamente. Rápido para inflamar, lento para curar.

"Depois que Ira morreu, um médico me sugeriu — expôs seus argumentos de forma persuasiva — que Ira sofria da doença que acreditam ter sido a de Lincoln. Vestido naqueles trajes e com a mesma doença. Marfan. A síndrome de Marfan. Excesso de altura. Mãos e pés grandes. Extremidades magras e compridas. E um monte de dores musculares e nas juntas. Os pacientes da síndrome de Marfan muitas vezes batem as botas do mesmo jeito que Ira. A aorta explode e acabou. Em todo caso, o que quer que Ira tivesse ficou sem diagnóstico, pelo menos no que diz respeito a encontrar um tratamento, e por volta de 49 e 50 aquelas dores se tornaram mais ou menos intratáveis e ele se sentia sob a pressão política de ambas as extremidades do espectro — da rádio e do partido — e o cara me deixava preocupado.

"No Primeiro Distrito, Nathan, não éramos apenas a única família judia na Factory Street. Muito provavelmente, éramos a única família que não era italiana, entre os trilhos de Lackawanna e a linha férrea de Belleville. Essa gente do Primeiro Distrito provinha das montanhas, em geral caras baixinhos, de ombros grandes e cabeças enormes, das montanhas a leste de Nápoles e, quando chegaram a Newark, alguém enfiou logo uma pá nas mãos deles, todos começaram a cavar e cavaram pelo resto da vida. Cavaram valas. Quando Ira abandonou a escola, foi cavar valas com eles. Um daqueles italianos tentou matá-lo com uma pá. Meu irmão tinha língua de trapo e teve de brigar muito para sobreviver naquele bairro. Teve de brigar para sobreviver sozinho desde os sete anos de idade.

"Mas de uma hora para outra Ira se viu lutando em todas as frentes ao mesmo tempo, e eu não queria que ele fizesse algo idiota ou irreparável. Eu não fui até lá de carro para lhe dizer uma coisa específica. Aquele não era um homem a quem a gente pudesse dizer o que ele devia fazer. Não fui lá sequer para lhe dizer o que eu *pensava*. O que eu pensava é que continuar a viver com Eve e a filha era uma insanidade. Na noite em que Doris e eu fomos lá jantar, era impossível deixar de notar a esquisitice do vínculo que unia aquelas duas. No carro, com Doris, quando voltava para casa naquela noite, lembro-me de eu repetir muitas vezes: 'Não há lugar para Ira nesse esquema'.

"Ira chamava o seu sonho utópico de comunismo, Eve chamava o seu de Sylphid. A utopia materna do filho perfeito, a utopia da atriz, na base do vamos fingir para ver se cola, a utopia judaica de não ser judeu, de mencionar apenas o mais sublime dos seus projetos a fim de desodorizar a vida e torná-la palatável.

"Que Ira não tinha nada a ver naquela casa, Sylphid deixou bem claro logo de saída. E Sylphid tinha razão: Ira *não tinha* nada a ver ali, *não pertencia* àquela casa. Sylphid deixou absolutamente claro para Ira que desutopizar sua mãe — jogar em cima da mãe uma dose do esterco da vida que ela nunca mais ia esquecer — era a sua inclinação filial mais profunda. Francamente, eu achava que ele também não tinha nada a ver com o rádio. Ira não era ator coisa nenhuma. Tinha a cara de pau de se levantar a qualquer momento e pôr a boca no mundo — isso nunca lhe faltou — mas ser um ator? Ele representava todos os papéis do mesmo jeito. Aquela conversa mole despreocupada, como se estivesse sentado na nossa frente jogando cartas. O estilo humano e simples, só que não era estilo. Não era nada. A ausência de qualquer estilo. O que Ira sabia sobre representar? Quando menino, ele resolveu ir à luta sozinho e tudo o que o impelia numa direção ou noutra era por puro acidente. Não havia plano nenhum. Quis ter um lar com Eve Frame? Quis ter um lar com a moça inglesa? Entendo que isso seja um impulso elementar das pessoas; no caso de Ira, especialmente, o impulso de ter um lar representava o resíduo de uma decepção muito, muito antiga. Mas ele só escolhia mulheres lindas para ter um lar. Ira se lançou à vida em Nova York com todo o seu entusiasmo, com todo o seu ardor de ter uma existência sólida e significativa. Do partido, extraiu a ideia de que ele era um instrumento da história, que a história o havia chamado para a capital do mundo para corrigir os erros da sociedade — e para mim a coisa toda parecia grotesca. Ira era menos um migrante do que um extraviado, sempre no lugar errado para alguém do seu tamanho, tanto física quanto espiritualmente. Mas isso não era uma opinião que eu estivesse disposto a partilhar com ele. A vocação do meu irmão é ser um assombro? Por mim, tudo bem. Eu só não queria que ele acabasse totalmente irreconhecível.

"Eu trouxe uns sanduíches para comermos na segunda noite, e comemos, conversamos e eu escutei, e deviam ser três horas da madrugada quando um táxi amarelo de Nova York estacionou na porta da cabana. Era Eve. Ira havia tirado o telefone do gancho por dois dias e, quando ela não aguentou mais ligar e ouvir o sinal de ocupado, chamou um táxi e percorreu noventa e seis quilômetros na zona rural no meio da noite. Eve bateu na porta, levantei-me e abri, e ela passou direto por mim, entrou no quarto e lá estava ele. O que se seguiu tanto podia ter sido planejado por ela durante toda a viagem de táxi quanto podia tranquilamente ser um improviso. Parecia ter saído de um daqueles filmes mudos em que ela havia trabalhado. Uma encenação completamente desmiolada, uma invenção que era puro exagero e, no entanto, tão adequada para Eve que ela a repetiria, quase exatamente da mesma forma, algumas semanas depois. Um de seus papéis prediletos. A Suplicante.

"Ela caiu de joelhos no meio do chão e, ignorando minha presença — ou, talvez, sem ignorar nem um pouco minha presença — gritou: 'Suplico a você! Imploro! Não me deixe!'. Os dois braços erguidos por dentro do casaco de pele de visom. As mãos trêmulas no ar. E lágrimas, como se não fosse um casamento que estivesse em jogo mas a redenção da humanidade. Confirmando — como se fosse preciso confirmar — que ela rejeitava absolutamente ser uma pessoa racional. Recordo-me de pensar o seguinte: Bem, desta vez ela está ferrada.

"Mas eu não conhecia meu irmão, não sabia o que ele era capaz de suportar. Gente de joelhos era o que o fizera protestar a vida inteira, mas eu achava que Ira, a essa altura, já possuísse os meios de distinguir entre uma pessoa que está de joelhos por causa das condições sociais de uma pessoa que está apenas representando um papel. Houve uma emoção que ele não conseguiu silenciar em si mesmo quando viu Eve daquele jeito. Pelo menos, assim pensei. O otário iludido pelo sofrimento vem para a frente do palco — pelo menos, assim pensei — e portanto recuei, entrei no táxi e fumei um cigarro com o motorista até que a harmonia se restabelecesse.

"E tudo permeado pela política mais babaca. Era isso o que eu pensava no táxi. As ideologias que enchem a cabeça das pessoas e solapam sua capacidade de observar a vida. Mas foi só voltando de carro para Newark, naquela noite, que comecei a entender como aquelas palavras se aplicavam à situação em que meu irmão se encontrava com sua esposa. Ira não era *simplesmente* um otário iludido pelo sofrimento dela. Claro, ele podia ser arrebatado por esses impulsos que quase todo mundo experimenta quando uma pessoa íntima começa a desmoronar; claro, ele podia chegar a uma ideia equivocada quanto ao que era melhor fazer naquela situação. Mas não foi isso o que aconteceu. Só quando dirigia meu carro para casa entendi que não foi *nada* disso o que aconteceu.

"Lembre-se, Ira pertencia ao Partido Comunista, de corpo e alma. Ira obedecia a qualquer guinada política de cento e oitenta graus. Ira engolia a justificação dialética de todas as infâmias de Stalin. Ira apoiou Browder quando Browder era o messias americano deles e, quando Moscou puxou o tapete, expulsou Browder e do dia para a noite Browder virou um colaboracionista de classe e um social-imperialista, Ira aceitou tudo isso — apoiou Foster e a linha de Foster segundo a qual a América estava no rumo do fascismo. Ira conseguiu sufocar suas dúvidas e se convencer de que sua obediência a toda e qualquer reviravolta e guinada política do partido ajudava a construir uma sociedade justa e igualitária na América. A imagem que tinha de si mesmo era de um homem virtuoso. No geral, creio que era mesmo — mais um inocente cooptado por um sistema que ele não compreendia. É difícil acreditar que um homem que punha tanta ênfase na sua liberdade pudesse aceitar esse controle dogmático sobre o seu pensamento. Mas meu irmão se diminuía intelectualmente do mesmo modo que todos eles faziam. Politicamente crédulos. Moralmente crédulos. Não podiam encarar as coisas. Fechavam sua mente, os Ira, para a fonte daquilo que vendiam e celebravam. Ali estava alguém cujo poder supremo era sua capacidade de dizer não. Sem medo de dizer não e dizer na cara da gente. No entanto, para o partido, ele só sabia dizer sim.

"Ira se havia reconciliado com Eve porque nenhum patrocinador, nenhuma estação de rádio e nenhuma agência de publicidade ia tocar em Ira enquanto ele fosse casado com a Sarah Bernhardt das ondas radiofônicas. Essa era a sua aposta, que não o exporiam, não o dispensariam, enquanto ele tivesse do seu lado a realeza do rádio. Eve ia proteger o marido e, por extensão, proteger a panelinha de comunistas que dirigiam o programa de Ira. Eve se atirou no chão, suplicou que Ira voltasse para casa e o que ele percebeu é que era muito melhor fazer o que ela pedia porque, sem Eve, ele estava ferrado. Eve era a sua cobertura. O baluarte do baluarte."

— Foi aí que apareceu o *deus ex machina*, com seus dentes de ouro. Eve a descobriu. Soube por um ator, que soube por uma dançarina. Uma massagista. Talvez uns dez ou doze anos mais velha do que Ira e beirando os cinquenta anos, na ocasião. Tinha aquele ar fatigado, crepuscular, a mulher sensual que rola ladeira abaixo, mas o seu trabalho a mantinha em forma, mantinha bem firme aquele corpo grande e quente. Helgi Pärn. Estoniana casada com um operário estoniano. Uma sólida mulher da classe trabalhadora que gosta de tomar a sua vodca e tem um pingo de prostituta e um pingo de ladra. Uma mulher grande e saudável que, quando surge pela primeira vez, tem uma falha nos dentes. E depois volta e o dente foi substituído — um dente de ouro, um presente do dentista em que ela faz massagem. E depois ela volta com um vestido, presente de um fabricante de roupas em que ela faz massagem. Ao longo do ano, ela aparece com bijuterias, ganha um casaco de pele, usa um relógio, não demora muito e está comprando ações etc. etc. Helgi está o tempo todo se aprimorando. Faz piadas sobre o seu progresso. É só reconhecimento, diz ela para Ira. Na primeira vez que Ira lhe dá dinheiro, ela diz: 'Não recebo dinheiro. Recebo presentes'. Ira responde: 'Não tenho tempo para fazer compras. Tome aqui. Compre o que você quiser'.

"Ela e Ira travam a obrigatória discussão sobre a consciência de classe, ele lhe diz como Marx incentivou os trabalhadores, gente como os Pärn, a tomar o capital da burguesia à força e se organizar como classe dirigente, assumir o controle dos meios de produção, e Helgi não queria saber de nada disso. Ela era estoniana, os russos ocuparam a Estônia e a transformaram numa república soviética, e portanto ela era *instintivamente* anticomunista. Só existia um país para ela, os Estados Unidos da América. Onde mais uma moça imigrante do interior sem nenhuma instrução, blá-blá blá-blá. Os progressos de Helgi parecem cômicos, para Ira. Em geral, ele não tem muito senso de humor, mas não quando se trata de Helgi. Talvez devesse ter casado com *ela*. Talvez essa mulher desleixada, grande e simpática, que não recuava diante da dura realidade, fosse a sua alma gêmea. Sua alma gêmea, do mesmo modo que Donna Jones foi a sua alma gêmea: por causa daquilo que nela não era domesticado. Daquilo que havia nela de genioso.

"Sem dúvida, Ira se divertia com o lado ganancioso de Helgi. 'O que é esta semana, Helgi?' Para ela, não era degradante, não era sinistro — era autoaprimoramento. O cumprimento do sonho americano de Helgi. A América é a terra da oportunidade e os clientes de Helgi a apreciam, uma moça precisa ganhar a vida, e assim três vezes por semana ela vinha depois do jantar, com jeito de enfermeira — vestido branco engomado, meias brancas, sapatos brancos — e trazendo uma mesa dobrada ao meio, uma mesa de massagem. Ela montava a mesa no escritório de Ira, diante da sua escrivaninha e, embora ele fosse quinze centímetros maior do que a mesa, se deitava sobre ela e, durante uma hora inteirinha, Helgi o massageava de modo bem profissional. Proporcionava a Ira, com as suas massagens, o único alívio verdadeiro que ele encontrava para todas aquelas dores.

"Depois, ainda de uniforme branco, de um modo absolutamente profissional, concluía a sessão com algo que lhe oferecia ainda mais alívio. Um esplêndido jorro esguichava do pênis de Ira e por um momento a prisão se dissolvia. Naquele jato, estava toda a liberdade que restara para Ira. A batalha perpétua para exercer plenamente seus direitos políticos, civis e humanos se transformara em gozar, em troca de dinheiro, em cima do dente de ouro daquela estoniana de cinquenta anos enquanto, lá embaixo, na sala, Eve ouvia Sylphid tocar sua harpa.

"Helgi podia ser uma mulher bonita, mas a ignorância transparecia muito nitidamente. Seu inglês não era grande coisa e, como eu disse, havia sempre uma sutil corrente de vodca gargarejando nas suas veias, e tudo isso somado dava a ela a aura de uma pessoa um bocado obtusa. Eve lhe deu um apelido. A Camponesa. Era como a chamavam na rua Onze, oeste. Mas Helgi Pärn não era camponesa coisa nenhuma. Ignorante, talvez, mas não obtusa. Helgi sabia que Eve a considerava o equivalente a uma besta de carga. Eve não se preocupava em esconder isso, achava que não precisava esconder, em se tratando de uma reles massagista, e a reles massagista a desprezava por isso. Quando Helgi chupava o pau de Ira, e Eve estava no andar de baixo, na sala, ouvindo a harpa, Helgi costumava se divertir imitando o jeito refinado e elegante que ela imaginava ser o de Eve quando se dignava a chupar o pau de Ira. Por trás da máscara báltica vazia, havia uma pessoa impetuosa que sabia a hora certa de atacar, e como atacar, os seus desdenhosos superiores. Quando Helgi atacou Eve, pôs tudo abaixo. Quando a vodca entrava em cena, Helgi não era de se impor nenhuma restrição.

"Vingança", afirmou Murray. "Não existe nada tão grande nas pessoas e nada tão pequeno, nada tão audaciosamente criativo, mesmo na pessoa mais vulgar, quanto as manobras da vingança. E nada tão cruelmente criativo, mesmo na pessoa mais refinada do mundo, quanto as manobras da traição."

Ao ouvir isso, eu me vi transportado de volta para a aula de inglês de Murray Ringold: o professor resumindo a matéria para a turma, o sr. Ringold recapitulando tudo, muito sério, antes de acabar a aula, ou sintetizando o seu tema com concisão, o sr. Ringold dando a entender, pelo tom enfático e pelas frases bem cuidadas, que "traição e vingança" podia muito bem ser a resposta para uma das suas "Vinte perguntas" semanais.

— No exército, lembro-me de ter posto a mão em um exemplar de *Anatomia da melancolia*, de Burton, e ler todas as noites, ler pela primeira vez na Inglaterra, quando fazíamos treinamento para invadir a França. Adorei o livro, Nathan, mas me deixou intrigado. Lembra o que Burton diz sobre a melancolia? Todos nós, diz ele, temos a predisposição para a melancolia, mas só alguns adquirem o hábito da melancolia. Como se adquire esse hábito? É uma questão que Burton não responde. O livro dele não diz e por isso tive de refletir sobre o assunto durante toda a invasão, e pensei até, com base na minha experiência pessoal, descobrir, enfim.

"A gente adquire o hábito da melancolia ao ser traído. É a traição que provoca isso. Pense só nas tragédias. O que suscita a melancolia, a fúria, a carnificina? Otelo, traído. Hamlet, traído. Lear, traído. Pode-se até alegar que Macbeth foi traído — por si mesmo — embora isso não seja a mesma coisa. Profissionais que consumiram suas energias ensinando as obras-primas, os poucos de nós ainda dedicados à forma como a literatura investiga as coisas, não têm desculpa para encontrar a traição em nenhum outro lugar senão no coração da história. A história de alto a baixo. A história do mundo, a história da família, a história pessoal. É um tema muito vasto, a traição. Pense só na Bíblia. Sobre o que é o livro? A situação narrativa básica da Bíblia é a traição. Adão, traído. Esaú, traído. Os siquemitas, traídos. Judá, traído. José, traído. Moisés, traído. Sansão, traído. Samuel, traído. Davi, traído. Urias, traído. Jó, traído. Jó, traído por quem? Por ninguém menos que Deus. E não esqueça a traição de Deus. Deus traído. Traído a todo instante por nossos ancestrais."

6.

Em meados de agosto de 1950, apenas alguns dias antes de eu partir para estudar na Universidade de Chicago (e, como as coisas se passaram, partir para nunca mais voltar) e ingressar na primeira série da faculdade, peguei um trem e fui passar uma semana na região rural de Sussex, com Ira, a exemplo do que eu tinha feito no ano anterior, quando Eve e Sylphid estavam na França, visitando o pai de Sylphid — e quando meu pai teve de conversar com Ira antes de me dar sua autorização para ir. Naquele segundo verão, cheguei no fim do dia à estação rural, a oito sinuosos quilômetros da cabana de Ira, através de estradinhas estreitas e de rebanhos de vacas leiteiras. Ira me esperava na estação, em seu Chevy cupê.

Ao lado dele, no banco da frente, estava uma mulher de uniforme branco que Ira me apresentou como a sra. Pärn. Tinha vindo de Nova York naquele dia para amenizar suas dores no pescoço e nos ombros e ia voltar no próximo trem para o leste. Ela trazia uma mesa dobrável e me lembro de que foi sozinha tirá-la do porta-malas. É isso o que lembro — sua força ao erguer a mesa, e vestia um uniforme branco, meias brancas e o chamava de "sr.

Rinn", e ele a chamava de "sra. Pärn". Não notei nada de especial na mulher, exceto sua força. Na verdade, mal reparei nela. E depois que ela saiu do carro e, carregando sua mesa, cruzou o trilho rumo à estação de onde o trem a levaria até Newark, nunca mais voltei a ver a mulher. Eu tinha dezessete anos. Ela me pareceu velha, asseada e sem nenhuma importância.

Em junho, uma lista de 151 pessoas do rádio e da televisão com supostas ligações com as "causas comunistas" surgiu numa publicação chamada *Canais vermelhos* e desencadeou uma série de demissões que espalhou pânico em toda a indústria do rádio e da tevê. O nome de Ira, no entanto, não estava na lista, nem o de ninguém envolvido com o programa *Livres e corajosos*. Eu não tinha a menor ideia de que Ira, com toda a certeza, havia sido poupado em virtude da blindagem decorrente de ser marido de Eve Frame, e porque a própria Eve Frame estava sendo protegida (por Bryden Grant, um informante das pessoas que editavam *Canais vermelhos*) da suspeita que teria automaticamente recaído sobre ela como esposa de um homem com a reputação de Ira. Eve, afinal de contas, havia cumprido ao lado de Ira mais de uma função política que, naquele tempo, bastaria para pôr em dúvida sua lealdade aos Estados Unidos. Não eram necessárias muitas provas incriminadoras — em casos de identidade trocada, não era necessária nenhuma —, mesmo em se tratando de alguém tão desvinculado da política quanto Eve Frame, para uma pessoa ser rotulada de "comunista disfarçado" e acabar no olho da rua.

Mas eu só viria a descobrir o papel de Eve na gestação dos terríveis problemas de Ira uns cinquenta anos depois, quando Murray me contou a história em minha casa. Minha teoria, na época, para não terem apanhado Ira de uma vez era que tinham medo dele, medo da luta que ele iria desencadear, medo do que me parecia, naquele tempo, a sua indestrutibilidade. Achei que os editores de *Canais vermelhos* temiam que, caso provocado, Ira pudesse derrubá-los com uma mão nas costas. Enquanto Ira me falava a respeito de *Canais vermelhos* em nossa primeira refeição juntos, cheguei a ter o devaneio romântico de imaginar a cabana na estrada de Pickax Hill como um daqueles sóbrios campos de treinamento no interior de Jersey onde os lutadores pesos pesados iam praticar meses antes da grande luta de boxe, e o peso pesado ali era Ira.

— Os padrões de patriotismo para a minha profissão estão sendo estabelecidos por três policiais do FBI. Três ex-agentes do FBI, Nathan, são eles que dirigem essa operação *Canais vermelhos*. Quem deve trabalhar no rádio e quem não deve, isso será determinado por três caras cuja fonte privilegiada de informações é o Comitê de Atividades Antiamericanas do Congresso. Você vai ver como os patrões são corajosos, diante de toda essa escrotidão. Veja bem como o sistema do lucro se rende sob pressão. Liberdade de pensamento, de expressão, julgamento correto — foda-se tudo isso. As pessoas serão destruídas, meu chapa. Não são apenas os meios de vida que se vão perder, mas as próprias *vidas*. As pessoas vão morrer. Vão adoecer e morrer, vão se jogar do alto dos prédios e morrer. Quando tudo isso acabar, as pessoas com o nome nessas listas vão estar em campos de concentração, cortesia da querida Lei de Segurança Interna do senhor McCarran. Se entrarmos em guerra contra a União Soviética — e não há nada que a direita deste país deseje mais do que a guerra —, McCarran se incumbirá pessoalmente de nos cercar de arames farpados.

A publicação da lista não fez Ira calar a boca nem sair correndo atrás de proteção, como aconteceu com inúmeros colegas. Uma semana depois de publicada a lista, estourou repentinamente a guerra da Coreia e, numa carta ao velho jornal *Herald Tribune*, Ira (assinando-se, em tom desafiador, Iron Rinn do programa *Livres e corajosos*) afirmou publicamente sua oposição ao que definiu como a decisão de Truman de transformar aquele conflito remoto no confronto definitivo entre capitalistas e comunistas, tão esperado desde o fim da guerra e, ao agir assim, "insensatamente preparar o cenário para o horror atômico da Terceira Guerra Mundial e a destruição da humanidade". Foi a primeira carta de Ira para um jornal desde o tempo em que escrevia do Irã para o *Stars and Stripes* acerca da injustiça da segregação racial no exército, e foi mais do que uma declaração exaltada contra a ideia de ir à guerra contra a comunista Coreia do Norte. De forma indireta, representava um flagrante e calculado ato de resistência contra *Canais vermelhos* e seu propósito não só de expurgar os comunistas mas também de ameaçar os liberais e a esquerda não comunista e forçá-los a uma submissão muda.

A Coreia foi quase o único assunto do qual Ira conseguiu falar durante aquela semana na cabana, em agosto de 1950. Quase toda noite na minha visita anterior, Ira e eu ficávamos estirados em frágeis espreguiçadeiras de praia, cercados de velas de erva-cidreira para espantar os mosquitos e os pernilongos — a partir de então, a fragrância de limão do óleo de erva-cidreira me faria sempre lembrar Zinc Town — e, enquanto eu olhava para as estrelas, Ira me contava todo tipo de histórias, umas novas, outras velhas, sobre a sua adolescência nas minas, o tempo da Depressão quando ele não tinha onde morar, suas aventuras durante a guerra como estivador na base do exército americano em Abadã, à margem do Shatt-al-Arab, o rio que, perto do golfo Pérsico, mais ou menos separa o Irã do Iraque. Eu nunca havia conhecido ninguém cuja vida fosse tão profundamente circunscrita por uma parcela tão grande da história americana, ninguém que estivesse pessoalmente familiarizado com tantos elementos da geografia americana, que tivesse enfrentado, face a face, tanta coisa da vida dos americanos pobres. Eu nunca conhecera ninguém tão mergulhado no seu tempo ou tão determinado por ele. Ou tão tiranizado por ele, ao mesmo tempo seu vingador, sua vítima e seu instrumento. Imaginar Ira *fora* do seu tempo era impossível.

Para mim, naquelas noites lá na cabana, a América que era a minha herança se manifestava na forma de Ira Ringold. O que Ira dizia, a torrente de amor e repulsa, não inteiramente cristalina (e tampouco livre de repetições), suscitava em mim exaltados anseios patrióticos de conhecer de perto a América que se estendia além de Newark, atiçava as centelhas daquelas mesmas paixões nativistas instigadas em mim, quando menino, pela guerra, que foram alimentadas na primeira adolescência por Howard Fast e Norman Corwin, e que se aguentariam bem acesas ainda mais um ou dois anos graças aos romances de Thomas Wolfe e John Dos Passos. Na minha segunda visita de férias à cabana de Ira, no finalzinho do verão, as noites começavam a ficar deliciosamente frias nos montes de Sussex, e eu alimentava as chamas rumorejantes da lareira com lenha que eu mesmo havia partido sob o sol quente da manhã, enquanto Ira, bebendo café aos golinhos em sua velha caneca lascada, vestindo bermuda, tênis surrados de jogar basquete e uma desbotada camiseta verde-oliva dos tempos do exército — parecendo nada mais nada menos do que o Grande Chefe Americano dos Escoteiros, o vigoroso homem habituado à natureza, adorado pelos meninos, capaz de sobreviver sozinho na mata, pôr o urso para correr e evitar que os garotos se afogassem no lago —, desandava a falar sobre a Coreia, num tom de voz de protesto e indignação que não era costume ouvir junto ao fogo em nenhum acampamento no mato.

— Não posso acreditar que algum cidadão americano com metade do cérebro na cabeça seja capaz de acreditar que as tropas da Coreia do Norte comunista vão embarcar em navios de guerra e viajar dez mil quilômetros para invadir os Estados Unidos. Mas é isso o que as pessoas dizem. 'É preciso estar alerta com a ameaça comunista. Eles vão acabar tomando conta deste país.' Truman está mostrando aos republicanos a sua força — *é isso* o que ele quer. É isso o que essa história toda significa. Mostrar sua força à custa do inocente povo coreano. Nós vamos atacar e vamos bombardear aqueles filhos da puta, está entendendo? E tudo só para dar apoio a nosso querido fascista Syngman Rhee. O maravilhoso presidente Truman. O maravilhoso general MacArthur. Os comunistas, os comunistas. Não o racismo deste país, não as injustiças deste país. Não, o problema são os comunistas! Cinco mil negros foram linchados neste país e nenhum linchador foi condenado até hoje. Isso é culpa dos comunistas? Noventa negros foram linchados desde que Truman foi para a Casa Branca, cheio daquela conversa mole sobre direitos civis. É culpa dos comunistas ou é culpa do procurador geral de Truman, o senhor Clark Maravilhoso, que promove, num tribunal, a ultrajante perseguição de doze líderes do Partido Comunista, destrói cruelmente suas vidas por causa de suas crenças, mas, quando se trata dos linchadores, se recusa a levantar um dedo! Vamos fazer guerra contra os comunistas, vamos mandar nossos soldados para lutar contra os comunistas — e em toda parte que a gente vá, no mundo inteiro, os primeiros a morrer na luta contra o fascismo são os comunistas! Os primeiros a lutar em favor dos negros, em favor dos trabalhadores..."

Eu tinha ouvido tudo aquilo antes, as mesmas palavras muitas vezes e, no final da minha semana de férias, eu mal podia esperar a hora de me ver longe do som da voz de Ira e voltar para casa. Dessa vez, ficar na cabana não foi para mim como no primeiro verão. Sem a menor noção de como Ira se encontrava assediado em todas as frentes, de como ele sentia que sua independência desafiadora corria perigo — ainda imaginando que o meu herói marchava rumo à liderança e à vitória na sua luta no rádio contra os reacionários de *Canais vermelhos* —, eu não conseguia entender o medo e o desespero, a crescente sensação de fracasso e isolamento que nutriam a indignação moral de Ira.

— Por que faço o que faço politicamente? Faço as coisas porque acho que são *justas*. Tenho de fazer alguma coisa, porque alguma coisa precisa ser *feita*. E não ligo a mínima se ninguém a não ser eu sabe disso. Chego a me contorcer diante da covardia dos meus antigos companheiros...

No verão anterior, embora eu não tivesse idade suficiente para tirar carteira de motorista, Ira me ensinara a dirigir seu carro. Quando fiz dezessete anos e meu pai veio me ensinar a dirigir, eu tinha certeza de que, se eu contasse que Ira Ringold havia chegado antes dele, em agosto, deixaria meu pai magoado e assim, ao lado de meu pai, fingi que não sabia o que estava fazendo e que aprender a dirigir era a maior novidade do mundo para mim. O Chevy 39 de Ira era preto, um cupê de duas portas, e muito bonito. Ira era tão grandalhão que parecia um artista de circo, sentado ao volante do carro e, no segundo verão, quando Ira sentou a meu lado e me deixou dirigir seu carro, me senti como se estivesse levando um monumento para andar de carro, um monumento com uma raiva louca da guerra da Coreia, um monumento de guerra, em homenagem à guerra *contra* a guerra.

O carro tinha sido da avó de alguém e só tinha dezenove mil quilômetros rodados quando Ira o comprou em 48. Câmbio no chão, três marchas à frente e a marcha à ré situada na haste superior esquerda do H. Dois bancos separados na frente, com um espaço entre eles largo o bastante para uma criança pequena se empoleirar sem conforto. Sem rádio, sem aquecimento interno. Para abrir a ventilação, empurrava-se para baixo um pequeno trinco e as abas se levantavam na frente do para-brisa dianteiro, com uma tela para evitar a entrada de insetos. Um bocado eficiente. Janelinhas quebra-vento, cada uma com seu trinco. Assentos acolchoados, naquele estofado cinzento, cor de pelo de rato, que todos os carros tinham na época. Estribos. Porta-malas grande. O estepe, com o macaco, debaixo do forro do porta-malas. A grade de radiador com uma espécie de ponta para a frente, e o ornamento do capô tinha um pedaço de vidro. Para-lamas de verdade, grandes e arredondados, e os faróis saltados, como dois torpedos, logo atrás da aerodinâmica grade do radiador. Os limpadores de pára-brisa operavam num vácuo, de modo que, quando a gente pisava no acelerador, os limpadores de pára-brisa diminuíam a velocidade.

Lembro-me do cinzeiro. Bem no centro do painel, entre os dois passageiros: uma peça de plástico bonita e alongada, presa por uma dobradiça no fundo, que balançava apontada para a gente. Para abrir o motor, era só girar um trinco do lado de fora do carro. Nenhuma tranca — dava para depenar aquele motor em dois segundos. Cada aba do capô abria independentemente. A textura do volante não era lisa e lustrosa, mas fibrosa, e a buzina ficava sozinha, no meio. A ignição era um pedalzinho de borracha redondo com uma tira de borracha enrugada em volta, na beirada. O afogador, necessário para fazer o motor pegar nos dias frios, ficava no lado direito, e alguma coisa chamada válvula reguladora ficava no lado esquerdo. Essa válvula reguladora não tinha nenhuma utilidade que eu pudesse perceber. No porta-luvas, um relógio de corda embutido. A tampa do tanque de combustível, bem visível na lateral do carro, atrás da porta do passageiro, desatarraxava como uma tampa de garrafa. Para trancar o carro, a gente apertava o botão na janela do motorista e, quando saía do carro, puxava para baixo o trinco giratório e batia a porta. Desse jeito, se você estivesse pensando em alguma outra coisa, na hora, podia perfeitamente trancar as chaves dentro do carro.

Eu poderia ficar falando sem parar sobre esse carro porque foi o primeiro lugar onde transei. Naquele segundo verão com Ira, conheci a filha do chefe de polícia de Zinc Town e, certa noite, peguei emprestado o carro de Ira e a levei para um cinema drive-in. O nome dela era Sally Spreen. Era uma ruiva uns dois anos mais velha do que eu, que trabalhava no armazém da cidade e era conhecida por ali como "fácil". Levei Sally Spreen para fora de Nova Jersey, até um drive-in do outro lado do rio Delaware, já na Pensilvânia. Os alto-falantes dos cinemas drive-in naquele tempo ficavam pendurados para dentro da janela do carro e era um filme de Abbot e Costello. Barulhento. Começamos de agarramento logo de saída. Ela *era* fácil. A parte gozada (se é que alguém pode dizer que só houve uma parte gozada) foi que minha cueca foi parar em volta do meu pé esquerdo. E meu pé esquerdo estava no acelerador e assim, enquanto eu trepava com ela, bombeava gasolina no motor do carro de Ira. Quando gozei, minha cueca não sei como acabou enrolada no pedal do freio e no meu tornozelo. Costello berrava: "Ei, Abbott! Ei, Abbott!". As janelas estavam embaçadas de vapor, o motor estava afogado, o pai dela era o chefe de polícia de Zinc Town e eu estava amarrado ao chão do carro.

Enquanto a levava para casa, eu não sabia o que dizer, o que sentir ou que castigo esperar por levá-la além da divisa estadual para praticar o sexo e assim me vi de repente explicando a ela como os soldados americanos não tinham nada que ir lutar na Coreia. Dei um esporro nela por causa do general MacArthur, como se *ele* fosse o pai de Sally.

Quando voltei para a cabana, Ira ergueu os olhos do livro que estava lendo.

— E então, boa, ela?

Eu não sabia que resposta dar. A ideia nem mesmo passara pela minha cabeça.

— *Qualquer uma* teria sido boa — respondi, e nós dois caímos na gargalhada.

De manhã, descobrimos que, em meu estado de exaltação na noite anterior, eu havia trancado as chaves dentro do carro antes de entrar na cabana, não mais virgem. De novo Ira riu alto — mas, a não ser por isso, durante a semana que passei na cabana, Ira nunca se divertia com nada.

Às vezes, Ira convidava seu vizinho mais próximo, Raymond Svecz, para vir jantar conosco. Ray era um solteirão que morava uns três quilômetros adiante na estrada, na orla de uma pedreira abandonada, uma escavação de aspecto bastante primitivo, uma fenda enorme e aterradora aberta na rocha por mãos humanas, cujas desolação e ruína de fim de mundo me davam arrepios mesmo quando ela era iluminada pelo sol. Ray morava ali sozinho numa construção de um só cômodo que, décadas antes, tinha sido um armazém para guardar material de mineração, a habitação humana mais lamentável que já vi. Ele fora prisioneiro de guerra na Alemanha e voltara para casa com o que Ira chamava de "problemas mentais". Um ano depois, de volta a seu emprego de operador de broca na mina de zinco — na mina de zinco onde o próprio Ira havia trabalhado com uma pá quando menino —, Ray machucou a cabeça num acidente. Quatrocentos e vinte metros abaixo da superfície da Terra, uma rocha suspensa do tamanho de um caixão, com mais de quatrocentos e cinquenta quilos, soltou-se perto de uma parede que ele perfurava com a broca e, embora não o tenha esmagado, o atirou violentamente para o chão, onde caiu de cara. Ray sobreviveu, mas nunca mais desceu para baixo da terra e desde então os médicos tentam reconstruir o seu crânio. Ray era habilidoso e Ira lhe dava trabalhos simples, pedia para limpar e regar a horta, quando ele não estivesse ali, pagava a ele para consertar e pintar coisas no barracão. Na maior parte do tempo, Ira lhe pagava para não fazer nada e, quando Ira estava passando dias ali e via que Ray não andava comendo direito, o trazia para sua cabana e o alimentava. Ray mal falava. Um bobão simpático, sempre fazendo que sim com a cabeça (que diziam não parecer muito com a cabeça que tinha antes do acidente), muito educado... e mesmo quando Ray comia conosco, os ataques de Ira contra nossos inimigos nunca cessavam.

Eu já devia ter esperado aquilo. Eu *havia* esperado. Eu aguardava aquilo com ansiedade. Eu achava que nunca iria me fartar daquilo. Mas me fartei. Eu ia começar a faculdade na semana seguinte e meu período de instrução com Ira havia encerrado. Com uma velocidade incrível, aquilo estava acabado. Aquela inocência também havia chegado ao fim. Entrei na cabana na estrada de Pickax Hill uma pessoa, e saí outra. Qualquer que fosse o nome da nova força propulsora que viera à tona, tinha surgido espontaneamente, sozinha, e era irreversível. A ruptura com meu pai e o desvio da afeição filial induzido por meu entusiasmo por Ira recebiam agora sua réplica, na minha desilusão com Ira.

Mesmo quando Ira me levou para ver seu amigo favorito na região, Horace Bixton — que, com o filho, Frank, tinha uma oficina de taxidermia num estábulo de vacas de dois cômodos, mais ou menos adaptado, perto da casa de fazenda da família Bixton, numa estrada poeirenta nos arredores —, a única coisa que Ira conseguiu falar com Horace foi o mesmo que vinha falando comigo sem parar. No ano anterior, estivemos lá e eu me diverti muito ouvindo, não Ira discursar sobre a Coreia e o comunismo, mas sim ouvindo Horace tagarelar sobre taxidermia.

— Dava para escrever uma peça de rádio, Nathan, com esse cara no papel principal, e só sobre taxidermia.

O interesse de Ira por taxidermia era parte de um fascínio de trabalhador que ele ainda sentia, não tanto pela beleza da natureza, mas pela interferência do homem sobre a natureza, a natureza industrializada e explorada, a natureza manipulada pelo homem, consumida pelo homem, desfigurada pelo homem e, como começava a ficar patente ali mesmo no coração do território do zinco, devastada pelo homem.

Quando cheguei à porta da casa dos Bixton pela primeira vez, a desordem bizarra do pequeno cômodo da frente me deixou atônito: peles curtidas empilhadas por todo lado; chifres de veado às dúzias, em carreiras no teto, etiquetados e presos por pedaços de arame, em todas as direções de uma ponta à outra do aposento; peixes recobertos com laca, também pendurados no teto, peixes reluzentes com as barbatanas abertas, peixes reluzentes com longos bicos em forma de espada, um peixe reluzente com a cara igual à de um macaco; cabeças de animais — pequenas, médias, grandes e extragrandes — amontoadas em cada centímetro quadrado da parede; um bando numeroso de patos, gansos, águias e corujas espalhadas pelo chão, muitas de asas abertas como se voassem. Havia faisões e perus selvagens, tinha um pelicano, tinha um cisne, havia também, furtivamente largados no meio dos pássaros, um guaxinim, um lince, um coiote e um par de castores. Em poeirentas caixas de vidro, dispostas ao longo das paredes, ficavam os pássaros menores, pombos e rolinhas, um pequeno jacaré, bem como serpentes enroladas, lagartos, tartarugas, coelhos, esquilos e roedores de todos os tipos, camundongos, doninhas e outras criaturinhas feias que não sei nomear com realismo se aninhavam em quadros vivos naturais, velhos e estropiados. E a poeira estava em toda parte, mantos de pelo, penas, peliças, tudo.

Horace, um homem ligeiramente idoso, não muito mais alto do que a envergadura das asas do seu abutre, vestindo macacão e chapéu cáqui, saiu lá dos fundos para vir apertar minha mão e, quando reparou na minha expressão espantada, sorriu como quem pede desculpas.

— Pois é — disse ele. — A gente não é de jogar muita coisa fora, por aqui.

— Horace — disse Ira, olhando muito lá de cima para aquele sujeito gnômico que, segundo Ira me contara, fabricava sua própria sidra rústica, defumava ele mesmo suas carnes e conhecia todos os passarinhos pelo canto —, este é Nathan, um jovem escritor que está na escola secundária. Contei a ele o que você me disse sobre um bom empalhador: o teste para reconhecer um bom empalhador de animais é criar a ilusão de vida. Ele disse: "Esse também é o teste de um bom escritor", e aí resolvi trazê-lo aqui para que vocês que são artistas pudessem bater um papo.

— Bem, nós levamos nosso trabalho a sério — me explicou Horace. — Fazemos de tudo. Peixes, aves, mamíferos. Cabeças de animais de caça. Todas as posições, todas as espécies.

— Fale sobre aquele monstro — disse Ira com uma risada, apontando para uma ave alta sobre pernas alongadas que me pareceu um galo saído de um pesadelo.

— É um casuar — respondeu Horace. — Uma ave grande da Nova Guiné. Não voa. Esta aqui estava num circo. Um circo itinerante com uma exposição de curiosidades, e um dia a ave morreu, em 1938, trouxeram-na para mim e eu a empalhei, e o circo nunca mais voltou para apanhar. Este aqui é um antílope órix — disse ele, começando a distinguir para mim os itens do seu artesanato. — Este é um falcão americano em pleno voo. A cabeça do búfalo do

Cabo, é o que se chama armação europeia, só a metade de cima do crânio. Estes são os chifres de um alce. Enorme. Uma fera selvagem, a parte de cima do crânio com a pele está ali...

 Estávamos havia meia hora fazendo um safári pela sala de exposição e, quando entramos na sala dos fundos — "a oficina", conforme Horace a chamava — lá estava Frank, um homem meio careca de cerca de quarenta anos, uma réplica do pai em tamanho natural, sentado diante de uma mesa ensanguentada esfolando uma raposa com uma faca que, conforme depois viemos a saber, o próprio Frank havia fabricado com uma serra para cortar metal.

 — Animais diferentes têm cheiros diferentes, você entende — Horace me explicou. — Sente o cheiro da raposa?

 Fiz que sim com a cabeça.

 — Pois é, existe um cheiro que é associado à raposa — disse Horace. — Não é um cheiro lá muito agradável.

 Frank já tinha esfolado quase toda a pata traseira direita da raposa até deixá-la só músculo e osso.

 — Esta aqui — disse Horace — vai ser montada inteira. Vai parecer uma raposa viva. — A raposa, caçada fazia pouco tempo, jazia ali parecendo já uma raposa viva, só que adormecida. Sentamos todos em volta da mesa enquanto Frank seguia trabalhando com esmero. — Frank tem dedos muito ágeis — disse Horace, com orgulho de pai. — Muita gente pode empalhar uma raposa, um urso, um veado e pássaros grandes, mas meu filho também sabe empalhar passarinhos. — A mais preciosa das ferramentas de Frank feitas à mão era uma colherzinha para extrair o cérebro, especial para passarinhos, de um tipo que nem se podia sonhar em comprar em parte alguma. Na hora em que Ira e eu nos levantamos para ir embora, Frank, que era surdo e não falava, tinha esfolado a raposa inteira, de modo que ela parecia nada mais do que uma carcaça vermelha definhada, mais ou menos do tamanho de um bebê recém-nascido.

— Tem gente que come raposa? — perguntou Ira.

— Normalmente, não — respondeu Horace. — Mas durante a Depressão a gente experimentava algumas coisas diferentes. Todo mundo estava na mesma dureza, então, você sabe muito bem, nada de carne para comer. A gente comia gambá, marmota, coelho.

— E qual deles era bom? — perguntou Ira.

— Tudo era bom. A gente vivia com fome. Durante a Depressão, a gente comia qualquer coisa que conseguisse pegar. Comemos corvo.

— Que tal comer corvo?

— Bem, o problema com o corvo é que a gente não pode saber se aqueles desgraçados estão muito velhos ou não. Teve um corvo que era igual a um couro de sapato. Alguns corvos só serviam mesmo para fazer sopa. A gente também comia esquilos.

— Como é que se cozinha um esquilo?

— Numa panela de ferro preta. Minha esposa pegava os esquilos em armadilhas. Tirava a pele e, quando tinha três, cozinhava tudo na panela de ferro. A gente comia como se fossem coxinhas de galinha.

— Vou trazer minha patroa aqui — disse Ira — para que você dê a ela a receita.

— Uma vez minha mulher tentou cozinhar um mão-pelada sem me dizer. Mas eu sabia. Ela disse que era carne de urso preto. — Horace riu. — Ela era boa cozinheira. Morreu sete anos atrás, no Dia da Marmota, dois de fevereiro.

— Quando foi que você trouxe aquilo para cá, Horace? — Ira apontou, por cima do chapéu de Horace, na direção de uma cabeça de javali presa na parede, que se projetava para diante;

pendia entre prateleiras abarrotadas de armações de arame e de armações de estopa recobertas de gesso, por cima das quais as peles dos bichos eram esticadas, ajustadas e costuradas novamente no lugar para criar a ilusão de vida. O javali era, em todos os aspectos, uma fera, e ainda por cima uma fera grande, negra, de pescoço marrom, máscara de pelos esbranquiçados entre os olhos e adornando as faces, e focinho tão grande, negro e duro quanto uma pedra preta molhada. Sua mandíbula estava ameaçadoramente aberta, de modo que dava para ver a crueza do interior da boca do carnívoro e os majestosos dentes brancos e compridos como presas. O javali produzia a ilusão de vida, sem dúvida; tal como, por enquanto, a raposa de Frank, cujo fedor eu mal conseguia suportar.

— O javali parece de verdade — disse Ira.

— Ah, mas é de verdade. A língua não é de verdade. A língua é falsa. O caçador quis ficar com a língua de verdade. Em geral se usa língua falsa porque, aos poucos, a língua original vai rachando. Fica meio quebradiça e se parte. Mas quisemos usar os dentes verdadeiros, pusemos os dentes todos lá dentro.

— Quanto tempo vocês levaram para terminar, desde o primeiro dia?

— Uns três dias, umas vinte horas.

— Quanto ganharam para fazer o trabalho?

— Setenta dólares.

— Para mim, parece pouco — disse Ira.

— Você está habituado aos preços de Nova York — respondeu Horace.

— Vocês pegam o javali inteiro ou só a cabeça?

— Em geral, trazem a cabeça inteira, cortada na altura da nuca. Às vezes a gente consegue um urso inteiro, um urso preto. Já preparei um tigre.

— Um tigre? Foi mesmo? Nunca me contou isso. — Pude ver que, embora Ira interrogasse Horace para me instruir como escritor, gostava também de fazer perguntas para ouvi-lo responder com sua vozinha sagaz, alegre, uma voz que parecia raspada com canivete num pedaço de madeira. — Onde o tigre levou o tiro? — perguntou Ira.

— Era um cara que tinha uns tigres como bichos de estimação. Um deles morreu. As peles são valiosas e ele queria usar aquela para fazer um tapete. Telefonou, pôs o bicho numa maca e Frank meteu o tigre no carro e o trouxe para cá, o bicho inteiro. Porque não sabiam como tirar a pele nem nada.

— E você sabia como cuidar do tigre ou teve de olhar num livro?

— Um livro, Ira? Não, Ira, nada de livro. Depois de trabalhar com bichos por tanto tempo, a gente consegue adivinhar como é qualquer animal.

Ira me disse:

— Tem alguma pergunta que gostaria de fazer ao Horace? Alguma coisa que gostaria de saber para a sua escola?

Só de estar ali ouvindo tudo aquilo, eu já estava mais do que satisfeito e por isso respondi:

— Não.

— Foi divertido tirar a pele do tigre, Horace? — perguntou Ira.

— Foi. Eu gostei. Arranjei um cara e o contratei para fazer um filmezinho doméstico, filmar o processo todo, e passei o filme no Dia de Ação de Graças daquele ano.

— Antes ou depois do jantar? — perguntou Ira.

Horace sorriu. Embora eu não pudesse enxergar nenhuma ironia na prática da taxidermia, o próprio taxidermista tinha uma boa dose de senso de humor americano.

— Bem, nesse dia a gente come o tempo todo, não é mesmo? Todo mundo se lembra daquele Dia de Ação de Graças. Numa família de taxidermistas, a gente está habituado a essas coisas, mas sempre se pode fazer uma surpresa, não é?

E assim a conversa continuou, uma conversa amigável e tranquila, com algumas risadas no meio, que terminou com Horace me dando de presente o casco de um gamo. O tempo todo, Ira se mostrou mais manso e à vontade do que eu jamais o vira com qualquer outra pessoa. A não ser por meu enjoo com o cheiro da raposa, eu não conseguia me lembrar de me sentir alguma vez tão tranquilo na companhia de Ira. Também nunca o vira tão sério a respeito de alguma coisa que não fossem as questões mundiais, a política americana ou os fracassos da raça humana. Conversar sobre cozinhar corvos, transformar um tigre num tapete e o preço de empalhar um javali selvagem fora de Nova York o deixava livre para ficar tranquilo, em paz, quase irreconhecível.

Havia algo tão cativante na maneira como aqueles dois homens se embeveciam um com o outro bem-humoradamente (em especial, com um lindo animal sendo despojado de sua bela aparência exterior bem ali debaixo de seus narizes) que depois eu tive de me perguntar se aquela pessoa que não precisava ficar toda agitada nem se alvoroçar com aquelas emoções ao estilo de Ira para poder travar uma conversa não seria, quem sabe, o Ira verdadeiro, embora oculto e inativo, e se o outro Ira, o radical furioso, não seria um personagem, a imitação de alguma coisa, como o seu Lincoln ou a língua do javali. O respeito e o carinho de Ira por Horace Bixton sugeriam até mesmo a mim, um garoto, que existia um mundo muito simples de gente simples e de satisfações simples onde Ira poderia ter vivido sossegadamente, onde todas as suas paixões impetuosas, onde tudo aquilo que o municiava (e o municiava mal) para os ataques violentos à sociedade poderia ser refeito ou até pacificado. Talvez com um filho como Frank, de cujos dedos ágeis ele poderia se orgulhar, e com uma esposa capaz de pegar um esquilo numa armadilha e depois cozinhá-lo, talvez se apropriando de coisas desse tipo, bem à mão, fabricando ele mesmo sua sidra rústica, defumando suas carnes, vestindo macacão, chapéu cáqui e ouvindo o canto dos passarinhos... E então, de novo, talvez não. Talvez viver, como Horace, sem um grande inimigo fosse tornar a vida para Ira ainda mais impossível do que já era.

No segundo ano em que fomos visitar Horace, não houve risadas na conversa e foi Ira que falou o tempo todo.

Frank estava esfolando a cabeça de um gamo — "Frank pode cuidar da cabeça de um gamo de olhos fechados", disse Horace — enquanto Horace ficava sentado, recurvado, na outra ponta da mesa da oficina "preparando crânios". Espalhados a sua frente, estavam vários crânios muito pequenos que ele consertava com arame e cola. Alguns professores de ciências na escola em Easton queriam uma coleção de crânios de pequenos mamíferos e sabiam que Horace podia arranjar aquilo de que precisavam porque, me disse ele, sorrindo para os ossinhos frágeis a sua frente, "eu não jogo nada fora".

— Horace — disse Ira —, algum cidadão americano com metade do cérebro na cabeça pode acreditar que as tropas comunistas da Coreia do Norte vão embarcar em navios de guerra e viajar dez mil quilômetros para invadir os Estados Unidos? Você pode acreditar numa coisa dessas?

Sem levantar os olhos do crânio de um rato-almiscarado cujos dentes soltos ele fixava na mandíbula com cola, Horace balançou lentamente a cabeça.

— Mas é exatamente isso o que as pessoas andam falando — Ira respondeu. — "É preciso tomar cuidado com a ameaça comunista, eles vão tomar conta deste país." Esse Truman quer dar uma demonstração de força para os republicanos, é só isso que quer fazer. É só isso que essa história toda significa. Dar uma demonstração de força à custa dos coreanos inocentes. Nós vamos nos meter lá e tudo o mais só para apoiar aquele fascista sacana do Syngman Rhee. Vamos bombardear aqueles filhos da mãe, entende? O maravilhoso presidente Truman. O maravilhoso general MacArthur...

E, sem conseguir deixar de me entediar com a interminável lengalenga que era o script primordial de Ira, eu pensava, maldoso: "Frank nem sabe a sorte que tem de ser surdo. Esse rato-almiscarado nem sabe a sorte que tem de estar morto. Esse gamo...". *Et cetera*.

A mesma coisa aconteceu — Syngman Rhee, o maravilhoso presidente Truman, o maravilhoso general MacArthur — quando fomos, certa manhã, até o depósito de pedras, mais adiante na estrada, para cumprimentar Tommy Minarek, um mineiro aposentado, um eslovaco corpulento e simpático que trabalhava nas minas quando Ira veio para Zinc Town pela primeira vez, em 1929, e que, na época, teve por Ira um interesse paternal. Agora Tommy trabalhava para a prefeitura, cuidava do depósito de pedras — é uma atração turística — aonde, junto com circunspectos colecionadores de pedras, às vezes vinham famílias com os filhos para catar bons pedaços de rocha para levar para casa e posicionar sob uma luz ultravioleta. Sob essa luz, como Tommy me explicou, os minerais "fluorescem" — quer dizer, brilham, com fluorescentes tons de vermelho, laranja, púrpura, mostarda, azul, creme e verde; algumas parecem feitas de veludo preto.

Tommy sentou-se numa grande pedra achatada na entrada do depósito, sem chapéu, exposto aos rigores do clima, um cara velho e de boa aparência, com um rosto largo e quadrado, cabelo branco, olhos castanho-claros e todos os dentes na boca. Cobrava, pelo ingresso, vinte e cinco centavos dos adultos e, embora a prefeitura lhe dissesse para cobrar dez centavos das crianças, Tommy as deixava entrar de graça.

— Vem gente de toda parte do mundo para cá — me disse Tommy. — Alguns vêm todo sábado e domingo por anos a fio, até no inverno. Faço fogueiras para algumas pessoas e elas me dão uns dólares por isso. Eles vêm todo sábado e domingo, chova ou faça sol.

Sobre o capô do calhambeque de Tommy, estacionado bem ao lado da grande pedra achatada em que ele se sentava, havia amostras de minerais da coleção que tinha no porão, todas arrumadas sobre uma toalha, para vender, espécimes de bom tamanho que chegavam a custar cinco ou seis dólares, vidros de picles cheios de espécimes menores por um dólar e cinquenta centavos, e saquinhos de papel marrom cheios de cacos e lascas de pedra, que saíam por cinquenta centavos. Tommy guardava o material de quinze, vinte e vinte e cinco dólares no porta-malas do carro.

— Lá atrás — disse ele — guardo as coisas mais valiosas. Não posso deixá-las aqui fora. Às vezes atravesso a estrada e vou até a oficina de carros do Gary para usar o banheiro ou alguma coisa assim, e o material fica aqui, sem ninguém para tomar conta... Eu tinha dois espécimes no outono, lá atrás, aí veio um cara e pôs um troço preto em cima delas, e ficou olhando com uma lanterna, e eu tinha duas pedras de cinquenta dólares no carro e o cara levou as duas.

No ano anterior, fiquei sentado sozinho com Tommy, diante do depósito de pedras, e observei como ele lidava com os turistas, com os colecionadores e ouvi suas histórias (e mais tarde escrevi uma peça radiofônica sobre aquela manhã, chamada O *velho mineiro*). Foi na manhã seguinte ao dia em que ele veio jantar cachorro-

-quente conosco na cabana. Ira não me dava folga, me doutrinava o tempo todo que eu ficava na cabana, e Tommy foi trazido como um professor convidado, para me dar uma imagem nua e crua da condição dos mineiros antes de o sindicato entrar em ação.

— Conte ao Nathan sobre o seu pai, Tom. Conte o que aconteceu com o seu pai.

— Meu pai morreu trabalhando na mina. Ele e outro cara foram a um lugar onde dois outros caras trabalhavam todo dia, numa elevação, um buraco vertical. Nenhum dos dois apareceu para trabalhar naquele dia. Ficava bem no alto, mais de trinta metros de altura. Meu pai e um outro cara que o chefe mandou lá, um cara jovem, um esquimó — um cara forte para burro! Fui ao hospital, vi o cara e ele não estava na cama, não, e meu pai estava lá, estirado na cama, nem se mexia. Nunca mais vi ele se mexer. No segundo dia que fui lá, o tal cara estava conversando com um outro, fazendo piada, não estava nem na cama. Meu pai estava na cama.

Tommy nasceu em 1880 e começou a trabalhar nas minas em 1902.

— Vinte e quatro de maio de 1902 — disse ele. — Era a época em que Thomas Edison estava aqui, o famoso inventor, fazendo experiências. — Embora Tommy, apesar de seus anos de trabalho nas minas, fosse um homem robusto e ereto, que mal parecia ter setenta anos, tinha de confessar que já não era tão lúcido como fora em outros tempos, e toda vez que ficava meio confuso ou perdia o fio da meada da sua história, Ira tinha de conduzi-la novamente para o caminho certo. — Já não raciocino com tanta rapidez — disse Tommy. — Preciso voltar atrás, recomeçar lá bem do início, sabe como é, e tentar pegar o caminho certo. Um caminho que dê em algum lugar. Ainda estou lúcido, mas não tanto quanto era.

— Como foi o acidente? — perguntou Ira. — O que aconteceu com seu pai? Conte a Nathan o que aconteceu com ele.

— A base quebrou. Sabe, a gente põe uma tábua no fundo desse buraco de um metro e vinte por um metro e vinte, inclinada em tantos graus, a gente põe uma tábua lá no fundo, tem de cavar com uma picareta para que fique inclinada, aí eu ponho um calço e corto num determinado ângulo. Uma na frente e outra mais adiante. E depois a gente coloca ali uma tábua de cinco centímetros.

Ira interrompeu para tentar empurrar Tommy para a frente, para o assunto que interessava.

— E aí o que foi que aconteceu? Conte como seu pai morreu.

— A coisa desabou. A vibração fez desabar. A máquina e tudo veio abaixo. Mais de trinta metros. Ele nunca se recuperou. Seus ossos todos se partiram. Morreu mais ou menos um ano depois. A gente tinha aquele fogão velho e ele ficava com os pés bem lá dentro, tentando se aquecer. Não conseguia esquentar.

— Eles tinham alguma indenização para os trabalhadores? Pergunte você, Nathan, faça as perguntas. É isso o que se faz quando se quer ser escritor. Não seja tímido. Pergunte ao Tommy se ele recebeu alguma indenização.

Mas eu *era* tímido. Ali, comendo cachorro-quente comigo, estava um mineiro de verdade, trinta anos nas minas de zinco. Eu não podia me sentir mais tímido se Tommy Minarek fosse Albert Einstein.

— Pagaram? — perguntei.

— Pagar alguma coisa para a gente? A empresa? Não deram um centavo — disse Tommy, com amargura. — A empresa era um horror e os chefes eram um horror. Os chefes lá não pareciam se importar nem com a casa deles. Sabe o que quero dizer. Com a terra onde trabalhavam todos os dias. Mas eu, se eu fosse um chefe lá embaixo, ia fiscalizar aquelas tábuas que passam por cima dos buracos e por onde as pessoas caminham. Não sei qual a profundidade daqueles buracos, mas teve gente que morreu lá dentro, caminhando naquelas tábuas, quando a tábua quebrou. Podre. Nunca mandavam ninguém fiscalizar aquelas tábuas desgraçadas. Nunca faziam isso.

— Não tinham um sindicato, na época? — perguntei.

— Não tinha sindicato nenhum. Meu pai não recebeu nem um centavo.

Tentei imaginar o que mais eu deveria saber como escritor.

— Vocês não tinham aqui o Sindicato dos Trabalhadores de Minas? — perguntei.

— Tivemos mais tarde. Já nos anos 40. Aí já era tarde demais — disse ele, de novo com a indignação na voz. — Ele estava morto, eu estava aposentado, e o sindicato na verdade não ajudou grande coisa. Como poderia? Tínhamos um líder, nosso diretor local, ele era bom, mas o que podia fazer? Não dá para fazer nada com um poder como aquele. Olhe, anos antes teve um cara que tentou nos organizar. Esse sujeito foi apanhar água para a sua casa, numa fonte mais abaixo na estrada. Nunca mais voltou. Ninguém nunca mais soube dele. Tentava organizar o sindicato.

— Pergunte sobre a empresa, Nathan.

— O armazém da firma — disse Tommy. — Vi muita gente receber o bilhete branco.

— Conte a ele, Tom, o que é o bilhete branco.

— Você não recebe pagamento nenhum. O armazém da firma fica com todo o seu dinheiro. Um bilhete branco. Já vi isso.

— Os donos ganhavam muito dinheiro? — perguntou Ira.

— O presidente da empresa de zinco, o cara mais importante, tinha uma mansão enorme aqui adiante, no alto do morro, isolada. Uma casona lá em cima. Quando morreu, ouvi um dos amigos dele dizer que tinha nove milhões e meio de dólares. É o que possuía.

— E quanto você ganhava no começo? — perguntou Ira.

— Trinta e dois centavos a hora. Meu primeiro serviço foi trabalhar na caldeiraria. Tinha vinte e poucos anos. Depois fui para as minas lá embaixo. O máximo que consegui ganhar foi noventa centavos, porque eu era como um chefe. Um capataz. Quase um chefe. Fazia de tudo.

— E a pensão?

— Nada. Meu padrasto recebia pensão. Ganhava oito dólares. Trabalhou trinta e tantos anos. Oito dólares por mês, é o que ganhava. Eu não vi pensão nenhuma.

— Conte a Nathan como vocês comiam lá embaixo.

— A gente tinha de comer no subsolo.

— Todo mundo? — perguntou Ira.

— Os chefes eram os únicos que vinham para a superfície ao meio-dia e comiam no banheiro deles. O resto comia lá embaixo da terra.

Na manhã seguinte, Ira me levou de carro até o depósito de pedras para ficar ali ao lado de Tommy e aprender sozinho com ele todas as consequências terríveis da ânsia de lucro, tal como funcionava em Zinc Town.

— Aqui está o meu garoto, Tom. Tom é um bom homem e um bom professor, Nathan.

— Tento ser o melhor — disse Tommy.

— Ele foi o meu professor lá nas minas. Não foi, Tom?

— Foi sim, Gil.

Tommy chamava Ira de Gil. Quando perguntei, no café da manhã, por que Tommy o chamava de Gil, Ira riu e respondeu:

— Era assim que me chamavam por aqui, na época. Gil. Eu nunca soube por quê. Alguém me chamou assim um dia e o nome pegou. Mexicanos, russos, eslovacos, todos me chamavam de Gil.

Em 1997, Murray me disse que Ira não me contara a verdade. Eles o chamavam de Gil porque em Zinc Town ele mesmo disse que seu nome era Gil. Gil Stephens.

— Ensinei a Gil como instalar os explosivos quando ele ainda era criança. Na época, eu era um gerente, era eu que operava a broca e cuidava de tudo, os explosivos, as tábuas e tudo. Ensinei o Gil a operar a broca e em cada furo inseria uma banana de dinamite e um fio elétrico que corria tudo.

— Vou indo, Tom. Depois passo para pegar o Nathan. Conte a ele sobre os explosivos. Eduque este rapaz da cidade, senhor Minarek. Conte a Nathan como era o cheiro dos explosivos e o que ele fazia com os órgãos internos de um homem.

Ira partiu de carro e Tommy disse:

— O cheiro? A gente tem de se habituar àquilo. Uma vez eu me dei mal. Eu estava pondo abaixo um pilar, não era um pilar, era uma entrada, uma entrada de um metro e vinte por um metro e vinte. E a gente meteu a broca e explodiu o troço, e jogamos água ali a noite toda, naquela rocha bruta, a gente chama de rocha bruta, e no dia seguinte estava com um cheiro horroroso. Peguei uma boa baforada na cara. Me incomodou por um tempo. Fiquei doente. Não tanto quanto outros caras, mas bem doente.

Estava no verão, já quente às nove da manhã, mas mesmo ao ar livre ali no feio depósito de pedras, com a grande oficina de motores do outro lado da autoestrada, onde ficava o banheiro não muito higiênico que Tommy usava, o céu estava azul e lindo, e logo famílias começaram a chegar em seus carros para visitar o local. Um cara pôs a cabeça para fora da janela do carro e me perguntou:

— É aqui que as crianças podem entrar e catar pedrinhas, é?
— É — respondi, em vez de "sim".
— Tem crianças com você? — perguntou Tommy.

O homem apontou para as duas crianças no banco de trás do carro.

— É aqui mesmo, senhor — disse Tommy. — Pode entrar e dar uma olhada. E quando vocês saírem, por aqui mesmo, peguem um saco de pedrinhas por meio dólar na mão deste mineiro que escavou as minas durante trinta anos, à cata de pedras especiais para as crianças.

Uma mulher idosa dirigia um carro cheio de crianças, na certa seus netos e, quando saiu, Tommy a cumprimentou com polidez.

— Senhora, quando estiver saindo, se por acaso quiser um lindo saco de pedrinhas para os garotos, de um mineiro que escavou as minas durante trinta anos, dê uma paradinha aqui. Cinquenta centavos, o saco. Pedras especiais para crianças. Elas fluorescem que é uma beleza.

Pegando o clima da coisa — pegando o clima dos *prazeres* da ânsia do lucro, tal como funcionava em Zinc Town — eu disse à mulher:

— Ele só tem coisa boa, madame.

— Eu sou o único — disse Tommy — que faz estes saquinhos. Estes sacos são da mina boa. A outra é totalmente diferente. Eu não ponho coisa vagabunda misturada. Aqui tem pedra *de verdade*. Se a senhora olhar para elas debaixo da luz, vai adorar o que tem aqui dentro. Tem pedaços de pedra aqui dentro que só vêm dessa mina, não existem em nenhuma outra parte do mundo.

— O senhor está no sol sem chapéu — disse ela. — Não sente calor aí sentado desse jeito?

— Faço isso há muitos anos — respondeu Tommy. — Está vendo aquelas ali no meu carro? Elas fluorescem em cores diferentes. Parecem feiosas, mas debaixo da luz ficam bonitas, tem coisas diferentes dentro delas. Tem um monte de combinações diferentes dentro delas.

— Este é um cara — "cara", e não "homem", falei — que conhece pedras para valer. Trinta anos nas minas.

Então apareceu um casal que parecia mais gente da cidade do que qualquer um dos outros turistas. Assim que saíram do carro, se puseram a examinar os espécimes mais caros de Tommy, expostos sobre o capô do carro, e trocar ideias entre si em voz baixa. Tommy cochichou para mim:

— Querem pegar as minhas pedras sem pagar. Tenho uma coleção, ninguém pode tocar nela. Isto aqui é o depósito de minerais mais extraordinário do planeta, e eu tenho as melhores pedras.

Aí eu ergui o tom de voz:

— Este cara só tem coisa da melhor qualidade. Trinta anos nas minas. Ele tem pedras lindas aqui. Pedras lindas mesmo. — E eles compraram quatro pedras, num total de cinquenta e cinco dólares, e eu pensei: estou ajudando, estou ajudando um mineiro de verdade.

Se alguma outra vez vocês quiserem mais algum mineral — falei, quando eles entravam de volta no carro com suas compras — venham para cá. Aqui é o depósito de minerais mais extraordinário do planeta.

Eu estava me divertindo até que, perto do meio-dia, Brownie chegou e o tolo despropósito do papel que eu representava com tanto entusiasmo foi posto a nu, até para mim mesmo.

Brownie — Lloyd Brown — era alguns anos mais velho do que eu, um rapaz magricelo, de cabelo cortado bem rente, nariz pontudo, pálido e de aspecto inofensivo ao extremo, sobretudo com o avental branco de gerente de loja que usava por cima de uma camisa branca e limpa, uma gravatinha-borboleta preta pregada com alfinete e calças jeans novas. Como sua relação consigo mesmo era tão obviamente simples, seu constrangimento ao me ver ao lado de Tommy ficou estampado com toda a clareza em seu rosto, e dava até pena ver. Em comparação com Brownie, eu me sentia um garoto com a existência mais rica e agitada do mundo, mesmo só ali sentado e sossegado junto a Tommy Minarek; em comparação com Brownie, era isso o que eu *era*.

Mas se algo na minha complexidade escarnecia dele, algo na sua simplicidade também escarnecia de mim. Eu fazia tudo virar uma aventura, andava sempre atrás de mudanças, ao passo que Brownie vivia sem outra preocupação que não a estrita necessidade; ele tinha sido tão moldado e domado pelas repressões que só era capaz de representar o papel de si mesmo. Não tinha nenhuma aspiração que não houvesse sido forjada ali mesmo em Zinc Town. Os únicos pensamentos que ele queria pensar eram os que todo mundo em Zinc Town pensava. Ele queria que a vida apenas se repetisse sem parar, e eu só queria cair fora. Eu me sentia feito um monstro com vontade de ser qualquer outra coisa que não o Brownie — talvez no primeiro instante, mas não no final. Como seria se aquele ardor de cair fora sumisse da minha vida? Como é que seria viver que nem o Brownie? Não era isso, na verdade, o que significava a fascinação com "o povo"? *Como seria ser um deles?*

— Está ocupado, Tom? Posso deixar para amanhã.

— Fique aqui — respondeu Tommy ao rapaz. — Sente-se, Brownie.

Em tom respeitoso, Brownie disse para mim:

— Eu venho aqui todo dia na minha hora de almoço e converso com ele sobre pedras.

— Sente-se, Brownie, meu rapaz. E então, o que você traz aí?

Brownie pôs aos pés de Tommy uma mochila velha e surrada e, de dentro dela, começou a tirar espécimes de pedra mais ou menos do tamanho das que Tommy expunha sobre o capô do seu carro.

— Willemita preta, hem? — indagou Brownie.

— Não, é hematita.

— Pensei que fosse uma willemita gozada. E esta aqui? — perguntou. — Hendricksita?

— É. Um pouco de willemita. Também tem calcita, dentro dela.

— Cinco dólares por esta aqui? É muito? — perguntou Brownie.

— Alguém pode querer — disse Tommy.

— Você também está neste ramo? — perguntei para o Brownie.

— É da coleção do meu pai. Ele trabalhava na fábrica. Morreu. Estou vendendo as pedras para me casar.

— Moça bonita — me disse Tommy. — É um doce de menina. Uma bonequinha. Uma eslovaca. Filha dos Musco. Moça boa, honesta, moça limpa, que sabe usar a cabeça. Não existem mais moças assim. Ele vai viver com Mary Musco a vida inteira. Falei para o Brownie: trate de ser bom para ela que ela vai ser boa para você. Eu tive uma esposa assim. Eslovaca. A melhor do mundo. Ninguém no mundo pode ocupar o lugar dela.

Brownie pegou um outro espécime.

— É bustamita com mais o quê?

— É bustamita.

— Tem uma pitada de cristal de willemita também.

— É. Tem uma pitada de cristal de willemita.

Isso prosseguiu por quase uma hora, até que Brownie começou a guardar de novo os espécimes na mochila, para voltar à mercearia onde trabalhava.

— Ele vai me substituir em Zinc Town — me disse Tommy.

— Ah, não sei — respondeu Brownie. — Nunca vou saber tanto quanto você.

— Mas você tem de me substituir. — De uma hora para outra, a voz de Tommy se tornou veemente, quase aflita, quando falou: — Quero que um cara de Zinc Town me substitua aqui. Quero um cara de Zinc Town! É por isso que estou ensinando a você tudo o que posso. Para que você seja alguém. Você é a pessoa capacitada para o cargo. Uma pessoa de Zinc Town. Não quero ensinar a outra pessoa, de fora da cidade.

— Três anos atrás, comecei a vir aqui na hora do almoço. Não sabia nada. E ele me ensinou muita coisa. Não é, Tommy? Hoje já aprendi muito. Tommy é capaz de reconhecer cada parte da mina — me explicou Brownie. — Sabe dizer de que parte da mina veio cada pedra. De que nível, qual a profundidade. Ele diz assim: "Você tem de sentir as pedras na sua mão". Não é isso, Tommy?

— É sim. Você tem de sentir as pedras na sua mão. Tem de segurar o mineral na mão. Tem de reconhecer as diferentes matrizes onde as pedras estavam enfiadas. Se não aprender isso, não vai conhecer os minerais de Zinc Town. Agora ele já sabe até se a pedra vem da outra mina ou se vem da minha mina.

— Tommy me ensinou isso — disse Brownie. — No início, eu não sabia identificar a mina de onde tinha vindo a pedra. Agora já posso dizer.

— Então — falei — algum dia você vai estar sentado aqui?

— Espero que sim. Gosto desta pedra aqui. Veio desta mina, não é, Tom? E esta também é da mina?

Uma vez que, no ano seguinte, com a ajuda de uma bolsa de estudos, eu contava partir para a Universidade de Chicago e, depois de Chicago, tornar-me o Norman Corwin da minha geração, uma vez que eu ia conhecer uma porção de lugares e Brownie não iria a parte alguma — mas acima de tudo porque o pai de Brownie tinha morrido na fábrica e o meu estava vivo e bem de saúde, e preocupado comigo lá em Newark — falei, com voz ainda mais veemente do que a de Tommy, para aquele ajudante do dono da mercearia, cuja aspiração na vida era casar com Mary Musco e ocupar o lugar de Tommy:

— Ei, você é bom de verdade! Sabe pra caramba!

— E por quê? — perguntou Tom. — Porque aprendeu aqui mesmo.

— Aprendi com este homem — me disse Brownie, cheio de orgulho.

— Quero que ele seja o próximo a ocupar o meu lugar.

— Agora tenho de cuidar da vida, Tom. Preciso correr — disse Brownie. — Prazer em conhecer — me disse ele.

— O prazer foi *meu* — respondi, como se eu fosse o mais velho e ele o mais novo. — Quando eu voltar daqui a dez anos — falei — vou ver você aqui.

— Ah — disse Tommy — ele vai estar aqui, com certeza.

— Não, não — gritou Brownie, em resposta, rindo alegremente pela primeira vez, enquanto partia a pé pela estrada. — Tommy ainda vai estar no mesmo lugar. Não vai, Tommy?

— Vamos ver.

Na verdade, era Ira que estaria ali dez anos depois. Tommy também ensinou Ira, depois que Ira entrou na lista negra do rádio, foi morar sozinho na cabana e precisava de uma fonte de renda. Foi ali que Ira morreu. Foi ali que a aorta de Ira pifou, enquanto estava sentado na pedra achatada de Tommy vendendo espécimes de minerais para os turistas e seus filhos, e dizendo a eles:

— Minha senhora, leve um saquinho de cinquenta centavos para eles quando saírem, pedras especiais aqui mesmo da mina que eu escavei durante trinta anos.

Foi assim que Ira terminou os seus dias — como o vigia do depósito de pedras, a quem os antigos habitantes da cidade chamavam de Gil, ali ao ar livre até no inverno, fazendo fogueiras para algumas pessoas em troca de alguns dólares. Mas eu só fui saber disso na noite em que Murray me contou a história de Ira, ali na minha varanda.

Um dia antes de eu ir embora naquele segundo ano, Artie Sokolow e sua família vieram de Nova York até Zinc Town para passar a tarde com Ira. Ella Sokolow, a esposa de Artie, estava grávida de sete meses, uma mulher alegre, de cabelo escuro e rosto sardento, cujo pai, imigrante irlandês — contou-me Ira — era consertador de chaminés em Albany, um daqueles sindicalistas idealistas e formidáveis, patriotas da cabeça aos pés.

— A *Marselhesa*, o hino americano, o hino nacional russo — explicou Ella, aos risos, naquela tarde —, o velho ficava de pé ao ouvir qualquer um deles.

Os Sokolow tinham dois gêmeos de seis anos e, embora a tarde tenha começado alegremente com uma pequena partida de futebol americano — cujo juiz foi o vizinho de Ira, Ray Svecz —, seguida por um piquenique que Ella havia trazido da cidade e que todos nós, inclusive Ray, comemos no declive junto à lagoa, acabou com Artie Sokolow e Ira lá embaixo, pertinho da lagoa, se atracando e berrando um com o outro de um jeito que me deixou horrorizado.

Eu estava sentado na toalha de piquenique conversando com Ella a respeito de *Meus irmãos gloriosos*, um livro de Howard Fast que ela havia acabado de ler. Era um romance histórico passado na antiga Judeia, sobre a luta dos macabeus contra Antíoco IV, no século II a.C., e eu também tinha lido o livro e até fizera um trabalho a respeito, na escola, para o irmão de Ira, na segunda vez em que ele foi meu professor de inglês.

Ella me ouvia do jeito que ouvia todo mundo: recebia tudo como se as palavras a aquecessem. Eu devia ter falado durante quase quinze minutos, repetindo palavra por palavra a crítica progressista e internacionalista que escrevera para o sr. Ringold e, o tempo todo, Ella dava todos os sinais de que o que eu dizia era a coisa mais interessante do mundo. Eu sabia como Ira a admirava por ser uma radical intransigente e eu queria que ela me admirasse também como um radical. Suas origens, a imponência física da sua gravidez e certos gestos que ela fazia — gestos largos, com as mãos, que para mim a tornavam incrivelmente desinibida —, tudo conferia a Ella Sokolow uma autoridade heroica que eu queria impressionar.

— Leio Fast e o respeito — eu disse a ela —, mas acho que põe ênfase demais na luta dos judeus para voltar a sua condição anterior, ao culto da tradição e aos tempos posteriores à escravidão egípcia. No livro, tem coisa demais que é meramente nacionalista...

E foi aí que ouvi Ira gritar:

— Você está tirando o corpo fora! Está fugindo com o rabo entre as pernas!

— Se a coisa não está lá — disse Sokolow —, ninguém vai saber que não está lá!

— *Eu* sei que não está!

A raiva na voz de Ira tornava impossível que eu continuasse. De repente, a única coisa em que consegui pensar foi a história —

que eu me recusei a acreditar — que o ex-sargento Erwin Goldstine me contou na sua cozinha em Maplewood, sobre Butts, sobre o cara no Irã que Ira havia tentado afogar no Shatt-al-Arab.

Eu disse para Ella:

— Qual é o problema?

— É só dar tempo ao tempo — respondeu Ella — e torcer para que se acalmem. E *você* também fique calmo.

— Eu só queria saber por que estão discutindo.

— Estão culpando um ao outro por coisas que não deram certo. Estão discutindo por algo relacionado ao programa de rádio. Acalme-se, Nathan. Você não tem experiência com gente irada. Daqui a pouco, esfriam a cabeça.

Mas não davam essa impressão. Especialmente Ira. Ele esbravejava sem parar na beirada da lagoa, seus braços compridos abanando com furor em todas as direções e, cada vez que se voltava de novo para Artie Sokolow, eu pensava que Ira ia golpeá-lo com os punhos.

— Por que você *fez* essas malditas alterações? — berrou Ira.

— Mantenha aquilo no texto — retrucou Sokolow — e a gente vai perder mais do que ganhar.

— Isso é conversa fiada! Deixe que os sacanas saibam que estamos falando sério! Trate de pôr essa porra de novo no texto!

Eu disse para Ella:

— Não era melhor a gente fazer alguma coisa?

— Ouvi homens discutirem durante toda a minha vida — me respondeu Ella. — Vi homens se esgoelarem um com o outro por pecados de ação e de omissão, que eles não pareciam capazes de deixar de cometer. Se estivessem batendo um no outro, o caso seria diferente. Mas se não, a responsabilidade da gente é ficar afastado. Se você se mete quando as pessoas já estão muito agitadas, qualquer coisa que fizer vai atiçar ainda mais o fogo.

— Se é o que você acha...

— Você tem levado uma vida muito protegida, não?

— Será? — respondi. — Me esforço para não.

— É melhor ficar de fora — me disse ela —, em parte por uma questão de dignidade, para deixar que o cara esfrie a cabeça sem a intervenção dos outros, em parte por autodefesa, e em parte porque a sua intervenção só ia servir para piorar as coisas.

Enquanto isso, Ira não parava de urrar.

— Só uma porradinha de merda por semana, e agora a gente não vai ter nem *isso*? Então para que a gente está fazendo rádio, Arthur? Promovendo nossas carreiras? Uma luta está chamando por nós e você está fugindo? Está na hora do confronto decisivo, Artie, e você covardemente está tirando o corpo fora!

Embora eu me soubesse impotente caso aqueles dois barris de pólvora começassem a se socar, mesmo assim eu me levantei de um salto e, com Ray Svecz atrás de mim no seu jeito apatetado, corri na direção da lagoa. Na última vez, eu tinha mijado nas calças. Não podia deixar que isso acontecesse de novo. Assim como Ray, eu não tinha nenhuma ideia do que fazer para impedir um desastre, quando corri direto para o centro da briga.

Na hora em que chegamos lá, Ira já tinha recuado e estava resolutamente se afastando de Sokolow. Não havia dúvida de que ainda estava furioso com o outro, mas também era evidente o esforço para tentar se controlar. Ray e eu seguimos ao lado dele e caminhamos juntos por um tempo, enquanto Ira, intermitentemente, por baixo da respiração, travava uma agitada conversa consigo mesmo.

A mistura da sua presença e da sua ausência me deixou tão perturbado que acabei falando:

— Qual é o problema? — Como ele pareceu não ter ouvido, tentei pensar no que dizer para chamar sua atenção. — É sobre o script do programa? — Imediatamente ele se exaltou e disse:

— Vou matar esse cara se ele fizer isso outra vez! — E não foi uma expressão que ele usou por mero efeito dramático. Era difícil, apesar de toda a minha resistência, não acreditar cem por cento no sentido das suas palavras.

Butts, pensei. Butts. Garwych. Solak. Becker.

No rosto de Ira, havia uma expressão de fúria completa. Fúria ancestral. Fúria que, somada ao terror, constitui a força primordial. Tudo o que Ira era havia se desenvolvido a partir daquela expressão — bem como tudo o que ele não era. Pensei: ele tem sorte de não estar preso, uma conclusão inesperada e alarmante para vir espontaneamente ao pensamento de um garoto habituado a cultuar o seu herói, e que fazia dois anos vivia em contato estreito com a retidão desse mesmo herói, uma conclusão que rejeitei assim que não me senti mais tão agitado — e que eu veria corroborada por Murray Ringold, quarenta e oito anos depois.

Eve conseguira se desvencilhar do seu passado encarnando Pennington; Ira conseguira se desvencilhar do seu passado por meio da força bruta.

Os gêmeos de Ella, que haviam fugido da beirada da lagoa quando a discussão esquentou, estavam deitados em cima dos braços sobre a toalha de piquenique quando voltei com Ray.

— Acho que a vida cotidiana pode ser mais rude do que você imagina — me disse Ella.

— Isto é a vida cotidiana? — perguntei.

— Em todo lugar que *eu* vivi — disse ela. — Mas continue. Continue a falar de Howard Fast.

Fiz o melhor que pude, mas, embora isso não inquietasse a esposa trabalhadora de Sokolow, me perturbava pensar no marido dela e em Ira a ponto de se socarem um ao outro.

Ella riu bem alto quando acabei. Dava para perceber perfeitamente a naturalidade da mulher na sua risada, bem como todas as besteiras que ela aprendera a ouvir. Ela ria do jeito que algumas pessoas ficavam coradas: de uma só vez e completamente.

— Puxa — exclamou ela. — Agora eu nem sei mais *o que* eu li. Minha avaliação de *Meus irmãos gloriosos* é muito mais simples. Talvez eu não tenha pensado bem a fundo, mas o que pensei foi só o seguinte: aqui está um bando de caras rudes, durões e honestos, que acreditam na dignidade de todos os homens e estão dispostos a morrer por isso.

Artie e Ira, a essa altura, já haviam esfriado os ânimos o bastante para subirem da lagoa até a toalha de piquenique, onde Ira disse (aparentemente, tentando falar alguma coisa capaz de tranquilizar todo mundo, inclusive a si mesmo, e fazer tudo voltar ao espírito original do dia):

— Eu preciso ler esse livro. *Meus irmãos gloriosos*. Preciso arranjar esse livro.

— Vai pôr aço na sua espinha, Ira — disse Ella, e depois, abrindo a grande janela que era a sua gargalhada, acrescentou: — Não que eu ache que a sua espinha precise disso.

Com o quê, Sokolow se inclinou sobre ela e berrou:

— Ah, é? E a espinha de quem precisa de aço, hem? *De quem?*

Então os gêmeos de Sokolow começaram a chorar e isso, por sua vez, fez o pobre Ray chorar também. Irritada agora pela primeira vez, numa espécie de raiva doida, Ella falou:

— Ah, meu Jesus Cristo! Arthur! Ponha essa cabeça no lugar!

O que havia por trás dessas erupções vespertinas, eu vim a entender mais plenamente naquela noite quando, sozinho comigo na cabana, Ira se pôs a falar com irritação sobre as listas.

— Listas. Listas de nomes, acusações e processos. Todo mundo tem uma lista — disse Ira. — *Canais vermelhos*. Joe McCarthy. Os Veteranos de Guerra no Exterior. O Comitê de Atividades Antiamericanas do Congresso. A Legião Americana. As revistas católicas. Os jornais de Hearst. As listas com seus números sagrados: 141, 205, 62, 111. Listas de todo mundo na América que alguma vez na vida já se mostrou descontente com alguma coisa, ou já criticou alguma coisa ou protestou contra alguma coisa, todos eles agora são comunistas ou servem de fachada para comunistas ou "ajudam" comunistas ou colaboram para as "caixinhas" comunistas ou "se infiltram" nos sindicatos, no governo, na educação, em Hollywood, no teatro, no rádio ou na tevê. Listas de "traidores comunistas" arduamente preparadas em todos os gabinetes e departamentos de Washington. Todas as forças da reação cruzando nomes, trocando nomes, ligando nomes uns aos outros para comprovar a existência de uma conspiração descomunal *que não existe*.

— E quanto a você? — perguntei. — E o programa *Livres e corajosos*?

— Temos um bocado de gente progressista no nosso programa, é claro. E agora eles serão apresentados ao público como atores "que divulgam ardilosamente a doutrina de Moscou". Você vai ouvir muita conversa desse tipo, e coisa ainda pior. "Os testas de ferro de Moscou."

— Só os atores?

— E o diretor. E o compositor. E o escritor. Todo mundo.

— Está preocupado?

— Posso muito bem voltar a trabalhar na fábrica de discos, meu velho. Se a coisa piorar para valer, posso vir para cá e lubrificar automóveis na oficina do Steve. Já fiz isso antes. Além do mais, a gente pode enfrentá-los, você sabe. Podemos lutar contra esses sacanas. Que eu sabia, existia uma Constituição neste país, *em algum lugar* tinha uma Carta dos Direitos do Cidadão. Se você olhar com um olho bem grande para a vitrine da loja capitalista, se você quiser, e você quer, se você agarrar, e você agarra, se você tomar, e você toma, se você comprar, e você compra e você acumula, então, meu velho, isso é o fim das suas convicções e o começo do seu medo. Mas não há nada que eu possua de que eu não possa abrir mão. Entende? Nada! Afinal, como foi que consegui sair da miserável casinha xexelenta do meu pai lá na Factory Street para virar este cara famoso, Iron Rinn, como foi que Ira Ringold, só com um ano e meio de escola secundária nas costas, passou a viver com as pessoas com quem vivo, conhecer as pessoas que conheço e ter os confortos que tenho como um membro de carteirinha da burguesia confortável — pois tudo isso é tão inacreditável que perder tudo da noite para o dia não me pareceria nem um pouco estranho. Entende? Está me entendendo? Posso voltar para Chicago. Posso trabalhar nas fábricas. Se eu precisar, farei isso. Mas sem abrir mão de meus direitos como americano! E não sem dar combate a esses sacanas!

Quando eu estava sozinho no trem de volta para Newark — Ira esperava na estação, no seu Chevy, para pegar a sra. Pärn, que, no dia em que eu partia, vinha lá de Nova York outra vez para massagear os joelhos de Ira, que doíam horrivelmente depois de nossa partida de futebol americano no dia anterior — eu cheguei a me perguntar como é que Eve Frame conseguia aguentar Ira, todos os dias. Ser casada com Ira e com a sua raiva não devia ser nem um pouco divertido. Lembrei-me de ter ouvido Ira proferir o mesmo discurso sobre a vitrine da loja capitalista, sobre a casa miserável do pai, sobre aquele ano e meio na escola secundária, naquela tarde na cozinha de Erwin Goldstine no ano anterior. Lembrei-me de variantes daquele discurso proferidas por Ira dez, quinze vezes. Como é que Eve suportava a mera repetição, a redundância daquela retórica e a atitude do combatente, a surra impiedosa desferida pelo instrumento obtuso que era o discurso político de Ira?

Naquele trem de volta para Newark, quando eu pensava em Ira esbravejando sua dupla profecia apocalíptica — "Os Estados Unidos da América estão prestes a começar uma guerra atômica com a União Soviética! Anote minhas palavras! Os Estados Unidos da América estão no rumo do fascismo!" — eu não conhecia as coisas o bastante para entender por que de repente, e de forma tão desleal, justamente na hora em que Ira e pessoas como Artie Sokolow estavam sendo mais intimidadas e ameaçadas, eu me sentia tão cruelmente chateado com Ira, e por que eu me sentia muito mais sabido do que ele. Pronto e ansioso para me afastar dele e do seu lado irritante e opressivo, e buscar minha inspiração longe da estrada de Pickax Hill.

Quando a pessoa fica órfã tão cedo quanto Ira, cai na situação em que todos os homens acabam caindo, só que muito, muito mais cedo, o que é enganador, porque você tanto pode não aprender nada, quanto se tornar supersuscetível a entusiasmos e crenças e assim ficar prontinho para ser doutrinado. Os anos de juventude de Ira foram uma série de ligações rompidas: família cruel, frustração na escola, mergulho de cabeça na Depressão — uma orfandade prematura que hipnotizava a imaginação de um menino como eu, tão fixado numa família, num lugar e em suas instituições, um menino que mal saíra da incubadeira emocional; uma orfandade prematura que liberava Ira para se ligar ao que bem entendesse mas que também o deixava tão livre de laços que podia se entregar a qualquer coisa quase de cara, se entregar completamente e para sempre. Por todas as razões que se pudesse pensar, Ira constituía uma presa fácil para a visão utópica. Mas para mim, que tinha muitos laços, a coisa era diferente. Se você *não* ficou órfão muito cedo, se em vez disso você teve vínculos profundos com os pais durante treze, catorze, quinze anos, vira um osso duro de roer, perde sua inocência, busca a sua independência e, se não for uma família muito fajuta, deixam você ir embora, pronto para começar a ser um homem, quer dizer, pronto para estabelecer novas lealdades e filiações, os pais da sua vida de adulto, os pais que você escolheu, os pais a quem, uma vez que você não é cobrado a dar seu amor como prova de gratidão, ou você ama ou não ama, como preferir.

De que modo eles são escolhidos? Mediante uma série de acidentes e uma boa dose de arbítrio. Como eles chegam a você e como você chega a eles? Quem são eles? O que é isso, essa genealogia que não é genética? No meu caso, foram homens de quem me fiz aprendiz, desde Paine, Fast e Corwin, até Murray, Ira e outros — os homens que me ensinaram, os homens a partir dos quais eu me formei. Todos eram notáveis para mim a seu jeito, personalidades com que competir, mentores que encarnavam ou esposavam ideias poderosas e que me ensinaram, pela primeira vez, a navegar pelo mundo e por seus apelos, os pais adotivos que também, cada um na sua vez, tiveram de ser lançados fora junto com o seu legado, tiveram de desaparecer, desse modo deixando espaço para a orfandade que é completa, e que é da condição humana. Quando você fica lá na rua, no meio dessa confusão toda, absolutamente sozinho.

Leo Glucksman também era um ex-pracinha, mas tinha servido *depois* da guerra e agora estava apenas com vinte e poucos anos, de faces rosadas, um pouco gorducho, e não parecia mais velho do que seus alunos do primeiro e do segundo ano da faculdade. Embora Leo ainda estivesse terminando sua tese de Ph. D. na universidade, ele aparecia diante de nós a cada aula de terno e colete pretos e gravata-borboleta escarlate, vestido de maneira muito mais formal do que qualquer um dos membros mais velhos do corpo docente. Quando o tempo esfriava, ele podia ser visto atravessando o pátio retangular, entre os prédios da universidade, envolto numa pelerine preta que, mesmo num campus invulgarmente tolerante com idiossincrasias e excentricidades — e compreensivo com a originalidade e suas esquisitices — como era a Universidade de Chicago naquele tempo, empolgava os alunos, a cujo animado (e bem-humorado) "Oi, professor", Leo retribuía golpeando com dureza o chão com a ponta de metal da bengala que usava só de farra. Depois que Leo deu uma lida às pressas em *Os coadjuvantes de Torquemada* — que eu lhe levara para me exibir, junto com o trabalho sobre a *Poética* de Aristóteles que ele havia pedido —, ele me deixou espantado ao atirar as folhas com repulsa sobre a sua escrivaninha.

Seu discurso foi breve, seu tom, bravio e implacável — nenhum sinal, naquelas palavras, do jovem gênio vestido com esmero exagerado, obesamente empoleirado em sua poltrona estofada, atrás da sua gravatinha-borboleta. Sua obesidade e sua personalidade exemplificavam duas pessoas muito diferentes. As roupas registravam uma terceira pessoa. E seu tom polêmico, uma quarta — não um crítico complacente, mas um crítico adulto de verdade, que me revelava os perigos da tutela a que eu fora submetido por Ira, me ensinava a assumir uma posição menos rígida ao me defrontar com a literatura. Exatamente aquilo para o que eu estava pronto, em minha nova fase de recrutamento. Sob a orientação de Leo, comecei a me transformar no descendente não só da minha família mas do passado, herdeiro de uma cultura ainda mais formidável do que a do meu bairro natal.

— Arte como *arma*? — disse ele, a palavra "arma" carregada de desprezo e ela mesma uma arma. — Arte como a tomada da *posição* correta com relação a tudo? Arte como o advogado das coisas boas? Quem foi que ensinou tudo isso a você? Quem ensinou que arte são slogans? Quem ensinou que a arte está a serviço "*do povo*"? A arte está a serviço da *arte*, senão não existe arte nenhuma digna da atenção de *ninguém*. Qual *é* a razão para escrever literatura séria, senhor Zuckerman? Derrotar os inimigos do controle de preços? A razão para escrever literatura séria é *escrever literatura séria*. Você quer se rebelar contra a sociedade? Vou lhe dizer como fazer isso: escreva *bem*. Quer abraçar uma causa perdida? Então não lute em favor da classe trabalhadora. Eles vão se dar muito bem na vida. Vão se empanturrar de carros Plymouth até seu coração se fartar. O trabalhador vai dominar todos nós — da estupidez deles, vai jorrar a lama que é o destino cultural deste país vulgar. Em breve teremos neste país algo muito pior do que o governo dos camponeses e operários. Você quer uma causa perdida para defender? Então lute pela *palavra*. Não a palavra bombástica, a palavra inspiradora, não a palavra pró-isso e antiaquilo, não a palavra que alardeia para as pessoas respeitáveis que você é um sujeito maravilhoso, admirável, compassivo, sempre do lado dos oprimidos e humilhados. Nada disso, lute sim pela palavra que afirma aos poucos alfabetizados condenados a viver na América que você está do lado da *palavra*! Esta sua peça é um lixo. É medonha. É revoltante. É lixo grosseiro, primitivo, tosco e propagandista. Ela *tolda* o mundo com palavras. E esbraveja aos céus e terras as virtudes do autor. Nada produz um efeito mais sinistro na arte do que o desejo do artista de provar que ele é *bom*. A terrível tentação do idealismo! Você precisa alcançar o *domínio* sobre o seu idealismo, sobre a sua virtude, bem como sobre o seu vício, o domínio estético sobre tudo aquilo que o impele a escrever, em primeiro lugar — a sua indignação, a sua política, a sua dor, o seu amor! Comece a pregar e tomar posições, comece a ver a sua perspectiva como superior às outras, e você é inútil como artista, inútil e ridículo. Por que escreve essas proclamações? É porque olha o mundo em volta e fica "chocado"? É porque olha o mundo em volta e fica "comovido"? As pessoas sucumbem muito facilmente e fraudam os seus sentimentos. Elas querem ter sentimentos prontos, e então "chocar-se" e "comover-se" são os mais fáceis. Os mais burros. Exceto em casos raros, senhor Zuckerman, *o choque é sempre falsidade*. Proclamações. Na arte não há lugar para proclamações! Tire esta sua adorável merda do meu escritório, por favor.

Leo tinha uma opinião bem melhor quanto a meu trabalho sobre Aristóteles (ou, no geral, quanto a mim), pois no meu encontro seguinte ele me surpreendeu — não menos do que fizera com sua veemência em relação a minha peça — ao me convidar para ir ao Orchestra Hall ouvir Raphael Kubelik reger a Orquestra Sinfônica de Chicago, que ia tocar Beethoven, na sexta-feira à noite.

— Já ouviu falar de Raphael Kubelik?
— Não.
— E Beethoven?
— Já ouvi falar dele, sim — respondi.
— Já *ouviu* Beethoven?
— Não.

Encontrei Leo na avenida Michigan, diante do Orchestra Hall, meia hora antes do concerto, meu professor com a pelerine que mandara fazer em Roma antes de ser dispensado do exército em 48, e eu com o casaco de lã grossa e listrada, com capuz, que eu tinha comprado na loja Larkey, em Newark, antes de embarcar para a faculdade no gélido Meio-Oeste. Depois que nos sentamos, Leo tirou da pasta a partitura das sinfonias que íamos ouvir e, durante todo o concerto, olhou não para a orquestra no palco — que era para o que a gente deveria olhar, eu pensava, apenas fechando os olhos uma vez ou outra, quando a gente ficasse muito emocionado — mas sim para o seu colo onde, com sua rara concentração, ele lia a partitura enquanto os músicos tocavam, em primeiro lugar, a abertura de *Coriolano* e a Quarta Sinfonia e, depois do intervalo, a Quinta. A não ser pelas primeiras notas da Quinta Sinfonia, eu não consegui distinguir uma música da outra.

Após o concerto, pegamos o trem de volta para a zona sul e fomos para o seu apartamento na International House, um prédio residencial em estilo gótico, na rua Midway, que servia de moradia para a maioria dos estudantes estrangeiros da universidade. Leo Glucksman, ele mesmo o filho de um merceeiro da zona oeste, estava um pouco mais apto para tolerar a proximidade deles em seu corredor social — os aromas exóticos de comida e tudo o mais — do que a proximidade dos seus colegas americanos. O apartamento onde ele morava era ainda menor do que o cubículo do seu escritório na faculdade, e Leo fez chá para nós dois, fervendo água numa chaleira num fogareiro portátil posicionado no chão e espremido no meio de um aglomerado de livros e revistas empilhados junto às paredes. Leo sentou-se a sua escrivaninha abarrotada de livros, as faces redondas reluzindo sob a luminária de haste curva, e eu me sentei no escuro, entre outras pilhas de livros, na beirada da cama estreita e desarrumada, a apenas sessenta centímetros de distância.

Senti-me como uma moça, ou como eu imaginava que uma moça se sentiria quando se visse sozinha com um rapaz que a intimidava e que obviamente apreciava seus peitos. Leo resfolegou para me ver ficar assustado e, com o mesmo olhar sarcástico que usara para demolir minha carreira no rádio, falou:

— Não se preocupe, não vou tocar em você. É só que eu não consigo suportar que você seja tão convencional. — E na mesma hora tratou de dar início a uma introdução a Søren Kierkegaard. Queria que eu o ouvisse ler o que Kierkegaard, cujo nome para mim significava tão pouco quanto o de Raphael Kubelik, havia conjeturado na acanhada Copenhague, uns cem anos antes, sobre "o povo" — a quem Kierkegaard chamava de "o público", o termo correto, me esclareceu Leo, para essa abstração, essa "abstração monstruosa", "essa abrangente qualquer coisa que não é nada", esse "nada monstruoso", como escreveu Kierkegaard, esse "vazio abstrato e deserto que é tudo e nada", e que eu melosamente sentimentalizava no meu script. Kierkegaard detestava o público, Leo detestava o público e o objetivo de Leo em seu escuro apartamento na International House, depois daquele concerto na noite de sexta-feira, e depois dos concertos a que me levou nas sextas-feiras seguintes, era salvar minha prosa da perdição, levando-me a também detestar o público.

— "Todo mundo que leu os autores clássicos" — leu Leo — "sabe quantas coisas um César podia experimentar para matar o tempo. Desse mesmo modo, o público tem um cão só para se distrair. Esse cão é o refúgio do mundo literário. Se existe alguém superior ao resto, talvez até um grande homem, o cão é lançado contra ele e a diversão começa. O cão parte atrás dele, morde e rasga as abas do seu casaco, se permite toda e qualquer familiaridade desrespeitosa, até que o público se cansa e diz que pode parar. Este é o meu exemplo de como o público nivela. Os melhores e superiores a eles, em capacidade, são maltratados, e o cão continua sendo um cão, a quem até o público despreza [...] O público é impenitente — na verdade não estava depreciando ninguém; só queria se divertir um pouco."

Este trecho, que significava muito mais para Leo do que podia começar a significar para mim, representava no entanto o convite de Leo para eu me unir a ele em ser "alguém superior ao resto", em ser, como o filósofo dinamarquês Kierkegaard — e como ele mesmo, como Leo poderia um dia, em breve, se considerar —, "um grande homem". Eu me tornei o discípulo entusiasmado de Leo e, mediante sua intercessão, um discípulo entusiasmado de Aristóteles, um discípulo entusiasmado de Kierkegaard, um discípulo entusiasmado de Benedetto Croce, um discípulo entusiasmado de Thomas Mann, um discípulo entusiasmado de André Gide, um discípulo entusiasmado de Joseph Conrad, um discípulo entusiasmado de Fiodor Dostoiévski... e em pouco tempo meu vínculo com Ira — bem como com minha mãe, meu pai, meu irmão, e mesmo com o lugar onde eu havia crescido — estava, assim eu acreditava, completamente rompido. Quando alguém se está educando pela primeira vez e sua cabeça se está transformando num arsenal armado de livros, quando essa pessoa é jovem, petulante e parte aos pulos, cheia de satisfação, para descobrir toda a inteligência que se encontra escondida pelo planeta, ela está apta a exagerar a importância da realidade nova e fremente, e desdenhar tudo o mais como uma coisa irrelevante. Auxiliado e incentivado pelo intransigente Leo Glucksman — tanto por sua bílis e por suas manias quanto por aquele cérebro eternamente alvoroçado —, foi isso o que fiz, com todo o meu ardor.

Toda sexta-feira à noite, no apartamento de Leo, lançava-se o feitiço. Toda a sua paixão que não era sexual (e um bocado da que era, mas tinha de ser reprimida), Leo a despejava contra cada uma das ideias que eu havia assimilado anteriormente, em especial a minha nobre concepção da missão da arte. Leo me tomava de assalto, naquelas noites de sexta-feira, como se eu fosse o último estudante sobre a face da Terra. Comecei a ter a impressão de que todo mundo queria fazer a minha cabeça. Vamos educar o Nathan. Eis o credo de todo mundo a quem eu me atrevia a dar um simples oi.

De vez em quando, hoje em dia, olhando para o passado, penso na minha vida como um longo discurso que estive ouvindo. A retórica é por vezes original, por vezes agradável, por vezes uma baboseira feita de papelão (o discurso do incógnito), por vezes insana, por vezes prosaica e outras vezes como a dolorida picada de uma agulha, e eu a tenho ouvido desde o instante mais remoto de que consigo me lembrar: como pensar, como não pensar; como se comportar, como não se comportar; a quem detestar e a quem admirar; o que abraçar e quando fugir; o que é deleitoso, o que é mortífero, o que é louvável, o que é vulgar, o que é sinistro, o que é cascata, e como permanecer de alma pura. Falar comigo não parece apresentar o menor obstáculo para ninguém. Talvez isso seja consequência de eu ter andado por aí durante tantos anos com cara de quem precisava que os outros falassem comigo. Mas seja qual for a razão, o livro da minha vida é um livro de vozes. Quando me pergunto como cheguei aonde cheguei, a resposta me surpreende: "ouvindo".

Será possível que esse tenha sido o drama invisível? Será que tudo o mais não passou de um baile de máscaras que encobriu a verdade e ao qual me mantive obstinadamente atento? Ouvindo as pessoas. Ouvindo-as falar. O fenômeno mais incrível do mundo. Todo mundo percebendo a experiência como algo que não é para acreditar mas mesmo assim todos acreditam, tanto que falam a respeito dela. O que é isso? Por que querem que eu ouça a eles e a suas árias? Onde é que está escrito que essa era a minha função? Ou será que, desde o início, por inclinação natural e por opção, eu fui apenas um ouvido em busca de um mundo?

— A política é o grande generalizador — disse-me Leo — e a literatura é o grande particularizador, e as duas não estão simplesmente numa relação inversa. Estão numa relação *antagônica*. Para a política, a literatura é decadente, débil, irrelevante, chata, equivocada, obtusa, uma coisa que não tem sentido e que na verdade não devia existir. Por quê? Porque o impulso particularizador *é* literatura. Como você pode ser um artista e renunciar à nuance? Mas também como é que você pode ser um político e *permitir* a nuance? Como artista, a nuance é a sua *missão*. Sua missão é não simplificar. Mesmo que você resolva escrever da maneira mais simples, à la Hemingway, a missão continua sendo a de garantir a nuance, elucidar a complicação, sugerir a contradição. E não apagar a contradição, não negar a contradição, mas sim ver onde, no interior da contradição, se encontra o ser humano atormentado. Levar em conta o caos, garantir que ele se manifeste. Você *precisa* garantir que ele se manifeste. De outro modo você faz só propaganda, se não de um partido político, de um movimento político, então propaganda cretina da vida em si mesma, da vida como ela gostaria de ser divulgada. Durante os primeiros cinco, seis anos da revolução russa, os revolucionários gritavam "amor livre, o amor será livre!". Mas, quando se viram no poder, não puderam permitir nada disso. Porque o que é o amor livre? O caos. E eles não queriam o caos. Não foi por isso que fizeram a sua revolução gloriosa. Queriam algo cuidadosamente disciplinado, organizado, contido, cientificamente previsível, se possível. O amor livre perturba a organização, perturba a máquina social, política e cultural deles. A arte também perturba a organização. A literatura perturba a organização. Não por ser espalhafatosamente a favor ou contra, ou mesmo sutilmente a favor ou contra. Ela perturba a organização porque não é generalizada. A natureza intrínseca do particular é ser particular, e a natureza intrínseca da particularidade é não se conformar. Generalizar o sofrimento: isto é o comunismo. Particularizar o sofrimento: isto é a literatura. Nesta polaridade reside o antagonismo. Manter o particular vivo num mundo simplificado e generalizante — é nesse terreno que se trava a batalha. Você não precisa escrever para legitimar o capitalismo. Você está fora de ambos. Se você é escritor, você é tão alheio a um quanto a outro. Sim, você vê diferenças e, é claro, você vê que esta merda é um pouco melhor do que a outra merda, ou que a outra merda é um pouco melhor do que esta merda. Talvez até muito melhor. *Mas você vê que é tudo uma merda*. Você não é um funcionário do governo. Não é um militante. Não é um crente. Você é alguém que trata o mundo e o que acontece no mundo de uma maneira muito diferente. O militante apresenta uma fé, uma grande crença que vai mudar o mundo, e o artista apresenta um produto que não tem lugar nesse mundo. É inútil. O artista, o escritor sério, traz ao mundo algo que desde o início nem mesmo estava lá. Quando Deus criou todo esse troço em sete dias, os pássaros, os rios, os seres humanos, não teve nem dez minutos para a literatura. "E então se faça a literatura. Alguns gostarão, outros ficarão obcecados por ela, desejarão fazê-la..." Não. Não. Ele não disse nada disso. Se você tivesse perguntado a Deus: "E vão existir bombeiros hidráulicos?". "Sim, existirão. Porque eles terão casas e precisarão de bombeiros." "E vão existir médicos?" "Sim. Porque eles ficarão doentes e vão precisar de médicos para lhes dar pílulas." "E literatura?" "Literatura? Do que você está falando? Para que isso serve? Onde é que ela se encaixa? Por favor, estou criando um universo, não uma universidade. *Nada de literatura*."

Intransigência. O irresistível atributo de Tom Paine, de Ira, de Leo e de Johnny O'Day. Se eu tivesse ido a Chicago do Leste para conhecer O'Day logo na minha chegada à cidade — era o que Ira queria que eu fizesse —, minha vida de estudante, e talvez toda a minha vida a partir de então, poderia ter cedido a seduções e pressões diferentes, e talvez eu tivesse resolvido abandonar a esfera protegida das minhas origens, sob a tutela fervorosa de um monólito bem diferente da Universidade de Chicago. Mas o fardo da minha educação em Chicago, sem falar das exigências do curso suplementar do sr. Glucksman para desconvencionalizar minha cabeça, fez com que só no início de dezembro eu conseguisse tirar uma manhã de sábado para pegar um trem e ir ao encontro do mentor de Ira Ringold no exército, o metalúrgico que Ira, certa vez, me descrevera como "um marxista do cabelo à sola dos pés".

A estação ferroviária da Linha da Costa Sul ficava na esquina da rua 63 com a Stony Island, apenas a quinze minutos a pé do meu alojamento. Embarquei num vagão pintado de laranja, ocupei um assento, o condutor berrou os nomes das cidadezinhas fajutas ao longo da linha férrea — "Hegewisch... Hammond... Chicago do Leste... Gary... Michigan City... South Bend" — e fiquei de novo emocionado como se eu estivesse ouvindo *Sobre uma notícia de vitória*. Como eu era oriundo da zona industrial do norte de Jersey, me vi diante de uma paisagem nem um pouco estranha. Olhando do aeroporto para o sul, na direção de Elizabeth, Linden e Rahway, nós também tínhamos o complexo de refinarias que se estendia a distância e os cheiros repugnantes das refinarias e as línguas de fogo no alto das torres queimando o gás da destilação de petróleo. Em Newark, tínhamos as grandes fábricas e as pequenas oficinas temporárias, tínhamos a fuligem, tínhamos os cheiros, tínhamos os entroncamentos de trilhos de trem, pilhas de tonéis de aço, montanhas de restos de metal e os horrorosos depósitos de lixo. Tínhamos fumaça preta subindo de altas chaminés, fumaça à beça subindo de todo lado, e o fedor químico e o fedor de malte e o fedor da fazenda de porcos Secaucus que tomava de assalto o nosso bairro quando o vento soprava forte. E tínhamos trens iguais àquele, que corriam à beira de barrancos, através de brejos, através de juncos, de capim de pântano e de extensões de água. Tínhamos a sujeira, o mau cheiro, mas o que não tínhamos e não podíamos ter era Hegewisch, onde construíram os tanques para a guerra. Não tínhamos Hammond, onde construíram vigas para pontes. Não tínhamos os silos à beira do canal de navegação, que vinha desde Chicago. Não tínhamos os fornos de soleira aberta que iluminavam o céu quando as usinas despejavam o aço, um céu vermelho que eu podia ver, nas noites claras, lá da janela do meu alojamento, bem para dentro de Gary. Não tínhamos a U. S. Steel, a Inland Steel, a Jones Laughlin, a Standard Bridge, a Union Carbide e a Standard Oil de Indiana. Nós só tínhamos o que Nova Jersey tinha; concentrado ali, estava o poder do Meio-Oeste. O que eles tinham ali era todo um polo industrial de fabricação de aço, milhas e milhas dessa indústria se estendendo à beira do lago através de dois estados, um projeto mais vasto do que qualquer outro no mundo, fornos de coque e fornos de oxigênio transformando minério de ferro em aço, caçambas suspensas transportando toneladas de aço derretido, metal ardente entornando como lava dentro de moldes e, no meio de todos esses clarões, dessa poeira, perigo e barulho, trabalhava-se em temperaturas de cem graus, vapores asfixiantes que podiam arruinar os operários, homens que trabalhavam sem pausa, um trabalho que nunca terminava. Isto era uma América da qual eu não era um nativo, e nunca seria, e que no entanto pertencia a mim como americano. Enquanto eu contemplava através da janela do trem — e observava o que me parecia ser vigorosamente atual, moderno, o próprio emblema do século XX industrial, e ao mesmo tempo um imenso sítio arqueológico — nenhum outro fato da minha vida parecia mais sério do que esse.

A minha direita, vi quarteirões e mais quarteirões de bangalôs cobertos de fuligem, as casas dos metalúrgicos, com varandas, pequenos chafarizes para os pássaros tomarem banho no quintal e, além das casas, as ruas ladeadas por lojinhas espremidas, de aspecto horroroso, onde suas famílias faziam compras, e foi tão forte o impacto sobre mim da visão do mundo cotidiano dos metalúrgicos, sua crueza, sua austeridade, o mundo inexorável de gente que vivia em dificuldade, sempre pendurada em dívidas, saldando prestações — foi tão inspirador o pensamento *para o trabalho mais duro, a mais ínfima remuneração, para que arrebentem suas costas de tanto trabalhar, a gratificação mais vil* — que, nem é preciso dizer, nenhum de meus sentimentos teria parecido estranho a Ira Ringold, ao passo que todos eles teriam simplesmente horrorizado Leo Glucksman.

— E essa tal esposa que o Iron Man arranjou? — foi quase a primeira coisa que O'Day me disse. — Talvez eu gostasse dela, se a conhecesse, mas isso é algo imponderável. Algumas pessoas de quem gosto muito têm amigos íntimos a quem sou indiferente. A burguesia confortável, o círculo em que ele agora vive ao lado dela... Não tenho lá muita certeza. Há uma encrenca nessa história de esposas. Os caras que se casam, na maioria, são muito vulneráveis, tornam-se reféns da reação encarnada nas suas esposas e nos seus filhos. Assim acaba ficando tudo por conta de um pequeno círculo de caras mais duros, que terão de cuidar sozinhos do que tem de ser feito. Claro, tudo isso é meio ranzinza, eu sei, seria bom ter um lar, ter uma mulher boazinha à espera no final do dia de trabalho, talvez até ter uns filhos. Mesmo caras que sabem das coisas se enchem de vez em quando. Mas a minha responsabilidade imediata é o trabalhador pago por hora e por causa dele eu não abro mão de nenhuma migalha do trabalho que eu tenho de fazer. Qualquer que seja o sacrifício, o que é preciso lembrar é que movimentos como esses são sempre ascendentes, não importa como as questões imediatas se desenrolem.

A questão imediata era que Johnny O'Day tinha sido afastado do sindicato e perdera seu emprego. Eu o encontrei numa casa de cômodos onde já não pagava aluguel havia dois meses: tinha mais uma semana para aparecer com o dinheiro ou ser posto no olho da rua. Seu quartinho tinha uma janela que pegava um pouco do céu e estava bem cuidado. O colchão da cama de solteiro jazia não sobre um estrado de molas mas sobre uma tela de metal e estava arrumado com muito capricho, até com elegância, e a tinta verde-escura na armação de ferro da cama não estava lascada nem descascando — como acontecia com o barulhento aquecedor —, mas mesmo assim era desolador olhar para o conjunto. No todo, a mobília era tão escassa quanto a que Leo tinha em seu apartamento na International House, e no entanto a aura de desolação me espantou e — até a voz baixa e constante de O'Day e sua entonação singularmente enérgica começarem a abafar, peremptoriamente, a presença de tudo o mais, salvo o próprio Johnny O'Day — me fez pensar que seria melhor me levantar e ir embora dali. Era como se tudo o que não estava naquele quarto tivesse desaparecido do mundo. No instante em que ele veio até a porta, me deixou entrar e educadamente me convidou a sentar diante dele, numa das duas cadeiras de armar que havia no quarto, junto a uma mesa grande o bastante para acomodar apenas sua máquina de escrever, tive a sensação não tanto de que tudo havia sido arrebatado de Johnny O'Day exceto sua existência, mas, pior ainda, de que o próprio O'Day, de forma quase sinistra, arrebatara a *si mesmo* de tudo o que não fosse essa existência.

Agora eu compreendia o que Ira fazia lá na cabana. Agora eu compreendia a semente da cabana e do ato de despojar-se de tudo — a estética do feio que Eve Frame iria achar tão intolerável, que deixava um homem solitário e monástico, mas também desimpedido, livre para se mostrar corajoso, irredutível e decidido. O que o quarto de O'Day representava era a disciplina, aquela disciplina que afirma que, por mais desejos que eu tenha, poderei sempre me circunscrever a esse quarto. Você pode se arriscar a qualquer coisa se sabe que no final poderá suportar o castigo, e esse quarto era uma parte do castigo. Havia uma grande lição a ser extraída desse quarto: a ligação entre liberdade e disciplina, a ligação entre liberdade e solidão, a ligação entre liberdade e castigo. O quarto de O'Day, sua cela, constituía a essência espiritual da cabana de Ira. E o que era a essência do quarto de O'Day? Eu descobriria isso alguns anos depois quando, numa visita a Zurique, localizei a casa com uma placa comemorativa com o nome de Lenin e, depois de subornar o vigia com um punhado de marcos suíços, pude ver o quarto de anacoreta onde o revolucionário fundador do bolchevismo viveu no exílio durante um ano e meio.

A aparência de O'Day não deveria ser nenhuma surpresa. Ira o havia descrito exatamente como ainda era, um homem constituído como uma garça: magro, espigado e de cara afilada, com um metro e oitenta, cabelo grisalho cortado bem rente, olhos que também pareciam ter ficado grisalhos, nariz grande, pontudo, igual a uma faca, e a pele — um *couro* — vincada como se ele tivesse bem mais de quarenta anos. Mas o que Ira não havia descrito era quanto fanatismo se patenteava na aparência de um corpo que tinha um homem preso dentro dele, cumprindo uma pena severa que vinha a ser a sua vida. Era a aparência de uma criatura que não tinha escolha. Sua história fora criada de antemão. Ele não tinha escolha acerca de nada. Afastar-se das coisas em troca da sua causa

— eis tudo o que lhe compete fazer. E ele não é nada suscetível com relação aos outros. Não é só o físico que é um filamento de aço, invejavelmente exíguo; a ideologia tem também a feição de uma ferramenta e é desenhada como a silhueta do perfil da fuselagem de uma garça.

Lembro-me de Ira me contar que O'Day levava junto com o seu equipamento de soldado um pequeno saco para praticar boxe e que, no exército, ele era tão ligeiro e forte que, "se obrigado", podia fazer picadinho de dois ou três caras ao mesmo tempo. Eu vinha imaginando, durante toda a viagem de trem, se haveria em seu quarto um saco para praticar boxe. E tinha mesmo. Não estava num canto, suspenso à altura da cabeça, como eu havia imaginado e como estaria se nós estivéssemos numa academia de ginástica. Estava no chão, deitado de lado junto à porta de um armário, um gordo saco de couro com formato de gota, tão velho e surrado que, em vez de couro, parecia antes a parte esfolada e branqueada do corpo de um animal num matadouro — como se, para se manter em forma para lutar, O'Day praticasse seus murros nos testículos de um hipopótamo morto. Uma ideia nada racional, mas — em virtude do meu medo inicial em relação a ele — impossível de afastar do pensamento.

Lembrei-me das palavras que O'Day havia falado na noite em que confessara para Ira suas frustrações por não poder passar seus dias "construindo o partido aqui no porto": "Não sou grande coisa como organizador, esta é a verdade. Você tem de bancar a babá com os bolcheviques tímidos e eu tenho mais vontade é de sentar o cacete na cabeça deles". Lembrei, porque fui para casa e introduzi estas palavras na peça radiofônica que então escrevia, uma peça sobre uma greve numa usina metalúrgica, na qual os mínimos detalhes da gíria de Johnny O'Day vinham à tona intactos na voz de um certo Jimmy O'Shea. Certa vez, O'Day escrevera para

Ira: "Vou acabar virando o filho da puta oficial de Chicago do Leste e arredores, e isso significa que vou acabar na Cidade dos Punhos Cerrados". *Cidade dos punhos cerrados* tornou-se o título da minha peça seguinte. Não pude evitar. Eu queria escrever sobre coisas que pareciam importantes e as coisas que pareciam importantes eram coisas que eu não conhecia. E quaisquer que fossem as palavras a minha disposição na época, eu instantaneamente transformava tudo em mera propaganda e agitação política, perdendo desse modo, em questão de segundos, tudo o que houvesse de importante no que era importante, e de premente no que era premente.

O'Day estava duro, e o partido estava duro demais para poder contratá-lo como organizador ou ajudá-lo economicamente por pouco que fosse, e assim ele enchia seus dias redigindo panfletos para distribuir na porta das fábricas, utilizando os poucos dólares doados secretamente por alguns de seus antigos companheiros metalúrgicos para pagar o papel, alugar um mimeógrafo, uma máquina de grampear e depois, no final de cada dia de trabalho, ele mesmo distribuía os panfletos por toda Gary. Os trocados que sobravam, ele gastava com comida.

— Minha ação na justiça contra a Inland Steel não está encerrada — contou-me O'Day, indo direto ao assunto, me tratando como se eu fosse um igual, um aliado, se não já um camarada, falava comigo como se Ira o tivesse de algum modo convencido de que eu era duas vezes mais velho do que era na verdade, cem vezes mais independente, mil vezes mais corajoso. — Mas parece que a diretoria e os caçadores de comunistas no Congresso das Organizações Industriais dos Estados Unidos fizeram que eu fosse despedido e incluído na lista negra para sempre. Em qualquer campo de atividade, em todo este país, o intuito é sempre o de esmagar o partido. Eles não sabem que não é o Congresso das

Organizações Industriais de Phil Murray que tem a última palavra nas grandes questões históricas. Veja só a China. É o trabalhador americano que vai dar a última palavra nas grandes questões históricas. Na minha profissão, já existem mais de cem metalúrgicos desempregados neste sindicato local. É a primeira vez desde 1939 que há menos empregos do que trabalhadores, e mesmo os metalúrgicos, o setor mais tapado de toda a classe assalariada, estão começando afinal a questionar o sistema. Está vindo, está vindo, garanto que está vindo. Mas fui destituído do comitê executivo do sindicato local dos metalúrgicos, e depois expulso, por ser membro do partido. Aqueles sacanas não queriam me expulsar, queriam repudiar o fato de eu ser membro do partido. A imprensa vendida, por aqui, voltou suas armas contra mim, olhe só — disse ele, me entregando um recorte que estava ao lado da máquina de escrever — o *Gary's Post-Tribune* de ontem. A imprensa vendida fez um grande carnaval com isso aí e, embora eu tenha conservado minha carteira de trabalho dos ferrageiros, a notícia chegou até os contratantes e os chefes da quadrilha me puseram na lista negra. É um ramo de negócio fechado, de modo que a expulsão de um sindicato significa que estou proibido de trabalhar na minha profissão. Bem, que vão todos para o inferno. Posso combater melhor do lado de fora. A imprensa vendida, os pelegos do sindicato, os governos fantoches de Gary e de Chicago do Leste me consideram perigoso? Tudo bem. Querem impedir que eu ganhe minha vida? Deixa comigo. Ninguém depende de mim a não ser eu mesmo. E não dependo de amigos, mulheres, empregos ou qualquer outra escora convencional da existência. Eu me viro, de um jeito ou de outro. Se o *Gary Post* — disse ele, tomando de mim e dobrando cuidadosamente em dois o recorte de jornal que eu não me atrevera a olhar enquanto ele falava — e o *Hammond Times* e todos eles acham que vão expulsar a nós, os comunas, do condado de Lake com essa espécie de tática, podem tirar o cavalo da chuva. Se me tivessem deixado em paz, um dia eu na certa teria partido por minha própria conta. Mas agora não tenho dinheiro nenhum para ir a parte alguma e então eles vão ter de continuar a me aturar. Nos portões das fábricas, a atitude dos operários quando lhes entrego os panfletos é, no geral, amistosa e interessada. Eles me acenam ligeiro com os dedos em V e são momentos assim que fazem a coisa valer a pena. Temos nossa quota de operários fascistas, é claro. Segunda à noite, faz poucos dias, enquanto eu distribuía meus panfletos na porta da Gary Big Mill, um gordão babaca começou a me chamar de traidor e escroto, e não sei o que mais ele tinha em mente. Também não esperei para descobrir. Espero que ele goste de sopa e de biscoitos moles. Conte isso para o Iron Man — disse ele, sorrindo pela primeira vez, embora de um jeito aflito, como se forçar um sorriso estivesse entre as coisas mais difíceis que ele tinha de fazer. — Conte a ele que ainda estou em muito boa forma. Vamos lá, Nathan — disse O'Day, e me mortificou ouvir aquele metalúrgico desempregado pronunciar meu prenome (ou seja, minhas novas obsessões da faculdade, minha superioridade em botão e minha falta de compromisso político me mortificavam) quando eu acabara de ouvir O'Day referir-se, na mesma voz serena e constante, com a mesma dicção cuidadosa — e com uma familiaridade que não parecia colhida em livros — *às grandes questões históricas, China, 1939* e acima de tudo referir-se à abnegação cruel, sacrificatória, imposta pela sua missão em favor do *trabalhador pago por hora*. — Nathan — pronunciado exatamente com a mesma voz que deixara meus braços arrepiados ao dizer *está vindo, está vindo, eu garanto que está vindo*. — Vamos arranjar alguma coisa para você comer — disse O'Day.

Desde o início, a diferença entre o discurso de O'Day e o de Ira ficou inequívoca para mim. Talvez porque não houvesse nada de contraditório nos objetivos de O'Day, porque O'Day levasse a vida da qual fazia proselitismo, porque o discurso não era um pretexto para alguma outra coisa, porque o discurso parecia provir do núcleo do intelecto que constitui a *experiência*, havia um flagrante cunho de pertinência no que ele dizia, o pensamento solidamente estabelecido, as próprias palavras visivelmente disparadas com toda a sinceridade, nem um pouco de ostentação, nenhum desperdício de energia, mas em vez disso, em cada enunciado, uma astúcia sutil e, por mais utópica que fosse a sua meta, um profundo senso prático, o sentimento de que ele tinha a sua missão tanto nas mãos quanto na cabeça; o sentimento, ao contrário daquele transmitido por Ira, de que era a inteligência e não a falta de inteligência que se estava beneficiando com — e brandindo — suas ideias. O travo do que eu considerava "o real" permeava sua fala. Não era difícil ver que o discurso de Ira era uma fraca imitação do de O'Day. O travo do real... embora também fosse o discurso de uma pessoa em quem nada jamais ria. A consequência é que havia um tipo de loucura na sua sinceridade de propósitos e isso igualmente o distinguia de Ira. Ira atraía todas as contingências humanas que O'Day banira da sua vida; nisso havia sanidade, a sanidade de uma existência expansiva e desordenada.

Quando eu voltava de trem naquela noite, a força do foco inflexível de O'Day me havia desorientado de tal modo que eu só conseguia pensar em como contar aos meus pais que três meses e meio já eram o bastante: eu ia abandonar a faculdade para me mudar para a cidade metalúrgica de Chicago do Leste, Indiana. Não estava pedindo a eles que me sustentassem. Eu ia arranjar trabalho para me sustentar sozinho, trabalho braçal, com toda a certeza — mas isso é que era bom, na verdade era esse o espírito da coisa. Eu não tinha mais como justificar a continuidade da minha adesão às expectativas burguesas, deles *ou* minhas, não depois da minha visita a Johnny O'Day que, apesar daquela voz mansa que ocultava o seu ardor, avultou como a pessoa mais dinâmica que eu jamais conhecera, mais até do que Ira. A mais dinâmica, a mais inabalável, a mais perigosa.

Perigosa porque não se preocupava comigo como Ira fazia, e não me conhecia do jeito que Ira me conhecia. Ira sabia que eu era o filho de alguém, compreendeu isso intuitivamente — e meu pai, em larga medida, lhe dissera isso — e não tentava tirar de mim a minha liberdade ou me afastar do lugar de onde eu tinha vindo. Ira nunca tentou me catequizar além de um certo limite, tampouco se mostrou desesperado para se apoderar de mim, embora por toda a sua vida ele se sentisse faminto de amor o bastante, e morto de fome de amor o bastante, para estar sempre ansioso para criar ligações estreitas com as pessoas. Ele apenas me tomava emprestado por um tempo quando vinha a Newark, me tomava emprestado de vez em quando para ter alguém com quem conversar quando visitava Newark sozinho, ou quando ficava sozinho lá na sua cabana, mas nunca me levou nem perto de uma reunião de comunistas. Essa outra vida dele, totalmente distinta, era quase inteiramente invisível para mim. Tudo o que eu tinha era o rompante verborrágico, a cólera e a retórica, só a fachada. Ele não era *apenas* desenfreado — comigo, havia em Ira um tato. Fanaticamente obsessivo como ele era, com relação a mim havia uma grande decência, uma afeição e uma consciência de um tipo de perigo que ele mesmo desejava enfrentar, mas a que não queria expor um garoto. Comigo, havia uma abundante benevolência que vinha a ser a outra face da fúria e da raiva. Ira parecia apto para me educar só até certo ponto. Eu nunca cheguei a ver o fanático em seu todo.

Mas para Johnny O'Day eu não era o filho de ninguém, eu não era ninguém a quem ele tivesse a obrigação de proteger. Para O'Day, eu era um elemento a ser recrutado.

— Não fique de gracinhas com os trotskistas naquela universidade — me dissera O'Day no almoço, como se os trotskistas fossem o problema que me fizera vir conversar com ele em Chicago do Leste. Com nossas cabeças bem próximas uma da outra, comemos hambúrgueres num canto de uma taverna escura onde o proprietário polonês ainda lhe dava crédito e onde um pirralho como eu, seco por algum contato estreito com homens adultos, encontrava um ambiente muito satisfatório. A ruazinha, não distante da usina, era toda ocupada por tavernas, a não ser por uma mercearia numa esquina e uma igreja na outra e, bem em frente, do outro lado da rua, um terreno baldio que era meio ferro-velho, meio depósito de lixo. O vento batia forte do leste e cheirava a dióxido de enxofre. Dentro, o cheiro era de cigarro e cerveja.

— Sou heterodoxo o bastante para sustentar que não tem problema brincar com os trotskistas — disse O'Day —, contanto que você lave as mãos, depois. Tem gente que manuseia répteis peçonhentos todo dia, indo ao ponto de ordenhar o veneno deles para fabricar o antídoto para sua picada, e poucos recebem mordidas letais. Justamente porque sabem que os répteis *são* venenosos.

— O que é um trotskista? — perguntei.

— Não conhece a divergência fundamental entre comunistas e trotskistas?

— Não.

Durante as poucas horas seguintes, ele me explicou. A história era repleta de termos como "socialismo científico", "neofascismo", "democracia burguesa", de nomes desconhecidos para mim como (para começar) Leon Trótski, nomes como Eastman, Lovestone, Zinoviev, Bukharin, de fatos desconhecidos para mim como "a Revolução de Outubro" e "os julgamentos de 1937", de formulações que começavam com "o preceito marxista de que as contradições inerentes a uma sociedade capitalista..." e "obedientes a seus raciocínios falaciosos, os trotskistas conspiram para impedir que os objetivos sejam alcançados por...". Mas por mais abstrusas e complicadas que fossem as reviravoltas daquele relato, cada palavra, como partia de O'Day, me impressionava por sua agudeza e não parecia nem um pouco remota, não era um assunto de que ele falava só por falar, não era um assunto que O'Day explanava para que depois eu redigisse sobre o tema um trabalho final da faculdade, mas sim uma luta cuja ferocidade ele havia sofrido em toda sua extensão.

Eram quase três horas quando ele relaxou seu controle sobre a minha atenção. Seu jeito de obrigar a gente a ouvi-lo era fantástico e tinha muito a ver com a promessa tácita de que nos manteria a salvo enquanto estivéssemos concentrados em cada palavra que ele dizia. Eu estava exausto, a taverna estava quase vazia e mesmo assim eu tinha a sensação de que tudo o que era possível acontecia a minha volta. Me fez lembrar daquela noite, no meu tempo de aluno da escola secundária, quando desafiei meu pai e atendi ao convite de Ira para ir ao comício de Wallace em Newark, e mais uma vez me senti tomando parte de um debate sobre a vida que *importava* de verdade, a batalha gloriosa que eu vinha aguardando desde que completara catorze anos.

— Venha — disse O'Day, depois de dar uma olhada no relógio de pulso. — Vou mostrar a você a face do futuro.

E lá estávamos nós. Lá estava *eu*. Lá estava *aquilo*, o mundo onde em segredo eu, fazia muito tempo, sonhava ser homem. O apito soou, os portões se escancararam e lá vinham eles — os operários! Os inumeráveis homens comuns de Corwin, sem nada de formidável, mas livres. O povão! O homem simples! Os poloneses! Os suecos! Os irlandeses! Os croatas! Os italianos! Os eslovenos! Os homens que punham a própria vida em perigo para fabricar aço, se arriscavam a ser queimados, esmagados ou feitos em pedaços, e tudo pelo lucro da classe dominante.

Eu estava tão entusiasmado! Não conseguia enxergar os rostos, não conseguia nem enxergar os corpos, na verdade. Só via a massa bruta dos homens marchando através dos portões na direção de suas casas. A massa das massas americanas! Esbarrando de leve em mim, trombando comigo — a face, a *força* do futuro! O ímpeto de gritar — de tristeza, de raiva, de protesto, de triunfo — era avassalador, bem como a premência de me unir àquela ralé, nem sombra de uma ameaça, nem sombra de uma ralé, me unir à corrente, à marcha dos homens em suas botinas de solas grossas, e acompanhar todos eles até suas casas. O barulho que faziam era como o de uma multidão numa arena antes da luta. E a luta? Era a luta pela igualdade americana.

De dentro de uma bolsa pendurada na cintura, O'Day pegou um maço de panfletos e jogou em cima de mim. E ali, à vista da usina, aquela basílica fumegante que devia ter um quilômetro e meio de comprimento, nós dois ficamos parados, um ao lado do outro, entregando panfletos para qualquer homem que saísse do turno que ia das sete às três da tarde e que estendesse a mão para pegar. Seus dedos tocavam os meus e toda a minha vida foi virada pelo avesso. Tudo na América que fosse contra aqueles homens era também contra mim! Fiz o juramento dos panfletários: eu não havia de ser outra coisa que não o instrumento da vontade deles. Eu não seria nada senão honestidade.

Ah, sim, a gente sente o tranco, com um homem como O'Day. Johnny O'Day não é de levar a gente até a metade do caminho e depois nos deixar lá sozinhos. Ele nos leva até o fim da estrada. A revolução vai varrer tudo isso e substituir por aquilo — a limpidez sem ironia do Casanova político. Quando se tem dezessete anos e se encontra um cara com atitude agressiva, com tudo esquematizado na cabeça com idealismo, tudo esquematizado ideologicamente, sem família, sem parentes e sem casa — que não tem nenhuma daquelas bobagens que puxavam Ira em vinte direções diferentes, nenhuma daquelas *emoções* que puxavam Ira em vinte direções, nada daquele tumulto com que um homem como Ira se desnorteia por causa de sua natureza, nada da turbulência de querer fazer uma revolução que vai mudar o mundo ao mesmo tempo que casa com uma atriz linda, tem uma amante jovem, fica de sacanagem com uma prostituta quase velha, morre de vontade de ter uma família, briga o tempo todo com uma enteada, mora num casarão pomposo no bairro do *show-business*, tem uma cabana proletária no meio do mato, está determinado a manter incansavelmente uma personalidade em segredo e uma outra em público, e ainda uma terceira no interstício das duas, ser Abraham Lincoln, Iron Rinn e Ira Ringold, tudo enrolado numa personalidade grupal, superexcitável e em constante frenesi — um cara que, ao contrário de tudo isso, não se apoia em nada senão na sua ideia, não é responsável por nada senão por sua ideia, e que compreende quase matematicamente aquilo de que necessita para viver uma vida honrada, então você pensa, como eu pensei, *é aqui o meu lugar!*

O que na certa foi o que Ira também pensou ao conhecer O'Day no Irã. O'Day o influenciara daquele mesmo modo visceral. Pegava a gente e nos acorrentava à revolução mundial. Só que Ira acabou se enrolando com toda aquela história imprevista, indesejada, inadvertida, rebatendo todas aquelas outras bolas com o mesmo esforço enorme para levar a melhor — ao passo que tudo o que O'Day tinha, era e queria, era nada mais do que *a coisa autêntica*. Porque ele não era judeu? Porque ele não era um gói? Porque, como Ira me contou, O'Day fora criado num orfanato católico? Seria por isso que ele era capaz de viver tão radicalmente, tão implacavelmente, tão ostensivamente despido de tudo, até os ossos?

Não havia nele nem um pingo da frouxidão que eu sabia existir dentro de mim. Será que ele via a minha frouxidão? Eu não deixaria. A frouxidão havia de ser espremida à força para fora da minha vida, ali em Chicago do Leste, com Johnny O'Day! Ali no portão da usina às sete da manhã, às três da tarde e às onze da noite, distribuindo panfletos depois de cada turno de trabalho. Ele vai me ensinar como escrevê-los, o que dizer e qual a melhor forma de dizer com a finalidade de impelir os operários para a ação e tornar a América uma sociedade igualitária. Ele vai me ensinar tudo. Sou alguém que está deixando a prisão confortável da sua irrelevância humana e que aqui, ao lado de Johnny O'Day, vai ingressar no ambiente hiperemocional que é a história. Um trabalho braçal, uma vida na pobreza, sim, mas aqui, ao lado de Johnny O'Day, não havia de ser uma *vida* insignificante. Ao contrário, tudo o que era relevante, tudo o que existia de profundo e importante!

Com todas essas emoções, é de imaginar que eu jamais fosse me libertar. Mas por volta da meia-noite eu ainda não tinha telefonado para a minha família para comunicar a minha decisão. O'Day me dera dois livretos para eu ler no trem para Chicago. Um se chamava *Teoria e prática do Partido Comunista*, o primeiro curso de uma "Coleção de Estudos Marxistas" preparado pelo Departamento Nacional de Educação do Partido Comunista, no qual a natureza do capitalismo, da exploração capitalista e da luta de classes era exposta de forma devastadora em menos de cinquenta páginas. O'Day prometeu que da próxima vez que nos encontrássemos discutiríamos o que eu havia lido e ele me daria um segundo curso, que "desenvolvia num nível teórico mais elevado", disse-me ele, "os temas do primeiro curso".

O outro livreto que levei de volta no trem naquele dia, *Quem é o dono da América?*, de James S. Allen, afirmava — vaticinava — que o "capitalismo, mesmo em sua encarnação mais vigorosa na América, ameaça reproduzir a desgraça numa escala cada vez mais vasta". A capa era um cartum, azul e branco, um homem gordo com cara de porco, de cartola e casaca, arrogantemente sentado em cima de um saco de dinheiro bem estufado, com a etiqueta "lucros", e sua barrigona inflada estava adornada por um cifrão. Fumegando com toda a força em segundo plano — e representando a propriedade expropriada injustamente pela classe rica dominante às "principais vítimas do capitalismo", os operários trabalhadores — estavam as fábricas da América.

Li os dois livretos no trem; no meu alojamento de estudante, li tudo outra vez, na esperança de encontrar em suas páginas a força para telefonar para minha casa e dar as notícias. As páginas finais de *Quem é o dono da América?* tinham o título "Torne-se um comunista!". Estas eu li em voz alta, como se o próprio Johnny O'Day se dirigisse a mim: "Sim, juntos venceremos em nossas greves. Construiremos nossos sindicatos, cerraremos fileiras para combater, em todos os níveis e terrenos, as forças da reação, do fascismo, do belicismo. Juntos, construiremos um grande movimento político independente que vai concorrer na eleição nacional com os partidos dos monopólios. Não daremos trégua nem por um segundo aos usurpadores, à oligarquia que está levando a nação à ruína. Não permita que ninguém conteste o seu patriotismo, a sua lealdade à nação. Una-se ao Partido Comunista. Como comunista, você estará apto a cumprir, no sentido mais profundo da expressão, sua responsabilidade de americano".

Pensei: e por que isso não pode ser posto em prática? Aja do mesmo jeito que agiu, quando pegou o ônibus, foi ao centro e tomou parte daquele comício de Wallace. Sua vida é sua ou é deles? Você tem a coragem de assumir suas convicções ou não tem? Esta América é o tipo de América em que você quer viver ou pretende ir à luta e revolucioná-la? Ou você, como todos os estudantes "idealistas" que conhece, não passa de mais um hipócrita egoísta, privilegiado, que só pensa em si mesmo? Do que tem medo? Das adversidades, da injúria, do perigo, ou do próprio O'Day? Do que você tem medo, *senão* da sua frouxidão? Não procure os seus pais para tirar você dessa. Não ligue para casa para pedir autorização para se unir ao Partido Comunista. Embrulhe suas roupas e seus livros, volte para lá e faça isso! Senão, haverá na verdade alguma diferença entre a sua capacidade de se atrever a mudar e a capacidade de Lloyd Brown, entre a sua audácia e a audácia de Brownie, o ajudante do merceeiro que deseja herdar o posto de Tommy Minarek no depósito de pedras em Zinc Town? Em que medida o fracasso de Nathan em repudiar as expectativas da família e ir à luta sozinho, rumo à verdadeira liberdade, difere do fracasso de Brownie em se contrapor às expectativas da família *dele* e ir à luta rumo à liberdade *dele*? Brownie vai ficar em Zinc Town vendendo pedras, eu vou ficar na faculdade estudando Aristóteles — e vou acabar virando um Brownie com diploma universitário.

À uma hora da manhã, atravessei a Midway, em frente a meu alojamento, em meio a uma nevasca — minha primeira tempestade de neve para valer em Chicago — e segui rumo à International House. O estudante de Burma de serviço na portaria me reconheceu logo e, quando abriu a porta de segurança e eu falei:

— O senhor Glucksman — ele fez que sim com a cabeça e, apesar da hora, me deixou ir adiante. Subi até o andar de Leo e bati na porta. Dava para sentir o cheiro de *curry* no corredor horas depois de um dos estudantes estrangeiros ter preparado o jantar num fogareiro portátil dentro do quarto. Eu pensei: um garoto indiano vem lá de Bombaim para estudar em Chicago e você tem medo de ir viver em Indiana? Levante a cabeça e lute contra a injustiça! Dê as costas para tudo isso, vá embora, é a sua oportunidade! Lembre-se do portão da fábrica!

Mas como minha mente voava a grandes altitudes havia muitas horas — como durante tantos *anos* da minha adolescência eu vivera sob o domínio de todos aqueles novos ideais e de todas aquelas visões da verdade —, quando Leo, de pijama, abriu a porta, eu desatei a chorar e, ao fazê-lo, o induzi a um sério engano. Para fora de mim, transbordou tudo o que eu não ousara revelar diante de Johnny O'Day. A frouxidão, a infantilidade, toda a indigna anti-O'Daysice que vinha a ser eu. Todo o supérfluo que vinha a ser eu. Por que isso não pode ser posto em prática? Faltava-me o que eu supunha faltar também a Ira: um coração sem dicotomias, um coração como o invejável e compacto coração de O'Day, inequívoco, pronto para renunciar a todo mundo e a tudo, salvo a revolução.

— Ah, Nathan — disse Leo, com ternura. — Meu caro amigo. — Era a primeira vez que me chamava de alguma outra coisa que não "senhor Zuckerman". Ele me fez sentar diante da sua escrivaninha e, de pé a uns poucos centímetros de mim, me observou, enquanto, ainda chorando, desabotoei meu casaco de lã com listras coloridas, já molhado e pesado de neve. Talvez ele tenha pensado que eu me preparava para despir tudo. Em vez disso, comecei a lhe contar sobre o homem que eu havia encontrado. Falei que pretendia me mudar para Chicago do Leste e trabalhar com O'Day. Eu tinha de fazer isso, pelo bem da minha consciência. Mas será que eu podia fazê-lo sem contar aos meus pais? Perguntei a Leo se isso seria honesto.

— Seu merda! Sua putinha! Vá embora! Suma daqui! Sua putinha hipócrita que excita a gente à toa! — disse ele, me empurrando aos safanões para fora do seu apartamento e bateu a porta.

Não entendi nada. Na verdade, eu não havia entendido Beethoven, continuava tendo dificuldade com Kierkegaard e o que Leo gritava e por que gritava também me era incompreensível. Tudo o que fiz foi contar a ele que estava pensando em viver com um comunista metalúrgico de quarenta e oito anos que, conforme eu o descrevi, parecia mais ou menos um Montgomery Clift mais velho — e Leo, em troca, me pôs para fora do seu apartamento.

Não só o estudante indiano do outro lado do corredor mas quase todos os estudantes indianos, orientais e africanos ao longo do corredor saíram de seus apartamentos para ver que confusão era aquela. A maior parte deles, naquela hora da noite, estava de cueca e aquilo que eles olhavam era um rapaz que havia acabado de descobrir que era menos fácil alcançar o heroísmo com dezessete anos do que um talento de dezessete anos sentir-se seduzido pelo heroísmo e pelo aspecto moral de praticamente tudo no mundo. O que eles pensavam estar vendo era uma coisa inteiramente distinta. O que pensavam estar vendo era algo que eu mesmo ainda não conseguia entender até que, na minha aula seguinte de letras clássicas, me dei conta de que Leo Glucksman, dali em diante, me trataria não como alguém superior, muito menos como alguém destinado a ser um grande homem, mas sim como o espírito vulgar mais fútil, mais culturalmente atrasado e cômico que jamais, e escandalosamente, fora admitido na Universidade de Chicago. E nada que eu dissesse na aula ou escrevesse para a aula durante o resto do ano, nada em minhas compridas cartas me explicando, me desculpando e assinalando que eu *não deixara* a faculdade para ir me unir a Johnny O'Day, conseguiu jamais dissuadi-lo.

Vendi revistas de porta em porta em Jersey no verão seguinte — bem diferente de distribuir panfletos na porta de uma fábrica de aço em Indiana, ao raiar do dia, no pôr do sol e na madrugada já escura. Embora eu tivesse falado com Ira algumas vezes por telefone e houvéssemos planejado uma visita minha a sua cabana em agosto, para meu alívio, ele teve de cancelar a visita no último momento e logo em seguida voltei às aulas. Semanas depois, nos últimos dias de outubro de 1951, eu soube que ele e Artie Sokolow, bem como o diretor, o compositor, os outros dois atores principais do programa e o famoso apresentador do programa Michael J. Michaels, tinham sido despedidos de *Livres e corajosos*. Meu pai me deu a notícia por telefone. Eu não lia os jornais com regularidade e as notícias, disse ele, haviam sido publicadas no dia anterior nos dois jornais de Newark, bem como em todos os diários de Nova York. "Redhot Iron", ferro em brasa, foi assim que o chamaram na manchete do *New-York Journal-American*, do qual Bryden Grant era colunista. A história havia estourado na coluna "Informe Confidencial de Grant".

Pela voz do meu pai, vi logo que ele estava mais preocupado comigo — as consequências de eu ter sido um protegido de Ira — e assim, cheio de indignação, eu lhe disse:

— Porque eles chamam Ira de comunista, porque chamam *todo mundo* de comunista...

— Eles podem mentir e chamar você também de comunista — disse ele —, é isso *sim*.

— Pois deixe que chamem! Podem chamar!

Por mais que eu gritasse com o meu pai calista e liberal como se ele fosse o diretor da estação de rádio que despedira Ira e seus confrades, por mais alto que eu garantisse que as acusações eram tão inimputáveis a Ira quanto a mim, só de ter passado aquela tarde com Johnny O'Day, eu sabia muito bem a que ponto eu podia estar enganado. Ira servira o exército durante dois anos com O'Day no Irã. O'Day fora seu melhor amigo. Quando o conheci, Ira ainda recebia compridas cartas de O'Day e lhe escrevia em resposta. Então veio Goldstine e tudo aquilo que ele falou na cozinha da sua casa. Não deixe que ele entupa você de ideias comunistas, garoto. Os comunistas pegam um bobão feito Ira e o usam à vontade. Saia da minha casa, seu verme comunista babaca...

Eu me havia recusado teimosamente a unir tudo isso. Isso, mais o disco e todo o resto.

— Lembra aquela tarde em meu escritório, Nathan, quando Ira veio lá de Nova York? Perguntei a ele, e você perguntou a ele, e o que foi que ele nos disse?

— A verdade! Ele disse a verdade!

— "O senhor é comunista, senhor Ringold?", perguntei. "O senhor é comunista, senhor Ringold?", você perguntou. — Com algo engasgado em sua voz, algo que eu nunca ouvira antes, meu pai gritou: — Se ele mentiu, Nathan, se esse homem mentiu para o meu filho...!

O que ouvi na sua voz foi uma vontade de matar.

— Como é que você pode ter relações de amizade com alguém que mente para você numa coisa tão fundamental? *Como pode?* Não foi uma mentira de criança — disse meu pai. — Foi uma mentira de adulto. Foi uma mentira motivada. Foi uma mentira *cabal*.

Ele prosseguiu, enquanto eu pensava: por que Ira preferiu mentir? Por que não contou logo a verdade? De um jeito ou de outro, eu iria mesmo para Zinc Town, ou pelo menos tentaria ir. Mas então, ele não mentia só para mim. A questão não é essa. Ele mentia para todo mundo. Se você mente sobre uma coisa assim para todo mundo, automaticamente e o tempo todo, você age assim deliberadamente para alterar a sua relação com a verdade.

Porque ninguém consegue improvisar isso. Você conta a verdade para uma pessoa, conta uma mentira para a outra — isso não dá certo. Portanto mentir faz parte do que acontece quando vestimos aquele uniforme. Mentir estava na natureza do seu compromisso. Dizer a verdade, especialmente para mim, nunca passou pela cabeça dele; não só poria em risco nossa amizade como também poria a mim em risco. Havia uma porção de motivos para ele mentir, mas nenhum que eu pudesse explicar a meu pai, mesmo que eu os tivesse compreendido na ocasião.

Depois de falar com meu pai (e com minha mãe, que disse: "Implorei a seu pai para não telefonar para você, para não inquietar você"), tentei ligar para Ira na rua Onze, oeste. O telefone deu sinal de ocupado a noite toda e quando liguei de novo na manhã seguinte e fui atendido, Woundrous — a negra que Eve chamava à mesa de jantar com o sininho que Ira detestava — me disse:

— Ele não mora mais aqui — e desligou. Como o irmão de Ira ainda era, em larga medida, "meu professor", refreei meu impulso de telefonar para Murray Ringold, mas escrevi uma carta para Ira e mandei para Newark, para a avenida Lehigh, aos cuidados do sr. Ringold, e de novo para a caixa postal em Zinc Town. Não obtive resposta. Li os recortes de jornal que meu pai me enviou sobre Ira, enquanto eu exclamava:

— Mentiras! Mentiras! Mentiras sujas! — mas aí me lembrei de Johnny O'Day e de Erwin Goldstine e não soube mais o que pensar.

Menos de seis meses depois, apareceu nas livrarias americanas — publicado às pressas — *Casei com um comunista*, de Eve Frame, conforme relatado a Bryden Grant. A capa, frente e verso, era uma reprodução da bandeira americana. Na frente, a bandeira estava rasgada brutalmente e, no interior do rasgão oval, havia uma foto em preto e branco recente de Ira e Eve: Eve de aparência meiga e adorável, com um de seus chapeuzinhos de véu pontilhado que ela tornara famosos, casaco de pele e bolsa redonda — Eve, sorrindo esplendidamente para a câmera, enquanto caminhava de braço dado pela rua Onze, oeste, com seu marido. Mas Ira não parecia nem um pouco feliz; por baixo do seu chapéu de feltro, ele olhava fixo para a câmera através de seus óculos de lentes grossas com uma expressão soturna e atormentada. Quase no centro exato da capa do livro que proclamava *Casei com um comunista*, de Eve Frame, conforme relatado a Bryden Grant, a cabeça de Ira vinha circundada por uma linha grossa e vermelha.

No livro, Eve sustentava que Iron Rinn, "codinome Ira Ringold", era um "louco comunista" que a havia "intimidado e violentado" com suas ideias comunistas, doutrinando a ela e a Sylphid todas as noites, durante o jantar, esbravejando com elas e fazendo todo o possível para "executar uma lavagem cerebral" nas duas mulheres e induzi-las a trabalhar em prol da causa comunista. "Creio que nunca vi nada tão heroico na minha vida quanto a minha jovem filha, que adorava mais do que qualquer outra coisa ficar sossegada o dia inteiro a tocar sua harpa, debatendo ardorosamente em defesa da democracia americana contra esse louco comunista e suas mentiras stalinistas e totalitárias. Creio que nunca vi nada tão cruel na minha vida quanto esse louco comunista lançando mão de todas as táticas dos campos de concentração soviéticos para pôr de joelhos aquela criança corajosa."

Na primeira página, havia uma fotografia de Sylphid, mas não a Sylphid que eu conhecia, não a moça grandalhona e sarcástica de vinte e três anos, vestida de cigana, que me ajudara de forma hilariante durante o jantar naquela festa e que depois me deliciara esculachando um por um os amigos da sua mãe, mas sim uma Sylphid miúda, de cara redonda, grandes olhos negros, de trança no cabelo e vestido de festa, sorrindo para sua linda mãe por cima de um bolo de aniversário de Beverly Hills. Sylphid com um vestido branco, de algodão, enfeitado com bordados de moranguinhos, sua saia enfunada por anáguas e cingida por uma faixa larga amarrada nas costas com um laçarote. Sylphid com vinte quilos aos seis anos de idade, de meia soquete Mary Janes branca e preta. Sylphid não como a filha de Pennington, nem mesmo como a filha de Eve, mas a filha de Deus. A foto alcançava aquilo que Eve almejara desde o início com aquele nome nebuloso e delirante: a desprofanação de Sylphid, a eterização do sólido em gasoso. Sylphid como uma santa, absolutamente inocente de todos os vícios e sem ocupar o menor espaço de qualquer tipo neste mundo. Sylphid como tudo o que não representa antagonismo.

— Mamãe, mamãe — grita desamparada a criança corajosa para sua mãe, numa cena de clímax —, aqueles homens lá em cima no escritório dele estão falando russo!

Agentes russos. Espiões russos. Documentos russos. Cartas secretas, telefonemas, mensagens entregues pessoalmente na porta de casa, dia e noite, mensagens de comunistas do país inteiro. Reuniões da célula comunista dentro de casa e "no esconderijo secreto comunista nas remotas matas de Nova Jersey". E "num apartamento para reuniões alugado por ele por um breve período em Greenwich Village, em Washington Square, norte, em frente à famosa estátua do general George Washington — um apartamento arrendado por Iron Rinn com a finalidade de proporcionar, antes de tudo, um refúgio seguro para comunistas em fuga do FBI".

Mentiras! — gritei. — Mentiras completamente malucas!
— Mas como é que eu podia ter certeza? Como qualquer um podia ter certeza? E se o espantoso prefácio do livro dela fosse *verdade*? Será que podia ser? Durante anos, fiquei sem ler o livro de Eve Frame, protegendo o mais que pude meu relacionamento

original com Ira, enquanto eu ia progressivamente me afastando dele e da sua verborragia, até um ponto em que eu havia simplesmente completado minha rejeição a ele. Mas como eu não queria que aquele livro fosse o hediondo final de nossa história, eu me esquivei e não o li além do prefácio. Nem fiquei sofregamente interessado no que saiu publicado nos jornais a respeito da pérfida hipocrisia do ator principal do programa *Livres e corajosos*, que encarnava todos aqueles grandes personagens americanos, embora houvesse escolhido para si mesmo um papel muito mais sinistro. O qual, segundo o testemunho de Eve, seria pessoalmente responsável por submeter todos os scripts de Sokolow a um agente russo para obter sugestões e receber o aval. Ver alguém que eu amara publicamente denegrido daquele modo — por que eu iria querer participar daquilo? Não havia prazer nenhum, e também não havia nada que eu pudesse fazer a respeito.

Mesmo deixando de lado a acusação de espionagem, admitir que o homem que me trouxera para o mundo dos homens adultos podia ter mentido para a nossa família quanto a ser comunista não era menos penoso para mim do que admitir que Alger Hiss ou os Rosenberg podiam ter mentido para a nação ao negar que eram comunistas. Recusei-me a ler aquilo tudo, assim como me recusara anteriormente a acreditar em tudo aquilo.

Era assim que começava o livro de Eve Frame, o prefácio, uma bomba jornalística na primeira página:

> É correto da minha parte fazer isto? É fácil para mim fazer isto? Creiam-me, está longe de ser fácil. É a tarefa mais terrível e mais árdua de toda a minha vida. Qual é a minha motivação? — as pessoas vão perguntar. Como posso considerar meu dever moral e patriótico dar informações sobre um homem a quem amei tanto como amei Iron Rinn?

Porque, como uma atriz americana, jurei a mim mesma lutar contra a infiltração comunista na indústria do entretenimento com todas as fibras do meu ser. Porque, como uma atriz americana, tenho uma responsabilidade solene diante de um público americano que me deu tanto amor, reconhecimento e felicidade, a solene e inabalável responsabilidade de revelar e expor a extensão da influência comunista na indústria do rádio, que vim a conhecer por intermédio do homem com quem fui casada, um homem que amei mais do que qualquer outro homem que já conheci, mas que estava determinado a utilizar a arma da cultura de massa para demolir o sistema de vida americano.

Esse homem era o ator de rádio Iron Rinn, codinome Ira Ringold, membro oficial do Partido Comunista dos Estados Unidos da América e líder da unidade secreta de espionagem comunista dedicada a controlar o rádio americano. Iron Rinn, codinome Ira Ringold, um americano que recebia ordens de Moscou.

Sei por que casei com esse homem: por amor de mulher. E por que ele casou comigo? Porque recebeu essa ordem do Partido Comunista! Iron Rinn nunca me amou. Iron Rinn me explorou. Iron Rinn casou comigo para poder se infiltrar com mais eficácia no mundo do entretenimento americano. Sim, casei com um comunista maquiavélico, um homem degenerado, dotado de uma enorme astúcia e que quase arruinou minha vida, minha carreira e a vida da minha filhinha adorada. E tudo isso para levar a cabo o plano de Stalin de dominar o mundo.

7.

— A cabana, Eve a detestava. Quando eles começaram a viver juntos, ela tentou pôr a cabana em ordem para Ira; pendurou cortinas, comprou louça, copos, quis guardar talheres e pratos no lugar certinho, mas camundongos, vespas e aranhas viviam entrando na casa, e Eve morria de medo deles, o armazém mais próximo ficava a quilômetros de distância e, uma vez que ela não sabia dirigir, um lavrador local que cheirava a esterco tinha de levá-la para fazer as compras. Somando tudo, não havia para ela muito o que fazer em Zinc Town, exceto desviar-se de todos os desconfortos e assim Eve começou a fazer campanha para eles dois comprarem uma propriedade no sul da França, onde o pai de Sylphid possuía uma casa de campo, de modo que Sylphid pudesse ficar perto do pai no verão. Eve disse a Ira: "Como é que você pode ser tão provinciano? Como é que vai aprender alguma coisa que não seja berrar contra Henry Truman, se não viajar, se não for à França para ver o interior da França, se não for à Itália para ver as grandes pinturas, se não for a nenhum lugar que não Nova Jersey? Você não escuta música. Não visita museus. Se um livro não for

sobre a classe trabalhadora, você nem lê. Como pode um ator...".
E Ira respondia: "Olhe, não sou ator. Sou um operário casca-grossa que ganha a vida no rádio. Você teve um marido metido a besta. Quer voltar atrás e tentar outra vez? Quer um marido que nem o marido da sua amiga Katrina, um cara culto e formado em Harvard como o senhor Aluado, como o senhor Katrina Van Mexericos Grant?".

"Toda vez que Eve tentava falar da França e de comprar uma casa de veraneio lá, Ira soltava os cachorros, nem precisava muita coisa. Não era da sua natureza desgostar de alguém como Pennington ou Grant de maneira vaga. Não era da sua natureza desgostar de nada de maneira vaga. Não havia discordância de que sua raiva ultrajada não pudesse tirar proveito. 'Eu viajei', dizia ele a Eve. 'Trabalhei no porto, no Irã. Vi muita degradação humana no Irã...' E assim por diante, sem parar.

"O desfecho da história foi que Ira não abriu mão da cabana e essa foi outra fonte de desavença entre os dois. No início, a cabana era um remanescente da antiga vida de Ira e, para ela, uma parte do seu charme rude. Após um tempo, ela via a cabana como um ponto de apoio para Ira fora do âmbito de ação dela, e isso também enchia Eve de terror.

"Talvez ela o amasse e talvez tenha sido isso o que gerou o medo de perdê-lo. O histrionismo de Eve nunca me deu a impressão de amor. Eve se ocultava atrás da sua capa de amor, a fantasia do amor, mas era fraca e vulnerável demais para não se encher de rancor. Era intimidada demais por tudo para proporcionar um amor sensato e justo — para proporcionar qualquer outra coisa que não uma caricatura do amor. Foi isso o que Sylphid recebeu. Imagine o que devia significar ser filha de Eve Frame — *e* filha de Carlton Pennington — e logo você começará a entender como

Sylphid foi se formando. Uma pessoa daquelas não se faz da noite para o dia.

"Toda a parte desprezada de Ira, tudo o que havia de repulsivamente indomesticável em Ira estava, para Eve, encerrado naquela cabana, mas Ira não queria se desfazer dele. No mínimo, enquanto a cabana permanecesse uma cabana, ele seria à prova de Sylphid. Nenhum lugar para ela dormir senão o sofá-cama na entrada e, das poucas vezes em que Sylphid vinha passar ali um final de semana no verão, ficava entediada e aborrecida. A lagoa era muito enlameada para ela nadar, o bosque, muito cheio de mosquitos para ela andar e, embora Eve a mantivesse o tempo todo entretida, Sylphid ficava emburrada dentro da cabana durante um dia e meio e depois pegava o trem de volta para a sua harpa.

"Mas, naquela última primavera em que eles estiveram juntos, começaram a traçar planos para reformar a casa. Uma grande renovação ia ter início depois do Dia do Trabalho. Modernizar a cozinha, modernizar o banheiro, grandes janelas novas, um piso novinho em folha, portas novas que combinavam com o ambiente, forração para bloquear ventanias e um novo sistema de aquecimento interno a gasolina, para preparar a casa adequadamente para o inverno. Pintura nova por dentro e por fora. E uma grande ampliação nos fundos, um cômodo novo com uma enorme lareira de pedra e um janelão panorâmico voltado para a lagoa e para o bosque. Ira contratou um carpinteiro, um pintor, um eletricista, um bombeiro, Eve fez listas e desenhos e tudo isso devia ficar pronto antes do Natal. 'Que diabo', disse Ira para mim, 'ela quer, então vamos fazer.'

"A separação deles começou nessa época, só que eu não notei. Ira também não. Ele achou que estava sendo esperto, entende, achou que podia agir com sutileza. Mas suas dores e aflições musculares o estavam matando, seu moral estava abalado e a decisão foi tomada não pelo que havia de forte em Ira mas pelo que se estava rompendo nele. Ira achou que ao fazer as coisas mais ao gosto dela poderia minimizar o atrito e garantir que Eve o protegesse das listas negras. Agora Ira temia perder Eve caso ele perdesse as estribeiras e por isso passou a tentar salvar o seu disfarce político, deixando toda aquela fantasia de Eve fluir livremente por cima dele.

"O medo. O medo agudo que corria solto naquela época, a descrença, a angústia de ser descoberto, o suspense de ter uma vida e um meio de vida sob ameaça. Estaria Ira convicto de que ficar com Eve poderia protegê-lo? Provavelmente não. Mas o que mais havia para ele fazer?

"O que aconteceu com a estratégia astuta de Ira? Ele ouve Eve chamar a ampliação da casa de 'quarto de Sylphid' e isso liquida toda a sua estratégia astuta. Ouve Eve, lá fora, falar com o pedreiro, 'o quarto de Sylphid isso' e 'o quarto de Sylphid aquilo' e, quando ela entra em casa toda radiante e feliz, Ira já completou sua transformação. 'Por que você diz isso?', pergunta ele. 'Por que chama essa parte da casa de quarto de Sylphid?' 'Eu não fiz nada disso', diz Eve. 'Fez sim, eu ouvi. Esse não é o quarto de Sylphid.' 'Bem, mas ela *vai* ficar aqui.' 'Eu pensei que fosse ser só um cômodo espaçoso nos fundos da casa, uma nova sala de estar.' 'Mas tem o sofá-cama. Ela vai dormir ali no novo sofá-cama.' 'Vai? Quando?' 'Ora, quando ela vier aqui.' 'Mas ela não gosta daqui.' 'Mas vai gostar, quando a casa ficar bem agradável, como vai ficar, no final.' 'Então pode parar tudo', diz ele. 'A casa não vai ficar agradável coisa nenhuma. A casa vai ficar escrota mesmo. Foda-se o projeto todo.' 'Por que está fazendo isso comigo? Por que está fazendo isso com a minha filha? O que há de *errado* com você, Ira?' 'Acabou. A reforma está encerrada.' 'Mas *por quê?*' 'Porque não suporto a sua filha e a sua filha não me suporta, é por isso.' 'Como *ousa* dizer alguma coisa contra a minha filha? Eu vou embora daqui! Não vou ficar nesta casa! Você está perseguindo a minha filha! Não vou tolerar uma coisa dessas!' E Eve pegou o telefone, chamou um táxi e em cinco minutos tinha ido embora.

"Quatro horas depois, Ira soube para onde. Recebeu um telefonema de uma corretora de imóveis em Newton. Ela pediu para falar com a srta. Frame e Ira respondeu que a srta. Frame não estava, e a mulher pediu que Ira desse um recado a ela: as duas lindas casas de veraneio que elas tinham visto *estavam* à venda, ambas eram perfeitas para a filha dela, e a corretora poderia mostrá-las para ela no próximo final de semana.

"O que Eve fizera depois de ir embora foi passar a tarde toda à procura de uma casa de veraneio no condado de Sussex para comprar para Sylphid.

"Foi aí que Ira me telefonou. E me disse: 'Eu não acredito. Procurar uma casa de veraneio bem aqui... eu não *compreendo*'. 'Eu compreendo', respondi. 'Ser uma mãe ruim é uma atividade que não acaba nunca. Ira, chegou a hora de partir para a próxima inverossimilhança.'

"Entrei no meu carro e parti direto para a cabana. Passei a noite lá e na manhã seguinte o trouxe para Newark. Eve ligou para a minha casa, certa noite, implorando para Ira voltar, mas ele respondeu que não dava, o casamento deles estava terminado e, quando *Livres e corajosos* voltou ao ar, Ira ficou conosco e todos os dias ia de trem para Nova York trabalhar e depois voltava.

"Falei para ele: 'Você está nas mãos deles, como todo mundo. Como todo mundo, você pode cair ou não. A mulher com quem você está casado não vai protegê-lo do que quer que esteja reservado para você nesse espetáculo, ou para qualquer pessoa que eles resolverem destruir. Os caçadores de comunistas estão na ofensiva. Ninguém vai enganar esses caras durante muito tempo, mesmo que a pessoa leve uma vida *quádrupla*. Eles vão pegar você, com ela ou sem ela, mas ao menos sem ela você não vai ter de aguentar o estorvo de uma pessoa inútil no meio da crise'.

"Mas, à medida que as semanas passavam, Ira foi ficando cada vez menos convencido de que eu tinha razão, e Doris também, e talvez eu não tivesse mesmo razão, Nathan. Talvez, segundo o próprio raciocínio calculista de Ira, se ele tivesse voltado para Eve, a sua aura, a sua reputação e os seus conhecimentos tivessem agido em conjunto para salvar Ira e a sua carreira. Isso é possível. Mas o que é que ia salvá-lo do casamento? Toda noite, depois que Lorraine ia para o quarto dela, nós nos sentávamos na cozinha, Doris e eu debatendo sempre com os mesmos argumentos, enquanto Ira ouvia. Reuníamo-nos na mesa da cozinha com o nosso chá e Doris dizia: 'Ele vem aturando as maluquices de Eve já faz três anos, quando não existia nenhuma razão sensata para aturar nada. Por que não pode aturar as maluquices dela por mais três anos, quando pelo menos *existe* agora uma razão sensata para aturar tudo isso? Qualquer que fosse o motivo, bom ou ruim, Ira nunca teve o impulso de encerrar completamente o casamento durante todo esse tempo. Por que faria isso agora, quando ser marido dela provavelmente o ajudaria? Se ele puder tirar disso algum benefício, pelo menos a sua união ridícula com essas duas criaturas não terá sido em vão'. E eu replicava: 'Se ele voltar para a sua união ridícula, vai ser destruído pela união ridícula. É mais do que ridícula. Metade do tempo, Ira fica tão infeliz que tem de vir aqui para dormir'. E Doris retrucava: 'Ele vai ficar mais infeliz quando estiver na lista negra'. 'Ira vai acabar na lista negra de um jeito ou de outro. Com a sua língua solta e com o seu passado, Ira não vai ser poupado.' E Doris dizia: 'Como você pode ter certeza de que todo mundo vai acabar caindo? Na verdade, a coisa toda é tão irracional, tão sem pé nem cabeça que...'. E eu respondia: 'Doris, o nome dele já apareceu em uns quinze ou até vinte lugares. Vai acontecer. É inevitável. E quando acontecer, nós sabemos de que lado ela vai ficar. Não do lado dele, mas de Sylphid: proteger Sylphid do que estiver acontecendo a *ele*. Afirmo que é melhor pôr fim ao casamento e à desgraça matrimonial e admitir que Ira vai acabar na lista negra, não importa onde ele esteja. Se voltar para Eve, vai brigar com ela, vai guerrear contra a filha e logo logo Eve vai entender por que ele está lá e isso vai tornar as coisas ainda piores'. 'Eve? Entender alguma coisa?', exclamou Doris. 'A realidade não parece ter o menor efeito sobre a srta. Frame. Por que é que a realidade ia pôr a cabecinha para fora da toca logo agora?' 'Não dá', retruquei. 'A exploração cínica, o parasitismo oportunista, isso tudo é muito degradante. Não gosto disso de jeito nenhum, e não gosto disso porque Ira não é capaz de fazer esse papel. Ele é franco, é impulsivo, é direto. Tem cabeça quente e não vai ser capaz de agir assim. E quando Eve descobrir por que Ira está lá, bem, ela vai tornar as coisas ainda *mais* dolorosas e confusas. Ela mesma nem precisa compreender, na verdade; outra pessoa pode compreender por ela. Seus amigos, os Grant, vão entender logo. Provavelmente, já entenderam tudo. Ira, se você voltar para lá, o que vai fazer para mudar o seu modo de viver com Eve? Você vai ter de virar um cachorrinho de madame, Ira. É capaz de fazer esse papel? *Você?*' 'Ira vai só ser esperto e cuidar da vida dele', disse Doris. 'Ele *não pode* ser esperto e cuidar da vida dele', respondi. 'Nunca vai ser esperto porque tudo lá o deixa louco.' 'Bem', disse Doris, 'perder tudo aquilo por que ele lutou, ser castigado na América por causa daquilo em que acredita, ver seus inimigos vitoriosos, isto vai deixar Ira muito mais louco.' 'Não gosto dessa história', insisti, e Doris disse: 'Mas você não gostou desde o início, Murray. Agora você está usando isso para levar Ira a fazer o que você queria que ele fizesse o tempo todo. Dane-se se ele vai explorar Eve. Ser explorada: é para isso que ela existe. O que é o casamento sem a exploração? No casamento, as pessoas são exploradas um milhão de vezes seguidas. Um explora a posição do outro, um explora o dinheiro do outro, um explora a boa aparência do outro. Acho que ele devia voltar. Acho que ele precisa de toda proteção que puder obter. Exatamente *porque* é impulsivo, *porque* tem cabeça quente. Ele está no meio de uma guerra, Murray. Está sob ataque. Precisa de uma camuflagem. Eve é a camuflagem dele. Ela não foi a camuflagem de Pennington porque ele era homossexual? Agora deixe que ela seja a camuflagem de Ira porque ele é um comuna. Deixe que ela sirva para *alguma coisa*. Não, não vejo nenhum sentido na sua objeção. Ele carregou aquela harpa nas costas, não foi? Ele salvou Eve daquela pirralha que queria esmigalhar os miolos dela, não foi? Ira fez tudo o que pôde por Eve. Agora deixe que ela faça o que puder por ele. Agora, num lance de sorte, pela pura força das circunstâncias, essas duas criaturas poderão enfim fazer alguma coisa além de se lamuriar e gemer por causa de Ira e de se engalfinhar uma com a outra. Elas nem precisam ter consciência disso. Sem nenhum esforço da parte delas, poderão ser úteis para Ira. O que há de tão errado nisso?'. 'A honra do homem está em jogo, esta é a questão', repliquei. 'A integridade dele está em jogo. É tudo mortificante demais. Ira, eu me opus quando você quis se filiar ao Partido Comunista. Discuti com você por causa de Stalin e por causa da União Soviética. Discuti com você e não adiantou nada: você se comprometeu com o Partido Comunista. Bem, essa provação toda é parte desse compromisso. Não gosto de pensar em você se rebaixando. Talvez tenha chegado a hora de *dar cabo* de todas as mentiras mortificantes. O casamento que é uma mentira e o partido político que é uma mentira. Os dois estão fazendo você ser muito menos do que você é.'

"O debate prosseguiu durante cinco noites consecutivas. E por cinco noites ele ficou calado. Eu nunca o vira tão calado. Tão *calmo*. Enfim, Doris virou para ele e disse: 'Ira, isto é tudo o que podemos dizer. Tudo foi discutido. É a sua vida, a sua carreira, a sua esposa, o seu casamento. É o seu programa de rádio. Agora a decisão é sua. Depende de você'. E ele disse: 'Se eu puder dar um jeito de sustentar minha posição atual, se eu conseguir evitar que me ponham para escanteio e me joguem na lata de lixo, estarei fazendo mais pelo partido do que se ficar por aí me atormentando a respeito da minha integridade. Não me preocupo em ficar angustiado, me preocupo em ser útil. Quero ser útil. Vou voltar para ela'. 'Não vai dar certo', insisti. 'Vai dar certo', disse ele. 'Se eu tiver bem claro na mente por que estou lá, vou me *garantir* para que dê certo.'

"Naquela mesma noite, meia hora ou quarenta e cinco minutos depois, a campainha da porta tocou. Eve tinha chamado um táxi para levá-la até Newark. O rosto dela estava lívido, parecia um fantasma. Subiu a escada às pressas e, quando Eve viu Doris comigo no alto da escada, disparou num lampejo aquele sorriso que uma atriz sabe emitir sem pestanejar, sorriu como se Doris fosse uma fã a sua espera na porta do estúdio para tirar uma foto da estrela com a câmera portátil. Em seguida, Eve estava a nosso lado, e lá estava Ira, e ela se pôs de joelhos. O mesmo espetáculo daquela noite na cabana. De novo, a Suplicante. Repetida e promiscuamente, a Suplicante. A pretensão aristocrática de solenidade e esse tipo de comportamento absurdo e incontrolável. 'Imploro a você, não me deixe! Farei tudo!'

"A nossa pequena, esperta e florescente Lorraine estava em seu quarto fazendo o dever de casa. Ela veio para a sala de pijama para dar boa-noite para todos, quando ali, na sua própria casa, estava aquela famosa estrela a quem ela ouvia todas as semanas no

Radioteatro americano, aquela figura exaltada que deixava a vida extravasar sem nenhum freio. Todo o caos e a crueza do mundo interior de uma pessoa expostos ali no soalho da nossa sala. Ira disse a Eve para se levantar, mas, quando tentou erguê-la, Eve enroscou os braços em torno das pernas dele e o uivo que fez soar deixou Lorraine de boca aberta. Nós a leváramos para ver o espetáculo no Roxy, a leváramos para ver o planetário Hayden, fomos de carro ver as quedas do Niágara, mas, em termos de espetáculo, aquele foi o ponto culminante da sua infância.

"Eu me adiantei e me ajoelhei ao lado de Eve. Tudo bem, pensei, se o que Ira quer é voltar, se é isso o que ele mais deseja, está prestes a conseguir, e com tudo a que tem direito. 'Já chega', falei a ela. 'Vamos, agora levante. Venha para a cozinha tomar um café.' E foi aí que Eve ergueu os olhos e viu Doris de pé a seu lado, ainda com a revista que estava lendo na mão. Doris, da forma mais simples possível, de chinelos e com um vestido de usar em casa. O rosto de Doris estava inexpressivo, até onde eu me lembro; espantado, é verdade, mas com toda a certeza sem nada de debochado. No entanto, só o fato de Doris estar ali bastou para representar um desafio para o grande drama que era a vida de Eve Frame e Eve fez pontaria e disparou: 'Você! O que *você* está aí olhando, sua judiazinha nojenta e corcunda?'.

"Tenho de confessar a você que vi a coisa chegando: ou melhor, eu sabia que ia acontecer algo que não ia propriamente ajudar a causa de Eve e assim não fiquei tão estupefato quando a minha filhinha, Lorraine, desatou a chorar e Doris disse: 'Saia desta casa', e Ira e eu levantamos Eve do chão, a levamos para o corredor e pela escada abaixo, e a levamos de carro até a Penn Station. Ira sentou-se a meu lado, na frente do carro, e Eve foi atrás, como se tivesse esquecido o que acontecera. Durante todo o trajeto até a Penn Station, Eve trazia no rosto aquele sorriso, o mesmo que dirigia para as câmeras fotográficas. Subjacente ao sorriso, não havia absolutamente nada, nem o seu caráter, nem a sua história, nem mesmo a sua infelicidade. Ela era apenas aquilo que estava esticado de um lado a outro do seu rosto. Eve nem chegava a estar sozinha. Não havia ninguém para *estar* só. Qualquer que fosse a origem vergonhosa da qual Eve passara a vida inteira fugindo, o resultado tinha sido esse: uma pessoa de quem a própria vida havia fugido.

"Estacionei na frente da Penn Station, todos saímos do carro e, impassível, muito impassível, Ira disse a ela: 'Volte para Nova York'. E ela exclamou: 'Mas você não vem?'. 'Claro que não.' 'Mas então por que veio no carro? Por que me acompanhou até a estação de trem?' Será que era por isso que ela vinha sorrindo? Porque acreditava que havia triunfado e que Ira ia voltar com ela para Manhattan?

"Dessa vez, a cena não foi representada para a minha família. Dessa vez foi para uma plateia de umas cinquenta pessoas que estavam entrando na Penn Station e que se detiveram impressionadas com o que viam. Sem um pingo de hesitação, aquela figura majestosa, que conferia à noção de decoro uma relevância colossal, lançou as duas mãos para cima, na direção do céu, e fez desabar a magnitude da sua infelicidade sobre todo o centro de Newark. Uma mulher completamente inibida e envolta em disfarces que de repente fica completamente desinibida. Ou inibida e tolhida pela vergonha, ou desinibida e desavergonhada. Nada, nunca, no meio do caminho. 'Você me enganou! Eu detesto você! Desprezo você! Vocês dois! Vocês são as piores pessoas que eu já conheci!'

"Recordo-me de ouvir então alguém na multidão, um cara que chegou afobado e perguntou: 'O que eles estão fazendo? Estão fazendo um filme? Essa não é aquela, como é mesmo o nome? Mary Astor?'. E me lembro de ter pensado que Eve nunca chegaria ao fim. Os filmes, o teatro, o rádio e agora aquilo. A última grande carreira da atriz que está ficando velha: esbravejar seu ódio no meio da rua.

"Mas depois disso, nada aconteceu. Ira voltou para o programa e morava conosco, e nada mais se disse sobre voltar para a rua Onze, oeste. Helgi vinha fazer massagem nele três vezes por semana, e não acontecia mais nada. Bem no início, Eve tentou falar com Ira por telefone, mas eu peguei o aparelho para dizer a ela que ele não podia atender. E *eu* ia falar com ela? Eu iria pelo menos *ouvir* a voz dela? Respondi que sim. O que mais eu podia fazer?

"Ela sabe o que fez de errado, disse ela, sabe por que Ira está se escondendo ali em Newark: é porque ela lhe contou a respeito do recital de Sylphid. Ira tinha muito ciúme de Sylphid e não conseguia se conformar com o recital que estava prestes a acontecer. Mas quando Eve resolveu contar isso a Ira, achou que era seu dever informá-lo de antemão acerca de tudo o que um recital acarretava. Porque não é só alugar uma sala de concerto, disse-me Eve, não é só ir lá e tocar um concerto — é toda uma produção. É como um casamento. É um evento enorme que consome a família de um músico durante meses, antes de acontecer. Sylphid estava se preparando para executar o programa completo no próximo ano. Para que uma apresentação possa ser qualificada como um recital, é preciso tocar pelo menos sessenta minutos de música, o que é uma tarefa gigantesca. Só escolher a música já é uma tarefa gigantesca, e não só para Sylphid. Haveria discussões intermináveis sobre qual peça Sylphid deveria tocar primeiro e com qual peça seria melhor terminar, e qual deveria ser a peça de câmara, e Eve queria que Ira estivesse preparado de modo que não ficasse louco de raiva toda vez que Eve o deixasse sozinho para ir discutir com Sylphid sobre o programa do recital. Eve queria que Ira soubesse previamente o que ele, como um membro da família, ia ter de enfrentar: ia haver publicidade, frustração, crises; como todos os outros músicos jovens, Sylphid ia ficar com medo e querer desistir. Mas Eve também queria que Ira soubesse que, no final, tudo isso ia valer a pena e queria que eu dissesse isso para ele. Porque um recital era aquilo de que Sylphid precisava para dar uma arrancada. As pessoas são burras, disse Eve. Gostam de ver harpistas altas, louras e esguias. Mas ela era uma instrumentista extraordinária e o recital ia comprovar isso de uma vez por todas. Seria realizado no Salão Municipal e Eve venderia assinaturas para o concerto, e Sylphid seria acompanhada pelo seu antigo professor da Escola de Música Julliard, que aceitara ajudá-la a se preparar, e Eve ia fazer com que todos os amigos dela comparecessem, e os Grant prometeram dar um jeito para que os críticos de todos os jornais estivessem presentes, e Eve não tinha a menor dúvida de que Sylphid ia se sair esplendidamente e receber críticas sensacionais, e depois a própria Eve poderia usá-las para tentar um contrato com o grande empresário Sol Hurok.

"O que eu ia dizer? Que diferença faria se eu a lembrasse disso e daquilo e daquilo outro? Eve era uma amnésica seletiva cujo ponto forte consistia em tornar sem consequência fatos inconvenientes. Viver sem lembrar era o seu meio de sobrevivência. Eve tinha tudo bem delineado na cabeça: a razão de Ira ficar conosco era que Eve acreditou ser o seu dever falar com ele francamente acerca do recital no Salão Municipal e tudo o que isso ia acarretar.

"Bem, o fato é que, quando Ira esteve conosco, nunca mencionou o recital de Sylphid. Sua cabeça estava cheia demais de pensamentos sobre a lista negra para se preocupar com o recital de Sylphid. Duvido que, quando Eve falou a Ira a respeito do recital, ele tenha sequer registrado essa informação. Depois desse telefonema, eu até me perguntei se Eve teria mesmo falado com ele sobre tudo isso.

"Na carta que Eve mandou em seguida, eu escrevi 'endereço desconhecido' e, com o consentimento de Ira, a devolvi fechada. A segunda carta, eu devolvi da mesma forma. Depois disso, as ligações e as cartas pararam. Pareceu, por um tempo, que o desastre estava encerrado. E Eve e Sylphid iam passar os finais de semana em Staatsburg, com os Grant. Eles deviam encher os ouvidos de Eve com histórias sobre Ira — e talvez também sobre mim — e encher seus ouvidos com histórias sobre a conspiração comunista. Mas ainda nada acontecia e comecei a acreditar que nada havia de acontecer enquanto Ira continuasse oficialmente casado e os Grant imaginassem que havia algum perigo remoto para a esposa, caso o marido fosse denunciado em *Canais vermelhos* e despedido.

"Certo sábado de manhã, quem apareceu no programa *Van Tassel e Grant* senão Sylphid Pennington e a sua harpa? Concluí que o imprimátur conferido a Sylphid ao fazer dela a convidada daquele programa, naquele dia, representava um favor a Eve, com o propósito de resguardar a enteada de qualquer mácula provocada pela associação com o padrasto. Bryden Grant entrevistou Sylphid e ela lhe contou casos divertidos que presenciara como membro da orquestra do Music Hall, e depois Sylphid tocou alguns trechos escolhidos especialmente para o público do rádio, e em seguida Katrina deu início a seu monólogo semanal sobre a situação das artes: naquele sábado, uma vasta fantasia sobre as esperanças do mundo musical em relação ao futuro da jovem Sylphid Pennington, a expectativa já crescente acerca do seu recital de estreia no Salão Municipal. Katrina contou que, depois que ela levou Toscanini para ouvir Sylphid tocar, o maestro fez tais e tais comentários sobre a jovem harpista, e depois que ela levou Phil Spitalny para ouvir Sylphid tocar e ele fez tais e tais comentários, e não houve um só nome musical famoso, alto ou baixo, que Katrina deixasse de mencionar, e Sylphid jamais havia tocado para nenhum deles.

"Foi arrojado, espetacular e absolutamente coerente com o seu papel. Eve podia dizer qualquer coisa, caso se sentisse acossada; Katrina podia dizer qualquer coisa a qualquer hora. Exageros, distorções, invenção descarada — isto era o seu talento e a sua habilidade. Bem como do seu marido. Bem como de Joe McCarthy. Os Grant eram apenas um Joe McCarthy com um pedigree. Com *convicção*. Era um pouco difícil acreditar que McCarthy pudesse alcançar a perfeição das mentiras daqueles dois. Joe McCarthy, o 'artilheiro da cauda do avião', nunca conseguia sufocar completamente o seu cinismo; McCarthy sempre me parecia vestir meio desleixadamente a sua mesquinhez humana, ao passo que os Grant e a sua mesquinhez eram uma coisa só.

"Portanto... nada acontecia, nada acontecia, e Ira começou a procurar um apartamento só para ele em Nova York... e foi *aí* que uma coisa aconteceu, só que com Helgi.

"Lorraine se divertia muito com aquela mulher grandalhona e desbocada, seu dente de ouro, seu cabelo tingido e enrolado para cima num coque louro, feito nas coxas, e que aprontava o maior tumulto na nossa casa, com a sua mesa dobrável, falando com aquela voz esganiçada e com sotaque estoniano. No quarto de Lorraine, onde ela massageava Ira, Helgi soltava gargalhadas o tempo todo. Lembro-me de dizer a ele, certa vez: 'Você se dá bem mesmo com essa gente, não é?'. 'E por que não me daria bem? Não há nada de errado com eles', respondeu. Foi então que me perguntei se o grande erro de todos nós teria sido não deixar Ira se casar com Donna Jones, não deixar Ira sozinho para ganhar a vida no coração da América, fabricando seu doce de leite, sem nada de rebeldia, e criando sua família com uma ex-dançarina de strip-tease.

"Pois bem, certa manhã, em outubro, Eve está sozinha, desesperada, assustada e enfia na cabeça de pedir a Helgi que leve uma carta para Ira. Liga para Helgi, no Bronx, e diz a ela: 'Pegue um táxi e venha aqui. Vou lhe dar o dinheiro. Depois você pode levar a carta quando for a Newark'.

"Helgi chega vestida em grande estilo, casaco de pele, seu chapéu mais extravagante, a melhor roupa que tinha e com a sua mesa de massagem. Eve está no andar de cima escrevendo a carta e Helgi recebe ordem de esperar na sala. Helgi baixa a mesa que ela leva consigo a toda parte e espera. Espera, espera e espera, e ali tem um bar, e tem o armário de vidro com os copos finos, ela logo encontra a chave do armário, apanha um copo, localiza a vodca e se serve uma dose. Eve ainda está lá em cima, no quarto, de penhoar, redigindo uma carta depois da outra, rasgando todas elas e começando tudo outra vez. Toda carta que escreve para Ira está errada e, a cada carta que escreve, Helgi se serve mais uma dose e fuma mais um cigarro, e não demora muito e Helgi está andando pela sala, pela biblioteca, avança pelo corredor, olha as fotos de Eve quando ela era uma jovem e deslumbrante atriz de cinema e vê retratos de Ira e Eve com Bill O'Dwyer, o ex-prefeito de Nova York, e com Impellitteri, o prefeito atual, e se serve mais uma dose, acende mais um cigarro, e pensa nessa mulher com todo o seu dinheiro, sua fama e seus privilégios. Pensa em si mesma e na sua vida dura, fica cada vez com mais pena de si mesma e mais embriagada. Por mais forte e grandalhona que seja, Helgi até começa a chorar.

"Quando Eve desce para lhe entregar a carta, Helgi está estirada sobre o sofá, em seu grosso casaco de pele e de chapéu, ainda fumando e bebendo, mas agora não está mais chorando. A essa altura, ela se transfigurou de uma forma inacreditável e está furiosa. O descontrole do beberrão não começa e termina com a bebida.

"Helgi diz: 'Por que você me fez esperar uma hora e meia?'. Eve dá uma olhada para ela e responde: 'Saia desta casa'. Helgi nem sequer se mexe no sofá. Percebe o envelope na mão de Eve e diz: 'O que você diz nessa carta, que leva uma hora e meia para ser escrito? O que escreveu para ele? Pede desculpas por ser uma esposa ruim? Pede desculpas por ele não ter nenhuma satisfação física com você? Pede desculpas por não dar a ele as coisas de que um homem precisa?'. 'Cale essa boca, sua imbecil, e saia imediatamente daqui!' 'Pede desculpas por nunca dar uma chupada no pau dele? Pede desculpas por nem sequer saber *como* se faz isso? Sabe quem é que chupa o pau dele? Helgi chupa o pau dele!' 'Vou chamar a polícia.' 'Legal. A polícia vai prender você. Vou mostrar para a polícia: olhem só, olhem aqui como ela chupa o pau do marido, como uma verdadeira dama, e eles vão meter você na cadeia por cinquenta anos!'

"Quando a polícia chega, Helgi ainda está ali firme, botando a boca no trombone, lá na rua Onze, oeste, contando para o mundo todo: 'Por acaso a esposa chupa o pau dele? Não. Então a Camponesa é que chupa o pau dele'.

"Levaram-na até a delegacia de polícia, a ficharam — embriaguez, conduta imprópria e invasão de propriedade — e Eve está de volta à sala da sua casa, cheia de fumaça de cigarro, está histérica, não sabe o que vai fazer, e aí vê que faltam duas de suas caixinhas esmaltadas. Ela tem uma linda coleção de caixinhas esmaltadas numa mesinha de canto. Duas delas sumiram e Eve liga para a delegacia de polícia. 'Revistem essa mulher', diz Eve. 'Tem uma coisa faltando aqui.' Eles olham na bolsa de Helgi. Claro, lá estão elas, as duas caixinhas e também o isqueiro de prata de Eve com seu monograma gravado. Constatou-se que Helgi também havia roubado um da nossa casa. Nós nunca descobrimos onde aquilo tinha ido parar e eu rodei por todo lado dizendo: 'Onde é que se meteu o raio desse isqueiro?'. E depois, quando Helgi foi parar na delegacia, eu entendi.

"Fui eu quem pagou sua fiança. O telefonema que Helgi fez da delegacia depois que a ficharam foi para a nossa casa, para Ira, mas fui eu quem foi até lá e a tirou da prisão. Levei-a de carro até o Bronx e, no caminho, ouvi seu violento discurso de bêbada jurando que aquela piranha rica nunca mais ia fazer pouco dela. De volta para casa, contei a Ira a história toda. Falei que a vida inteira ele vinha esperando que estourasse a guerra de classes, e adivinha só onde foi que isso aconteceu? Bem na sala da sua casa. Ira tinha explicado a Helgi como Marx incentivara o proletariado a tomar a riqueza das mãos da burguesia, e foi exatamente isso o que ela se pôs a fazer.

"A primeira coisa que Eve fez, depois de ligar para a polícia e denunciar o roubo, foi ligar para Katrina. Katrina veio feito uma bala da sua mansão no centro da cidade e, antes de o dia terminar, tudo o que estava na escrivaninha de Ira passou para as mãos de Katrina, e das suas mãos para as mãos de Bryden, e daí para a sua coluna no jornal, e daí para a primeira página de todos os jornais de Nova York. Em seu livro, Eve alegou que foi ela quem arrombou a escrivaninha de mogno no escritório de Ira e encontrou as cartas de O'Day e seus diários, em que ele anotava os nomes e os números de série, os nomes e os endereços de todos os soldados marxistas que ele havia conhecido no serviço militar. Eve foi bastante enaltecida na imprensa patriótica por ter feito isso. Mas esse arrombamento, a meu ver, foi pura fanfarronice de Eve, de novo representando, fingindo ser uma heroína patriota, Eve se vangloriando e talvez, ao mesmo tempo, protegendo a integridade de Katrina Van Tassel Grant, que não teria hesitado em arrombar qualquer coisa para preservar a democracia americana, mas cujo marido, nessa ocasião, planejava sua primeira campanha para uma cadeira no Congresso.

"Ali na coluna 'Informe confidencial de Grant', nas palavras do próprio Ira, apareceram os pensamentos subversivos de Ira, anotados num diário secreto enquanto ele supostamente servia do outro lado do oceano como um sargento leal do exército americano. 'Os jornais, os censores e toda essa gente distorceram as notícias sobre a Polônia, criando assim uma cunha entre nós e a Rússia. A Rússia estava e está disposta a ceder, mas nossos jornais não a apresentam dessa forma. Churchill apoia diretamente uma Polônia absolutamente reacionária.' 'A Rússia pede a independência para todos os povos colonizados. O resto dos países apenas enfatiza a autonomia e a administração sob a tutela da ONU.' 'O gabinete britânico se dissolveu. Ótimo. Agora a política anti-Rússia e a favor do status quo, de Churchill, talvez nunca se concretize.'

"Pronto. Ali estava. Dinamite pura que apavorou o patrocinador e a rádio a tal ponto que, no final daquela semana, 'Ferro em brasa' estava liquidado, bem como *Livres e corajosos*. Assim também uns trinta outros cujos nomes estavam registrados nos diários de Ira. Inclusive eu, aliás.

"Como muito tempo antes de começarem os problemas de Ira as atividades do meu sindicato já me haviam transformado no inimigo público número um do nosso superintendente escolar, talvez o conselho da escola teria encontrado de qualquer jeito uma maneira de me rotular de comunista e me despedir sem a ajuda do heroísmo de Eve. Era só uma questão de tempo, com ou sem a ajuda dela, para que Ira e o seu programa viessem a soçobrar, e assim talvez nada do que aconteceu a qualquer um de nós dependesse de Eve ter entregado aquele material para Katrina. No entanto é instrutivo refletir sobre o que Eve fez exatamente ao se transformar numa presa dos Grant e entregar Ira de bandeja para os seus piores inimigos."

Mais uma vez, estávamos juntos na aula de inglês na oitava série, com o sr. Ringold empoleirado na beirada da escrivaninha, vestindo o terno cor de bronze com pregas que formavam ravinas, que ele havia comprado na Broad Street com o dinheiro pago pelo exército quando ele foi dispensado, na liquidação da American Shop especial para os pracinhas que voltavam da guerra, e que Murray, ao longo de meus anos de escola secundária, alternava com o seu outro terno comprado na American Shop, um cinzento, lustroso, de raiom, com paletó traspassado. Numa das mãos, sopesava o apagador de giz que ele não hesitaria em atirar na cabeça do aluno cuja resposta não satisfizesse a sua exigência mínima diária de agilidade mental, ao passo que com a outra mão ele cortava o ar com movimentos regulares, enumerando dramaticamente todos os pontos que deveriam ser lembrados para a prova.

— Isso demonstra — disse-me ele — que quando você resolve incluir o seu problema pessoal na ordem do dia de uma ideologia, tudo o que é pessoal acaba expelido e posto de lado, e só permanece o que for útil para a ideologia. Nesse caso, uma mulher incluiu o seu marido e as suas dificuldades matrimoniais na causa do anticomunismo fanático. Em essência, o que Eve incluiu aí foi a incompatibilidade entre Ira e Sylphid, que ela mesma não conseguiu resolver desde o princípio. Um problema padrão entre uma enteada e um padrasto, embora um tanto reforçado pelas condições domésticas de Eve Frame. Tudo o que Ira foi para Eve, a não ser por isso — bom marido, mau marido, homem bom, homem bruto, marido compreensivo, marido estúpido, homem fiel, homem infiel —, tudo o que constitui o esforço matrimonial e o equívoco matrimonial, tudo o que é consequência de o casamento não ter nada em comum com um sonho foi expelido, e só sobrou aquilo que a ideologia podia utilizar.

"Mais tarde, a esposa, se ela tiver essa propensão (e Eve talvez tivesse, talvez não), pode protestar: 'Não, não, não foi assim. Vocês não entendem. Ele não era só o que vocês dizem que ele era. Ele não era desse jeito comigo, ele podia ser assim e assado'. Mais tarde, uma informante como Eve pode se dar conta de que não foi só o que ela disse o responsável pela distorção bizarra da imagem do marido que ela lê na imprensa; foi também tudo o que ela deixou de fora, tudo o que ela deliberadamente deixou de fora. Mas nesse ponto já é tarde demais. Nessa altura, a ideologia já não tem tempo para ela porque já não tem *utilidade* para ela. 'Isso? Aquilo?', retruca a ideologia. 'O que me interessa Isso ou Aquilo? O que me interessa a filha? Ela não passa de mais um naco dessa massa flácida que é a vida. Tire-a do nosso caminho. O que precisamos de você é simplesmente aquilo que promove a causa justa. Mais um dragão comunista para ser trucidado! Mais um exemplo da deslealdade dessa gente!'

"Quanto ao pânico de Pamela..."

Mas já passava de onze horas e lembrei Murray, cujo curso na faculdade havia terminado mais cedo naquele dia — e cuja narração da noite me parecia já haver alcançado o seu clímax pedagógico — de que ele devia pegar o ônibus para Nova York na manhã seguinte e que talvez estivesse na hora de eu levá-lo de volta para o dormitório de Athena.

— Eu podia ficar aqui ouvindo o resto da vida — disse eu —, mas talvez fosse melhor você dormir um pouco. Na história da resistência física narrativa, você já tomou o troféu das mãos de Sherazade. Há seis noites que nos sentamos aqui na varanda.

— Estou bem — disse ele.

— Não está ficando cansado? Com frio?

— Aqui fora é lindo. Não, não estou com frio nenhum. Está quente, está ótimo. Os grilos marcam os compassos, os sapos resmungam, os pirilampos estão animados, eu não tenho uma oportunidade assim de falar desde que comandava o sindicato dos professores. Olhe. A lua. Está alaranjada. O cenário perfeito para descascar os anos até o miolo.

— Pois é — falei. — A gente tem uma escolha aqui no alto das montanhas: pode perder o contato com a história, como às vezes prefiro, ou então mentalmente a gente pode fazer exatamente isto que você está fazendo, à luz da lua, durante horas intermináveis, esforçando-se para recuperar a posse da história.

— Todos aqueles antagonismos — disse Murray — e depois a torrente da traição. Toda alma tem a sua própria usina de traição. Por qualquer motivo: sobrevivência, angústia, promoção, idealismo. Só pelo mal que se pode fazer, pela dor que pode ser infligida. Pela crueldade pura e simples. Pelo *prazer* puro e simples. O prazer de uma pessoa manifestar o seu poder latente. O prazer de dominar os outros, de destruir as pessoas que são os nossos inimigos. Você os apanha de surpresa. Não é esse o prazer da traição? O prazer de ludibriar alguém. É o modo de vingar-se das pessoas por sentir uma inferioridade que elas provocam em você, por sentir-se diminuído por elas, um sentimento de frustração em seu relacionamento com elas. A mera existência dessas pessoas pode ser humilhante para você, ou porque você não é o que elas são ou porque elas não são o que você é. E assim você lhes dá o seu castigo merecido.

"É claro que existem aqueles que traem porque não têm alternativa. Li um livro de um cientista russo que, no tempo de Stalin, traiu seu melhor amigo para a polícia secreta. Ele estava sob um interrogatório pesado, sofreu tortura física terrível durante seis meses e nesse ponto falou: 'Ouçam aqui, eu não consigo mais suportar, portanto me digam o que vocês querem. Qualquer coisa que me derem para assinar, eu assino'.

"Ele assinou tudo o que lhe deram para assinar. Foi condenado à prisão perpétua. Sem direito à liberdade condicional. Depois de catorze anos, na década de sessenta, quando as coisas mudaram, ele foi solto e escreveu esse livro. Conta que traiu seu melhor amigo por duas razões: porque não conseguia mais resistir à tortura e porque sabia que não ia fazer diferença, que o resultado do julgamento já estava determinado. O que ele dissesse ou deixasse de dizer não faria diferença. Se não fosse ele, seria algum outro torturado. Ele sabia que o amigo, o qual o adorava com fervor, iria sentir desprezo por ele, mas sob tortura implacável um ser humano normal não pode resistir. O heroísmo é uma exceção humana. Uma pessoa que leva uma vida normal, que é formada por vinte mil pequenas concessões todos os dias, não está preparada para, de repente, não fazer mais concessão nenhuma, e muito menos para suportar a tortura.

"No caso de algumas pessoas, são necessários seis meses de tortura para enfraquecê-las. E algumas já começam com uma certa vantagem: já são fracas de saída. São pessoas que só sabem se render. Com pessoas assim, basta dizer: 'Faça isso'. E elas fazem. Acontece tão depressa que elas nem percebem que é uma traição. Como fazem aquilo que outros mandam, parece que está tudo bem. E quando vão ver, já é tarde demais: elas traíram.

"Saiu um artigo no jornal, não faz muito tempo, a respeito de um homem na Alemanha Oriental que deu informações sobre a esposa à polícia durante vinte anos. Acharam documentos sobre ele nos arquivos da polícia secreta da Alemanha Oriental depois que o Muro de Berlim caiu. A esposa tinha um cargo elevado, a polícia queria segui-la e o marido era o informante. Ela não sabia de nada. Só descobriu depois que abriram os arquivos. Durante vinte anos, essa história prosseguiu. Tiveram filhos, tiveram cunhados, davam festas, pagavam as contas, fizeram cirurgias, faziam amor, não faziam amor, iam para o litoral no verão e tomavam banho de mar, e durante todo esse tempo o marido espionava a esposa. Ele era advogado. Inteligente, muito culto, até escrevia poesia. Deram-lhe um codinome, ele assinou um contrato e tinha encontros semanais com um policial, não na central da polícia secreta mas num apartamento especial, um apartamento particular. Disseram a ele: 'Você é um advogado e nós precisamos de sua ajuda', o homem era fraco e assinou. Ele tinha um pai a quem sustentava. Seu pai sofria de uma terrível doença que o debilitava. Disseram ao homem que, se os ajudasse, cuidariam bem do seu pai, a quem ele adorava. Muitas vezes a coisa funciona assim. Seu pai está doente, ou sua mãe, ou sua irmã, e eles pedem sua ajuda e aí, pondo o seu pai doente em primeiro plano no seu pensamento, você justifica a traição e assina o contrato.

"Para mim, parece provável que mais atos de traição pessoal tenham sido zelosamente cometidos na América na década após a guerra, digamos, entre 46 e 56, do que em qualquer outro período de nossa história. Essa coisa sórdida que Eve Frame fez foi um exemplo típico de um monte de coisas sórdidas que as pessoas faziam naquela época, ou porque tinham de fazer ou porque achavam que tinham de fazer. O comportamento de Eve se enquadrava muito bem nas atividades rotineiras do informante da época. Em que momento, antes disso, a traição foi tão desestigmatizada e tão recompensada neste país? Em toda parte, durante aqueles anos, a traição foi a transgressão acessível, a transgressão *permissível*, que qualquer americano podia cometer. Não só o prazer da traição substitui a proibição, como também a pessoa transgride sem ter de renunciar a sua autoridade moral. A pessoa conserva a sua pureza ao mesmo tempo que trai patrioticamente, ao mesmo tempo que se dá conta de uma satisfação que beira a sexual, com seus componentes ambíguos de prazer e fraqueza, de agressão e vergonha: a satisfação de sabotar. Sabotar os namorados. Sabotar o rivais. Sabotar os amigos. A traição se situa na mesma região do prazer perverso, ilícito e fragmentado. Um tipo de prazer interessante, manipulador e clandestino, em que há muito daquilo que atrai um ser humano.

"Existem inclusive aqueles que possuem a exuberância mental de praticar o jogo da traição só pela traição. Sem nenhuma vantagem pessoal. Unicamente para se distrair. Era a isso que Coleridge provavelmente se referia ao definir a traição de Iago contra Otelo como uma 'iniquidade desmotivada'. Em geral, no entanto, eu diria que existe um motivo que atiça as energias perversas e *desperta* a iniquidade.

"O único obstáculo é que, nos anos prósperos da Guerra Fria, denunciar alguém às autoridades como espião soviético poderia levar essa pessoa direto para a cadeira elétrica. Eve, afinal de contas, não estava denunciando Ira ao FBI por ser um mau esposo que trepava com a massagista. Traição é um componente inevitável da vida — quem não trai? —, mas confundir o mais ignóbil ato público de deslealdade, a traição, com qualquer outra forma de deslealdade não era uma ideia nada boa em 1951. A traição, ao contrário do adultério, é um crime capital, portanto exageros descuidados, imprecisão irrefletida e acusação falsa, mesmo o jogo aparentemente bem-educado de nomear as pessoas, bem, o resultado de tudo isso poderia ser tenebroso naqueles tempos sombrios em que os nossos aliados soviéticos nos traíram permanecendo na Europa Oriental, explodindo uma bomba atômica, e os nossos aliados chineses nos traíram fazendo uma revolução comunista e banindo Chiang-Kai-Chek, Iosif Stalin e Mao Tse-Tung; havia a desculpa moral para tudo isso.

"A mentira. Um rio de mentiras. Traduzir a verdade numa mentira. Traduzir a mentira em outra mentira. A *competência* de que as pessoas dão prova em suas mentiras. A *habilidade*. Estudam cuidadosamente a situação e depois, com a voz calma e a cara mais natural do mundo, emitem a mentira mais lucrativa. Se por acaso elas dizem uma verdade *parcial*, em nove de cada dez casos as pessoas fazem isso no *interesse* de alguma mentira. Nathan, eu nunca tive oportunidade de contar esta história para ninguém deste modo, com tantos detalhes. Nunca a contei antes e não vou contar de novo. Eu gostaria de contá-la direito. De ponta a ponta."

— Por quê?

— Sou a única pessoa viva que sabe a história de Ira, você é a única pessoa viva que se importa com isso. Eis a razão: porque todas as outras pessoas estão mortas. — Rindo, ele disse: — Minha última missão. Deixar a história de Ira registrada com Nathan Zuckerman.

— Não sei direito o que eu posso fazer com ela.

— Isso não é da minha responsabilidade. Minha responsabilidade é contar a história para você. Você e Ira significaram muito um para o outro.

— Então, vá em frente. Como acabou?

— Pamela — disse ele. — Pamela Solomon. Pamela entrou em pânico. Quando Pamela soube, por intermédio de Sylphid, que Eve havia arrombado a escrivaninha de Ira, pensou o que as pessoas parecem geralmente pensar quando tomam conhecimento da desgraça de outra pessoa: como isso pode me afetar? Fulano de Tal do escritório onde trabalho tem um tumor cerebral? Isso significa que vou ter de fazer o inventário sozinho. Fulano de Tal que mora ali do lado sofreu um acidente de avião? Morreu no desastre? Essa não. Não pode ser. Ele tinha combinado de vir no sábado para consertar nossa lixeira.

"Tinha uma fotografia que Ira havia tirado de Pamela na cabana. Uma foto dela de maiô, junto à lagoa. Pamela temia (equivocadamente) que a foto estivesse na escrivaninha, junto com toda a tralha comunista, e temia que Eve a visse, ou que, se não estivesse ali, Ira chegasse um dia para Eve e mostrasse a fotografia, esfregasse na cara dela e dissesse: 'Olhe só!'. E aí o que iria acontecer? Eve ficaria furiosa, a chamaria de vagabunda e a expulsaria da sua casa. E o que *Sylphid* ia pensar de Pamela? O que *Sylphid* ia fazer? E se Pamela fosse deportada? Essa era a pior possibilidade. Pamela era uma estrangeira na América. E se o nome dela fosse arrastado no meio daquela embrulhada comunista de Ira, fosse parar nos jornais e ela acabasse deportada? E se Eve mexesse os pauzinhos para garantir que ela fosse mesmo deportada, por tentar roubar o seu marido? Adeus, boemia. De volta a todo aquele sufocante decoro inglês.

"Pamela não estava necessariamente enganada em sua avaliação do perigo que representava para ela a embrulhada comunista de Ira e do estado de ânimo do país. A atmosfera de acusação, ameaça e castigo estava em toda parte. Para um estrangeiro, em especial, parecia um *pogrom* democrático repleto de terror. Havia bastante perigo em volta para justificar os temores de Pamela. Nesse clima político, eram temores razoáveis. E assim, em resposta a seus temores, Pamela fez valer naquele apuro toda a sua considerável inteligência, realismo e bom senso. Ira tinha razão quando a tomou por uma moça perspicaz e astuta, que sabia o que queria e fazia o que queria.

"Pamela procurou Eve e lhe disse que num dia de verão, dois anos antes, tinha ido à casa de campo de Ira. Ele estava na caminhonete, de partida para lá, lhe disse que Eve já estava na casa de campo e perguntou a Pamela se não gostaria de entrar no carro e passar o dia com eles. Estava tanto calor e tão abafado que ela nem se deu ao trabalho de pensar duas vezes. 'Tudo bem', disse ela, 'vou pegar meu maiô'. Ira esperou por ela e foram os dois para Zinc Town, e quando chegaram, ela descobriu que Eve *não* estava lá. Tentou mostrar-se simpática e fingiu acreditar em todas as desculpas que ele lhe deu, chegou até a vestir o maiô e nadar com ele. Foi aí que Ira tirou a fotografia e tentou seduzi-la. Pamela desatou a chorar, afastou-o, disse a Ira o que pensava dele e o que ele estava fazendo com Eve, e depois pegou o primeiro trem de volta para Nova York. Como não queria arrumar confusão para si mesma, manteve em segredo as investidas sexuais de Ira. O temor de Pamela era que, se não agisse assim, todo mundo fosse pôr a culpa nela e achar que era uma vagabunda só por ter entrado no carro com Ira. As pessoas a xingariam de todos os palavrões por ter deixado Ira tirar aquela fotografia. Ninguém sequer ouviria o seu lado da história. Ira a teria esmagado com todas as mentiras possíveis se ela ousasse denunciar sua falsidade, contando a verdade. Mas agora que entendia a *dimensão* da falsidade de Ira, Pamela não poderia, em sã consciência, permanecer calada.

"O que aconteceu depois foi aquela tarde em que, depois da minha última aula, fui para o meu gabinete e lá estava meu irmão a minha espera. Estava no corredor dando autógrafos para alguns professores que o haviam reconhecido, eu abri a porta, ele entrou no gabinete e atirou sobre a minha escrivaninha um envelope com o nome 'Ira' escrito. O endereço do remetente era o *Daily Worker*. Dentro, havia um outro envelope, este endereçado a 'Iron Rinn'. Com a letra de Eve. O seu papel velino azul. O diretor do *Daily Worker* era amigo de Ira e viajara de carro até Zinc Town só para lhe entregar o envelope.

"Parece que, um dia depois de Pamela procurar Eve e contar sua história, Eve fez a coisa mais enérgica que conseguiu imaginar, por ora, o golpe mais contundente que foi capaz de desferir.

Ela se vestiu como manda o figurino, com seu casaco de lince e um vestido de veludo de um milhão de dólares, saído de um sonho, com remates em renda branca, calçou seu melhor sapato preto com o dedão de fora, pôs na cabeça um de seus extravagantes chapéus de feltro preto, com véu, e seguiu impávida não rumo à rua 21 para almoçar com Katrina, mas para a redação do *Daily Worker*. O *Worker* ficava na University Place, a apenas alguns quarteirões da rua Onze, oeste. Eve pegou o elevador para o quinto andar e pediu para falar com o editor. Foi conduzida ao gabinete do editor, onde tirou a carta de seu regalo de pele de lince e depositou sobre a escrivaninha. 'Para o martirizado herói da revolução bolchevique', disse ela, 'para o artista do povo e última grande esperança da humanidade', deu as costas e foi embora. Medrosa e tímida como era em face de qualquer sinal de oposição, Eve também podia demonstrar uma imponência arrogante quando se embriagava de rancor vingativo e estava num de seus dias de grande dama do embuste. Eve era capaz dessas transformações, e ela também não tinha queda para meias medidas. Em qualquer uma das extremidades do arco-íris emocional, o excesso podia ser persuasivo.

"O diretor do jornal, mal recebeu a carta, entrou no carro e levou-a direto para Ira. Ira morava sozinho em Zinc Town desde que tinha sido despedido. Toda semana ia de carro até Nova York para conversar com advogados; ia processar a estação de rádio, processar o patrocinador, processar *Canais vermelhos*. No centro da cidade, dava uma paradinha para visitar Artie Sokolow, que sofrera seu primeiro ataque do coração e estava de cama, em casa, em Upper West Side. Em seguida, vinha a Newark para nos ver. Mas em geral Ira ficava no barracão, enfurecido, pensativo, arrasado, obcecado, fazia o jantar para o seu vizinho que sofrera o acidente na mina, Ray Svecz, comia com ele e falava sem parar sobre a sua situação com aquele cara que tinha cinquenta e um por cento da cabeça na lua.

"No mesmo dia em que a carta de Eve lhe foi entregue, Ira veio a meu gabinete na escola e a leu para mim. Está nos meus arquivos com o resto dos documentos de Ira; não sou capaz de fazer justiça à carta de Eve ao parafrasear o seu texto. Três páginas de extensão. Escrita cáustica. Obviamente lançada no papel de um só jato, pronta e acabada. Ela soltou os bichos mesmo, um documento feroz, e no entanto executado com muita competência. Sob a pressão da raiva, e em papel azul com monograma, Eve era a própria neoclássica. Eu não ficaria surpreso se aquelas chibatadas desferidas contra Ira se concluíssem numa fanfarra de dísticos heroicos.

"Lembra-se de como Hamlet amaldiçoa Cláudio? A passagem do segundo ato, logo depois que o ator que representa um rei fala sobre o assassinato de Príamo. Está no meio do monólogo que começa assim: 'Ah, que patife e escravo abjeto eu sou!'. 'Canalha sanguinário e obsceno!' Diz Hamlet: 'Velhaco desumano, pérfido, lascivo e cruel!/ Ah, vingança!'. Pois bem, a essência da carta de Eve segue mais ou menos o espírito destes versos: Você sabe o que Pamela significa para mim, revelei confidencialmente a você certa noite, e só a você, tudo o que Pamela significa para mim. 'Um complexo de inferioridade.' Era isso o que Eve classificava como o problema de Pamela. Uma moça com complexo de inferioridade, longe da sua casa, do seu país e da sua família, a pupila de Eve, a responsabilidade de Eve era proteger e cuidar de Pamela e, no entanto, assim como Ira tornava feio tudo aquilo em que punha as mãos, ele ardilosamente se atirou à tarefa de transformar uma moça com os antecedentes de Pamela Solomon numa artista de strip-tease, igual à srta. Donna Jones. Atrair Pamela àquele covil isolado, com pretextos pérfidos, para salivar como um depravado em cima da fotografia dela, de maiô, para deitar aquelas patas de gorila no corpo indefeso de Pamela, só pelo prazer de transformá-la numa prostituta ordinária, e humilhar Sylphid e a ela mesma da forma mais sádica que podia conceber.

"Mas dessa vez, lhe dizia Eve, você foi longe demais. Lembro-me de você ter me contado, disse ela, como aos pés do grande O'Day você se maravilhou com *O príncipe*, de Maquiavel. Agora entendo o que você aprendeu em *O príncipe*. Entendo por que meus amigos tentaram, durante anos, me convencer de que, em absolutamente tudo o que você diz e faz, você é, em todos os detalhes, um maquiavélico cruel e degenerado que não se importa nem um pouco com o certo e o errado mas apenas cultua o sucesso. Tentou à força fazer sexo com essa moça adorável e talentosa, que luta com o seu complexo de inferioridade. Por que não tentou fazer sexo comigo como um meio, talvez, de expressar amor? Quando nos conhecemos, você morava sozinho em Lower East Side, nos braços esquálidos do seu adorado lumpemproletariado. Eu lhe dei uma linda casa cheia de livros, de música e de arte. Eu lhe proporcionei um escritório elegante, exclusivo para você, e o ajudei a construir sua biblioteca. Apresentei-o às pessoas mais interessantes, inteligentes e talentosas de Manhattan, introduzi você num mundo social com que você nunca sequer sonhou. Da melhor maneira que pude, tentei lhe dar uma família. Sim, tenho uma filha que requer muita atenção. Tenho uma filha problemática. Sei disso. Bem, a vida é cheia de problemas. Para um adulto responsável, a vida *são* problemas... E seguia por aí afora nesse mesmo espírito, numa curva ascendente, filosófica, amadurecida, sensata, apaixonadamente racional, até concluir com a ameaça:

"Uma vez que, como você sabe muito bem, seu excelente irmão não me permitiria falar com você ou escrever para você quando você se escondia na casa dele, recorri a seus camaradas para chegar a você. O Partido Comunista parece ter mais acesso a você, e a seu coração, pelo visto, do que qualquer pessoa. Você *é* Maquiavel, a quinta-essência da manipulação. Bem, meu caro Maquiavel, como você parece não ter compreendido ainda as consequências de tudo o que já fez a outro ser humano para conseguir o que queria, já é hora de aprender uma lição."

"Nathan, lembra a cadeira no meu gabinete, ao lado da minha escrivaninha — a cadeira elétrica? Onde vocês, garotos, sentavam e suavam enquanto eu esmiuçava as suas redações? Foi ali que Ira ficou sentado enquanto esmiucei aquela carta. Perguntei: 'É verdade que você quis passar uma cantada nessa moça?'. 'Durante seis meses tive um caso com essa moça.' 'Você trepou com ela?' 'Muitas vezes, Murray. Pensei que ela estivesse apaixonada por mim. Estou espantado que ela tenha feito uma coisa dessas.' 'Está apaixonado agora?' 'Eu estava apaixonado por ela. Queria casar com ela e formar uma família.' 'Ah, isso está ficando cada vez melhor. Você não pensa mesmo, não é, Ira? Você age. Você age, e pronto. Você grita, você trepa, você age. Durante seis meses você trepou com a melhor amiga da filha dela. A filha suplente dela. A sua *pupila*. E agora acontece uma coisa e você fica *espantado*.' 'Eu amava Pamela.' 'Fale inglês. Você amava trepar com ela.' 'Você não entende. Ela vinha à cabana. Eu estava *doido* por ela. Eu *estou* espantado. Estou completamente espantado com o que ela fez!' 'Com o que *ela* fez!' 'Ela me traiu com a minha esposa, e ainda por cima mentiu!' 'Ah, é? E daí? Onde é que está o espanto nisso? Você está com um problema nas mãos. Um grande problema com essa sua esposa.' 'Estou? O que ela vai fazer? Ela já fez tudo, junto com os amiguinhos dela, os Grant. Já fui despedido. Estou ferrado. Ela está convertendo o caso numa coisa sexual, entende, e não era nada disso. Pamela sabe que não era isso.' 'Bem, pois é isso o que é agora. Você foi apanhado, e sua esposa está prometendo *novas* consequências. Quais serão elas, você pode imaginar?' 'Nada. Não sobrou nada. Essa babaquice', disse ele, brandindo a carta na minha direção, 'uma carta entregue pessoalmente por ela no *Daily Worker. Esta* é a consequência. Escute. Nunca fiz nada que Pamela não quisesse. E quando ela não me quis mais, fiquei arrasado. Sonhei com uma moça assim a vida inteira. Fiquei *arrasado* mesmo. Mas aguentei. Desci aquela escada, fui para a rua e a deixei sozinha. Nunca mais a incomodei.' 'Bem', falei, 'digamos que tenha sido mesmo assim, e por mais honrada que tenha sido sua conduta ao passar tão cavalheirescamente sua licença de seis meses de fantasia trepando com a filha suplente da sua esposa, agora você está numa tremenda fria, meu amigo'. 'Não, é *Pamela* que está numa fria!' 'Ah, é? Você vai voltar a *representar*? Vai representar *de novo* sem pensar? Não. Não vou deixar você fazer isso.'

"E não deixei mesmo, e ele não fez nada. Agora, em que medida escrever aquela carta estimulou Eve a meter a cara e fazer às pressas o seu livro é difícil dizer. Mas se Eve andava atrás de um motivo para ir às últimas consequências e fazer a coisa mais irracional que ela estava destinada a fazer na sua vida, a história que Pamela lhe havia entregado de bandeja não havia de lhe fazer nenhum mal. Você pode imaginar que depois de casar com uma nulidade como o Mueller, seguido de um homossexual como Pennington, seguido de um espertalhão como Freedman, seguido de um comunista como Ira, Eve já havia cumprido todas as obrigações possíveis e imagináveis com as forças da desrazão. Você pode pensar que ela talvez já tivesse feito o pior possível em termos de 'como-é-que-você-pôde-fazer-isso-comigo', só de ir ao *Daily Worker* com seu casaco de pele de lince e com o regalo também de pele de lince. Mas não, o destino de Eve era sempre levar sua irracionalidade a alturas cada vez mais sublimes, e foi aí que os Grant entraram em cena de novo.

"Foram os Grant que redigiram aquele livro. Foi um duplo *ghost-writer*. Usaram o nome de Bryden na capa, 'conforme relatado a Bryden Grant', porque isso era quase tão bom quanto ter o nome de Winchell na capa, mas é o talento do casal que transparece. O que Eve sabia sobre comunismo? Havia comunistas nos comícios de Wallace a que ela fora com Ira. Havia comunistas no programa *Livres e corajosos*, gente que vinha a sua casa, jantava com ela e estava em todas as *soirées*. Esse reduzido conjunto de pessoas envolvido com o programa tinha todo o interesse em manter sob controle o máximo possível essa situação. Havia o segredo, o caráter conspiratório, contratar gente com ideias semelhantes, influenciar a tendência ideológica do script sempre que possível. Ira se fechava no seu escritório com Artie Sokolow e tentavam meter à força no script todos os clichês rasteiros do partido, todos os pontos de vista ditos progressistas que eles pudessem passar adiante sem serem desmascarados, manipulavam o script para enfiar ali qualquer refugo ideológico que julgassem ter algum conteúdo comunista, em qualquer contexto que fosse. Imaginavam que iam influenciar o pensamento do público. *O escritor não deve apenas observar e descrever, mas participar da luta. O escritor não marxista trai a realidade objetiva; o escritor marxista contribui para a sua transformação. O que o partido dá ao escritor é a única visão de mundo correta e verdadeira.* Eles acreditavam em tudo isso. Doutrinação. Propaganda. Mas propaganda não é proibido pela Constituição. E o rádio naquele tempo estava cheio disso. *Polícia especial. O seu FBI.* Kate Smith cantava 'Deus salve a América'. Até o seu herói, Corwin, fazia propaganda de uma democracia americana idealizada. No final das contas, não era tão diferente assim. Não eram agentes de espionagem, Ira Ringold e

Arthur Sokolow. Eram agentes de publicidade. Existe uma distinção. Esses caras eram propagandistas baratos, contra os quais a única lei era a lei estética, as leis do gosto literário.

"Além disso, tinha o sindicato, AFTRA, a guerra pelo controle do sindicato. Muita gritaria, brigas internas terríveis, mas isso acontecia pelo país todo. No meu sindicato, em quase todos os sindicatos, eram os direitistas e os esquerdistas, liberais e comunistas brigando pelo controle. Ira era membro do comitê executivo do sindicato, falava com as pessoas por telefone e Deus sabe como berrava. Claro, as coisas eram ditas na presença de Eve. E o que Ira falava era para valer. O partido, para Ira, não era uma associação para promover debates. Não era um clube de discussões. Não era a União de Defesa das Liberdades Civis. O que significava 'revolução'? Significava revolução mesmo. Ele levava a retórica a sério. Você não pode considerar a si mesmo um revolucionário sem levar a sério o seu compromisso. Não era uma coisa de brincadeirinha. Era autêntico. Ele levava a União Soviética a sério. Na AFTRA, Ira agia para valer.

"Agora, eu nunca vi o Ira no meio dessas coisas. Tenho certeza de que *você* nunca viu o Ira no meio dessas coisas. Eve nunca viu *nada* dessa história. Ela ficava alheia a *tudo* isso. Na verdade, não era algo que importasse para Eve. O pensamento da mulher raramente estava naquilo que as pessoas a sua volta diziam. Era uma completa estranha à vida prática. Isso era rude demais para ela. Seu pensamento nunca estava no comunismo nem no anticomunismo. Seu pensamento nunca estava em nada que estivesse acontecendo, exceto quando Sylphid estava presente.

"'Conforme relatado a Bryden' significava que toda aquela história malévola tinha sido inventada pelos Grant. E inventada não no interesse de Eve, de forma nenhuma, e não simplesmente para destruir Ira, por mais que Katrina e Bryden detestassem a cara dele. As consequências para Ira eram uma parte do prazer deles dois, mas isso estava longe de ser o que mais importava. Os Grant inventaram tudo aquilo para Bryden abrir caminho rumo ao Congresso, apoiado na questão do comunismo nos meios de comunicação.

"Aquele estilo. Aquela prosa do *Journal-American*. Mais a sintaxe de Katrina. Mais a sensibilidade de Katrina. As impressões digitais *dela* estão espalhadas por todo o livro. Vi, logo de cara, que Eve não tinha escrito nada, porque Eve não era capaz de escrever tão mal. Eve era letrada demais e muito lida. Por que permitiu que os Grant escrevessem o seu livro? Porque sistematicamente ela se fazia de escrava de qualquer um. Porque aquilo que os fortes são capazes de fazer é assombroso, e aquilo que os fracos são capazes de fazer é também assombroso. Tudo é assombroso.

"*Casei com um comunista* veio a público em março de 52, quando Grant já havia anunciado sua candidatura, e depois, em novembro, na esteira da vitória acachapante de Eisenhower, ele foi alçado ao Congresso como representante do vigésimo nono distrito de Nova York. Teria sido eleito de qualquer modo. Aquele programa de rádio deles era um grande sucesso nas manhãs de sábado, durante anos Bryden assinou aquela coluna no jornal, ele tinha o apoio de Ham Fish, e era um Grant, afinal de contas, o descendente de um presidente dos EUA. Mas duvido que o próprio Joe McCarthy em pessoa tivesse viajado até o condado de Dutchess para ser visto ao lado dele se não fossem todos os figurões comunas que a coluna de Grant ajudara a desmascarar e extirpar do rádio. Todo mundo foi a Poughkeepsie fazer campanha para ele. Westbrook Pegler foi até lá. Todos aqueles colunistas de Hearst eram seus cupinchas. Todos os que odiavam Franklin Delano Roosevelt e que encontraram na campanha de difamação contra os comunistas um modo de desmoralizar os democratas. Ou Eve não tinha a mínima ideia de que estava sendo usada pelos Grant ou, o que é mais provável, ela sabia mas não se importava, porque a experiência de ser uma acusadora a fez sentir-se muito forte e destemida, contra-atacando enfim os monstros.

"Conhecendo Ira como conhecia, como ela podia publicar aquele livro e esperar que Ira não fizesse alguma coisa? Não se tratava de uma carta de três páginas enviada a Zinc Town. Foi um grande best-seller nacional que estourou feito uma bomba. A coisa tinha todos os ingredientes para se tornar um best-seller: Eve era famosa, Grant era famoso, o comunismo era o perigo internacional. Ira era menos famoso do que qualquer um deles e no entanto o livro garantia de uma vez por todas que ele nunca mais iria trabalhar no rádio e que sua carreira, iniciada por acidente, teria ali mesmo o seu ponto final, pois durante os cinco ou seis meses em que o livro ocupou o topo da lista de mais vendidos, durante toda aquela temporada, Ira esteve em evidência como nunca estivera antes. De um só golpe, Eve conseguiu despersonalizar a sua própria vida ao mesmo tempo que conferia ao espectro do comunismo uma face humana: o rosto do seu marido. Casei com um comunista, dormi com um comunista, um comunista atormentou minha filha, a América escutou um comunista disfarçado de patriota no rádio, sem desconfiar de nada. Um canalha abjeto e dissimulado, os nomes verdadeiros de astros de verdade, um grande pano de fundo para a Guerra Fria, é claro que tinha de virar um best-seller. A acusação de Eve contra Ira era do tipo adequado para receber uma vasta atenção do público na década de cinquenta.

"E não ofendia ninguém nomear todos os outros judeus bolcheviques ligados ao programa de Ira. A paranoia da Guerra Fria tinha um antissemitismo latente como uma de suas fontes e assim, sob a orientação moral dos Grant, que adoravam os onipresentes encrenqueiros judeus esquerdistas tanto quanto Richard Nixon,

Eve pôde converter um preconceito pessoal numa arma política ao confirmar à América gói que, em Nova York assim como em Hollywood, no rádio assim como no cinema, o comunista que se escondia embaixo de cada pedra era, noventa por cento das vezes, ainda por cima um judeu.

"Mas será que Eve imaginou que aquele cabeça quente do Ira, tão francamente agressivo, não ia fazer nada em resposta a isso? O cara que tinha aquelas discussões enraivecidas na mesa de jantar, que esbravejava feito louco na sala de visitas brigando com as pessoas, o cara que, afinal de contas, *era* um comunista, que sabia o que era a ação política, que tenazmente conquistava o controle do seu sindicato, que conseguia reescrever os scripts de Sokolow, que era capaz de amedrontar um cara amedrontador como Sokolow — será que Eve imaginou que ele agora não ia *agir* de nenhuma forma? Será que ela não conhecia Ira nem um pouco? E o retrato que o livro dela faz de Ira? Se Ira era Maquiavel, então era Maquiavel. Todo mundo devia correr em busca de abrigo.

"Estou furiosa de verdade, pensou ela, estou furiosa por causa de Pamela, estou furiosa por causa de Helgi, estou furiosa por causa da reforma da cabana e por causa de todos os outros crimes cometidos contra Sylphid, pois então vou chamar a atenção desse sacana maquiavélico, nojento e desalmado. Bem, ela chamou mesmo a atenção de Ira. Mas, sem dúvida, o resultado óbvio de chamar a atenção de Ira metendo um espeto em brasa no rabo dele era deixar o sujeito louco de raiva. As pessoas não se submetem alegremente a esse tipo de sacanagem. As pessoas não gostam de se verem expostas na lista de livros mais vendidos que os denuncia com acusações falsas, e ninguém precisa ser um Ira Ringold para se sentir ofendido. E para reagir. Só que nada disso passou pela cabeça dela. O rancor honrado que nutria o projeto de Eve, a *imunidade* que nutria o projeto de Eve não conseguiam imaginar que ninguém fosse fazer nada contra ela. Tudo o que Eve tinha feito era acertar as contas. Ira havia praticado todas aquelas coisas horríveis e Eve estava simplesmente revidando com o seu lado da história. Aproveitando sua última chance, e a única consequência que Eve imaginou eram as consequências que ela merecia. Tinha de ser assim — o que foi que *ela* fez?

"A mesma cegueira voluntária que provocara tanto sofrimento com Pennington, com Freedman, com Sylphid, com Pamela, com os Grant e até com Helgi Pärn, no final essa cegueira voluntária foi o verme que a destruiu. É o que o professor da escola secundária, quando dá aula sobre Shakespeare, chama de erro trágico.

"Uma grande causa se apoderara de Eve: a sua própria causa. A causa de Eve, apresentada com a roupagem majestosa de uma batalha abnegada para salvar a América da maré vermelha. Todo mundo pode ter um casamento fracassado, e ela mesma teve quatro. Mas Eve também tinha a necessidade de ser especial. Uma estrela. Queria mostrar que também era importante, que tinha um cérebro e a força para lutar. Quem esse ator Iron Rinn pensa que é? *Eu* é que sou a atriz! *Eu* é que tenho um nome e possuo a *força* do nome! Não sou uma mulher fraca a quem podem fazer o que bem entendem. Sou uma estrela, caramba! O meu casamento fracassado não foi um fracasso comum. Foi o casamento fracassado de uma *estrela*! Não perdi meu marido por causa da terrível armadilha em que me meti com a minha filha. Não perdi meu marido por causa de toda aquela história de eu ficar de joelhos e dizer 'eu suplico a você'. Não perdi meu marido por causa daquela piranha bêbada com um dente de ouro. Tem de ser mais pomposo do que isso, e eu devo ficar inocente. A recusa em admitir aquilo que acontece nas dimensões humanas normais o transforma em algo melodramático, falso e vendável. Perdi meu marido para o comunismo.

"E a verdadeira razão desse livro, o papel que ele efetivamente cumpria, disso Eve não tinha a menor ideia. Por que Ira foi servido à gula do público como um perigoso espião soviético? Para eleger mais um republicano no Congresso. Para levar Bryden Grant ao Congresso e pôr Joe Martin na presidência do Congresso.

"Grant acabou eleito onze vezes. Um personagem de relevo no Congresso. E Katrina tornou-se *a* anfitriã republicana de Washington, a verdadeira monarca da autoridade social ao longo dos anos de Eisenhower. Para uma pessoa crivada de inveja e despeito, nenhuma posição no mundo poderia ser mais compensadora do que a de decidir quem ia sentar diante de Roy Cohn. Nas aflições hierárquicas de um jantar de gala em Washington, o talento de Katrina para as rivalidades, o vigor absolutamente canibal do seu gosto pela supremacia — por premiar e destituir a própria classe dominante de suas honradas sobremesas — encontrou o seu... império, creio que a palavra seria apropriada. Essa mulher rascunhava uma lista de convidados com o sadismo autocrático de um Calígula. *Ela* conhecia a delícia de humilhar os poderosos. *Ela* fazia correr alguns tremores pela capital do país. Sob Eisenhower e de novo, mais tarde, sob o mentor de Bryden, Nixon, Katrina cavalgou a sociedade de Washington como se ela fosse o próprio medo encarnado.

"Em 69, quando correu aquele surto de especulações de que Nixon ia arranjar um posto para Bryden na Casa Branca, o marido deputado e a esposa anfitriã-romancista ocuparam a capa da revista *Life*. Não, Grant jamais conseguiu ser um Haldeman, mas, no fim, ele também acabou naufragando com o Watergate. Tomou o partido de Nixon e, mesmo diante de todas as provas contra o seu líder, o defendeu na tribuna do Congresso até a manhã da renúncia. Foi isso o que levou Grant à derrota em 74. Mas acontece que ele vinha imitando Nixon desde o início. Nixon tinha Alger Hiss, Grant tinha Iron Rinn. A fim de serem catapultados para a notoriedade política, cada um deles tratou de arrumar um espião soviético.

"Vi Katrina na tevê via satélite no enterro de Nixon. Grant havia morrido uns anos antes e desde então ela mesma estava morta. Katrina tinha a minha idade, talvez um ou dois anos mais velha. Mas ali no funeral em Yorba Linda, com a bandeira a tremular a meio mastro entre as palmeiras e a terra natal de Nixon ao fundo, ela ainda era a nossa Katrina, de cabelo branco e encarquilhada, mas ainda uma potência da moral e dos bons costumes, botando a conversa em dia com Barbara Bush, Betty Ford e Nancy Reagan. A vida parecia nunca haver forçado Katrina a admitir, muito menos a deixar de lado uma única de suas pretensões. Ainda ardorosamente determinada a ser a autoridade nacional em retidão moral, severa ao extremo quanto ao que era certo e errado. Vi Katrina ali conversando com o senador Dole, nosso outro grande farol da moralidade. Ela não parecia haver recuado um centímetro da ideia de que toda palavra que pronunciava era da máxima importância. Ainda alheia à introspecção do silêncio. Ainda o virtuoso cão de guarda da integridade de todo mundo. E sem sombra de arrependimento. Divinamente impenitente e brandindo para o mundo aquela insólita imagem que fazia de si mesma. Pois a burrice, você sabe, não tem cura. A mulher era a própria personificação da ambição moral, e também o seu caráter pernicioso, e a sua insanidade.

"Tudo o que interessava para os Grant era de que modo fazer Ira servir à causa deles. E o que *era* a causa deles? A América? A democracia? Se algum dia o patriotismo já foi um pretexto para interesses egoístas, para a devoção de si mesmo, para a adoração de si mesmo... Você sabe, aprendemos em Shakespeare que ao contar uma história não podemos dar vazão a nossos sentimentos imaginativos por nenhum personagem. Mas não sou Shakespeare e ainda desprezo aquele carniceiro profissional e sua esposa carniceira pelo que fizeram a meu irmão, e o fizeram sem nenhum esforço, usando Eve do mesmo jeito que se usa um cachorro para ir buscar o jornal na varanda. Lembra o que Gloucester diz sobre o velho Lear? 'O rei está com ira aguda.' Pois eu mesmo virei um grave caso de ira aguda quando vi Katrina Van Tassel em Yorba Linda. Eu disse comigo mesmo, ela não é nada, ninguém, um figurante. Na vasta história da perversidade ideológica do século XX, ela representou o rápido papel de um palhaço no intervalo entre dois números, e mais nada. Mas para mim ainda era difícil suportar a visão dela.

"Mas o enterro do nosso trigésimo sétimo presidente também foi difícil de suportar. A banda e o coro dos Fuzileiros Navais tocaram todas as músicas apropriadas para bloquear o pensamento das pessoas e produzir um efeito de transe: 'Saudação ao líder', 'América', 'És uma velha e nobre bandeira', 'O hino da batalha da república' e, só para garantir, esta que é a mais estimulante de todas as drogas, que faz todo mundo momentaneamente esquecer tudo, o narcótico nacional, 'A bandeira estrelada', o hino americano. Nada que se compare às palavras edificantes de Billy Graham, um caixão envolto pela bandeira americana e uma equipe inter-racial de soldados para carregar o caixão, e tudo coroado com o hino 'A bandeira estrelada', seguido bem de perto por uma salva de vinte e um tiros e pelo toque de silêncio, para induzir a multidão à catalepsia.

"Em seguida, os realistas assumiram o comando, os especialistas em fazer acordos e em romper acordos, os mestres das formas mais desavergonhadas de aniquilar um oponente, aqueles para quem as preocupações morais devem sempre vir por último, todos proferindo a conhecida ladainha irreal e dominada pela impostura, acerca de tudo, menos as verdadeiras paixões do defunto. Clinton exaltando Nixon por sua 'jornada notável' e, sob o feitiço de sua própria sinceridade, expressando sua muda gratidão por todos os 'conselhos sábios' que Nixon lhe dera. O governador Pete Wilson assegurando a todo mundo que, quando a maioria das pessoas pensa em Richard Nixon, pensa no seu 'altíssimo intelecto'. Dole e sua enxurrada de clichês lacrimosos. O 'doutor' Kissinger, elevado, profundo, falando no seu tom mais inflado e mais despido de egoísmo, e com toda a fria autoridade daquela voz embebida em lodo, cita o mais prestigioso dos tributos, nada menos do que as palavras de Hamlet a respeito do seu pai assassinado, para definir o 'nosso bravo amigo'. 'Ele era um homem e, mesmo que eu procure todos os homens, não hei de contemplar outro igual.' A literatura não é uma realidade fundamental mas uma espécie de estofamento caro para o sábio, ele mesmo já tão balofamente estofado, e assim Kissinger não tem a mínima ideia do contexto equivocado em que Hamlet fala sobre o tal rei inigualável. Mas afinal quem, ali sentado sob a pressão tremenda de conservar um rosto grave enquanto assiste à encenação do Último Adeus, quem ali vai acusar a gafe cultural do judeu da corte quando ele invoca uma obra-prima inadequadamente? Quem ali pode avisá-lo de que não é o que Hamlet diz sobre o pai que Kissinger está citando, mas sim o que Hamlet diz sobre o tio, Cláudio, o que Hamlet diz sobre a conduta do novo rei, o usurpador e o assassino do seu pai? Quem ali, em Yorba Linda, ousaria gritar: Ei, doutor! Cite isto aqui: 'As façanhas sórdidas subirão à tona/ Ante os olhos dos homens, ainda que a terra inteira desmorone sobre elas'.

"Quem? Gerald Ford? Gerald Ford. Eu nem me lembro de ter visto Gerald Ford tão concentrado antes, tão pleno de inteligência como estava visivelmente naquele campo-santo. Ronald Reagan acenando sua famosa continência para a guarda de honra uniformizada, aquela continência que era *sempre* debiloide. Bob Hope sentado ao lado de James Baker. O mercador de armas dos Irã-Contra Adnan Khashoggi sentado junto a Donald Nixon. O arrombador G. Gordon Liddy ali com a sua arrogante cabeça raspada. O mais desafortunado dos vice-presidentes, Spiro Agnew, com a sua cara inconsciente da Máfia. O mais vitorioso dos vice-presidentes, o esplendoroso Dan Quayle, tão radiante como uma flor em botão. O esforço desse pobre sujeito: sempre tentando simular inteligência e sempre fracassando. Todos eles juntos pranteando monotonamente o defunto sob o sol da Califórnia e sob a brisa gentil: os condenados pela justiça e os não condenados, e o seu altíssimo intelecto enfim em repouso num caixão estrelado, não mais brigando e pleiteando por um poder livre de amarras, o homem que virou pelo avesso a moral de um país inteiro, o gerador de um enorme desastre nacional, o primeiro e único presidente dos Estados Unidos da América a ter ganhado de um sucessor escolhido a dedo um perdão completo e incondicional por todos os arrombamentos que cometeu enquanto ocupou o cargo.

"E Van Tassel Grant, a adorada viúva de Bryden, *aquela* servidora pública devotada, exultante em sua pompa e em sua tagarelice. Ao longo de toda a cerimônia, a boca de maledicência desavergonhada não parou de tagarelar em sua dor televisionada ante a nossa grande perda nacional. Que pena que ela não tenha nascido na China em vez de nos Estados Unidos. Aqui, ela teve de se estabelecer como uma romancista de best-sellers, uma famosa personalidade do rádio e uma anfitriã de primeiro time em

Washington. Na China, ela poderia comandar a Revolução Cultural de Mao.

"Em meus noventa anos de vida, testemunhei dois enterros espetacularmente hilariantes, Nathan. Estive presente no primeiro, aos treze anos de idade, e o segundo vi pela televisão aos oitenta e sete anos, há apenas três anos. Dois enterros que mais ou menos ficaram guardados entre parênteses na minha vida consciente. Não são acontecimentos misteriosos. Não exigem nenhum gênio para elucidar seu sentido. São apenas acontecimentos humanos naturais que revelam, de forma tão manifesta quanto Daumier, os traços peculiares da espécie, as mil e uma duplicidades que torcem a sua natureza até formar o nó humano. O primeiro foi o enterro que o senhor Russomano produziu para o seu canarinho, quando o sapateiro encomendou um caixão, contratou carregadores para levar o caixão pelas alças, uma carruagem fúnebre puxada por cavalos, e sepultou majestosamente o seu adorado Jimmy, e quando o meu irmão quebrou o nariz. O segundo foi quando enterraram Richard Milhous Nixon com uma salva de vinte e um tiros. Eu só queria ver a cara dos italianos do antigo Primeiro Distrito se eles estivessem ali em Yorba Linda com Kissinger e Billy Graham. *Eles*, sim, teriam sabido como curtir o espetáculo. Eles teriam rolado no chão de tanto rir quando ouvissem o que esses dois caras disseram, as indignidades a que desceram para dignificar aquela alma escandalosamente imunda.

"E se Ira estivesse vivo para ouvi-los, teria ficado doido outra vez, ao ver que o mundo tinha entendido tudo errado."

8.

— Agora Ira voltava contra si mesmo toda a sua discurseira enfezada. Como aquela farsa pôde arruinar sua vida? Tudo o que é sem importância, em contraste com o que de fato interessa, tudo o que há de periférico na vida, tudo contra o que o camarada O'Day o havia prevenido. Lar. Casamento. Família. Amantes. Adultério. Toda essa porra burguesa! Por que ele não foi viver como O'Day? Por que não procurou prostitutas, como O'Day? Prostitutas *de verdade*, profissionais confiáveis que entendem as regras, e não amadoras fofoqueiras como a sua massagista estoniana.

"As recriminações começaram a acossá-lo. Ele nunca deveria ter deixado O'Day nem a oficina do sindicato na fábrica de discos, nunca deveria ter vindo para Nova York, ter casado com Eve Frame, ter pomposamente concebido a si mesmo como esse sr. Iron Rinn. Na avaliação do próprio Ira, ele nunca deveria ter feito *nada* do que fez na vida depois que saiu do Meio-Oeste. Não deveria ter um apetite humano por experiências, nem a incapacidade humana para ler o futuro, nem a propensão humana para cometer erros. Não deveria ter permitido a si mesmo sair em busca de qualquer um dos objetivos mundanos de um homem viril e ambicioso. Ser um operário comunista, morar sozinho num quarto em Chicago do Leste embaixo de uma lâmpada de sessenta velas, isto representava agora o apogeu ascético do qual ele tinha decaído para o fundo do inferno.

"O acúmulo de humilhações, esta era a chave da história. Não era como se um livro tivesse sido jogado em cima dele; o livro era uma bomba que fora jogada em cima dele. McCarthy, entende, podia pegar lá os seus duzentos, trezentos ou quatrocentos comunistas nas suas listinhas de mentira, mas, alegoricamente, uma pessoa precisava simbolizar todas elas. Alger Hiss é o exemplo máximo. Três anos depois de Hiss, Ira virou outro exemplo. Mais ainda, Hiss, para as pessoas comuns, era gente do Departamento de Estado e do acordo de Ialta, coisas distantes, muito distantes do zé-povinho, ao passo que Ira era o comunismo na cultura popular. Para a confusa imaginação popular, esse era o comunista democrático. Esse era Abe Lincoln. Era muito fácil de entender: Abe Lincoln como o representante pérfido de uma potência estrangeira, Abe Lincoln como o maior traidor americano do século XX. Ira tornou-se a personificação do comunismo, o comunista personalizado para a nação: Iron Rinn era o traidor comunista para o homem comum, de um jeito que Alger Hiss nunca poderia ser.

"Ali estava aquele gigante, forte como o diabo, em vários aspectos insensível como o diabo, mas a calúnia se amontoou sobre ele e, enfim, Ira não conseguiu mais suportar. Os gigantes também desabam. Ira sabia que não podia esconder-se daquilo e, à medida que o tempo passava, achou que não conseguiria esperar que a história simplesmente acabasse. Começou a pensar que, agora que haviam retirado sua máscara, o tempo todo cairia mais alguma coisa em cima dele, vinda de qualquer lugar. O gigante não conseguia encontrar nada de concreto para enfrentar e foi aí que desmoronou.

"Fui até lá e o apanhei, e Ira morou conosco até não conseguir mais controlar a situação, e aí eu o internei no hospital em Nova York. Ficou sentado numa cadeira no primeiro mês, esfregando os joelhos e apertando os ombros no ponto onde doíam, mas, afora isso, não dava nenhum sinal de vida, sempre fitando o seu colo e com vontade de estar morto. Eu ia visitá-lo e ele mal falava. De vez em quando, ele dizia: 'Tudo o que eu queria fazer...'. E só. Nunca foi além desse ponto, não em voz alta. Foi tudo o que disse para mim durante semanas. Algumas vezes, sussurrou: 'Que fosse assim...'. 'Eu nunca quis...'. Mas em geral era mesmo: 'Tudo o que eu queria fazer...'.

"Não tinham muito como ajudar os pacientes mentais naquele tempo. Nenhum comprimido a não ser um sedativo. Ira não comia. Ficava sentado no primeiro pavilhão, o Pavilhão dos Alienados, chamavam assim, tinha oito leitos ali, e Ira de roupão, pijama e chinelos, a cada dia mais parecido com Abraham Lincoln. Esquelético, exaurido, envergando a máscara de sofrimento de Abraham Lincoln. Eu ia visitá-lo, me sentava ao lado dele, segurava sua mão e ficava pensando: se não fosse essa semelhança, nada disso teria acontecido a ele. Se pelo menos Ira não tivesse assumido a responsabilidade da aparência que tinha...

"Passaram quatro semanas antes de o transferirem para o Pavilhão dos Semialienados, onde os pacientes vestiam suas roupas normais e faziam terapia recreativa. Alguns saíam para jogar vôlei ou basquete, mas Ira não podia, por causa de suas dores nas juntas. Ele vivera mais de um ano com uma dor intratável, e talvez isso o tenha desgraçado mais do que a calúnia. Talvez o oponente que destruiu Ira tenha sido a dor física e o livro nem sequer chegaria perto de derrotá-lo, se Ira não tivesse antes sido minado por sua saúde.

"A debacle foi total. O hospital era horroroso. Mas não podíamos continuar a manter Ira em nossa casa. Ele ficava deitado no quarto de Lorraine se amaldiçoando e berrando em desespero: O'Day lhe disse, O'Day lhe avisou, O'Day já sabia de tudo lá no porto no Irã... Doris sentava-se ao lado da cama de Lorraine, tomava Ira nos braços e ele não parava de se lamentar. Quanta força havia por trás daquelas lágrimas. Pavoroso. Você não pode imaginar quanta infelicidade nua e crua pode se abrigar dentro de uma pessoa titanicamente rebelde, que passou a vida toda enfrentando o mundo e guerreando contra a sua própria natureza. Era isso o que se derramava de dentro dele: toda aquela luta bandida.

"Às vezes *eu* me sentia aterrorizado. Eu me sentia como na guerra, quando estávamos sob bombardeio, em Bulge. Exatamente *porque* Ira era tão grande e arrogante, a gente tinha a sensação de que não havia nada que qualquer pessoa pudesse fazer por ele. Eu olhava aquela cara alongada, esquelética, desfigurada pelo desespero, com todo aquele desamparo, com o *fracasso*, e eu mesmo ficava em pânico.

"Quando eu voltava da escola para casa, o ajudava a se vestir; todas as tardes, eu o obrigava a fazer a barba e insistia em que devia caminhar comigo até a rua Bergen. Alguma outra rua nos Estados Unidos daquele tempo poderia ser mais simpática? Mas Ira estava cercado de inimigos. A marquise do Park Theater o deixava assustado, os salames na vitrine da Kartzman's o deixavam assustado, a loja de doces do Schachtman o deixava assustado, com a sua banca de jornais bem na frente. Ele tinha certeza de que todos os jornais traziam a sua história, semanas depois de os jornais haverem parado de se regalar com o assunto. O *Journal-American* publicou trechos do livro de Eve. O *Daily Mirror* estampou a cara de Ira na primeira página inteira. Nem o imponente *Times* conseguiu resistir. Publicou uma história de interesse humano sobre o sofrimento da Sarah Bernhardt do rádio, levou completamente a sério toda aquela cascata sobre espionagem russa.

"Mas é isso o que acontece. Uma vez encerrada a tragédia humana, cabe aos jornalistas banalizarem-na para convertê-la em entretenimento. Talvez porque todo aquele frenesi irracional tenha arrombado a porta da nossa casa e nenhum detalhe maledicente e distorcido dos jornais deixasse de chamar a minha atenção, acabei considerando a era McCarthy o início do triunfo da fofoca no pós-guerra, a fofoca que se estabeleceu como o credo unificador da mais antiga república democrática do mundo. Na Fofoca Nós Acreditamos. Fofoca como o evangelho, a religião nacional. O macarthismo como o início da conversão não só da política séria mas de *tudo* o que é sério em entretenimento para distrair a massa. O macarthismo como a primeira florescência do vazio mental americano que agora está por toda parte.

"O negócio de McCarthy, na verdade, nunca foi a perseguição de comunistas; se ninguém sabia, disse, ele sabia. A virtude dos julgamentos-espetáculo da cruzada patriótica de McCarthy era simplesmente a sua forma teatralizada. Ter câmeras voltadas para aquilo apenas lhe conferia a falsa autenticidade da vida real. McCarthy compreendeu melhor do que qualquer político americano anterior a ele que as pessoas cujo trabalho era legislar podiam fazer muito mais em benefício de si mesmas se representassem um espetáculo; McCarthy compreendeu o valor de entretenimento da desgraça e aprendeu como alimentar as delícias da paranoia. Ele nos levou de volta a nossas origens, de volta ao século XVII e a nossos antepassados. Foi assim que o país começou: a desgraça moral como entretenimento público. McCarthy era um empresário dos espetáculos e, quanto mais desvairados os pontos de vista, tanto mais ofensivas as acusações, maior a desorientação e melhor a diversão para todo mundo. *Os livres e corajosos de Joe McCarthy*, este era o espetáculo em que meu irmão ia representar o papel mais importante da sua vida.

"Quando não só os jornais de Nova York mas os de Jersey também entraram na dança, bem, para Ira isso foi mortal. Saíam atrás de qualquer um que Ira tivesse conhecido no condado de Sussex e faziam o sujeito falar. Lavradores, velhinhos, qualquer zé-ninguém local que tivesse sido amigo do astro do rádio, e todos contavam como Ira vivia falando dos males do capitalismo. Tinha aquele amigo pirado de Ira em Zinc Town, o taxidermista, e Ira gostava de ficar ali ouvindo o cara falar, pois os jornais foram atrás do tal sujeito para que ele falasse e o taxidermista não se fez de rogado. Ira não conseguia acreditar. Mas esse taxidermista chegou à conclusão de que Ira o tapeou direitinho até que um dia apareceu com um garoto e os dois quiseram de todo jeito convencer seu filho e ele a serem contra a guerra da Coreia. Disseram cobras e lagartos do general Douglas MacArthur. Xingaram os EUA de todos os palavrões que existem.

"O FBI se fartou com o sujeito. E também com a reputação que Ira tinha lá no lugar. Pôr uma pessoa sob suspeita, ferrar com uma pessoa na comunidade dela, fazer os habitantes do lugar levantarem acusações contra ela... Tenho de contar uma coisa, Ira sempre desconfiou de que foi o taxidermista quem dedurou *você*. Você estava com Ira, não foi? Na oficina do taxidermista?"

— Estava com ele. Horace Bixton — respondi. — Um cara miudinho, gozador. Me deu um casco de gamo de presente. Um dia, de manhã, vi uma raposa ser esfolada.

— Bem, você pagou caro por esse casco de gamo. Ver os dois esfolarem aquela raposa custou a você a bolsa da Fundação Fullbright.

Comecei a rir.

— Ele falou que a gente quis convencer o *filho* dele a ser contra a guerra? Mas o filho era surdo que nem uma porta. O filho era surdo-mudo. Não podia ouvir coisa nenhuma.

— Assim foi a era McCarthy: essas coisas não tinham importância. Ira tinha um vizinho mais adiante na estrada, um minerador de zinco que sofrera um grave acidente numa mina e que às vezes trabalhava para ele. Ira passava muito tempo ouvindo caras como ele reclamar da firma New Jersey Zinc e tentava convencê-los a ser contra o sistema, e em especial esse cara que era o seu vizinho, a quem Ira vivia dando comida, e foi quem o taxidermista mandou anotar a placa de todos os carros que paravam na cabana de Ira.

— Conheci o sujeito que tinha sofrido o tal acidente. Vinha comer com a gente — falei. — Ray. Uma pedra caiu em cima dele e amassou sua cabeça, Raymond Svecz. Foi pracinha na guerra. Ray fazia uns biscates para Ira.

— Acho que Ray fazia biscates para todo mundo — disse Murray. — Anotou o número das placas de carro dos visitantes de Ira e o taxidermista entregou tudo para o FBI. Os números, na maioria, eram da placa do meu carro, prova que também usaram contra mim, que eu visitava demais meu irmão espião comunista, às vezes até de madrugada. Só um cara de lá permaneceu leal a Ira. Tommy Minarek.

— Conheci Tommy.

— Um velho simpático. Ignorante mas inteligente. Tinha caráter. Ira levou Lorraine até o depósito de pedras, um dia, e Tommy deu a ela umas pedrinhas de graça e Lorraine não parou de falar dele quando voltou para casa. Depois Tommy viu as notícias no jornal, foi até a cabana e entrou direto, sem bater. 'Se eu tivesse coragem', disse ele, 'também seria comunista.'

"Foi Tommy quem reabilitou Ira. Foi Tommy quem tirou Ira do seu abatimento e o trouxe de volta para o mundo. Tommy ficava sentado ao lado de Ira no depósito de pedras de que ele cuidava, para que as pessoas vissem Ira ali. Tommy era uma pessoa que a cidadezinha respeitava e assim, com o tempo, as pessoas ali acabaram perdoando Ira por ser comunista. Nem todas, mas a maioria. Os dois ficaram sentados no depósito de pedras, conversando, por três, quatro anos; Tommy ensinou a Ira tudo o que sabia sobre minerais. Aí Tommy teve um infarto, morreu e deixou para Ira seu porão cheio de pedras, e Ira ficou com o emprego de Tommy. E a cidadezinha o deixou em paz. Ira ficava ali sentado, o hiperinflamatório Ira esfregando suas juntas e seus músculos doloridos, e cuidou do depósito de pedras de Zinc Town até o dia em que *ele* morreu. Sob o sol, num dia de verão, vendendo minerais, caiu duro e morreu."

Perguntei-me se Ira algum dia se arrependeu da decisão de ser questionador, contestador, rebelde, ser injusto quando necessário, ou se tudo isso ainda ardia dentro dele enquanto vendia os espécimes minerais de Tommy diante do depósito de pedras, em frente à oficina de carros do outro lado da estrada, onde tinha o banheiro. Na certa, tudo aquilo ainda ardia dentro dele; em Ira, tudo pegava fogo sem parar. Ninguém neste mundo tinha menos talento do que Ira para a frustração, ou era pior do que ele quanto a controlar o mau humor. A sofreguidão para entrar em ação, e em vez disso ter de ficar ali vendendo saquinhos de pedras para as crianças por cinquenta centavos. Sentado ali até morrer, cheio de vontade de ser algo completamente distinto, acreditando que em virtude de certas características pessoais (seu tamanho, sua agressividade, o pai que tivera de aguentar) ele fora *destinado* a ser algo diferente. Enraivecido por não dispor de nenhum meio alternativo para transformar o mundo. A amargura dessa sujeição. Como ele deve ter se sufocado com isso, empregando agora sua inexaurível capacidade de nunca desistir para destruir-se.

— Ira voltava de nosso passeio pela rua Bergen — disse Murray —, depois de passar pela banca de jornais da loja do Schachtman, ainda mais abatido do que quando tinha saído de casa, e Lorraine não conseguia suportar isso. Ver o seu grande e bravo tio, com quem ela cantava a canção do trabalhador comum, "eia, avante, eia, avante", ver seu tio humilhado daquele jeito era demais para ela e aí tivemos de interná-lo no hospital lá em Nova York.

"Ele achava que tinha arruinado a vida de O'Day. Tinha certeza de que havia arruinado a vida de todo mundo cujo nome e endereço estivessem naqueles dois pequenos diários que Eve entregara para Katrina, e Ira estava certo. Mas O'Day ainda era o seu ídolo e aquelas cartas de O'Day citadas aos pedaços nos jornais, depois de serem publicadas no livro de Eve... Bem, Ira tinha certeza de que isso era o fim de O'Day, e a vergonha de tudo aquilo era algo pavoroso.

"Tentei entrar em contato com Johnny O'Day. Encontrei o cara. Eu sabia como os dois tinham sido amigos no exército. Eu me lembrava do tempo em que Ira era seu parceiro inseparável em Calumet City. Não gostava do sujeito, não gostava das suas ideias, não gostava da sua mistura de superioridade e astúcia, aquele salvo-conduto moral que ele acreditava possuir por ser comunista, mas eu não podia acreditar que ele fosse julgar Ira responsável pelo que havia acontecido. Eu achava que O'Day seria capaz de cuidar de si mesmo sozinho, que era forte e ousado na retidão de sua insolência comunista, como Ira provou no final não ser. Eu também não estava enganado. Por desespero, imaginei que se alguém podia curar Ira, tinha de ser O'Day.

"Mas não consegui seu número de telefone. Ele não estava mais na lista telefônica de Gary, nem de Hammond, nem de Chicago do Leste, nem de Calumet Cuty, nem de Chicago. Quando escrevi para o último endereço que Ira tinha dele, o envelope voltou com o recado: 'nenhuma pessoa com este nome neste endereço'. Liguei para todos os sindicatos de Chicago, telefonei para as livrarias de esquerda, liguei para toda e qualquer organização que eu conseguisse imaginar, na tentativa de caçá-lo. Justamente quando desisti de procurar, o telefone em casa tocou certa noite, e era ele.

"O que eu queria? Contei a ele onde Ira estava. Contei como Ira estava. Eu disse que se ele quisesse vir para o leste no final de semana, ir ao hospital, ficar ao lado de Ira, só ficar ali sentado com ele, eu mandaria o dinheiro para a passagem de trem e ele poderia passar a noite em Newark, na nossa casa. Não gostei de fazer isso, mas estava tentando persuadi-lo e assim, falei: 'Você significa muito para Ira. Ele sempre quis ser digno da admiração de O'Day. Acho que você talvez possa ajudá-lo'.

"E aí, naquele seu jeito calmo, direto, na voz de um filho da mãe cabeçudo e intratável, dominado por um vínculo único e opressivo com a vida, me respondeu: 'Olhe aqui, professor. O seu irmão me sacaneou para cacete. Sempre me orgulhei de reconhecer quem é embromador e quem não é. Mas dessa vez me enganei. O partido, as reuniões, tudo era só um disfarce para a ambição pessoal dele. O seu irmão usou o partido para subir na sua profissão, e depois traiu o partido. Se ele fosse um comuna de coragem, teria ficado onde a luta é travada, que não é em Greenwich Village, em Nova York. Mas a única coisa que importava para Ira era que todo mundo pensasse que ele era um herói. Sempre representando um papel, nunca a vida real. Só porque era alto, isso fazia dele um Lincoln? Porque esbravejava *as massas, as massas, as mas-*

sas, isso fazia dele um revolucionário? Ele não era um revolucionário, não era um Lincoln, não era nada. Não era um homem: representava o papel de um homem, como representava tudo o mais. Representava ser um grande homem. O cara representa tudo. Joga fora um disfarce e vira logo alguma outra coisa. Não, o seu irmão não é tão correto quanto gostaria que as pessoas pensassem. Seu irmão não é um cara muito fiel aos seus compromissos, exceto quando o compromisso é com ele mesmo. É uma fraude, é um palerma e é um traidor. Traiu seus camaradas revolucionários e traiu a classe trabalhadora. Vendido. Corrupto. Dos pés à cabeça, uma criatura da burguesia. Seduzido pela fama, pelo dinheiro, pela riqueza e pelo poder. E por uma boceta, uma bocetinha chique de Hollywood. Não conservou nem um vestígio da sua ideologia revolucionária, nada. Um palhaço oportunista. E, na certa, também, um dedo-duro oportunista. Você vai querer que eu acredite que ele deixou aquela papelada toda na escrivaninha por acidente? Um cara do partido deixaria aquilo tudo ali por acidente? Será que não foi uma coisa combinada com o FBI, professor? É uma pena que ele não esteja na União Soviética. Lá, sabem como lidar com traidores. Não quero nem ouvir falar dele e não quero ver a cara dele. Porque se eu algum dia o vir, diga a ele para tomar cuidado comigo. Diga que não importa quanto ele besunte tudo com as suas racionalizações amanteigadas, porque o sangue vai esguichar na parede'.

"Foi isso. O sangue vai esguichar na parede. Eu nem tentei argumentar. Quem se atreveria a explicar o fracasso da pureza para um militante que era sempre e somente puro? Nunca na sua vida O'Day fora uma coisa com uma pessoa, outra coisa com outra, e uma terceira coisa com outra pessoa. Ele desconhecia a volubilidade de todas as criaturas. O ideólogo é mais puro do que nós todos porque ele é o ideólogo com todo mundo. Desliguei o telefone.

"Deus sabe quanto tempo Ira podia ter ficado definhando no Pavilhão dos Semialienados se não fosse por Eve. As visitas não eram incentivadas e Ira não queria mesmo ver ninguém, além de mim e Doris, mas certa noite Eve apareceu. O médico não estava, a enfermeira não prestou atenção e, quando Eve se apresentou como esposa de Ira, a enfermeira indicou a ela o corredor e lá foi ela. Ira parecia emagrecido, ainda muito sem vida, quase não falava, e aí, ao vê-lo Eve se pôs a chorar. Disse que viera para dizer que lamentava muito tudo aquilo, mas que só de olhar para ele as lágrimas desceram dos seus olhos. Eve pediu desculpas, Ira não deveria odiá-la, ela não podia continuar a viver sabendo que Ira a odiava. Ela havia sofrido pressões terríveis, Ira nem podia imaginar como foram terríveis. Ela não queria fazer aquilo. Fez todo o possível para evitar...

"Com o rosto nas mãos, ela chorou e chorou, até que enfim lhe contou o que todos nós já tínhamos adivinhado só de ler qualquer frase daquele livro. Contou a Ira que os Grant tinham escrito tudo, todas as palavras.

"Foi aí que Ira falou. 'Por que você deixou?', perguntou ele. 'Eles me obrigaram', respondeu Eve. 'Ela me ameaçou, Ira. A Aluada. Ela é uma mulher vulgar, terrível. Um mulher terrível, terrível. Ainda amo você. Foi isso que vim dizer. Deixe-me dizer isso, por favor. Ela não pode me obrigar a deixar de amar você, nunca. Você tem de saber disso.' 'Como ela ameaçou você?' Foi a primeira vez em semanas que Ira conseguiu falar com frases completas. 'Não é que ela tenha ameaçado só a mim', disse Eve. 'Ela fez isso também. Disse que eu estaria acabada se não cooperasse. Disse que Bryden ia cuidar para que eu nunca mais pudesse arrumar trabalho. Eu ia acabar na miséria. Como mesmo assim recusei e disse a ela, não, Katrina, não, eu não posso fazer isso, não posso, não interessa o que ele fez comigo, eu amo o Ira... e foi então que Katrina disse que, se eu não fizesse o que ela queria, a carreira de Sylphid estaria arruinada desde o início.'

"Pois bem, de um estalo, Ira voltou a ser quem era. Fez tremer o telhado do Pavilhão dos Semialienados. Foi o maior pandemônio. Os semialienados ainda são semialienados e os caras ali naquele pavilhão podiam jogar basquete e jogar vôlei mas ainda eram um bocado frágeis e alguns deles entraram em parafuso. Ira berrou com toda a força dos pulmões: 'Você fez isso por causa de *Sylphid*? Você fez tudo isso por causa da *carreira* da sua filha?'. E Eve começou a uivar: 'Só *você* importa, não é? Só *você*! Mas e a minha filha? O talento da minha filha!'. Um dos internos começou a berrar: 'Mete porrada nela! Mete porrada nela!'. E um outro começou a chorar e, quando os serventes desceram para a sala, Eve estava deitada no chão, de cara para baixo, esmurrando e esbravejando: 'Mas e a minha filha?'.

"Puseram uma camisa de força em Eve, era isso o que usavam naquele tempo. Mas não a amordaçaram e assim Eve pôde falar tudo o que tinha para dizer. 'Eu disse para Katrina: *Não, vocês não podem sufocar um talento como esse*. Ela ia destruir *Sylphid*. Eu não podia destruir Sylphid. Eu sabia que *você* não ia querer destruir Sylphid. Eu estava impotente. Eu estava simplesmente sem forças! Entreguei a ela o menos que pude. Para aplacá-la. Porque Sylphid... todo aquele talento! Não seria *direito*! Que mãe no *mundo* deixaria sua filha sofrer? Que mãe teria agido de outra forma, Ira? Me responda! Fazer minha filha sofrer por causa das besteiras dos adultos, suas ideias e atitudes? Como você pode pôr a culpa em mim? Que escolha eu tinha? Você não tem a mínima ideia do que eu tive de passar. Você não tem a mínima ideia do que toda mãe é capaz de fazer se alguém disser: *Vou destruir a carreira da sua filha*. Você nunca teve filhos. Não entende *nada* de pais e filhos. Não tem pais e não tem filhos e não sabe o sacrifício que é!'

"'Não tenho filhos?', berrou Ira. Eles a haviam deitado numa maca e, nessa altura, já a levavam embora dali, portanto Ira saiu correndo atrás deles, correu aos berros pelo corredor: 'E *por que* não temos filhos? Por sua causa! Por causa de você e daquela escrota da sua filha egoísta e comilona!'.

"Eles a levaram amarrada na maca, algo que pelo visto nunca haviam feito antes com alguém que tinha vindo ali só para fazer uma visita a um interno. Sedaram Eve, puseram-na num leito no Pavilhão dos Alienados, trancaram-na e não a deixaram sair do hospital até a manhã seguinte, quando conseguiram encontrar Sylphid, e ela veio para levar sua mãe para casa. Que impulso levara Eve ao hospital, se existia algum pingo de verdade no que ela viera dizer, que os Grant a forçaram a fazer aquela coisa feia, se isso não passava de mais uma mentira, e se pelo menos sua vergonha era autêntica, nós nunca saberemos nada disso com certeza.

"Talvez fosse. Sem dúvida, podia ser. Naquela época, tudo podia acontecer. As pessoas lutavam pela sua vida. Se foi *verdade* que isso aconteceu, então Katrina era um gênio de verdade, um gênio da manipulação. Katrina sabia exatamente como apanhar Eve. Katrina deu a Eve uma escolha entre as pessoas que podia trair e Eve, com sua simulação de impotência, escolheu aquilo que ela não tinha opção senão escolher. Uma pessoa está destinada a ser ela mesma, e ninguém estava mais destinado a isso do que Eve Frame. Ela tornou-se o instrumento da vontade dos Grant. Ela foi controlada por aqueles dois como um verdadeiro agente."

— Pois bem, em questão de dias, Ira já estava no Pavilhão dos Sossegados e na semana seguinte foi liberado, e aí ele se tornou de fato...

"Bem", emendou Murray, após um momento de reflexão, "talvez ele tenha apenas alcançado a antiga lucidez de sobrevivência que possuía quando escavava valas, antes que todos os andaimes da política, da família, do sucesso e da fama fossem erguidos em torno dele, antes que ele enterrasse vivo o escavador de valas e pusesse na cabeça a cartola de Abe Lincoln. Talvez Ira tenha se tornado de novo ele mesmo, o ator de si mesmo. Ira não era um artista superior que foi forçado a descer. Ira foi apenas trazido de volta para o lugar onde começou.

"'Vingança.' Foi o que ele me disse", continuou Murray, "com toda calma e franqueza. Mil presidiários, condenados à prisão perpétua, golpeando as barras das celas com suas colheres, não poderiam ter dito melhor. 'Vingança.' Entre o *pathos* contencioso da defesa e a simetria sedutora da vingança, não havia escolha. Lembro-me de Ira apertando vagarosamente as suas juntas e me dizendo que ia ferrar com a vida dela. Lembro-me de Ira me dizer: 'Jogar a vida dela dentro da privada que é aquela filha. Depois jogar a minha vida também lá dentro. Isso eu não engulo, Murray. Não está certo, Murray. Está me degradando, Murray. Eu sou o inimigo mortal dela? Então tudo bem, ela é a minha inimiga mortal'."

— E ele *ferrou* com a vida dela? — perguntei.

— Você sabe o que aconteceu com Eve Frame?

— Sei que ela morreu. De câncer. Não foi? Nos anos sessenta.

— Ela morreu, sim, mas não foi de câncer. Lembra aquela fotografia de que falei com você? A fotografia que Ira recebeu pelo correio de uma das antigas namoradas de Freedman, a foto que ele ia usar para comprometer Eve? A fotografia que eu rasguei? Pois eu devia ter deixado Ira usar a foto.

— Você já disse isso antes. Por quê?

— Porque o que Ira procurava com aquela fotografia era um jeito de *não* matar Eve. Toda a vida dele foi sempre isso: procurar um jeito de não matar alguém. Quando voltou do Irã, sua vida inteira foi um esforço para desarmar o detonador do seu impulso violento. Aquela foto, na hora eu não entendi do que ela ia servir como disfarce, não entendi o que significava. Quando a rasguei, quando impedi Ira de usar *aquilo* como arma, ele disse: 'Tudo bem, você venceu'. E eu voltei para Newark estupidamente pensando que tinha resolvido alguma coisa, mas lá em Zinc Town, no meio do mato, ele começou a treinar tiro ao alvo. Ele tinha facas, lá. Voltei para ver Ira na semana seguinte e ele não fez a menor tentativa de esconder nada. Era exaltado demais nas suas ideias para esconder o que quer que fosse. Só sabia falar de assassinato. 'O cheiro do revólver é um afrodisíaco', disse ele. Ira estava totalmente possuído. Eu nem sequer sabia que ele tinha uma arma. Fiquei sem saber o que fazer. Finalmente percebi a autêntica afinidade entre os dois, o vínculo irresistível entre Ira e Eve como duas almas em guerra: ambos catastroficamente propensos para aquilo que desconhece qualquer limite, depois que entra em funcionamento. O recurso de Ira à violência representava o correlato masculino da disposição de Eve para a histeria: distintas manifestações de gênero para a mesma queda-d'água.

"Eu disse a Ira para me entregar todas as armas que tivesse. Ou ele me entregava naquele instante, ou eu ia telefonar para a polícia. 'Sofri tanto quanto você', falei com ele. 'Sofri mais do que você sofreu naquela casa, porque tive de enfrentar a situação primeiro. Durante seis anos, sozinho. Você não sabe de nada. Acha que eu não pensei em pegar uma arma e matar alguém? Tudo o que você quer fazer com ela agora, eu já tive vontade de fazer quando eu tinha *seis anos de idade*. E aí você apareceu. Eu cuidei de você, Ira. Eu me coloquei entre você e o pior de toda a situação o tempo todo em que fiquei em casa.

"'Você não lembra, Ira. Você tinha dois anos, eu tinha oito, e sabe o que aconteceu? Nunca contei a você. Você já tinha de enfrentar muita humilhação. Tivemos de nos mudar. Não estávamos ainda morando na Factory Street. Você era um bebê e a gente estava morando à beira dos trilhos da Lackawanna. Na rua Nassau. Rua Nassau, dezoito, os fundos davam para a estrada de ferro. Quatro cômodos, sem luz, a maior barulhada. Dezesseis e cinquenta por mês, o senhorio aumentou para dezenove, não podíamos pagar e fomos despejados.

"'Sabe o que nosso pai fez depois que fomos expulsos de nossa casa? Você, mamãe e eu começamos a empurrar os nossos cacarecos até o apartamento de dois cômodos da Factory Street e ele ficou para trás, no antigo apartamento vazio, se agachou no chão e cagou ali bem no meio da cozinha. A nossa cozinha. Um cagalhão dele bem no meio de onde nós sentávamos em volta da mesa para comer. Depois ele pintou as paredes com a sua merda. Nada de pincel. Não precisou. Pintou de merda as paredes com as mãos mesmo, lavou as mãos na pia e saiu sem fechar a porta atrás dele. Você sabe como os moleques me chamaram, durante meses depois disso? Parede de Merda. Naquela época, todo mundo ganhava um apelido. A você, eles chamavam de Chorão, a mim, Parede de Merda. Foi o legado que o nosso pai me deixou, o seu filho maior, o seu filho mais velho.

"'Eu protegi você, na época, Ira, e vou proteger você agora. Não vou deixar que você faça isso. Encontrei o meu caminho civilizador na vida e você achou o seu, e agora não vai voltar atrás. Deixe-me explicar uma coisa que você parece não compreender. Para começo de conversa, por que você virou comunista? Isso nunca passou pela sua cabeça? O meu caminho civilizador foram os livros, a faculdade, dar aula na escola; o seu foi O'Day e o partido. Eu nunca concordei com esse seu caminho. Eu me *opus* a ele. Mas ambos os caminhos eram legítimos e ambos funcionaram. Mas você também não está entendendo o que aconteceu agora. Disseram a você que decidiram que o comunismo não é um caminho para fora da violência, mas sim um programa *para* a violência. Eles criminalizaram a sua política e, no mesmo embalo, criminalizaram você, e você vai provar que eles estão certos. Eles disseram que você é um criminoso e assim você carregou sua arma e amarrou a faca na cintura. Você diz: *Porra, eu sou mesmo um criminoso! O cheiro de uma arma é afrodisíaco!*' Olhe, Nathan, eu também já falei com essa voz rouca. Mas quando a gente está com um maníaco homicida furioso, falar desse jeito não vai acalmá-lo. Só serve para enfurecer o sujeito ainda mais. Quando a gente está com um maníaco homicida furioso, começar a contar uma história da nossa infância, arrematar com a planta do nosso apartamento...

"Olhe", disse Murray, "eu não lhe contei tudo sobre Ira. Ira já tinha matado uma pessoa. Foi por isso que deixou Newark, partiu para o interior e trabalhou nas minas quando era garoto. Estava fugindo. Eu o levei para o condado de Sussex, um verdadeiro fim de mundo, naquele tempo, mas não tão distante que eu não pudesse monitorar como ele estava, ajudá-lo e dar uma força para que ele conseguisse superar aquilo tudo. Eu mesmo o levei de carro, lhe dei um nome novo e o escondi bem escondido. Gil Stephens. O primeiro dos nomes novos de Ira.

"Ele trabalhou nas minas até achar que estavam de olho nele. Não os canas, mas sim a Máfia. Eu lhe contei sobre Ritchie Boiardo, que controlava o crime no Primeiro Distrito. O gângster que era dono do restaurante, o Vittorio Castle. Ira ouviu falar que os brutamontes de Boiardo estavam atrás dele. Foi aí que Ira se mandou."

— O que ele tinha feito?

— Ira matou um cara com uma pá. Ira matou um cara quando tinha dezesseis anos.

Ira matou um cara com uma pá.

— Onde? — perguntei. — Como? O que aconteceu?

— Ira trabalhava na Taberna como ajudante de garçom. Era um emprego que ele já tinha fazia seis semanas quando, certa noite, Ira terminou de escovar o assoalho às duas da madrugada e saiu sozinho pela rua, na direção do quarto que alugava. Morava numa ruazinha miserável, perto do parque Dreamland, onde depois da guerra construíram o conjunto residencial. Ira entrou na rua Meeker e depois na avenida Elizabeth e seguiu pela rua escura em frente ao parque Weequahic, na direção da avenida Frelinghuysen, quando um cara surgiu da escuridão, no lugar onde ficava a barraquinha de cachorro-quente do Millman. Do meio da escuridão, pulou em cima dele, mirando a cabeça, e acertou o ombro de Ira com uma pá.

"Era um dos italianos da gangue de escavadores de valas onde Ira havia trabalhado depois que saiu da escola. Ira parou de escavar valas e foi ser ajudante de garçom por causa das encrencas que toda hora ele arranjava com esse cara. Era 1929, o ano em que a Taberna inaugurou. Ira ia tentar começar de baixo e subir de ajudante de garçom até garçom. Este era o objetivo. Eu o ajudei a conseguir o emprego. O italiano estava bêbado e acertou um golpe em Ira, mas Ira se atracou com o sujeito, tomou a pá da mão dele e acertou-a em cheio nos dentes do italiano. Depois arrastou o cara para trás da barraquinha de cachorro-quente do Millman, no fundo daquele estacionamento escuro feito breu. Naquele tempo, Nathan, quando queriam namorar, os rapazes estacionavam o carro e ficavam de agarramento com a namorada nos fundos da barraquinha do Millman. Pois foi ali que Ira acabou com o tal sujeito.

"O nome dele era Strollo. Strollo era o grande inimigo dos judeus na gangue dos escavadores de valas. '*Mazzu Crist, giude, maledett.*' Assassinos de Cristo, judeus desgraçados... essas coisas. Strollo se especializou nisso. Strollo era uns dez anos mais velho do que Ira, e não era pequeno, um cara grandalhão, quase do tamanho de Ira. Ira golpeou a cabeça dele até ficar inconsciente e o deixou ali no chão. Largou a pá de Strollo, voltou para a rua e retomou o caminho de casa, mas alguma coisa em Ira não estava satisfeita. Alguma coisa em Ira *nunca* ficava satisfeita. Tinha dezesseis anos, cheio de vigor e cheio de raiva, estava aceso, suado, agitado e nervoso, ele estava *entusiasmado*, e assim deu meia-volta e voltou até a barraquinha do Millman e bateu na cabeça de Strollo até o cara morrer."

A barraquinha do Millman era aonde Ira me levava para comer cachorro-quente depois que caminhávamos pelo parque Weequahic. O restaurante Taberna foi aonde Ira levara Eve para jantar com Murray e Doris na noite em que todos eles se encontraram. Isso foi em 1948. Vinte anos antes, Ira havia matado um homem ali mesmo. A cabana lá em Zinc Town, aquela cabana significava para Ira uma outra coisa que eu nunca havia compreendido. Ali foi o seu reformatório. A sua solitária.

— Onde o Boiardo entra nessa história?

— O irmão do Strollo trabalhava no Castle, o restaurante do Boiardo. Trabalhava na cozinha. Procurou o Boiardo e contou a ele o que tinha acontecido. A princípio, ninguém ligou Ira com o assassinato, porque ele já tinha deixado o distrito. Mas uns anos depois, eles todos estão atrás de Ira. Desconfiei que tivesse sido a polícia quem havia dedurado Ira para o Boiardo, mas eu nunca soube com certeza. Tudo o que eu sabia era que alguém veio a nossa casa e perguntou pelo meu irmão. Gatinho veio a minha casa. Cresci com o Gatinho. Gatinho controlava as apostas no jogo de dados no beco do Aqueduto. Controlava o jogo de *ziconette* nos fundos do Grande, até a polícia estourar o lugar. Eu jogava sinuca com o Gatinho, no Grande. Ganhou esse apelido porque começou a vida profissional como um gatuno e arrombador, rastejando nos telhados sem fazer barulho e entrando pelas janelas com o seu irmão mais velho, o Gatão. Na escola primária, os dois já saíam de noite para roubar. Quando se davam ao trabalho de ir à escola, dormiam sentados em suas carteiras e ninguém se atrevia a acordá-los. O Gatão morreu de causas naturais, mas o Gatinho bateu as botas em 1979 em grande estilo de gângster: foi encontrado em seu apartamento à beira-mar, em Long Branch, de roupão, com três balas calibre 32 na cabeça. No dia seguinte, Ritchie Boiardo disse a um dos seus cupinchas: 'Talvez tenha sido melhor assim... porque ele falava demais'.

"Gatinho queria saber onde estava meu irmão. Respondi que eu não via meu irmão fazia anos. E ele me disse: 'O Camarote está atrás dele'. Eles chamavam o Boiardo de Camarote porque fazia suas ligações num telefone público, naquilo que os italianos do Primeiro Distrito chamavam de camarote telefônico. 'Por quê?', perguntei a ele. 'Porque o Camarote dá proteção ao bairro. Porque o Camarote ajuda as pessoas quando elas precisam.' Isso era verdade. Boiardo circulava com um cinto com diamantes incrustados na fivela e era mais estimado até do que o padre muito santo que cuidava da paróquia. Avisei Ira acerca do Gatinho e passaram sete anos, era 1938, antes que nós o víssemos de novo."

— Então não foi por causa da Depressão que ele foi embora. Foi porque era um homem perseguido.

— Está espantado de saber disso? — perguntou-me Murray.
— Saber disso de alguém que você admirava tanto?

— Não — respondi. — Não estou espantado. Até faz sentido.
— Foi por isso que ele teve a crise nervosa. Foi por isso que acabou berrando em prantos na cama de Lorraine: 'Tudo deu errado'. A vida moldada para superar tudo aquilo havia desmoronado. Todo o seu esforço fora em vão. Ira foi trazido de volta ao caos onde tudo tinha começado.
— E o que era 'tudo aquilo'?
— Depois que voltou do exército, Ira queria ter a sua volta gente diante de quem ele não pudesse explodir. Saiu atrás dessas pessoas. A violência em Ira o apavorava. Vivia com o temor de que ela estourasse de novo e voltasse à tona. E eu também. Alguém que demonstrou tão cedo essa propensão para a violência, o que poderia detê-lo?

"Foi por isso que Ira quis casar. Foi por isso que Ira queria aquele filho. Foi por isso que aquele aborto o deixou em frangalhos. Foi por isso que ele veio ficar em nossa casa no dia em que descobriu o que estava por trás do aborto. E naquele mesmo dia ele conheceu você. Conheceu um garoto que era tudo o que ele nunca tinha sido e que tinha tudo o que ele nunca tivera. Ira não estava recrutando *você*. Talvez o seu pai pensasse assim, mas não era, você é que estava recrutando *Ira*. Quando Ira apareceu em Newark naquele dia, e o aborto ainda era uma ferida aberta para ele, você foi algo irresistível para Ira. Ele era o garoto de Newark que enxergava mal, que tinha um lar cruel e não recebeu instrução nenhuma. Você era o garoto de Newark bem nutrido, a quem deram tudo. Você era o príncipe Harold do sujeito. Você era Johnny O'Day Ringold, essa é que era a questão. Essa era a sua função, Nathan, soubesse você ou não. Ajudar Ira a se proteger da natureza dele, de toda a força que se abrigava naquele corpo enorme, de toda a raiva assassina. Essa foi a *minha* função a vida inteira. É a função de um monte de gente. Ira não era nenhuma raridade. Homens que fazem força para não serem violentos? Eis aí o 'aquilo tudo' de que falei. Eles estão por toda parte. Estão por todo lado."

— Ira matou o cara com uma pá. O que aconteceu depois? — perguntei. — O que aconteceu naquela noite?

— Eu não dava aula em Newark. Era 1929. O colégio Weequahic ainda não fora construído. Eu dava aula no colégio Irvington. Meu primeiro emprego. Eu alugava um quarto junto ao depósito de madeiras Solondz, perto da estrada de ferro. Eram umas quatro da manhã quando Ira apareceu. Eu estava no primeiro andar e ele bateu com os dedos na janela. Saí, dei uma olhada nos seus sapatos ensanguentados, na sua calça ensanguentada, nas suas mãos ensanguentadas e na sua cara ensanguentada, levei-o para aquele Ford velho que eu tinha e partimos. Eu nem sabia para onde eu estava indo. Qualquer lugar longe da polícia de Newark. Naquela hora, eu pensava nos canas, e não em Boiardo.

— Ele contou a você o que tinha feito?

— Contou, sim. Sabe a quem mais ele contou? Eve Frame. Anos depois. Durante o namoro deles. Naquele verão em que os dois ficaram sozinhos, juntos, em Nova York. Ira estava doido por ela, queria casar com ela, mas tinha de contar a verdade sobre quem ele tinha sido e as piores coisas que tinha feito. Se isso ia assustá-la, que assustasse, então, mas ele queria que Eve soubesse com quem ela estava se metendo, que ele tinha sido um homem violento, mas que esse homem violento fora abolido. Ira contou, porque pessoas que se regeneram por conta própria fazem essas confissões: assim ela poderia ajudá-lo a se manter na linha. Ira não entendeu, na ocasião, e não entendeu nunca, que um homem violento era aquilo de que Eve mais precisava.

"Cegamente, como era do seu feitio, Eve teve uma percepção, um lampejo interior. Ela precisava do bruto. Ela *clamava* pelo bruto. Quem melhor para protegê-la? Com um bruto, ela estaria segura. Isso explica por que ela pôde ficar com Pennington durante todos aqueles anos em que ele saía pegando rapazes e passando a noite com eles, entrando em casa por uma passagem lateral que ele mesmo mandara construir em seu escritório. Pennington construiu essa entrada a pedido de Eve, de modo que ela não tivesse de ouvi-lo chegar de volta de seus encontros clandestinos às quatro da madrugada. Isso explica por que ela se casou com Freedman. Explica os homens por quem se sentia atraída. Sua vida romântica consistia em trocar um bruto por outro. Se um bruto aparecesse, ele seria o primeiro da fila. Eve precisava do bruto para protegê-la e precisava do bruto para se manter intacável. Os seus brutos eram a garantia da sua preciosa inocência. Cair de joelhos diante deles e implorar era, para Eve, da máxima importância. Beleza e submissão, era disso que ela vivia, a sua chave para a catástrofe.

"Eve precisava do bruto para redimir a sua pureza, ao passo que o bruto precisa ser domado. Quem melhor para domesticá-lo do que a mulher mais doce do mundo? O que pode ser melhor para ensiná-lo a fazer cocô no quintal do que os jantares oferecidos aos seus amigos, a biblioteca com paredes forradas para os seus livros, e uma atriz gentil, com uma dicção maravilhosa, como esposa? Assim Ira contou a Eve a respeito do italiano e da pá, e ela chorou pelo que ele havia feito aos dezesseis anos de idade, pelo que ele tinha sofrido por causa disso, como tinha sobrevivido e como conseguira tão corajosamente transformar-se num homem perfeito e maravilhoso, e os dois se casaram.

"Quem sabe... Talvez ela pensasse que um ex-assassino fosse perfeito também por outro motivo: a um homem violento e assassino confesso, ela podia impor aquela presença inadmissível:

Sylphid. Um homem comum sairia correndo daquela pirralha. Mas um bruto? Este podia aguentar.

"Quando li pela primeira vez nos jornais que Eve estava escrevendo um livro, imaginei logo o pior. Veja, Ira tinha até contado a ela o nome do sujeito. O que poderia deter essa mulher que tinha, quando se julgava encurralada, o impulso de sair falando tudo para qualquer um, o que poderia impedi-la de gritar 'Strollo' do alto dos telhados? 'Strollo, Strollo, eu sei quem assassinou o cavador de valas Strollo!' Mas quando li o livro, não tinha nada sobre o assassinato. Ou ela nunca contou para Katrina e Bryden a respeito de Ira e Strollo, ou havia em Eve, afinal, algum escrúpulo, alguma noção do que gente como os Grant (mais alguns dos brutos de Eve) seria capaz de fazer com Ira, de posse de algo assim, ou ela esquecera o caso, do mesmo jeito que podia esquecer convenientemente qualquer fato desagradável. Eu nunca soube o que aconteceu. Talvez as duas coisas.

"Mas Ira tinha certeza de que aquilo ia ser divulgado. O mundo inteiro ia vê-lo como eu o tinha visto naquela noite quando o levei de carro até o condado de Sussex. Coberto pelo sangue de um homem morto. Com o sangue de um homem que ele havia assassinado na sua cara. E me dizendo com uma gargalhada, a gargalhada cacarejante de um garoto maluco: 'O Strollo levou uma trolha'.

"O que começou como um ato de autodefesa, Ira o transformou numa oportunidade de matar alguém. Ele soube aproveitar bem a situação. Autodefesa, o fato estimulante que proporciona uma oportunidade de assassinar. 'O Strollo levou uma trolha', me disse o meu irmão caçula. Ele gostou, Nathan.

"'E você, Ira, o que é que *você* levou?', perguntei. 'Sabe? Você pegou o caminho errado da bifurcação. Cometeu o maior erro da sua vida. Transformou tudo numa outra coisa. E por quê? Porque o cara atacou você? Pois bem, você acabou com ele! Acabou com ele feito um idiota. Você *obteve* a sua vitória. Redimiu sua raiva espancando o cara até ele virar uma geleia. Mas tornar a vitória *completa*, voltar lá e depois assassinar o sujeito... por quê? Porque ele disse alguma coisa antissemita? Isso exige que se mate o sujeito? Todo o peso da história dos judeus repousa nos ombros de Ira Ringold? Cascata! Você simplesmente fez uma coisa inextirpável, Ira, uma coisa cruel, insana e para sempre enraizada na sua vida. Esta noite você fez uma coisa que nunca poderá ser corrigida. Você não pode pedir desculpas publicamente por ter cometido um assassinato e com isso ficar tudo bem outra vez, Ira. *Nada* pode fazer ficar tudo bem outra vez com um assassinato. Nunca! O assassinato não só acaba com uma vida: acaba com *duas*. O assassinato acaba também com a vida do assassino! Você nunca vai conseguir se livrar desse segredo. Você vai para o cemitério com esse segredo. Você terá de ficar com ele para sempre!

"Veja, alguém comete um crime como um assassinato, e suponho que a dura realidade dostoievskiana venha logo cobrar a conta. Um intelectual, um professor de inglês, é de esperar que ele manifeste a devastação psicológica sobre a qual escreve Dostoiévski. Como a pessoa pode cometer um assassinato e não se sentir atormentada? Isso faz da pessoa um monstro, não é? Raskolnikov não mata a velha e depois sente como se estivesse tudo bem durante os vinte anos seguintes. Um assassino a sangue-frio com uma cabeça como a de Raskolnikov reflete sobre o seu sangue-frio a vida inteira. Mas Ira não era muito dado a reflexões, nunca foi. Ira era uma máquina de agir. Embora aquele crime tenha deixado Raskolnikov se remoendo por dentro... Bem, Ira pagou o tributo de um jeito diferente. A penitência que pagou, o modo como tentou fazer renascer sua vida, o jeito como baixou a cabeça e se conteve para se conservar na linha, não foi de maneira alguma a mesma.

"Olhe, não acreditei que ele fosse conseguir viver com isso, e nunca acreditei que *eu* fosse conseguir viver com isso. Viver com um irmão que tinha cometido um assassinato como aquele? Era de imaginar que, ou eu o repudiaria, ou então eu o obrigaria a confessar. A ideia de que eu conseguiria viver com um irmão assassino e simplesmente deixar para lá, que eu pudesse pensar que eu me havia desobrigado de meus deveres com a humanidade... O assassinato é uma coisa grave demais para isso. Mas foi exatamente isso o que fiz, Nathan. Deixei para lá.

"Mas, apesar de meu silêncio, nada menos do que vinte anos depois, a raiz da raiz de tudo estava prestes a ser exposta, afinal. A América ia ver o assassino frio que Ira era na realidade por baixo da cartola de Abraham Lincoln. A América ia descobrir que ele não era flor que se cheirasse.

"E Boiardo ia ter a *sua* vingança. Boiardo, nessa altura, havia se mudado de Newark para um *palazzo*-fortaleza nos subúrbios de Jersey, mas isso não significava que a mágoa dos Strollo contra Ira Ringold tinha sido esquecida pelos lugar-tenentes do Camarote, que tomavam conta do forte do Primeiro Distrito. Eu vivia com medo de que um malandro do salão de bilhar fosse se atracar com Ira, que a Máfia enviasse alguém para dar cabo dele, sobretudo depois que se tornou Iron Rinn. Sabe aquela noite em que ele nos levou à Taberna para jantar e nos apresentou a Eve, e Sam Teiger tirou nosso retrato e o pendurou depois no saguão do restaurante? Eu não gostei daquilo! O que podia ser pior? A que ponto ele, a heroica reinvenção de si mesmo a que chamava de Iron Rinn, poderia se embriagar de metamorfoses? Ele estava praticamente de volta ao local do crime e ainda por cima deixou que seus cornos fossem pendurados na parede do restaurante. Vai ver que *ele* tinha esquecido quem era e o que tinha feito, mas Boiardo ia lembrar e ia fuzilar Ira.

"Porém, em vez disso, um livro fez o serviço. Num país onde livro nenhum mudou absolutamente nada desde a publicação de *A cabana do Pai Tomás*. Um banal livro de fofocas do mundo dos espetáculos, escrito na moita por dois oportunistas que exploraram um fácil chamariz comercial com o nome de Eve Frame. Ira se livrou de Boiardo, mas não conseguiu tirar de cena os Van Tassel Grant. Não foi nenhum malandro despachado pelo Camarote quem deu cabo de Ira, mas sim um colunista de fofocas.

"Em todos os meus anos com Doris, nunca contei a ela a respeito de Ira. Mas na manhã em que voltei de Zinc Town com a arma dele e as suas facas, fiquei tentado a contar. Eram umas cinco da manhã quando ele me entregou tudo. Peguei o carro e fui direto para a escola naquela manhã, com toda aquela tralha debaixo do banco da frente do meu carro. Não consegui dar aula naquele dia, eu não conseguia pensar. Eu não consegui dormir naquela noite. Foi quando eu quase contei tudo para Doris. Tomei dele a arma e as facas, mas eu sabia que isso não era o final da história. De um jeito ou de outro, Ira ia acabar matando Eve.

"'E assim a roda do tempo traz as suas vinganças.' Um trecho de prosa. Reconhece? Do último ato de *Noite de Reis*. Feste, o bobo, diz para Malvolio, pouco antes de Feste cantar aquela linda canção: 'Faz muito tempo, o mundo começou/ com *eia-upa*, o vento e a chuva', e aí a peça termina. Eu não consegui tirar essa passagem da minha cabeça. 'E assim a roda do tempo traz as suas vinganças.' As criptográficas letras *g* do original, a sutileza do seu abrandamento, esses duros '*g*' em '*whirligig*' [roda] seguido pela nasalidade de '*brings*' [traz], seguido pelo *g* brando de '*revenges*' [vinganças]. Esses '*ss*' no final... '*thus brings his revenges*'. Guê. Jê. Zê. Consoantes espetando em mim feito agulhas. E as vogais pulsantes, a onda ascendente do timbre das vogais, fui tragado por tudo isso. As vogais de timbre grave dando lugar às de timbre agudo. As vogais baixo e tenor dando lugar às vogais contralto. O prolongamento afirmativo da vogal *i* imediatamente antes de o ritmo mudar do iâmbico para o trocaico, e a prosa ali de tocaia depois da curva para dar o troco. *I* breve, *i* breve, *i* longo. *I* breve, *i* breve, *i* longo, bum! Vingança. Traz suas vinganças. *Suas* [*his*] vinganças. Sibilantes. *Hizzzzzuh*! De volta para Newark com as armas de Ira no meu carro, aquelas dez palavras, a tecedura fonética, a onisciência da colcha inteira... Eu sentia que me estava asfixiando dentro de Shakespeare.

"Saí de novo na tarde seguinte, fui de carro outra vez para lá depois da escola. 'Ira', falei. 'Não consegui dormir na noite passada e não consegui dar aula para a garotada o dia todo porque sei que você não vai desistir até ter lançado sobre si mesmo um horror que vai muito além de ser incluído numa lista negra. Um dia, essa história de listas negras vai acabar. Este país pode até vir a criar indenizações para as pessoas que foram usadas como você, mas se você for para a cadeia por assassinato... Ira, em que você está pensando agora?'

"De novo, levei metade da noite para descobrir e, quando enfim ele me contou, falei: 'Vou ligar para os médicos no hospital, Ira. Vou pegar uma ordem judicial. Desta vez você vai ficar internado para sempre. Vou cuidar para que você fique confinado num hospital de doentes mentais pelo resto da vida'.

"Ele ia garrotear Eve. *E* a filha. Ele ia garrotear as duas com as cordas da harpa. Já tinha o alicate de cortar arames. Ele falava a sério. Ia cortar as cordas da harpa, amarrar em volta do pescoço delas e estrangular as duas até morrerem.

"Na manhã seguinte, voltei para Newark com o *alicate de cortar arame*. Mas não adiantava, eu sabia disso. Vim para casa depois da aula e contei a Doris o que acontecera, e foi então que contei a ela sobre o assassinato. Disse a ela: 'Eu devia ter deixado que o metessem em cana. Eu devia ter entregado Ira à polícia e deixar que a lei fizesse o que a lei faz'. Contei a Doris que, quando deixei Ira pela manhã, lhe disse: 'Ira, Eve vai ter de aguentar aquela filha pelo resto da vida. É o castigo dela, um castigo terrível, e um castigo que ela mesma trouxe para si'. E Ira riu: 'Claro, é um castigo terrível', disse ele, 'mas não é terrível o bastante'.

"Em todos aqueles anos que lidei com o meu irmão, aquela foi a primeira vez em que sucumbi. Contei tudo a Doris e sucumbi. O que eu disse a ela não foi da boca para fora. Por um enrolado sentido de lealdade, eu tinha feito a coisa errada. Vi meu irmão caçula coberto de sangue e o coloquei no carro, eu tinha vinte e dois anos e fiz a coisa errada. E agora, como a roda do tempo traz as suas vinganças, Ira ia matar Eve Frame. A única coisa que sobrou para fazer era procurar Eve e dizer a ela para sair da cidade e levar Sylphid. Mas eu não podia. Eu não podia chegar para ela e aquela filha dela e dizer: 'Meu irmão está em pé de guerra, é melhor vocês duas se esconderem'.

"Fui derrotado. Passei a vida toda ensinando a mim mesmo a ser sensato em face da insensatez, ensinando o que eu gostava de chamar de vigilante senso prático, ensinando a mim mesmo e ensinando a meus alunos e ensinando a minha filha e tentando ensinar a meu irmão. E fracassei. Era impossível *desirar* o Ira. Ser sensato em face da insensatez era impossível. Eu já provara isso em 1929. E agora era 1952, eu tinha quarenta e cinco anos e era como se os anos precedentes tivessem passado em brancas nuvens. Havia o meu irmão caçula com toda a sua força e toda a sua raiva mais uma vez disposto a assassinar, e de novo eu seria cúmplice do crime. Depois de tudo, de tudo o que ele havia feito, de tudo o que nós *todos* havíamos feito, Ira ia de novo atravessar a fronteira."

* * *

— Quando contei isso para Doris, ela entrou no carro e foi até Zinc Town. Doris tomou as rédeas da situação. Ela possuía esse tipo de autoridade. Quando ela voltou, disse: 'Ira não vai matar ninguém. Não pense que eu não *gostaria* que ele matasse Eve. Só que ele não vai fazer isso'. 'E o que é que ele vai fazer?' 'Fizemos um trato. Ele vai chamar seus cupinchas.' 'O que isso quer dizer?' 'Ira vai procurar uns amigos dele.' 'Do que você está falando? Não se refere por acaso a gângsteres?' 'Eu me refiro a jornalistas. Seus amigos jornalistas. *Eles* vão destruir Eve. Você deixou Ira sozinho. Eu tomei Ira a meu encargo.'

"Por que ele deu ouvidos a Doris e não a mim? Como ela o convenceu? Quem pode saber por quê? Doris tinha um jeito de lidar com o Ira. Doris tinha uma esperteza só dela e eu deixei Ira por sua conta."

— Quem eram os jornalistas? — perguntei.

— Jornalistas com simpatias pela esquerda — respondeu Murray. — Havia uma porção. Caras que admiravam Ira, o homem do povo culturalmente autêntico. Ira carregava um peso enorme aos olhos dessa gente por causa de suas credenciais de operário. Por causa de suas batalhas no sindicato. Eles iam à casa de Ira muitas vezes, para aquelas *soirées*.

— E eles fizeram isso mesmo?

— Fizeram picadinho de Eve. Um serviço de primeira. Mostraram como todo o livro dela tinha sido inventado. Que Ira nunca tinha sido comunista. Que ele nada tinha a ver com os comunistas. Que o plano comunista para se infiltrar no rádio era uma estapafúrdia mixórdia de mentiras. O que não abalou nem um pouco a confiança de Joe McCarthy ou de Richard Nixon ou de Bryden Grant, mas podia e ia destruir Eve no mundo do entretenimento de Nova York. Era um mundo ultraliberal. Pense só na situação. Tudo quanto é jornalista chega perto dela, anota todas as palavras de Eve em seu caderninho e as reproduz nos jornais. Grande rede de espionagem no rádio de Nova York. O chefe da rede é o marido dela. A Legião Americana a apoia, pede que Eve se una a eles. Uma organização chamada Cruzada Cristã a apoia, um grupo religioso anticomunista. Reproduzem capítulos de seu livro na sua revista mensal. Sai uma matéria festejando Eve no *Saturday Evening Post*. A revista *Reader's Digest* condensa uma parte do seu livro, é o tipo de coisa que eles adoram, e isso, junto com a matéria do *Post*, põe Ira na sala de espera de todos os médicos e dentistas da América. Todo mundo quer que Eve diga alguma coisa. Todo mundo quer falar com Eve, mas aí o tempo passa e não há mais jornalista nenhum, ninguém está mais comprando o livro dela e aos poucos ninguém mais quer falar com Eve.

"No início, ninguém questiona Eve. Não questionam a estatura de uma atriz famosa que parece tão frágil e que vem a público com aquela cascata para tapear todo mundo. *L'affair* Frame não despertava nas pessoas pensamentos bonitos. O partido mandou Ira se casar com Eve? Esse foi o seu sacrifício em nome do partido? Até *isso* eles aceitavam sem questionar. Qualquer coisa que sirva para despir a vida de suas incongruências, de seus contrassensos, de suas confusas contingências e, em vez disso, impor à vida a simplificação que cria a coerência e que deturpa tudo. Aí o partido mandou Ira se casar. Tudo não passa de uma conspiração do partido. Como se Ira não tivesse o talento de cometer esse erro por conta própria. Como se Ira precisasse do Comintern para ajudá-lo a planejar um casamento ruim.

"Comunista, comunista, comunista, e ninguém na América tinha a mínima ideia do que diabo vinha a ser um comunista. O que eles faziam, o que diziam, qual a sua aparência. Quando estavam juntos, falavam russo, chinês, ídiche, esperanto? Preparavam bombas? Ninguém sabia, razão pela qual era tão fácil explorar a ameaça como fez o livro de Eve. Mas então os jornalistas de Ira puseram mãos à obra e as matérias começaram a aparecer, na *Nation, Reporter, New Republic*, fazendo picadinho de Eve. A máquina de publicidade que Eve pôs em movimento nem sempre vai na direção que se espera. Toma sua própria direção. A máquina de publicidade com que ela queria destruir Ira começou a se voltar contra a própria Eve. Tinha de ser assim. Isto é a América. No instante em que a gente liga essa máquina de publicidade, nenhum outro fim é possível a não ser a catástrofe para todo mundo.

"Provavelmente o que a desnorteou, o que mais debilitou Eve, foi o que aconteceu logo no início da contraofensiva de Ira, antes que ela tivesse sequer a chance de entender o que se passava ou antes de alguma outra pessoa poder vir em seu auxílio e lhe dizer o que não se deve fazer numa batalha como aquela. Bryden Grant tomou conhecimento do ataque da *Nation*, o primeiro ataque, quando ainda estava nas provas tipográficas. Por que Grant deveria dar ao que escreviam na *Nation* mais importância do que ao que escreviam no *Pravda*? O que mais era de esperar que escrevessem na *Nation*? Mas a secretária dele mandou a prova tipográfica para Eve e ela obviamente ligou para o seu advogado e disse que queria que um juiz assinasse um mandado judicial para impedir a *Nation* de publicar a matéria: tudo no texto era malicioso e falso, mentiras destinadas a destruir o nome dela, a sua carreira e a sua reputação. Mas um mandado assim era um ato de censura e nenhum juiz poderia fazer isso legalmente. *Depois* que a coisa saísse publicada, Eve poderia abrir um processo por calúnia, mas isso não a deixou satisfeita, já seria tarde demais, Eve já estaria arruinada, portanto foi direto à redação da *Nation* e pediu para falar com o autor. Tratava-se de L. J. Podell. O cavador de escândalos e destruidor de reputações oficial da *Nation*, Jack Podell. As pessoas tinham medo dele, e tinham bons motivos para isso. Podell ainda era preferível a Ira com uma pá nas mãos, embora não muito.

"Eve entrou no escritório de Podell e ali teve lugar uma Grande Cena, uma cena digna de ganhar o prêmio da Academia. Eve disse a Podell que o artigo estava repleto de mentiras, tudo nele eram mentiras pérfidas, e sabe qual era a mais pérfida de todas as mentiras? Em todo aquele artigo? Podell identificava Eve como uma judia disfarçada. Ele escreveu que foi ao Brooklyn e descobriu a história verdadeira de Eve. Disse que ela era Chava Fromkin, nascida em Brownsville, no Brooklyn, em 1907, cresceu na esquina das ruas Hopkinson e Sutter e seu pai era um imigrante pobre, pintor de paredes, um judeu polonês sem nenhuma instrução, que pintava casas. Contou que ninguém na família de Eve falava inglês, nem seu pai, nem sua mãe, nem mesmo a irmã e o irmão mais velhos. Ambos nasceram muitos anos antes de Eve, em seu velho país. Exceto Chava, todos só falavam ídiche.

"Podell desencavou até o primeiro marido, Mueller, o rapaz que era ajudante de garçom em Jersey, o ex-marinheiro com quem ela se casara aos dezesseis anos. Ele ainda morava na Califórnia, aposentado por invalidez, um policial com problemas no coração, uma esposa e dois filhos, um sujeito boa-praça que nada tinha a dizer sobre Chava senão coisas simpáticas. Que era uma menina linda. Que era uma menina despachada. Uma verdadeira brigona de rua, por incrível que pareça. Que ela o deixou, contou Mueller, não porque ela nem de longe fosse capaz de amar o babacão com quem ela quis casar, na época, mas porque, conforme ele já sabia o tempo todo, ele era o passaporte para Eve sair do Brooklyn. Sabendo disso e gostando dela, Mueller nunca se pôs no seu caminho, contou ele para Podell, nunca voltou para lhe arrancar algum dinheiro, mesmo depois de ela ter se dado bem na vida. Podell chegou até a conseguir umas fotos velhas, fotos que Mueller (em troca de uma quantia não revelada) gentilmente entregou a ele. Podell mostrou as fotos para Eve: Chava e Mueller numa praia deserta em Malibu, o grande e estrondoso Pacífico atrás deles, dois jovens bonitos, saudáveis, radiantes, vigorosos em seus trajes de banho dos anos 20, prontos e ávidos para dar o grande salto no escuro. Fotos que acabaram reproduzidas na revista *Confidential*.

"Todavia, Podell nunca atuara no ramo de desmascarar quem era judeu e escondia isso dos outros. Ele mesmo era um judeu indiferente e Deus sabe que Podell nunca deu nenhum apoio a Israel. Mas ali estava alguém que mentia a respeito da sua origem e de toda a sua vida, e agora mentia também a respeito de Ira. Podell dispunha de declarações comprobatórias de uma porção de idosos do Brooklyn, gente que se dizia vizinha, parente, e Eve disse que tudo não passava de fofoca cretina e que se ele publicasse como verdadeiras as coisas que aquela gente burra inventava sobre uma pessoa que era famosa, ela ia processar a revista até dar cabo da sua existência e ia processar a ele pessoalmente até deixá-lo sem um centavo sequer.

"Alguém lá na revista tinha uma câmera, entrou no escritório de Podell e tirou uma fotografia da ex-grande estrela de cinema bem na hora em que lembrava a Podell o que ela era capaz de fazer com ele. Bem, qualquer gota de autocontrole que ainda restasse nas veias de Eve se dissipou, a aparência racional, tal como se mostrava, se evaporou e ela saiu às pressas pelo corredor soluçando, e lá estava o editor-chefe, ele levou Eve a seu gabinete, ela se sentou e ele disse: 'Você não é Eve Frame? Sou um grande admirador seu. Qual foi o problema? O que posso fazer para ajudá-la?'. E Eve contou. 'Ah, puxa vida', disse ele, 'isso não está bem.' Ele a acalma e pergunta o que ela gostaria que fosse modificado no artigo, e Eve responde que ela nasceu em New Bedford, Massachusetts, numa antiga família de marinheiros, seu bisavô e seu avô foram capitães de um clíper do norte dos EUA e, embora seus pais não fossem ricos de maneira nenhuma, após a morte do pai, um advogado de patentes, quando Eve ainda era criança, sua mãe abriu um salão de chá muito bonito. O editor-chefe disse a Eve que tinha ficado muito feliz de saber a verdade. Garantiu a Eve, enquanto a embarcava num táxi, que cuidaria para que tudo o que ela havia dito fosse publicado na revista. E Podell, que estivera do lado de fora do gabinete do editor-chefe anotando cada palavra que Eve dizia, fez exatamente isso: publicou tudo na revista.

"Depois que ela saiu, Podell voltou a seu artigo e introduziu no texto todo o incidente, a visita à redação da revista, a Grande Cena, tudo, sem tirar nem pôr. Um demolidor implacável com a sua marreta, invulgarmente afeiçoado a esse tipo de esporte, e que ainda por cima gostava de Ira e não gostava nem um pouco de Eve. Registrou minuciosamente todos os detalhes da história de New Bedford e pôs isso como encerramento do artigo. Os outros jornalistas que escreveram suas matérias depois de Podell partiram daí, e isso se tornou um outro tema das matérias contra Eve, mais uma razão para ela se voltar contra Ira, que não só nada tinha de comunista como era também um judeu praticante e orgulhoso de suas origens etc. O que eles chamaram de Ira tinha tão pouca relação com Ira quanto aquilo que Eve chamara de Ira. Depois que todos esses intelectos ferozes, com a sua estrita fidelidade aos fatos, terminaram o serviço com Eve, seria preciso um microscópio para descobrir, onde quer que fosse, alguma coisa da verdade feia que *era* de fato a história de Ira e Eve.

"Em Manhattan, começa o ostracismo. Ela começa a perder amigos. As pessoas não vêm às festas. Ninguém telefona para ela.

Ninguém quer conversar com ela. Ninguém mais acredita em Eve. Ela destruiu o marido com mentiras? O que isso revela acerca de suas qualidades humanas? Aos poucos, não tem mais trabalho para ela. O drama radiofônico está nos seus estertores, primeiro esmagado pelas listas negras e depois, pela tevê. Eve andou engordando e a televisão não está interessada nela.

"Eu a vi só duas vezes na tevê. Acho que foram as duas únicas vezes em que ela apareceu na televisão. Na primeira vez em que a vimos, Doris ficou espantada. Mas agradavelmente. Doris disse: 'Sabe com quem ela está parecendo agora que está com esse corpo assim estufado? Com a senhora Goldberg, da avenida Tremont, no Bronx'. Lembra-se de Molly Goldberg, em *The Goldbergs*? Com o marido, Jake, e seus filhos, Rosalie e Samily? Philip Loeb. Lembra-se de Philip Loeb? Por acaso você o conheceu por intermédio de Ira? Ira o trouxe um dia a nossa casa. Phil fez o papel de Papa Jake em *The Goldbergs* durante anos e anos, desde a década de 30, quando o programa começou a ir ao ar no rádio. Em 1950, demitiram o Phil do programa de tevê porque o nome dele estava na lista negra. Não conseguia arranjar trabalho, não conseguia pagar as contas, não conseguia pagar as dívidas, assim, em 1955, Phil Loeb se hospedou no Hotel Taft e se matou com pílulas para dormir.

"Os dois papéis que Eve representou eram de mãe. Uma coisa horrorosa. Na Broadway, ela sempre fora uma atriz inteligente, delicada, serena, e agora vivia chorando e andando aos trambolhões para lá e para cá, infelizmente representando um papel muito parecido com o dela mesma. Mas nessa altura ela devia estar tendo de se virar sozinha, sem ninguém para lhe dar qualquer orientação. Os Grant estavam lá em Washington e não tinham tempo para ela, e assim tudo o que Eve tinha era Sylphid.

"E isso também não durou muito. Uma sexta-feira à noite, ela e Sylphid apareceram juntas num programa de televisão muito popular na época. Chamado *A maçã e a árvore*. Lembra? Um programa semanal de meia hora sobre crianças que herdaram dos pais algum tipo de talento, gosto ou profissão. Cientistas, gente do mundo artístico, dos espetáculos, atletas. Lorraine gostava de assistir e às vezes nós também víamos com ela. Era um programa razoável, divertido, simpático, às vezes até interessante, mas coisa muito ligeira mesmo, entretenimento muito ligeiro. Mas não quando os convidados foram Eve e Sylphid. Elas tiveram de apresentar ao público sua versão expurgada de *Rei Lear*, com Sylphid no papel de Goneril e Regan.

"Lembro-me de Doris me dizer: 'Ela leu bastante e compreendeu todos aqueles livros. Ela leu bastante e compreendeu todos aqueles papéis que representou. Será tão difícil assim para ela pôr algum juízo na cabeça? O que transforma alguém tão experiente numa idiota incorrigível? Como é que pode ter quarenta e tantos anos, conseguir tanta coisa na vida e ser assim tão obtusa?'.

"O que me interessou foi que, depois de publicar e promover *Casei com um comunista*, Eve, nem por um segundo, sequer de passagem, confessou o seu ódio. Talvez nessa altura ela já tivesse, convenientemente, esquecido o livro e tudo o que ele tinha provocado. Talvez aquela fosse a versão pré-Grant, pré-monstro, que agora vinha à tona, a história de Ira contada por Eve antes de ser adequadamente Van-Tasselada. Mas a meia-volta que ela conseguiu dar ao recontar a sua história ainda era uma coisa digna de se ver.

"Tudo o que Eve sabia falar na televisão era como fora apaixonada por Ira, e como fora feliz com Ira, e como seu casamento foi destruído unicamente pelo pérfido comunismo do marido. Ela chegou a chorar, um momento, por causa de toda a felicidade que o pérfido comunismo havia arruinado. Lembro-me de Doris se levantando e se afastando do televisor, depois voltando, sentando e ficando cada vez mais irritada. Depois ela me disse: 'Ver Eve chorar desse jeito na tevê, isso me choca quase tanto como se ela tivesse incontinência urinária. Será que não pode parar de chorar uns dois minutos? Ela é uma atriz, pelo amor de Deus. Será que não pode fingir que tem a idade que tem?'.

"E assim a câmera mostrou a inocente esposa do comunista chorar, todo o público da tevê viu a inocente esposa do comunista chorar, e aí a inocente esposa do comunista enxugou os olhos e, olhando nervosa para a filha a cada dois segundos em busca de aprovação, ou melhor, de *autorização*, deixou claro que tudo entre ela e Sylphid corria às mil maravilhas outra vez, a paz restabelecida, o que passou, todo o seu antigo amor e a sua antiga lealdade restaurados. Agora que o comunista fora extirpado, não existia família mais unida, não existia família mais harmoniosa, deste lado de A *família Robinson*.

"E toda vez que Eve tentava sorrir para Sylphid com aquele sorriso adesivo colado na cara, e tentava olhar para ela com a expressão mais penosamente hesitante do mundo estampada nos olhos, um olhar que simplesmente implorava que Sylphid dissesse, 'Sim, mãe, eu amo você, é verdade', um olhar que descaradamente suplicava, 'Diga isso, minha querida, pelo menos aqui na televisão', Sylphid caía fora daquele jogo, ou olhando de cara feia para a mãe, ou com ar de desdém, ou irritadamente lançando por terra todas as palavras que Eve tinha dito. Teve uma hora em que até Lorraine não conseguiu mais suportar. De repente, aquela menina gritou para a tela do televisor: 'Mostrem algum amor, vocês duas!'.

"Sylphid não demonstrou nem por uma fração de segundo qualquer sombra de afeição em que aquela mulher patética pudesse se agarrar. Nem um pingo de generosidade, muito menos de compreensão. Nem uma deixa conciliatória. Não sou criança, não falo de amor. Nem sequer falo de felicidade, harmonia ou amizade. Só de submissão. O que entendi ao assistir àquele programa foi que aquela moça *jamais* poderia ter amado sua mãe. Porque, se você ama a mãe, por pouco que seja, é capaz de às vezes pensar nela como *outra pessoa* que não a sua mãe. Você pensa na felicidade e na infelicidade dela. Pensa na saúde dela. Pensa na solidão dela. Pensa na *loucura* dela. Mas aquela moça não tinha imaginação para nada disso. A filha não tinha nenhuma compreensão do que é a vida de uma mulher. Tudo o que ela tem é o seu *J'accuse*. Tudo o que ela quer é pôr a mãe para ser julgada diante da nação inteira, dar à mãe uma imagem terrível em todos os aspectos. A trituração pública dos ossos da mamãe.

"Jamais esquecerei aquela imagem: Eve olhando toda hora para Sylphid como se a ideia inteira de si mesma e de seu valor derivasse da filha que era o juiz mais implacável que se podia imaginar de cada erro da mãe. Você devia ter visto o escárnio na cara de Sylphid, caçoando da mãe com todas as caretas de desdém que existem, espezinhando a mãe com todos os esgares, torcendo a cara para a mãe em público. Finalmente ela havia conseguido um fórum para a sua raiva. Dar uma rasteira na sua mãe famosa em plena tevê. Seu poder residia em dizer, com o seu risinho de sarcasmo: 'Você, que era tão admirada, não passa de uma mulher burra'. Nada muito generoso. O tipo de coisa que a maioria dos filhos põe em prática aos dezoito anos. Revelar o seu íntimo com ferocidade. A gente sente que há nisso um prazer sexual quando acontece numa idade já mais avançada. Aquele programa fazia a gente sorrir com escárnio: o histrionismo da incapacidade da mãe para se defender não era menos notável do que o inexorável porrete do rancor da filha. Mas a máscara do rosto de Eve era o mais apavorante. A máscara mais infeliz que se pode imaginar. Entendi então que não havia sobrado nada dela. Eve parecia mesmo aniquilada.

"Afinal, o apresentador do programa mencionou o recital que Sylphid daria em breve no Town Hall, e Sylphid sentou-se e tocou harpa. *Pronto*, foi por isso que Eve aceitou se degradar publicamente daquele modo na televisão. É claro, em proveito da carreira de Sylphid. Poderia existir alguma metáfora melhor do que essa para o relacionamento entre elas, pensei, algo melhor do que Eve chorando em público por causa de tudo o que perdeu enquanto a filha que não se importava tocava harpa e badalava o seu recital?

"Alguns anos depois, a filha a abandonou. Quando a mãe estava afundando e mais precisava da filha, Sylphid descobriu a sua independência. Aos trinta anos, Sylphid decidiu que não era bom para o bem-estar emocional de uma filha viver em casa entrelaçada com uma mãe de meia-idade que a põe na cama para dormir todas as noites. Enquanto a maioria dos filhos deixa os pais aos dezoito ou vinte anos e depois, na hora certa, se reconcilia com os pais, que estão envelhecendo, e tentam lhes dar uma força, Sylphid preferiu cair fora de um jeito muito diferente. Pelas melhores razões psicológicas modernas, Sylphid foi para a França morar com o pai.

"Pennington já estava doente, a essa altura. Poucos anos depois, morreu. Cirrose hepática. Sylphid herdou a casa de campo, os carros, os gatos e a fortuna da família Pennington. Sylphid se apoderou de tudo, inclusive do bonito motorista italiano de Pennington, com quem casou. Sim, Sylphid casou. Chegou até a ter um filho. Aí está a lógica da realidade, para o seu governo. Sylphid Pennington virou mãe. Uma bomba nos tabloides daqui por causa de uma interminável pendenga judicial iniciada por um famoso e renitente encrenqueiro francês, esqueci o nome, alguém que tinha sido amante de Pennington por um longo período, muito tempo antes. Ele alegou que o motorista era um trambiqueiro, um caçador de fortunas que só recentemente havia entrado em cena, que também tinha sido amante eventual de Pennington e de algum jeito tinha fraudado e mutretado o testamento.

"Quando Sylphid partiu de Nova York para começar a vida na França, Eve Frame era uma alcoólatra incurável. Teve de vender a casa. Morreu em estupor alcoólico num quarto de hotel em Manhattan em 1962, dez anos depois do livro. Esquecida. Cinquenta e cinco anos de idade. Dois anos depois, Ira morreu. Cinquenta e um. Mas viveu para ver Eve sofrer. E não pense que ele não gostou. Não pense que ele não gostou de ver Sylphid ir embora. 'Onde está a filha adorável de que todos nós tanto ouvimos falar? Onde está a filha para dizer: *Mamãe, vou ajudar você?* Deu no pé!'

"A morte de Eve pôs Ira de novo em contato com as satisfações primárias, desencadeou o princípio do prazer do escavador de valas. Quando todo o aparato da respeitabilidade, quando toda a construção social que civiliza é removida de alguém que brilhou na maior parte da vida graças aos seus impulsos, o que ocorre é um gêiser, não é? Começa a esguichar. Ver o seu inimigo destruído, o que poderia ser melhor? Claro, levou um pouco mais de tempo do que ele desejava e, é claro, dessa vez não foi ele mesmo que agiu, não sentiu o sangue espirrar quente na sua cara, mas, somando tudo, nunca vi Ira desfrutar alguma coisa mais intensamente do que a morte de Eve.

"Sabe o que Ira disse quando ela morreu? A mesma coisa que disse na noite em que matou o italiano e organizamos a sua fuga. Ele me disse: 'O Strollo levou uma trolha'. A primeira vez que Ira pronunciou esse nome para mim em trinta anos. 'O Strollo levou uma trolha.' E depois Ira desatou a sua gargalhada cacarejante de criança maluca. A gargalhada do tipo deixa-só-eles-tentarem-vir-me-sacanear. Aquela gargalhada desafiadora que eu ainda lembrava de 1929."

Ajudei Murray a descer os três degraus da varanda e o guiei no escuro ao longo da trilha até onde meu carro estava estacionado. Ficamos calados enquanto oscilávamos nas curvas da estrada na montanha, passamos pelo lago Madamaska e entramos em Athena. Quando olhei para ele, vi que sua cabeça estava tombada para trás e seus olhos, fechados. Primeiro pensei que tivesse adormecido e depois me perguntei se não estaria morto, se, depois de ter lembrado toda a história de Ira, depois de ouvir a si mesmo *contar* a história inteira de Ira, a vontade de ir adiante não se teria apagado, mesmo naquele homem de suprema resistência. E aí recordei-me dele de novo lendo para os alunos na aula de inglês, sentado na quina da escrivaninha, mas sem o temível apagador de quadro-negro, lendo para nós cenas de *Macbeth*, simulando todas as vozes dos personagens, sem medo de ser dramático e de representar, e eu mesmo ficando impressionado de ver quanto a literatura parecia viril nessa sua encenação. Lembrei-me de ouvir o sr. Ringold ler a cena do final do quarto ato de *Macbeth*, quando Macduff sabe por intermédio de Ross que Macbeth chacinou a família de Macduff, meu primeiro encontro com um estado espiritual que é estético e suplanta tudo o mais.

No papel de Ross, ele leu: "Seu castelo foi tomado de assalto; sua esposa e filhos/ Barbaramente massacrados...'. Em seguida, após um longo silêncio em que Macduff ao mesmo tempo compreende e não consegue compreender, ele leu no papel de Macduff, sereno, impassível, em sua réplica, quase como uma criança, ele também: "Meus filhos também?". "Esposa, filhos, criados", responde o senhor Ringold-Ross, "todos/ Os que puderam encontrar." O sr. Ringold-Macduff fica mudo outra vez. E os alunos também: enquanto turma, os alunos não estão agora na sala. Tudo se dissipou, salvo as palavras de descrença que virão a seguir. Sr. Ringold-Macduff: "Minha esposa, também assassinada?". Sr. Ringold-Ross: "Eu já disse". O grande relógio faz tiquetaque rumo às duas e meia no alto da parede da sala. Lá fora, um ônibus número 14 vai subindo arfante a ladeira da avenida Chancellor. Faltam só alguns minutos para o fim da oitava aula e do longo dia na escola. Mas tudo o que importa — e importa mais do que aquilo que vai acontecer depois da aula ou mesmo no futuro — é quando o sr. Ringold-Macduff vai apreender o incompreensível. "Ele não tem filhos", diz o sr. Ringold. De quem está falando? Quem é que não tem filhos? Alguns anos depois, tomei conhecimento da interpretação padrão, segundo a qual é de Macbeth que Macduff está falando, Macbeth é o "ele" que não tem filhos. Porém, lido pelo sr. Ringold, o "ele" a quem Macduff se refere é, aterradoramente, o próprio Macduff. "Todos os meus queridos?/ Você disse todos?... Todos?/ Os meus lindos pequeninos e sua mãe/ Lançados por terra de um só golpe?" E agora fala Malcom, sr. Ringold-Malcolm, asperamente, como que para despertar Macduff: "Lute como um homem". "É o que farei", responde o sr. Ringold-Macduff.

Em seguida, a fala simples que se repetiria, na voz de Murray Ringold, cem vezes, mil vezes, pelo resto da minha vida: "Mas é preciso que eu também o sinta como um homem". [*But I must also feel it as a man.*]

— Dez sílabas — diz o sr. Ringold na aula do dia seguinte — e é tudo. Dez sílabas, cinco acentos, um pentâmetro... nove palavras, o terceiro acento iâmbico recai, perfeita e naturalmente, na quinta palavra, a mais importante... oito monossílabos e uma única palavra de duas sílabas, uma das palavras mais usadas, banais e corriqueiras do inglês cotidiano... e mesmo assim, somando tudo, e indo ao que interessa, quanta força! Simples, simples, e igual a um martelo!

"Mas é preciso que eu também o sinta como um homem", e o sr. Ringold fecha o grande livro das peças de Shakespeare, e diz para nós, como faz ao fim de todas as aulas: "A gente se vê depois", e sai da sala.

Quando chegamos a Athena, os olhos de Murray estavam abertos e ele dizia:

— Aqui estou eu ao lado de um ex-aluno famoso e nem deixei o cara falar. Nem perguntei como é que ele vai.

— Fica para a próxima.

— Por que você vive lá longe, sozinho desse jeito? Por que não está no centro do mundo?

— Prefiro assim — respondi.

— Não, eu vi como você me escutava. Não creio que você prefira assim. Não creio nem por um momento que a exuberância se acabou. Você era assim, quando criança. Era por isso que eu gostava tanto de você: você prestava atenção. E ainda presta. Mas o que há aqui para prestar atenção? Você devia sair dessa, seja qual for o problema. Ceder à tentação de se render não é inteligente. Numa certa idade, isso pode dar cabo da gente que nem uma doença qualquer. Você quer mesmo acabar com tudo antes de sua hora ter soado? Cuidado com a utopia do isolamento. Cuidado com a utopia da cabana no meio do mato, o oásis defensivo contra a raiva e a mágoa. Uma solidão inexpugnável. Foi assim que a vida terminou para Ira, e muito antes do dia em que ele caiu duro.

Estacionei numa das ruas da universidade e caminhei com ele pela trilha até o dormitório. Eram quase três da madrugada e todos os quartos estavam apagados. Murray era provavelmente o último dos alunos idosos a partir e o único que ainda dormiria ali naquela noite. Lamentei não o ter convidado para ficar comigo. Mas também não tive coragem para isso. Ter alguém dormindo por perto, ao alcance dos olhos ou dos ouvidos ou do olfato, teria quebrado uma cadeia de restrições que não fora nada fácil forjar.

— Vou até Jersey um dia desses visitar você — falei.

— Nesse caso, você vai ter de ir até o Arizona. Faz muito tempo que não moro mais em Jersey. Estou no Arizona há muito tempo. Pertenço ao clube do livro de uma igreja administrada pelos unitaristas; afora isso, não acontece nada. Não é o melhor lugar do mundo, se você tem alguma coisa na cabeça, mas acontece que eu também tenho outros problemas. Fico amanhã em Nova York e no dia seguinte parto de avião para Phoenix. Se você quiser me visitar, terá de ir até o Arizona. Mas não fique enrolando muito — disse, com um sorriso. — A Terra gira muito depressa, Nathan. O tempo não está do meu lado.

À medida que os anos passam, não há nada para o que eu mostre menos talento do que dizer adeus para uma pessoa a quem me sinto fortemente ligado. Nem sempre me dou conta de como é forte essa ligação, antes do momento de me despedir.

— Não sei por que, mas achei que você ainda morava em Jersey. — Foi o sentimento menos perigoso que pude pensar em exprimir.

— Não. Parti de Newark depois que Doris foi assassinada. Ela foi assassinada, Nathan. Do outro lado da rua, em frente a nossa casa, quando voltava do hospital. Eu não ia mudar de cidade, entende? Eu não ia deixar a cidade onde vivi e dei aula a vida inteira só porque agora era uma cidade pobre, de negros, cheia de problemas. Mesmo depois dos grandes distúrbios de rua, quando Newark ficou vazia, nós permanecemos na avenida Lehigh, a única família branca que ficou. Doris, com os problemas de coluna e tudo o mais, voltou a trabalhar no hospital. Eu dava aula na

Zona Sul. Depois que fui reintegrado ao serviço, voltei para Weequahic, onde, já nessa altura, dar aula não era nenhum piquenique e, depois de alguns anos, me perguntaram se eu não queria assumir o departamento de inglês na Zona Sul, onde a situação era pior ainda. Ninguém conseguia ensinar nada àquelas crianças negras, por isso pediram para mim. Passei meus últimos dez anos lá, até me aposentar. Não dava para ensinar nada para ninguém. Mal dava para conter a baderna, muito menos ensinar. Cuidar da disciplina, nisso se resumia todo o trabalho. Cuidar da disciplina, patrulhar os corredores, dar esporro até que algum garoto metesse um murro na gente, e expulsar alunos. Os piores dez anos da minha vida. Pior do que quando fui despedido. Eu não diria que a decepção foi devastadora. Eu tinha uma ideia da realidade da situação. Mas a experiência foi devastadora. Brutal. Devíamos ter nos mudado de lá, e não mudamos, esta é a história.

"Mas toda a minha vida eu fui um dos contestadores do sistema em Newark, não fui? Meu antigos camaradas me diziam que eu era doido. Todos eles moravam nos subúrbios, a essa altura. Mas como é que eu poderia fugir? Eu queria que se demonstrasse respeito por aqueles garotos. Se existe alguma chance de melhorar a vida, onde é que vai começar se não for na escola? Além do mais, como professor, toda vez que me pediam para fazer alguma coisa que eu achava interessante e digna de ser tentada, eu respondia 'sim, eu gostaria de fazer isso', e punha mãos à obra. Ficamos na avenida Lehigh, fui trabalhar na Zona Sul e disse para os professores do departamento de inglês: 'Precisamos descobrir maneiras de induzir nossos alunos a se dedicar à escola', e por aí afora.

"Fui assaltado duas vezes. Devíamos ter nos mudado depois do primeiro assalto e sem dúvida nenhuma devíamos ter ido embora depois do segundo. Na segunda vez, eu estava na esquina perto de casa, às quatro da tarde, quando três garotos me cercaram e puxaram uma arma. Mas não nos mudamos de lá. Então, uma noite, Doris saiu do hospital e, para vir para nossa casa, você lembra, era só ela atravessar a rua. Pois bem, ela não chegou a atravessar. Alguém a golpeou na cabeça. A mais ou menos oitocentos metros do lugar onde Ira matou Strollo, alguém espatifou o crânio de Doris com um tijolo. Por causa de uma bolsa que não tinha nada dentro. Sabe o que eu compreendi? Compreendi que eu havia tido o que merecia. Não é uma ideia de que eu goste, mas tenho vivido com ela dentro de mim desde então.

"E eu merecia só por minha causa, se você quer saber. Por minha causa e por causa de todos os meus princípios. Não posso trair meu irmão, não posso trair meu trabalho de professor, não posso trair os necessitados de Newark. 'Não *eu, eu* não vou abandonar este lugar. *Eu* não vou fugir. Meus colegas podem fazer como quiserem. Eu não vou abandonar essas crianças negras.' E assim quem eu acabei traindo foi a minha esposa. Pus a responsabilidade das minhas decisões nos ombros de outras pessoas. Doris pagou o preço da minha virtude cívica. Ela é a vítima de minha recusa... Olhe, não há como sair dessa história. Quando a gente se desvencilha, como tentei fazer, de todas as ilusões óbvias, religião, ideologia, comunismo, ainda ficamos com o mito da nossa própria bondade. Que vem a ser a última ilusão. Aquela pela qual sacrifiquei a vida de Doris.

"Já chega. Toda ação gera uma perda — disse ele. — É a entropia do sistema."

— Que sistema? — perguntei.

— O sistema moral.

Por que ele não contou antes a respeito de Doris? Seria a reticência uma espécie de heroísmo ou uma espécie de sofrimento? Também isso aconteceu com ele. O que mais haverá? Podíamos ter ficado seiscentas noites na minha varanda conversando antes que eu ouvisse a história completa de como Murray Ringold, que escolhera não ser nada mais extraordinário do que um professor de escola secundária, tinha fracassado na tentativa de se esquivar do tumulto do seu tempo e lugar, e havia terminado, da mesma forma que o seu irmão, como uma baixa da história. Essa era a existência que a América havia preparado para ele — e que ele havia preparado para si mesmo, ao pensar, ao obter a *sua* vingança contra o pai por meio do pen-sa-men-to crí-ti-co, ao ser razoável em face daquilo que não tem nenhuma razão. Foi nisso o que deu, para ele, pensar na América. Foi nisso o que deu, para ele, manter-se fiel a suas convicções, resistir à tirania da transigência. *Se existe alguma chance de melhorar a vida, onde é que vai começar se não for na escola?* Irremediavelmente enredado pelas melhores intenções, tangivelmente, ao longo de toda a vida, comprometido com um caminho construtivo que agora se mostra uma ilusão, comprometido com propostas e soluções que não colam mais.

A gente controla a traição de um lado e acaba traindo do outro lado. Porque não se trata de um sistema estático. Porque está vivo. Porque tudo o que vive está em movimento. Porque a pureza é petrificação. Porque a pureza é uma mentira. Porque, a menos que você seja um modelo perfeito do ascetismo, como Johnny O'Day e Jesus Cristo, é instigado por quinhentas coisas diferentes. Porque, sem a estaca de ferro da retidão com que os Grant calçaram sua estrada rumo ao sucesso, sem a grande mentira da retidão para nos dizer por que fazemos o que fazemos, temos de perguntar a nós mesmos, o tempo todo: "Por que *faço* o que faço?". E temos de suportar a nós mesmos sem saber a resposta.

Aí, simultaneamente, eu e Murray sucumbimos à vontade de nos abraçar. Ao tomar Murray em meu braços, senti — foi mais do que simplesmente sentir — a extensão da sua decrepitude. Era difícil entender onde ele tinha encontrado forças, ao longo de seis noites, para relembrar com tanta intensidade os piores acontecimentos da sua vida.

Eu não disse nada, pensando que, qualquer coisa que eu dissesse, voltaria para casa, no meu carro, lamentando não ter ficado calado. Como se eu ainda fosse o seu aluno inocente, ávido para me mostrar bom, eu morria de vontade de lhe dizer: "Não era isso o que você merecia, Murray. Não é esse o julgamento correto da sua vida. Você deve saber que não é assim". Porém, como eu mesmo sou um homem idoso que conhece muito bem as conclusões nada dignificantes a que se pode chegar quando se examina a história de alguém com rigor, não falei nada.

Depois de me deixar abraçá-lo durante quase um minuto, Murray de repente deu uns tapinhas nas minhas costas. Estava rindo de mim.

— A pressão emocional — disse ele — de se despedir de um homem de noventa anos.

— Sim. É isso. E tudo o mais. O que aconteceu com Doris. A morte de Lorraine — falei. — Ira. Tudo o que aconteceu com Ira.

— Ira e a pá. Tudo aquilo que ele impôs a si mesmo — disse Murray —, extorquiu de si mesmo, exigiu de si mesmo, por causa daquela pá. Os pensamentos ruins e os sonhos ingênuos. Todos os romances *dele*. A paixão de Ira era ser uma pessoa que ele não sabia como ser. Ira nunca descobriu a vida dele, Nathan. Procurou por ela em toda parte, na mina de zinco, na fábrica de discos, na fábrica de doce de leite, nos sindicatos, na política radical, no drama radiofônico, na agitação das massas, na vida proletária, na vida burguesa, no casamento, no adultério, na selvageria, na sociedade civilizada. Ele não conseguiu encontrar sua vida em lugar nenhum. Eve não casou com um comunista; casou com um homem perpetuamente sedento em busca da sua vida. Era isso o que o deixava enraivecido, confuso, e foi isso o que o desgraçou: Ira nunca conseguiu construir algo que servisse para ele. A enormidade do equívoco do esforço desse sujeito. Mas os erros de uma pessoa sempre vêm à tona, não é?

— Tudo é erro — falei. — Não é isso o que você está me dizendo? Só existe erro. *Isso* é o coração do mundo. Ninguém consegue encontrar a sua vida. Isso *é* a vida.

— Escute. Eu não quero passar dos limites. Não estou dizendo a você que sou contra ou a favor. Estou pedindo que, quando você for a Phoenix, me conte o que é.

— O que é o quê?

— O *seu* isolamento — respondeu. — Eu me lembro do início, aquele menino muito empolgado, tão ansioso para tomar parte da vida. Agora ele está com sessenta e tantos anos, um homem sozinho, no meio do mato. Estou surpreso de ver você fora do mundo desse jeito. É um bocado monástico o seu jeito de viver. Para completar sua existência de monge, só falta o sino para chamar para a meditação. Desculpe, mas eu *tenho* de dizer a você: pelas minhas contas, você ainda é um homem jovem, jovem demais para ficar lá naquele fim de mundo. Está se precavendo contra o quê? Que diabo aconteceu?

Agora fui eu que ri *dele*, um riso que me permitiu sentir-me forte outra vez, retemperado com a minha independência em relação a tudo, um recluso com quem era melhor tomar cuidado.

— Ouvi atentamente a sua história, foi isso o que aconteceu. Adeus, senhor Ringold!

— A gente se vê depois.

Na varanda, a vela de erva-cidreira ainda ardia em sua cuia de alumínio quando voltei, aquele pequeno pote de fogo era a única luz que tornava minha casa discernível, exceto por um pálido fulgor que vinha da lua alaranjada e desenhava a silhueta do telhado baixo. Quando saí do carro e caminhei em direção à casa, a alongada oscilação da chama me recordou o dial do aparelho de rádio — não maior do que o mostrador de um relógio de pulso e, por baixo dos pequenos algarismos negros, a cor de casca de banana madura — isso era tudo o que dava para ver em nosso quarto escuro quando meu irmão caçula e eu, contra as determinações paternas, ficávamos acordados depois das dez horas para ouvir um programa de rádio de que gostávamos. Nós dois em nossas camas iguais e, soberano na mesinha de cabeceira entre nós, o rádio Philco Jr., o rádio de mesa em forma de catedral que havíamos herdado quando meu pai comprou o aparelho de som Emerson para a sala. O rádio tocava o mais baixo que podia, embora ainda com volume suficiente para atuar em nossos ouvidos como o mais poderoso dos ímãs.

Apaguei com um sopro a chama perfumada da vela, me estiquei na espreguiçadeira na varanda e compreendi que ouvir, nas trevas de uma noite de verão, um Murray que eu mal conseguia enxergar tinha sido como ouvir o rádio no quarto, quando eu era um menino cheio de ambições de mudar o mundo, difundindo todas as minhas convicções, ainda não postas à prova e camufladas em histórias, para o país inteiro por meio das ondas do rádio. Murray, o rádio: vozes que vinham do vazio e dominavam tudo em seu raio de alcance, as circunvoluções de uma história flutuando no ar e entrando nos ouvidos, de modo que o drama fosse nitidamente visualizado por trás dos olhos, a xícara que era o crânio se convertia no globo ilimitado de um palco que continha criaturas perfeitas, semelhantes a nós. Como a nossa audição vai longe! E pensar que o sentido de tudo isso é que *compreendemos* a partir de algo que simplesmente ouvimos. O poder divino que é ter um ouvido! Não é um fenômeno no mínimo *semi*divino ser arrojado no mais profundo desacerto da existência humana por nenhum outro motivo senão ficar sentado no escuro ouvindo o que estão falando?

Até amanhecer, fiquei ali na varanda, deitado na espreguiçadeira, mirando as estrelas. No meu primeiro ano sozinho nesta casa, aprendi a identificar os planetas, as grandes estrelas, os cachos de estrelas, a configuração das grandes constelações da Antiguidade e, com a ajuda do mapa do astrônomo amador que sai espremido num canto do segundo caderno do *New York Times* de domingo, eu acompanhava a lógica giratória da sua jornada. Em pouco tempo, aquilo era a única coisa que me interessava olhar em todo aquele massudo bolo de papel jornal e fotografias. Eu recortava a pequena seção de duas colunas chamada "Sentinela do céu" — que apresentava, além do texto esclarecedor, um círculo que abrangia o horizonte celeste e mostrava a posição das constelações por volta das dez horas da noite, na semana seguinte — e jogava fora todo o resto, um quilo e meio de jornal. Em pouco tempo, eu também passei a jogar fora o jornal dos dias de semana; em pouco tempo, eu tinha jogado fora tudo aquilo que eu não quero mais combater, tudo, menos o necessário para se viver e trabalhar. Resolvi buscar toda a minha substância naquilo que em outros tempos podia ter parecido, até para mim, não ser nem de longe o suficiente, e habitar com paixão apenas as partes do discurso.

Se o tempo não está ruim e a noite está clara, fico na varanda quinze ou vinte minutos, antes de ir para a cama, olhando para o céu ou, com uma lanterna, abro meu caminho pela estrada poeirenta até o pasto no topo do meu morro, de onde posso ver, acima da linha das árvores, todo o inventário celeste, estrelas desfraldadas em todas as direções e, justamente nesta semana, os planetas Júpiter a leste e Marte a oeste. É inacreditável e ao mesmo tempo um fato, um fato claro e inquestionável: quando nascemos, tudo isso estava lá. É fácil imaginar formas piores de terminar o meu dia.

Na noite em que Murray foi embora, lembrei que, quando eu era um menino — quando eu era um menino que não conseguia dormir porque o avô tinha morrido e eu insistia em querer saber para onde iam os mortos — me contaram que meu avô se havia transformado numa estrela. Minha mãe me tirou da cama, me levou para fora, para a entrada de carros ao lado da casa, e juntos olhamos direto para cima, para o céu noturno, enquanto ela me explicava que uma daquelas estrelas era o meu avô. Outra era a minha avó, e assim por diante. O que acontece quando as pessoas morrem, explicou minha mãe, é que elas sobem para o céu e vivem para sempre como estrelas cintilantes. Procurei no céu e disse:

— Ele é aquela? — minha mãe respondeu que sim, voltamos juntos para casa e adormeci.

Essa explicação fez sentido naquela ocasião e, mais do que tudo, fez sentido de novo na noite em que, inteiramente desperto por causa do estímulo de estar empanturrado por toda aquela história, fiquei do lado de fora até o raiar do dia, pensando que Ira estava morto, pensando que, talvez com a exceção de Sylphid lá na sua casa de campo na Riviera francesa, uma mulher rica e velha, de setenta e dois anos, todas as pessoas com algum papel no relato de Murray sobre o aniquilamento do Homem de Ferro não se encontravam mais fincadas em seu momento, mas sim mortas e livres das ciladas que seu tempo armara para elas. Nem as ideias do seu tempo tempo nem as ambições da nossa espécie determinavam o destino: só o hidrogênio determinava o destino. Não há mais erros para Eve ou Ira cometer. Não há traição. Não há idealismo. Não há falsidades. Não há consciência, nem falta de consciência. Não há filhas, nem mães, nem pais, nem padrastos. Não há atores. Não há luta de classes. Não há discriminação, nem linchamento, nem Jim Crow, nem jamais houve. Não há injustiça, nem justiça. Não há utopias. Não existem pás. Ao contrário do folclore, a não ser pela constelação da Lira — que calhou de estar pousada no alto do céu oriental, um pouco a oeste da Via Láctea e a sudeste da Ursa Maior e da Ursa Menor — não há nenhuma harpa. Há somente a fornalha de Ira e a fornalha de Eve, ardendo a vinte milhões de graus. Há a fornalha da romancista Katrina Van Tassel Grant, a fornalha do deputado Bryden Grant, a fornalha do taxidermista Horace Bixton, do mineiro Tommy Minarek, da flautista Pamela Solomon, da massagista estoniana Helgi Pärn, da técnica de laboratório Doris Ringold e da adorada filha de Doris, Lorraine. Há a fornalha de Karl Marx, de Iosif Stalin, de Leon Tróstski, de Paul Robeson e de Johnny O'Day. Há a fornalha de Joe McCarthy, o artilheiro que dispara da cauda do avião. O que se vê da silenciosa tribuna no alto do meu morro numa noite de claridade esplêndida como aquela noite em que Murray me deixou para sempre — pois o melhor e mais leal dos irmãos mais velhos, o rei dos professores de inglês, morreu em Phoenix dois meses depois — é esse universo onde o erro não se intromete. Vemos o inconcebível: o espetáculo colossal de não existir nenhum antagonismo. Vemos com nossos próprios olhos o imenso cérebro do tempo, uma galáxia de fogo que mão humana alguma pôs ali.

As estrelas são indispensáveis.

1ª EDIÇÃO [2000] 3 reimpressões

ESTA OBRA FOI COMPOSTA PELA HELVÉTICA EDITORIAL EM ELECTRA E
IMPRESSA PELA GEOGRÁFICA EM OFSETE SOBRE PAPEL PÓLEN SOFT DA SUZANO
PAPEL E CELULOSE PARA A EDITORA SCHWARCZ EM JUNHO DE 2018

A marca FSC® é a garantia de que a madeira utilizada na fabricação do papel deste livro provém de florestas que foram gerenciadas de maneira ambientalmente correta, socialmente justa e economicamente viável, além de outras fontes de origem controlada.